中國學術思想 研究輯刊

七 編

林慶彰 主編

第8冊

《詩經》詮釋與《詩》說批評
——姚際恆《詩經通論》研究

趙明媛 著

花木蘭文化出版社

國家圖書館出版品預行編目資料

《詩經》詮釋與《詩》說批評——姚際恆《詩經通論》研究
／趙明媛 著—初版—台北縣永和市：花木蘭文化出版社，
2010〔民99〕
目 2+268 面；19×26 公分
（中國學術思想研究輯刊 七編：第 8 冊）
ISBN：978-986-254-167-8（精裝）
1.（清）姚際恆 2. 詩經 3. 學術思想 4. 研究考訂
831.18　　　　　　　　　　　　　　　　99002198

ISBN - 978-986-254-167-8

9 789862 541678

中國學術思想研究輯刊

七 編 第八冊　　　　　　ISBN：978-986-254-167-8

《詩經》詮釋與《詩》說批評
——姚際恆《詩經通論》研究

作　　者　趙明媛
主　　編　林慶彰
總 編 輯　杜潔祥
出　　版　花木蘭文化出版社
發 行 所　花木蘭文化出版社
發 行 人　高小娟
聯絡地址　台北縣永和市中正路五九五號七樓之三
　　　　　電話：02-2923-1455／傳真：02-2923-1452
網　　址　http://www.huamulan.tw 信箱 sut81518@ms59.hinet.net
印　　刷　普羅文化出版廣告事業
封面設計　劉開工作室
初　　版　2010 年 3 月
定　　價　七編 24 冊（精裝）新台幣 40,000 元

《詩經》詮釋與《詩》說批評
——姚際恆《詩經通論》研究

趙明媛　著

作者簡介

　　趙明媛，中央大學中文所博士。著有專書論文：《歐陽修詩本義探究》、《詩經詮釋與詩說批評——姚際恆詩經通論研究》，另有單篇論文：〈莊子德充符析論〉、〈釋朱熹詩集傳之賦比興〉、〈姚際恆詩經通論之詮釋觀念——意會與言傳〉、〈淫詩之辨——朱熹淫詩說與姚際恆的批評〉、〈荀子的天道思想〉（合撰）等。

　　作者執教於國立勤益科技大學，96 年參與執行「教育部獎勵教學卓越計畫」，開發中文教材，與江亞玉、張福政、童宏民、劉淑爾共同編著《大學文選——語文的詮釋與應用》一書。

提　　要

　　近來研究姚際恆《詩經通論》的學者不在少數，關於姚際恆生平、著作之考察、《詩經通論》對傳統的批判以及實際說《詩》得失等方面的探討，都達到一定深度與廣度。然而，《詩經通論》是一部解經的著作，有著一貫的經學立場，並且透過詮釋原則與方法的運用，批評前人《詩》說，提出個人解釋。因此，由這些方面反省《詩經通論》的觀念與理論，進而評論其價值與歷史地位，相信較能獲致全面且客觀的認知。

　　顯而易見的，形式上《詩經通論》主要由批評前說與解釋詩義兩部分組成，至於姚際恆的說《詩》立場、觀念與方法等等，也表現在種種論述之中。是以，本文將以四個層面為討論重點：「解經立場、觀點與理想」、「詮釋原則與方法」、「對《詩序》與《詩集傳》的批評」、「價值與歷史地位」，以期完整呈現《詩經通論》的特色與價值。

　　姚際恆一秉經學立場，通過批判《詩序》、《詩集傳》兩部說《詩》權威之作，達到擺落一切傳注的目的；進而，建立一己的詮釋原則與詮釋方法，以回溯詩人創作之原始情境，闡釋創作原旨，發揚《詩經》的教化意義；這些在在顯示出為說《詩》傳統重新賦予活力的積極貢獻。《詩經通論》所呈現出的觀點、研究方法、以及具體的研究成果，許多地方已超越當時的學術潮流，而對後世產生一定的啟發作用。

目
次

第一章　緒　論

一、姚際恆其人其書

　　姚際恆，字立方，一字善夫，號首源，又號首源主人。祖籍安徽新安（今休寧）人，後遷居浙江仁和（今杭州），晚再遷錢塘。姚際恆生於清順治4年（1647），卒年難以確知。柳詒徵云：

> 姚氏事迹，近人多未之詳，《疑年錄彙編》載姚立方際恆，生順治四年丁亥，而不能定其卒年，以此書之序推之，必卒於康熙五十四年乙未之前。〔註1〕

文中推斷姚際恆卒於康熙54年（1715，即完成《好古堂書目》4卷後），對此趙制陽、趙沛霖、李景瑜、陳祖武等人均表認同。〔註2〕林慶彰則云：

> 姚氏當生於清順治四年，至於卒年，則沒有足夠的文獻足以證知。康熙五十四年，姚氏六十九歲。因感年事已高，人生無多，遂整理家藏書籍，彙編成《好古堂書目》四卷。此後，遂不見有關姚氏的記載。〔註3〕

此說態度較爲客觀。合理地說，至少康熙54年姚際恆仍在世。他最後一部著作《好古堂書目》編定於康熙54年，時年69歲，其後便無相關記載。可以推論，姚際恆大約卒於康熙末年。

〔註1〕　《好古堂書目・跋》，見林慶彰《姚際恒著作集》第6冊，頁223。

〔註2〕　趙制陽：《詩經名著評介》，頁149；趙沛霖：《詩經研究反思》，頁360；李景瑜：〈姚際恆《詩經通論》之研究〉，《臺中商專學報》第26期，頁306；陳祖武點校《儀禮通論》之〈點校說明〉，頁2。

〔註3〕　《姚際恒著作集・序》，頁1、頁3。

姚際恆爲仁和諸生，他與當時學者較常往來者爲毛奇齡與閻若璩。閻若璩稱其與毛奇齡、姚際恆論學情形，云：

> 癸酉冬，薄遊西泠，聞休寧姚際恆立方，閉戶著書，攻《僞古文》。蕭山毛大可告余：「此子之廖偁也，日望子來，不可不見之。」介以交余，少余十一歲。出示其書，凡十卷，亦有失有得，失與上梅氏、郝氏同，得則多超人意見外，喜而手自繕寫，散各條下。〔註4〕

可見閻若璩對於姚際恆考辨《古文尙書》的成績給予一定肯定，並接受姚際恆說法。從其「得則多超人意見外」之語，頗能反應出姚際恆治學富創造力的一面。毛奇齡云：

> 亡兄大千爲仁和廣文，嘗曰：「仁和祇一學者，猶是新安人。」謂姚際恆也。予嘗作〈何氏存心堂藏書序〉，以似兄，兄曰：「何氏藏書有幾，不過如姚立方腹篋已耳。」立方，際恆字。及予歸田後，作《大學證文》，偶言小學是寫字之學，竝非少儀、幼學之謂，不知朱子何據，竟目爲童學，且哀然造成一書，果是何說？立方應聲答：「朱所據者，《白虎通》也，然《白虎通》所記，正指字學，誠不知朱子何故襲此二字。」因略舉唐、宋後稱小學者數處，皆歷歷不謬。坐客相顧皆茫然，則度越時賢遠矣。〔註5〕

依這段記敘，姚際恆論學「歷歷不謬」與「坐客相顧皆茫然」的對比，足以凸顯出姚際恆過人的學識，這應該是毛萬齡、毛奇齡推譽姚際恆的主因。

《清儒學案小傳》之〈潛邱學案〉附論姚際恆云：

> 姚際恆，字立方，號首源，休寧人，仁和諸生。少折節讀書，泛濫百氏，既而盡棄詞章之學，專事於經。年五十曰：「向平婚嫁畢而游五嶽，余婚嫁畢而注九經。」遂屏絕人事，閱十四年而書成，名曰《九經通論》。時潛邱力辨晚出《古文》之僞，先生持論多不謀而合。潛邱撰《尙書古文疏證》，屢引其說以自堅。而毛西河篤信古文，作

〔註4〕 閻若璩：《尙書古文疏證》卷8，第121條，頁39。文中「癸酉」爲康熙12年（1693），「其書，凡十卷」指《古文尙書通論》。林慶彰將《古文尙書疏證》引姚際恆之言謄錄，計得25條，並依之論姚際恆考辨《古文尙書》方法；見林慶彰《清初的群經辨僞學》第四章，頁208～215。張曉生則自閻書輯得姚際恆《古文尙書通論》26條，依總論、各篇分論、附錄，分爲3類，見《姚際恒著作集》第2冊《古文尙書通論輯本》。

〔註5〕 林慶彰、蔣秋華：《姚際恆研究論集》，頁1115～1116；原《西河文集·詩話》，頁2178～2179。

《冤詞》與潛邱詰難。西河故善先生，以其同於潛邱也，則又數與
爭論，先生守所見，不爲下。先生又著《庸言錄》，雜論經、史、理
學、諸子，末附《古今僞書考》，持論雖過嚴，而足以破惑，學者稱
之。〔註6〕

這是關於姚際恆著書的一般記述，對姚際恆治學成績不無好評，稱「持論雖
過嚴，而足以破惑，學者稱之」，可見姚際恆治學態度的嚴格，以及立論的堅
實，在當時應頗受稱道。然而，《四庫全書總目》於《庸言錄》下云：

際恆生於國朝初，多從諸耆宿游，故往往剽其緒論。其說經也，如
闢圖書之僞，則本之黃宗羲；闢《古文尚書》之僞，則本之閻若璩；
闢《周禮》之僞，則本之萬斯同；論小學之爲書數，則本之毛奇齡，
而持論彌加恣肆。至祖歐陽修、趙汝楳之說，以《周易》〈十翼〉爲
僞書，則尤橫矣。其論學也，謂周、張、程、朱皆出於禪，亦本同
時顏元之論。至謂程、朱之學不息，孔、孟之道不著，則益悖矣。
他如詆楊漣、左光斗爲深文居功，則《三朝要典》之說也。謂曾銑
爲無故啓邊釁，則嚴嵩之說也。謂明世宗當考興獻，則張柱之說也，
亦可謂好爲異論矣。〔註7〕

此段論述對於姚際恆治學的評價是負面的，以爲姚際恆所言多承襲他人之
說，缺乏創見且好爲異論。

《四庫全書總目》有其既定的學術立場，所論正確與否且不談〔註8〕，但
畢竟反應出部分學者對姚際恆的觀感。由之可見，當時學界對姚際恆的評價
不一，讚譽者肯定他的博覽群書，勇於創新；貶抑者則認爲他抄錄眾說，好
作異論。無可置疑的，姚際恆具有豐富的學養，至於治學方法與論學態度，
彼時毀譽皆有之。

關於姚際恆的鉅著《九經通論》，康熙32年（1693）之前，《古文尚書通
論》10卷已完成。康熙38年（1699）夏4月，《儀禮通論》17卷成書。〔註9〕
康熙39年（1700），《周禮通論》寫畢。康熙44年（1705），《詩經通論》18
卷、卷前〈詩經論旨〉1卷寫成。康熙46年（1707），作《春秋通論》。另有

〔註6〕　《清儒學案小傳》（一）卷4〈潛邱學案〉附論姚際恆，頁660～661。
〔註7〕　《四庫全書總目》卷25〈子部雜家類存目六〉，頁41～42。
〔註8〕　如陳祖武曾舉前閻若璩、毛奇齡之言反駁《四庫全書總目》評論，認爲其評
　　　　價姚際恆有失公允，不可取信。見《儀禮通論》陳祖武〈點校說明〉，頁5～7。
〔註9〕　同年作《好古堂家藏書畫記》。

《易傳通論》6 卷、《禮記通論》、《論語通論》、《孟子通論》等，合稱《九經通論》。其中《易傳通論》、《周禮通論》、《論語通論》、《孟子通論》亡佚，《古文尚書通論》、《禮記通論》散入他書記載，《春秋通論》僅爲殘本，而以《詩經通論》與《儀禮通論》最爲有幸，得以完整保存。姚際恆其他著作，尚有《庸言錄》6 卷（亡佚）、《古今僞書考》1 卷、《好古堂書目》4 卷、《好古堂家藏書畫記》2 卷、《續收書畫奇物記》1 卷。〔註10〕

二、《詩經通論》的版本

《詩經通論》屬於姚際恆晚期的作品，完成於康熙 44 年（1705）冬 10 月。〔註11〕經過一百多年後，時值嘉慶 18 年（1813），王篤發現此書鈔本。道光 17 年（1837），王篤於四川督學署刊行《詩經通論》，此書始有刊本。同治 6 年（1867），成都書局據王篤刊本重刊《詩經通論》。同治 10 年（1871），方玉潤作《詩經原始》論及此書。又五十餘年後，至民國 12 年（1723），顧頡剛加以點校〔註12〕，逐漸開啓研究《詩經通論》的風氣，這時距《詩經通論》完稿已有二百餘年。民國 16 年（1927），鄭璧成於四川成都據王篤刊本覆刊《詩經通論》。民國 33 年（1944），楊家駱輯印《北泉圖書館叢書》，將此書列入第 1 集第 1 種。

據林慶彰說明《詩經通論》版本情形，共臚列出 9 種版本。〔註13〕今以此說爲基礎，並補充林慶彰主編、中央研究院文哲所據顧頡剛點校本重編本，以及《續修四庫全書》本，計 11 種版本：

1. 道光 17 年（1837），王篤鐵琴山館刊本。
2. 同治 6 年（1867），成都書局據王篤刊本重刊本。
3. 民國 16 年（1927），鄭璧成據王篤刊本覆刻本。
4. 民國 33 年（1944），《北泉圖書館叢書》本。
5. 民國 47 年（1958），北京中華書局據顧頡剛點校本排印本。
6. 民國 50 年（1961），台北廣文書局據顧頡剛點校本影印本。
7. 民國 52 年（1963），香港中華書局據顧頡剛點校本影印本。

〔註10〕 有關姚際恆著作情形，主要參考林慶彰《姚際恆著作集・序》，頁 1～2。
〔註11〕 《詩經通論・自序》，頁 3。
〔註12〕 民國 12 年（1923）3 月至 8 月 1 日，顧頡剛點校《詩經通論》畢。見林慶彰、蔣秋華：《姚際恆研究論集（下）》之〈姚際恆研究年表〉，頁 1239。
〔註13〕 《姚際恆著作集》第 1 冊《詩經通論》之〈校印說明〉，頁 2～3。

8. 民國 67 年（1978），台北河洛圖書出版社據顧頡剛點校本影印本。
9. 民國 68 年（1979），台北育民出版社據顧頡剛點校本影印本。
10. 民國 83 年（1994），中央研究院中國文哲研究所古籍整理叢刊・據顧頡剛點校本重編本。
11. 民國 84 年（1995），上海古籍出版社據王篤刊本影印《續修四庫全書》本。〔註 14〕

顧頡剛點校本是翻印最多、流通較廣的版本，是以本文以下各章所引《詩經通論》文字、頁數，依據廣文書局出版之顧頡剛點校本影印本，文字部份並核對《續修四庫全書》本。

須作聲明，顧頡剛所校偶有錯誤。《詩經通論》卷 6〈唐・揚之水〉，王篤刊本原文爲：

> 嚴氏曰：「將叛者潘父之徒而已，國人拳拳予昭公，無叛心也，《後序》言過矣。異時潘父弒昭公，迎桓叔，晉人發兵攻桓叔，桓叔敗還，歸曲沃，皆可以見國人之心矣。」〔註 15〕

其中「《後序》言過矣」一句，顧頡剛校改爲「彼《序》言過矣」，云：

> 「彼」，原作「後」，今改。〔註 16〕

姚際恆〈揚之水〉所引之語出自嚴粲《詩緝》，《詩緝》本即作「《後序》言過矣」〔註 17〕，姚際恆引之無誤。錯誤亦不在嚴粲，《詩緝・條例》有言：

> 題下一句國史所題爲《首序》，其下說詩者之辭爲《後序》。〔註 18〕

可見嚴粲所謂「《後序》」，大致同於姚際恆所謂之「《大序》」。嚴粲以前後區分《詩序》爲《首序》、《後序》，姚際恆以長短區分《詩序》爲《小序》、《大序》。由此可見，姚際恆論〈揚之水〉引嚴粲語無誤，不知顧頡剛據何而改，當還其原，作「《後序》言過矣」爲確。由於顧頡剛點校或有失誤，若逢文字上有問題時，本文隨文於註解中說明。

《詩經通論》在形式上共有卷前〈詩經論旨〉1 卷，主要在於說明個人觀點以及總論各家《詩》說；正文 18 卷，詮釋《詩經》305 篇之義，這部分是姚際恆說《詩》的具體成果。較有問題的是《詩經通論》中有「增」字三則，

〔註 14〕北京大學圖書館藏清道光 17 年鐵琴山館刻本影印原書。
〔註 15〕《續修四庫全書》本《詩經通論》卷 6，頁 95。
〔註 16〕《詩經通論》卷 6〈唐・揚之水〉，頁 131，註 1。
〔註 17〕《詩緝》卷 11〈唐・揚之水〉，頁 9。
〔註 18〕嚴粲《詩緝・凡例》，頁 6。

分別繫於卷 6〈齊・雞鳴〉、卷 7〈秦・渭陽〉、卷 8〈豳・七月〉下，其文為：

> 【增】此詩謂賢妃作亦可，即謂賢大夫之妻作亦何不可。總之，警其夫欲令早起，故終夜關心，乍寐乍覺，誤以蠅聲為雞聲，以月光為東方明，真情實境，寫來活現。此亦夏月廿四、五、六、七等夜常有之事，惟知者可與道耳。〈庭燎〉不安於寢，問「夜何其」，亦同此意。乃解《詩》者不知領會微旨，專在字句紛紛聚辯，使人不見詩之妙，何耶？愚謂此詩妙處須於句外求之；如以辭而已，非惟索解為難，且將怪作者矛盾矣。〔註19〕

> 【增】「悠悠我思」句，情意悱惻動人，往復尋味，非惟思母，兼有諸舅存亡之感。〔註20〕

> 【增】「七月在野」三句，應兼指農人棲息而言，方有意味。七月秋暑未清，尚可在野，猶《書》所謂「厥民因」也。謹按御纂《詩義折中》「聖人觀物以宜民。一夫授五畝之宅，其半在田，其半在邑。春令民畢出，如在野而動股、振羽也。冬令民畢入，如在宇、在戶而入牀下也。豳民習此久矣」云云，自是此章確解。前此說《詩》者似亦見及，而未能如此詳明也。〔註21〕

顧頡剛認為此乃王篤增益之辭，其云：

> 《詩經通論》中有題「增」字者數條。〈七月〉篇下之「增」云：……「御纂《詩義折中》」作雙抬，在姚氏著作中他處未見過，且《通論》與《折中》同作于康熙時，姚氏亦未必見及。又「一夫授五畝之宅」，《折中》承《集傳》，而《通論》即駁《集傳》，何以前駁之而後承之，大是可疑。至動股、振羽皆夏間事，而以擬「春令民畢出」，亦不類。姚氏力詆附會，《折中》此章亦無佳說，而遽謂「自是此章確解」，有類頌聖，亦不似姚氏平日為人。予疑題「增」者皆王篤所為，其人蓋不曉姚氏著作精神，而遽學褚先生之補《史記》也。〔註22〕

文中舉〈七月〉為例，以姚際恆未必見「增」字下所稱「御纂《詩義折中》」

〔註19〕《詩經通論》卷 6〈齊・雞鳴〉，頁 116。
〔註20〕《詩經通論》卷 7〈秦・渭陽〉，頁 144。
〔註21〕《詩經通論》卷 8〈豳・七月〉，頁 164～165。
〔註22〕《顧頡剛讀書筆記》第 7 卷上《湯山小記》，頁 4948。

一書，以及「增」字下所言內容與姚際恆《詩》說不類，故推論「增」字以下文字爲王篤所加。

關於顧頡剛所論，其稱《詩義折中》作於康熙時有誤。據《四庫全書總目》記載，《詩義折中》乃「乾隆二十年敕撰」〔註23〕，其時姚際恆已謝世，故知「增」字數條定爲後人所加，不論與姚際恆《詩》說符合與否，均宜置而不用。至於「增」字爲何人所加，則難斷言，顧頡剛以爲出自王篤之手，雖無證據，於理或然。是以本文分析探討《詩經通論》各方面問題，對於「增」字三條文字，均不列入研究範圍。

三、近人研究《詩經通論》概況與本文研究範圍

林慶彰將今人研究《詩經通論》分爲兩個階段：第一階段重在姚際恆著作之介紹與點校，如民國 16 年陳柱〈姚際恆詩經通論述評〉、民國 18 年何定生〈關於詩經通論及詩的起興〉、顧頡剛點校《詩經通論》、日本村山吉廣〈姚際恆的學問（下）——關於詩經通論〉等。第二階段自民國 69 年至今，重點在於研究姚際恆其書特色，並給予評價，如趙制陽〈姚際恆詩經通論評介〉、詹尊權《姚際恆的詩經學》、簡啓楨《姚際恆及其詩經通論研究》，林慶彰並稱此階段爲研究姚際恆《詩經》學最豐收時期〔註24〕。之後專文討論《詩經通論》一書者，有李景瑜〈姚際恆詩經通論之研究〉〔註25〕、文鈴蘭《姚際恒詩經通論之研究》〔註26〕，其餘有關《詩經通論》的論文甚多，各層面問題的討論也都達到一定深度、廣度，研究可謂盛況空前。

綜觀至今研究《詩經通論》的情形，研究者多半集中討論《詩經通論》對於傳統的批判以及說《詩》的得失。如趙制陽論姚際恆說《詩》的表現，優點爲：一、討論作法，較爲深入；二、詩旨探討，時有創見；章句解釋，亦多新義；四、史事考證，有益詩說；五、剖析詞語，時見機趣；六、賞析

〔註23〕《四庫全書總目·經部·詩類二》。周予同註皮錫瑞《經學歷史》之〈經學復盛時代〉亦稱此書乃「乾隆二十年敕撰」（註8，頁296）。雖《經解入門》卷2〈歷代經學興廢第九〉稱《詩義折中》爲「乾隆三十年敕撰」（頁29），然江藩《漢學師承記》則云「（乾隆）二十年大學士傅恆等奉敕撰《周易述義》、《詩義折中》」（頁17，註1），可見《經解入門》記載爲誤。

〔註24〕《姚際恒著作集》第 1 冊〈姚際恒著作集·序〉，頁18～19。其中所稱詹尊權《姚際恆的詩經學》，筆者未及見。

〔註25〕《臺中商專學報》第 26 期〈文史·社會篇〉，頁305～365。

〔註26〕政治大學中文所博士論文（1994 年）。

文藝,時加評註。缺點則為:一討論詩旨,缺乏風謠觀念;二、淫貞之辨,缺乏明確標準;三、論說之間,常致自相矛盾;四、尊信舊說,缺乏歷史考證。〔註27〕簡啓楨認為,姚際恆的《詩經》學是超然的一派,是對傳統《詩經》學的反動。《詩經通論》的缺點則為:一、借批朱子淫詩說,為孔子和漢學辨護;二、不顧詩歌內容,宣揚封建倫理思想;三、對前人說《詩》論著懷有某些偏見,時有過激之詞。〔註28〕李景瑜認為姚際恆論《詩》的優點為:一、蒐集前說,考辨詩篇詞義;二、不斷章取義,從全文探尋詩義;三、不盲從舊說,論詩有創見。缺點為:一、說詩漫衍牽強;二、以淫貞說詩;三、輕信舊說,缺乏考證;四、說解詩旨,前後矛盾。〔註29〕文鈴蘭談到《詩經通論》值得稱許的表現為:一、反映了清初考訂辨偽的風氣;二、吸取別人的注疏,但不受別人注疏的束縛;三、在解說詩義之際,儘量減少不必要的注處,注解針對詩文,同時注意到詩篇章句之間的變化,又兼及文藝鑑賞。其缺點則有:一、錄列漢、宋學各家解釋並一一駁詰,但駁詰之後,仍然提不出新解,而只錄章句解釋;二、反《詩序》、《詩集傳》語過激烈;三、探求詩義注重作法討論,但解釋無法概括全面。〔註30〕

趙制陽、簡啓楨、李景瑜、文玲蘭等人對姚際恆《詩》說得失之評論,相信在問題討論及真相釐清上,都提出相當正確的說明,且達到一定程度的貢獻,其中又以文鈴蘭探討問題的層面較為廣泛。然而,對一個對象的研究可以是多方面、多層次的。以《詩經通論》而言,尚有部分問題待深入析論,如《詩經通論》的解經立場、詮釋原則、詮釋方法等等,這些關係著姚際恆《詩》說的由來。至於姚際恆對《詩序》、《詩集傳》的批判,乃是《詩經通論》中明顯呈現出的現象,可與其解經立場、詮釋原則、詮釋方法為互證,以便有進一步的瞭解。通過以上各問題的討論,方能對《詩經通論》的價值與歷史地位給出一合理解釋,這正是本書的創作動機與目的。

本書第一章〈緒論〉,討論姚際恆其人其書,此屬《詩經通論》外部問題。第二章〈詩經通論的解經立場〉,說明其所面對之《詩》學問題,並凸顯姚際恆於當時學術潮流中所採取的特殊觀點。第三章〈詩經通論的詮釋原則〉,所

〔註27〕 《詩經名著評介》之〈姚際恆詩經通論評介〉,頁155～175。
〔註28〕 《姚際恆及其詩經通論研究》。
〔註29〕 〈姚際恒詩經通論之研究〉,頁350～356。
〔註30〕 《姚際恒詩經通論之研究》之〈結論〉,頁245～249。

謂積極原則為說《詩》時所必須遵循者，消極原則為說《詩》必須避免者，
兩相對比，可以看出姚際恆說《詩》的理念與態度。第四章〈詩經通論的詮
釋方法〉，說明姚際恆由「釋辭義」而「明詩旨」而「通經旨」的經學說《詩》
方法，以及藉「圈評」鑒賞而達到「明詩旨」目的之輔助作法。第五章〈詩
經通論對於詩序的批評〉，討論姚際恆對於《詩序》相關問題的觀念，以及其
給予《詩序》之重新定位。第六章〈詩經通論對於詩集傳的批評〉，分就《詩
集傳》與《詩序》間的關聯、《詩集傳》《詩》說的誤謬、《詩集傳》的價值等
等，逐一說明姚際恆的看法。由於《詩經通論》對《詩集傳》批評獨多，加
上許多問題（如以理說《詩》、淫詩說等）也都與《詩集傳》有直接關聯，故
而此章在內容上相對的較他章為多。第七章〈結語〉，探討《詩經通論》的價
值與歷史地位，彰顯其對於後世的影響，以及在《詩》學研究及經學發展上
的獨特性與啟發意義。

　　期望經由以上種種問題的整理與分析，能夠更深入的掌握《詩經通論》
在理論與方法上的特色，對於其說《詩》的具體成績能給予一全面且客觀的
評價，並凸顯其在《詩》學上的特殊成就。

第二章　《詩經通論》的解經立場

　　梁啓超在《清代學術概論》中曾經歸結清代學術思想的特徵，云：

> 「清代思潮」果何物耶？簡單言之，則對於宋明理學之一大反動。
> 〔註1〕

意謂清代學術的研究根基建立在對於宋明理學的反省。皮錫瑞《經學歷史》論及清代經學思想的演變，認爲其間經過幾個階段，其云：

> 國朝經學凡三變。國初，漢學方萌芽，皆以宋學爲根柢，不分門戶，各取所長，是爲漢、宋兼采之學。乾隆以後，許、鄭之學大明，治宋學者已尟。說經皆主實證，不空談義理。是爲專門漢學。嘉、道以後，又由許、鄭之導源而上，《易》宗虞氏以求孟義，《書》宗伏生、歐陽、夏侯，《詩》宗魯、齊、韓三家，《春秋》宗《公》、《穀》二傳。漢十四博士今文說，自魏、晉淪亡千餘年，至今日而復明。〔註2〕

這裡談到，清初學術界爲漢、宋兼采的態勢，而根柢在於宋學；乾隆之後，宋學蕭條，以漢學爲學術主流的情勢日趨確定；嘉慶、道光之後，則有今文學的崛起，是以清代經學史上有所謂「漢、宋之爭」與「今、古文之爭」，其中居主流且關涉最廣的一場學術論爭是「漢學」、「宋學」之爭。紀昀《四庫全書總目》甚且認爲這是中國經學史上的核心議題，其云：

> 自漢京以後，垂二千年，儒者沿波，學凡六變：
>
> 其初專門授受，遞稟師承，非惟詁訓相傳，莫敢同異，即篇章字句亦恪守所聞；其學篤實謹嚴，及其弊也拘。

〔註1〕 《清代學術概論》第2節，頁6。
〔註2〕 《經學歷史》之〈經學復盛時代〉，頁341。

王弼、王肅稍持異議，流風所扇，或信或疑，越孔、賈、啖、趙以及北宋孫復、劉敞等，各自論說，不相統攝，及其弊也雜。

洛、閩繼起，道學大昌，擺落漢、唐，獨研義理，凡經師舊說，俱排斥以爲不足信，其學務別是非，及其弊也悍。

學脈旁分，攀緣日眾，驅除異己，務定一尊，自宋末以逮明初，其學見異不遷，及其弊也黨。

主持太過，勢有所偏，才辨聰明，激而橫決，自明正德、嘉靖以後，其學各抒心得，及其弊也肆。

空談臆斷，考證必疎，於是博雅之儒，引古義以抵其隙，國初諸家，其學徵實不誣，及其弊也瑣。

要其歸宿，則不過漢學、宋學兩家互爲勝負。〔註3〕

清學的漢、宋之爭最後演變成一場學術立場的論辨，具體的代表作爲江藩《漢學師承記》與方東樹《漢學商兌》。至此「漢學」與「宋學」代表著解經時各自採取的不同立場，壁壘分明。

　　姚際恆《九經通論》陸陸續續完成於康熙 32 年至康熙 54 年間，其中《詩經通論》成於康熙 44 年，正是宋學、漢學消長之際。姚際恆身處宋學漸趨沒落、漢學日興的時期，其《詩經通論》的學術立場爲何？是漢學的、宋學的，

〔註3〕　《四庫全書總目》卷1〈經部總敘〉頁53～54。所謂「要其歸宿」有二解：一爲周予同於皮錫瑞《經學歷史·序言》中的解讀，認爲是指「二千年以來經學」的「歸宿」；一爲岑溢成《詩補傳與戴震解經方法》中的解讀，認爲是指「清代在乾隆及以前的經學」的「歸宿」。由紀昀〈經部總敘〉文字看來，其在於論自西漢至乾隆間二千年之經學思想流變，指明經學凡「六變」（漢初、王弼王肅、洛閩、宋末明初、明正德嘉靖以後、清初），最後歸結出此「六變」的主要現象爲「漢學、宋學互爲勝負」，進而主張「消融門戶之見，各取所長」、「參稽眾說，務取持平」，以見《四庫全書》面對這場兩千年來漢、宋學術論辨採取的立場以及試圖解決的方法，由此凸顯《四庫全書》的編纂意義。若以「漢學、宋學互爲勝負」指「清代在乾隆及以前的經學」大勢，則《四庫全書》所關注的對象限於清初經學，所回應的問題也限於清代的漢、宋之爭，觀其標舉的「私心祛而公理出，公理出而經義明」的理想，似乎不致自限一隅。
再者，《四庫全書總目》卷首三〈凡例〉有言：「漢唐儒者謹守師說而已。自南宋至明，凡說經講學論文，皆各立門戶，大抵數名人爲主，而依草附木者囂然助之。朋黨一分，千秋吳越，漸流漸遠，并其本師之宗旨亦失其傳，而釁隙相尋，操戈不已，名爲爭是非，實則爭勝負也。人心世道之害，莫甚於斯。」（頁38）指出這種「互爭勝負」的漢、宋門戶之爭，以南宋至明朝間表現得最爲明顯。此處所論，也非單就清初經學界而言。因此對於《四庫全書總目》「要其歸宿」的理解，應以周予同所釋爲恰。

或如皮錫瑞所謂的「漢、宋兼采」，或者根本在漢、宋之爭以外而有另外的意義？這部分有釐清的必要。

一、《詩經通論》與清代《詩》學

　　清初《詩》學的研究發展與整個學術思潮有密切聯繫。宋至明末，經學思潮以推求心性義理為主流，至清代轉往重視訓詁考據等基礎研究。錢穆在《中國近三百年學術史》中指出清代考據學其實與宋、明理學有內在發展淵源〔註4〕，余英時也強調顧炎武「經學即理學」一語已經點明清代經學歷史的動向，其云：

> 近人論清代經學考證之興起，往往溯源至顧亭林「經學即理學」一語，就思想上的直接影響言，這個看法自然是有根據的。但是我們必須指出，亭林在清初，雖卓然大師，而此意則決非由他一人「孤明先發」；他不過是用最簡潔有力的語言表達了明代晚期以來儒學發展中早已萌芽的一種新動向（即「義理之爭必然折入經學考證」）而已。〔註5〕

且不論「經學即理學」一語是關於學術思潮內在發展的洞見，抑或顧炎武個人治經理念的闡述，可以確知的是，漢學、宋學最主要的論戰在於考據與義理之間。岑溢成云：

> 清代學術史中有所謂漢、宋之爭。在經學的一般範圍裡，這個論爭表現為「義理」與「考據」之爭。〔註6〕

宋學偏重義理，漢學側重考據，這是一個根本的區分。

　　以「漢學」而言，梁啟超認為有所謂純粹與不純粹之別，其云：

> 清代學術，論者多稱為「漢學」；其實前此顧、黃、王、顏諸家所治，並非「漢學」，後此戴、段二王諸家所治，亦並非「漢學」，其「純粹的漢學」，則惠氏一派，洵足當之矣。〔註7〕

客觀的說，惠氏一派可謂狹義的漢學家，其中以惠棟為代表；而顧、黃、王、顏、戴、段等人可謂廣義的漢學家，以戴震為代表。惠棟的再傳弟子江藩作《漢學師承記》、《宋學淵源記》，可視為惠派主張的宣言。〔註8〕《宋學淵源

〔註4〕 《中國近三百年學術史（上冊）》，頁40、頁46～47、頁193～199、頁256。
〔註5〕 《論戴震與章學誠》，頁16～17。
〔註6〕 《詩補傳與戴震解經方法》第四章〈詩補傳與漢宋之爭〉，頁93。
〔註7〕 《清代學術概論·十》，頁55。
〔註8〕 舊稱江藩作《經解入門》一書，周予同認為此書有四點可疑，其云：「第一，這

記》云：

> 漢興，尊崇經術，諸大儒於灰燼之餘，或師學淵源，專門稽古；或
> 殫心竭慮，皓首窮經，而各守一說，不相攻擊，意至厚也。〔註9〕

惠派之所以推崇漢儒古訓，乃因爲其去古最近，理論來說，理解古代經文應該較無隔閡，加上學有師承，所論信而有徵，論學態度亦敦厚足法等等。江藩強調，由漢代傳注入手是通訓詁的必要途徑，而通訓詁又是解經的必要原則。他特別推崇鄭玄，曾經說過：

> 漢興儒生，擔摭群籍於火燼之餘，傳遺經於既絕之後，厥功偉哉！
> 東京高密鄭君集其大成，肆故訓、究禮樂，以故訓通聖人之言，而
> 正心誠意之學自明矣；自禮樂爲教化之本，而修齊平治之道自成矣！
> 〔註10〕

此處指出，由「漢代傳注」而「通訓詁」而「明經義」是必然的治學原則。

論清代漢學的代表人物，不得不推戴震。研究戴震學術思想的學者，大多認同其思想可分作前後兩期，也有分作三期者。〔註11〕戴震〈與某書〉中有一段話足以代表他的中心思想，云：

> 治經先考文義，次通義理。志存聞道，必空所依傍。漢儒故訓有師
> 承，亦時有傅會，晉人傅會鑿空益多，宋人則恃胸臆爲斷，故其襲
> 取者多謬，而不謬者在其所棄。我輩讀書，原非與後儒競立說，宜
> 平心體會經文，有一定非其的解，則於所言之義必差，而並從此失。

書前有阮元〈序〉，但阮〈序〉並未收入《揅經室全集》。第二、阮〈序〉自署『道光十二年歲次壬辰九月協辦大學士兩廣總督阮元序』；按，阮氏於道光六年夏由兩廣總督改調雲貴總督；十二年遷協辦大學士，留總督任；但序文何以仍署兩廣總督？第三、阮氏於學術序文，多不書官銜，如《漢學師承記》僅署『阮元序於桂林行館』，即一明證：何以這書又不一例？第四、這書在較江氏後死的漢學家，如整理他的遺著的汪喜孫、劉文淇、劉寶楠等，都沒有提及。」（周予同選註《漢學師承記》前〈序言〉，頁37～38）依周予同所言，《經解入門》是否出自江藩手筆，頗爲可疑。此外，《詩義折中》一書，《四庫全書總目》稱其作於乾隆20年（〈經部·詩類二〉），江藩《漢學師承記》亦稱乾隆「二十年大學士傅恆等奉敕撰《周易述義》、《詩義折中》」（頁17），然《經解入門》則稱《詩義折中》爲「乾隆三十年敕撰」（卷2〈歷代經學興廢第九〉，頁29），可見《經解入門》一書恐非江藩所作，以至對於《詩義折中》成書時間說法不一。

〔註9〕　《宋學淵源記·序》，頁2。
〔註10〕　《宋學淵源記》卷上，頁7。
〔註11〕　鮑國順認爲戴震思想應分爲早、中、晚三期。見《戴震研究》第三章〈治學·一、治學歷程〉，頁155～167。

〔註12〕

通過「考文義」以至於「通義理」是一個必然的程序，「通義理」、「聞道」固然才是最終目的，但是「考文義」也絕不僅止於一種手段，而是達到目的之必要途徑與條件。缺少「考文義」的基礎，「通義理」乃不可能完成的空想。惠派與戴派對待古代傳注（尤其漢儒傳注）的態度不同，不過，在治經方向與方法上，則一致主張由通「訓詁」而明「義理」，以「訓詁」爲必經途徑、必要條件，這是漢學派最重要的原則與理念。

　　清代宋學最明確的主張見於方東樹《漢學商兌》，此書許多地方針對戴震、江藩之論提出反駁，可視爲宋學派對漢學派的具體回應，也象徵著漢、宋之爭白熱化的階段。方東樹有一段關於治學的論述，其云：

> 古今學問大抵二端：一小學，一大學；訓詁名物制度，祗是小學內事，〈大學〉直從明新說起，〈中庸〉從性道說起，此程子之教所主，爲其已成就向上，非初學之比。……訓詁不得義理之眞，致誤解古經，實多有之，若不以義理爲之主，則彼所謂訓詁者，安可恃以無差謬也！……總而言之，主義理者斷無有舍經廢訓詁之事，主訓詁者實不能皆當于義理。何以明之，蓋義理有時實有在語言文字之外者，故孟子曰：「以意逆志」、「不以文害辭，辭害意也」。漢學家專泥訓詁，如高子說《詩》，所以多不可通。故宋儒義理，原未歧訓詁爲二而廢之；有時廢之者，乃政是求義理之眞而去其謬妄穿鑿迂曲不可信者耳。若其不可易者，古今師師相傳，碩學之徒莫之或徙，宋儒何以能廢之也！漢學之人主張門戶，專執《說文》、《廣雅》、小學字書，穿鑿堅僻，不顧文義之安正，坐斥義理之學，不窮理故也。故義理原不出訓詁之外，而必非漢學家所守之訓詁能盡得義理之眞也。〔註13〕

在方東樹看來，訓詁之事只是「小學」、「初學」，論價值不及〈大學〉、〈中庸〉的心性之學。所謂「小學」、「大學」，一則指爲學的始終，一則有評價的意味。他並且批評漢學派「通過訓詁而明義理」的主張昧於現實，因爲通過訓詁而義理仍舊不明的情況所在多有。〔註14〕他因此強調，「訓詁」並非不重要，但

〔註12〕　《文集》卷9〈與某書〉。見《戴震集》，頁181。
〔註13〕　《漢學商兌》，頁186～190。
〔註14〕　方東樹所言有模糊焦點之嫌。「通訓詁而明義理」是漢學派治經的原則與理念，並且付諸實踐，這種理論及實踐，不因或有「訓詁而不得義理之眞」事實的存在而動搖；何況，倘若眞有「訓詁而不得義理之眞」的情形，那麼「訓

絕不是必要的，惟有「義理」才是最終且最主要之判斷是非的原則。他認為，漢學家由於自身執泥於「訓詁」，故誤以為宋學家執泥於「義理」，其實宋儒並不排斥「訓詁」，只是當「訓詁」仍舊無法明「義理」的時候，捨「訓詁」而取「義理」罷了。由之可知，宋學派不純然反對由「訓詁」而「義理」這樣一個求解的過程，事實上，透過「訓詁」而瞭解「義理」是人類理解的自然邏輯，此方東樹所謂「義理原不出訓詁之外」。在觀念的層次上，宋學派以為「義理」才是先決的，能得「義理之真」的「訓詁」方有意義，但「訓詁」之有無卻無損於「義理之真」的價值，此方東樹所謂「必非漢學所守之訓詁能盡得義理之真」；換言之，「訓詁」的存在，只作為「義理」的某一項非必要的依附。宋學派揭示的「由義理而訓詁」與漢學派主張的「由訓詁而義理」，可視為兩家在解經原則上最主要且根本的差異。

　　清代漢、宋「義理」與「考據」之爭充分表現在有關《詩經》的研究上，如岑溢成所云「在具體的經書研究上，則主要出現在論釋《詩經》的立場上」。〔註15〕馬宗霍論清《詩》學發展大勢云：

> 清之初葉，皆重宋儒之學。……欽定《詩經傳說彙纂》（康熙六十年敕撰，雍正五年告成）雖不全用《朱傳》，而仍以《朱傳》居先。……乾隆之世，漸不局於宋學，……欽定《詩義折中》（乾隆二十年敕撰），分章多準康成，徵事率從《小序》。〔註16〕

宋學、漢學在康熙末、乾隆初時消長態勢已經明朗，由朱熹《詩集傳》的被採信程度可以感受出這點。基於各自的學術立場，漢學、宋學在兩個議題上有明顯對立的主張：一為看待漢代傳注（如《詩序》、《毛傳》、《鄭箋》）的態度，尤其是《詩序》的存廢問題；一為「淫詩」存在與否的問題。

　　關於《詩序》存廢的論辨歷程，紀昀《四庫全書總目》以為肇始於歐陽修《詩本義》，其云：

> 自唐以來，說《詩》者莫敢議毛、鄭，雖老師宿儒，亦謹守《小序》。
> 至宋而新義日增，舊說俱廢，推原所始，實發於修。〔註17〕

甘鵬雲則以為可上推至沈重和成伯璵，其云：

詁因何不能得義理之真」還是其次的問題，首先該探討的恐怕是「如此的訓詁是否堪稱為訓詁」的問題。
〔註15〕《詩補傳與戴震解經方法》第四章〈詩補傳與漢宋之爭〉，頁93。
〔註16〕《中國經學史》第12篇〈清之經學〉，頁139～140。
〔註17〕《四庫全書總目》卷15〈經部十五・詩類一〉歐陽修《毛詩本義》，頁326。

（南北朝）沈重之學，近人李遇孫氏，深病其有二妄，遂開後人攻《小序》之端。……成氏（成伯璵）以己見說經，以《詩序》為毛公所續，與沈重同病，而宋儒疑《序》之風遂乘之大暢矣！……自（宋）後下迄元代，說《詩》家不出廢毛、鄭、《詩序》與宗毛、鄭、《詩序》兩派；而以廢毛、鄭、《詩序》一派為最盛。〔註18〕

甘鵬雲指出，沈重、成伯璵共同開啟宋代疑《序》之風〔註19〕，而甘鵬雲基本主張為宗《序》。主張廢《序》者以朱熹《詩集傳》為權威之作，而宗《序》者便以《詩集傳》為主要攻擊對象。《四庫全書總目》論《詩集傳》時云：

自是以後，說《詩》者遂分攻《序》、宗《序》兩家，角立相爭，而終不能以偏廢。〔註20〕

從此關於《詩序》存廢的一場論爭正式開啟。

朱熹《詩集傳》置《詩序》而不用，顯示出他看待《詩序》的態度。至於《詩序》是非，朱熹另作《詩序辨說》討論。〔註21〕《詩序辨說》中談到對《詩序》的看法，云：

近世諸儒多以《序》之首句為毛公所分，而其下推說云云者，為後人所益：理或有之。但今考其首句，則已有不得詩人之本意而肆為妄說者矣，況沿襲云云之誤哉！然計其初猶必自謂出於臆度之私，非經本文，故且自為一編，別附經後；又以尚有齊、魯、韓氏之說，竝傳於世，故讀者亦有以知其出於後人之手，不盡信也。及至毛公引以入經，乃不綴篇後而超冠篇端，不為注文而直作經字，不為疑辭而遂為決辭。其後三家之傳又絕，而毛說孤行，則其抵捂之迹無

〔註18〕《經學源流攷》卷3〈詩學源流攷第五〉，頁99～104。

〔註19〕紀昀並未認定成伯璵《毛詩指說》與「疑《序》」有直接關聯，只稱說此書論及《詩序》作者的部分頗有見解，其云：「然定《詩序》首句為子夏所傳，其下為毛萇所續，實伯璵此書發其端；則決別疑似，於說《詩》亦深有功矣。」（《四庫全書總目》卷15〈經部十五・詩類一〉成伯璵《毛詩指說》，頁325）

〔註20〕《四庫全書總目》卷15〈經部十五・詩類一〉朱熹《詩集傳》，頁329。

〔註21〕《朱子語類》有言：「某自二十歲時讀《詩》，便覺《小序》無意義。及去了《小序》，只玩味《詩》詞，卻又覺得道理貫徹。當初亦嘗質問諸鄉先生，皆云《序》不可廢，而某之疑終不能釋。後到三十歲，斷然知《小序》之出於漢儒所作，其為繆戾，有不可勝言。東萊不合只因《序》講解，便有許多牽強處。某嘗與言之，終不肯信。《讀詩記》中雖多說《序》，然亦有說不行處，亦廢之。某因作《詩傳》，遂成《詩序辨說》一冊，其他繆戾，辨之頗詳。」（卷80〈詩一〉，頁2078～2479）

復可見，故此《序》者遂若詩人先所命題，而詩文反爲因《序》以作。於是讀者轉相尊信，無敢疑議，至於有所不通，則必爲之委曲遷就，穿鑿而附合之，寧使經之本文繚戾破碎，不成文理，而終不忍明以《小序》爲出於漢儒也。愚之病此久矣，然猶以其所從來也遠，其間容或眞有傳授證驗而不可廢者，故既頗采以附《傳》中，而復并爲一編以還其舊，因以論其得失云。〔註22〕

朱熹談到，《詩序》出自漢儒手筆，不應與《詩經》等同視之，然《詩序》由來既久，未必純屬無稽，是以他建議對《詩序》應秉持著「不盡信」、「不可廢」的態度。朱熹《詩集傳》、《詩序辨說》二書對《詩序》之說也頗有所採，故以爲朱熹主張「廢《序》」，未免言之太過，應該說是「不盡信《序》」。〔註23〕

相對於漢學派的「尊信《詩序》」，以《詩序》爲說《詩》依據而言，「廢《序》」與「不盡信《序》」只是說法與程度上的差異，其實同樣將《詩序》列爲說《詩》時的反省對象；「廢《序》」意味《詩序》毫無參考價值，「不盡信《序》」意味《詩序》有部分參考價值。因此，《詩》學上關於看待《詩序》的問題，其實關鍵在態度是尊信、以爲準據的，或者是不盡信、加以反省的。《四庫全書總目》論《詩序》云：

自元明以至今日，越數百年，儒者尚各分左右袒也，豈非說經之家第一爭詬之端乎！……冠《詩》部之首，明淵源之有自，併錄朱之《辨說》，著門戶所由分，蓋數百年朋黨之爭，茲其發端矣。〔註24〕

長久以來，《詩序》的問題確實是表態一己說《詩》立場的重要關鍵。

皮錫瑞總論南宋至清代《詩序》與朱熹《詩集傳》、《詩序辨說》間的互動情形，云：

朱子作《詩集傳》，始亦從《序》，後與呂祖謙爭辨，乃改用鄭樵說，有《辨說》攻《小序》；而《集傳》未及追改，如〈緇衣〉、〈豐年〉等篇者。元延祐科舉法，《詩》用朱子《集傳》而《毛傳》幾廢。國

〔註22〕《詩序辨說・序》，頁1～2。

〔註23〕岑溢成云：「如果以朱子的《詩集傳》和《詩序辨說》爲宋學的代表，則在《詩經》學上的所謂漢、宋之爭的核心應該是『專主《小序》』和『不專主《小序》』的差異，而不是『宗《序》』和『攻《序》』的對立。」（《詩補傳與戴震解經方法》第四章第一節〈詩經與清代漢宋之爭〉，頁98）

〔註24〕《四庫全書總目》卷15〈經部十五・詩類一・《詩序》〉，頁321～322。

朝人治漢學，始尊毛而攻朱。〔註25〕

事實證明，漢學派終究是清代經學主流，在一片尊重古注、講求訓詁的風潮下，《詩序》、《毛傳》、《鄭箋》漸漸取代朱熹《詩集傳》、《詩序辨說》，位居解《詩》的權威地位。然而，以《詩經通論》的作法與態度來看，顯然以《詩序》爲批判對象，而非釋《詩》的依據。〔註26〕又由《詩經通論》實際說《詩》的情形來看，雖然有 69 首作品採取《序》說，佔全《詩》的 22.5%，〔註27〕但是書中自釋詩義或採錄其他眾家《詩》說的比例都超過於此。就這方面的表現而論，姚際恆與倡導宗《序》的漢學家實有不同。部分學者著重於《詩經通論》這方面的成績，因而視姚際恆具有宋學家的精神。如顧頡剛論姚際恆在《詩》學上的地位云：

漢人治學，其標的爲通經致用。《三百篇》之教，儒生所極意經營者，惟在如何而使天子后妃諸侯王蹈夫規矩，故一意就勸懲以立說，不得其說則實其人事於冥漠之鄉，信之不疑，若曾親接。自今日視之，固當斥其妄誕，而在彼時則自有致治之苦心存焉。世代推壇，史事積累日多，其可爲勸懲者何限，奚必猶以髣髴之詞求之於經。然糾纏既甚，擺脫爲難。以晦庵朱子魄力之雄，舉《毛傳》、《衛序》、《鄭箋》、《孔疏》而悉摧陷之，自爲《集傳》，獨樹赤幟，顧察其所言，因仍舊說者復不尠，知蕩滌之功非一日之事矣。姚首源先生崛起清初，受自由立論之風，遍考九經，存眞別僞，其《詩經通論》十八卷，實承晦庵之規模而更進者，其詆之也即所以繼之也。……遭時不造，漢學勃興，回復於信古之途，其書爲儒者所排擯，若存若亡，不見錄於諸家。〔註28〕

文中推崇《詩集傳》對前代《詩》說的廓清之功，視《詩經通論》爲「承晦庵之規模而更進者，其詆之也即所以繼之也」，並與漢代傳注對立起來。滕志賢也有近似看法，其云：

〔註25〕《經學通論》第 2 篇〈詩經‧論詩序與書序同有可信有不可信今文可信古文不可盡信〉，頁 27。
〔註26〕詳見本書第五章〈詩經通論對詩序的批評〉。
〔註27〕《詩經通論》採納《序》說者如：〈召南‧江有汜〉、〈邶‧匏有苦葉〉、〈鄭‧清人〉、〈齊‧盧令〉、〈齊‧敝笱〉、〈齊‧載馳〉、〈唐‧羔裘〉、〈唐‧采苓〉等等，其中只採《小序》說者 49 首，只採《大序》說者 7 首，大、小《序》並採者 13 首。
〔註28〕顧頡剛〈詩經通論序〉，見《姚際恒著作集》第 1 冊，頁 9～10。

繼承宋學研究傳統一派，以姚際恆和方玉潤為代表。這一派既批評漢學之失「在于固」，又批評宋學之失「在于妄」，他們標榜解《詩》既不依傍《詩序》，也不附和《詩集傳》，「惟是涵泳篇章，尋繹文義，辨別前說，以從其是而黜其非」（《詩經通論·自序》），似乎超然獨立于漢、宋之外。但從他們的學術傾向來看，實際上還是繼承了宋學大膽疑古、獨立思考的傳統。〔註29〕

滕志賢將姚際恆、方玉潤歸入宋學一派。且不論方玉潤，確實，論「大膽疑古、獨立思考」，姚際恆有之，然而，所謂「大膽疑古」、「獨立思考」未必是宋學獨有的治學態度。輕易連繫姚際恆與宋學，恐怕不是妥當的作法。

「淫詩」問題是爭論的另一個重要議題。關於朱熹淫詩說與王柏之刪《詩》，惠周惕《詩說》評論云：

朱子釋《詩》據夾漈之說，凡于《鄭風》《小序》「刺時」、「刺忽」、「閔亂」之作，力詆其謬，改為淫奔之詩，其言亦辨而正。然不知鄭國之亂，在君臣風俗之淫，猶其小者也。三十年中公子五爭，弒奪數見，既立昭公，又立屬公；已而屬公見逐，昭公入，即弒昭公而立子亹；子亹殺于齊，而子儀立，子儀立十四年，又弒之而納屬公；易君篡國，等于兒戲，君臣之變未有甚于鄭者，豈區區淫亂之罪足以蔽其辜哉！朱子欲絕鄭而實寬其大惡，亦弗思矣！〔註30〕

看似同意朱熹以淫詩解〈鄭風〉，故稱「其言亦辨而正」。然而，這段文字論述的重點其實在於批評朱熹以淫詩解〈鄭風〉是為鄭削過的作法，惠周惕最終仍然認為《序》說才真正能夠顯出鄭國之亂，切中「君臣之變」的要處。由此看來，惠周惕並不主張從淫詩的角度解讀〈鄭風〉。他接著說：

衛俗之淫也，鄭聲之淫也，今以事跡之，衛宣之惡，亙古未有，鄭則無是也。自朱子指斥鄭詩，其惡幾浮于衛國，固已輕重失倫矣。至金華黃魯齋則又取衛黜鄭，削去鄭詩十一首，尤近于僭矣。彼見〈雄雉〉引于《論語》、〈淇奧〉引于〈大學〉，而鄭獨不然，是以取此黜彼，固哉高叟之為《詩》也。〔註31〕

〔註29〕《詩經引論》第九章第三節（三）〈清代詩經研究對漢學、宋學全方位的繼承與發展〉，頁198～199。

〔註30〕《皇清經解》卷191《詩說》，頁3088。

〔註31〕《皇清經解》卷191《詩說》，頁3088。
　　　　文中「金華黃魯齋」指王柏，本應作「金華王魯齋」。所謂「衛宣之惡亙古未

此處指出，論淫風流行，以衞宣公時期爲最，朱熹卻多以淫詩說〈鄭風〉，未免錯失焦點；至於王柏刪《詩》，更屬僭聖妄爲。基本上，惠周惕還是認同《序》說，對於淫詩說頗有責辭。

對這個問題，戴震也發表了一段議論，云：

「《詩》三百，一言以蔽之，曰：『思無邪』。」夫子之言《詩》也。而〈風〉有貞淫，說者因以無邪爲讀《詩》之事，謂《詩》不皆無邪也；此非夫子之訓《詩》也。先儒爲《詩》者，莫明於漢之毛、鄭，宋之朱子。然一詩而以爲君臣朋友之詞者，又或以爲夫婦男女之詞；以爲刺譏之詞者，又或以爲稱美之詞；以爲他人代爲詞者，又或以爲己自爲詞。其主漢者必攻宋，主宋者必攻漢，此說之難一也。余私謂《詩》之詞不可知矣，得其志則可以通乎其詞。作詩者之志愈不可知矣，斷之以「思無邪」之一言，則可以通乎其志。〈風〉雖有貞淫，詩所以表貞止淫，則上之教化時或浸微，而作詩者猶覬挽救於萬一，故《詩》足貴也。《三百》之皆無邪，至顯白也。況夫有本非男女之詩，而說者亦以淫泆之情概之。於是目其詩，則褻狎戲謔之蕘言，而聖人顧錄之。淫佚者甘作詩以自播，聖人又播其蕘言於萬世，謂是可以考見其國之無政，可以俾後之人知所懲，可以與〈南〉、〈豳〉、〈雅〉、〈頌〉之章並列之爲經，余疑其不然也。宋後儒者求之不可通，至指爲漢人竄入淫詩，以足三百之數，欲舉而去之，其亦妄矣。今就全《詩》，考其字義名物於各章之下，不以作詩之意衍其說。蓋字義名物，前人或失之者，可以詳覈而知，古籍具在，有明證也。作詩之意，前人既失其傳，非論其世，知其人，固難以臆見定也。姑以夫子之斷夫《三百》者，各推而論之，用附於篇題後。司馬氏曰：「〈國風〉好色不而不淫，〈小雅〉怨誹而不亂。」又曰：「《詩》三百篇，大抵聖賢發憤之所爲作也。」漢初師傳未絕，此必七十子所聞之大義。余亦曰：「《三百篇》皆忠臣、孝子、賢婦、良友之言也，其間有立言最難，用心獨苦者，則大忠而託諸詭言遜詞，亦聖人之所取也。必無取乎小人而邪僻者之蕘言，以爲賢聖相

有」，蓋由《序》說而來，《詩序》云：「〈氓〉，刺時也。宣公之時，禮義消亡，淫風大行，男女無別，遂相奔誘。華落色衰，復相棄背。或乃困而自悔，喪其妃耦，故序其事以諷焉，美反正，刺淫泆也。」

雜厕焉。」〔註32〕

戴震相當肯定朱熹《詩集傳》，認爲與《毛傳》、《鄭箋》同爲前代說《詩》的經典之作。不過，在淫詩的問題上，他秉持著孔子「思無邪」之訓，堅決反對朱熹以淫詩說《詩》而將「思無邪」歸諸讀《詩》者工夫的說法。對於王柏刪《詩》，自然更不能苟同。戴震談到，純由作品層面來看，〈國風〉確實有貞詩、淫詩，加以詩人原意已無從印證，難以斷言其究竟爲貞爲淫，然而，由「思無邪」一語足以「通作詩之志」應爲「表貞止淫」。因而戴震指出，相對於詩人原意的難以逆測，倒不如詳考《詩經》之字義名物來得實際有功。在此戴震除了駁斥淫詩說，還點出一條研究《詩經》的途徑，即放棄對個別詩人原意的過度探求，轉向字義名物訓詁方面著力；這點頗能凸顯漢學家本色。

關於王柏刪《詩》，《四庫全書總目》評爲「第一怪事」，其云：

此書則攻駁毛鄭不已，併本經而攻駁之，攻駁本經不已，又併本經而刪削之。……則併篇名改之矣。此自有六籍以來，第一怪變之事也。〔註33〕

事實上，即使捍衞宋學如方東樹者，也難接受王柏之舉。方東樹云：

王柏刪《詩》，罪無可逭，斥之爲異端邪說，是也。近人攻朱子者，或罪柏爲妄，謂朱子實啓之；或挾柏爲功用，證朱門之人且不遵朱子，以爲口實，皆非正論。所謂項莊舞劍，志在沛公者也。愚謂朱子自是，王柏自非。

若夫程言論道德，初無偏倍；今以王柏之疑經歸獄朱子，是則亦可以今漢學者之妄蔽罪康成乎？〔註34〕

方東樹痛斥王柏之餘，並將王柏與宋學劃清界限，聲言王柏刪《詩》爲個人行爲，與朱熹無關，與宋學亦無關，宋學仍是正統，王柏則是異端。由之可見，朱熹淫詩說爲宋學派所主，至於王柏刪《詩》，根本兩不見容於漢、宋二家。

在「淫詩」的問題上，姚際恆與漢學家的見解相同，力主《詩經》絕無淫詩。他論〈鄭風〉時談到：

〔註32〕戴震《文集》卷 10《毛詩補傳·序》，見《戴震集》，頁 146～147。《毛詩補傳》或稱《詩經補傳》，定稿改稱《詩經補注》，共 2 卷，僅論及〈周南〉及〈召南〉之詩。

〔註33〕《四庫全書總目》卷 17〈經部十七·詩類存目一·詩疑〉，頁 363。

〔註34〕《漢學商兌》卷下，頁 300、頁 316。

特自作《序》者「固哉」爲詩，必欲切合鄭事。夫言詩而有關國是，疇不願之，然其如不類何！故予謂漢儒言《詩》不類，以致宋儒起而叛之，于是肆其邪說，無所忌憚。予固不憾漢儒言《詩》不類；憾其言《詩》不類，使後人一折而入于淫耳。予讀〈鄭風〉諸篇，于漢、宋之儒不能無三嘆焉。然漢儒之誤也猶正，宋儒之誤也則邪。宋儒之罪實浮于漢儒多矣。〔註35〕

姚際恆認爲，《詩序》解詩不當，造成宋儒提出「淫詩說」以爲對抗；從源頭來看，《詩序》固然難以推卸責任，但是，錯誤的發生最終不得不歸咎於朱熹《詩集傳》。他分析指出，漢儒的說法仍不失正途，宋儒之說則墮入邪道；這主要是針對淫詩說而言。

自從孔子以「思無邪」統釋全《詩》，說《詩》者無不奉爲最高法則，漢、宋二派即使在許多問題上針鋒相對，獨於此無異議。然而，同樣在「思無邪」的準則之下，宋學派以爲《詩》有淫詩，漢學派認爲《詩》絕無淫詩，這之間所爭議的恐非單純事實的問題，而是關係著雙方解《詩》原則與理念的差異。漢學派以「訓詁」而「義理」爲解經原則，凡「義理」必須建立在「訓詁」的基礎上；若「思無邪」爲全《詩》「義理」所在，那麼先決條件是必須結合各詩之文義「訓詁」而集體呈現此「義理」，若《詩》有淫詩，則根本無法得出此一「義理」。然而「思無邪」既出自孔子之口，自然不容懷疑，是以說《詩》者的責任，則是正確詮釋出各詩無邪的詩義，以期能一一符合思無邪之旨。宋學派以「義理」而「訓詁」爲其解經原則，此「義理」先決於「訓詁」，一旦確立「思無邪」之「義理」，即使「訓詁」的結果爲《詩》有淫詩，也不致動搖此一先決之「義理」。

漢、宋二派「淫詩」之辨，除了表現在對朱熹《詩集傳》採信與否的態度上，背後基本的認知差異則關乎各自之解經原則，在這方面，很明顯的姚際恆接近漢學派。在姚際恆的觀念裡，「思無邪」是原則，也是目的，而它必須建立在「《詩》無邪詩」的基礎上。孔子揭示了「思無邪」一語，至於實際從事說解詩義工作，證明「《詩》無邪詩」，則是後世說《詩》者的任務。姚際恆云：

須知文義方可解經義。〔註36〕

〔註35〕《詩經通論》卷5〈鄭·溱洧〉，頁114。
〔註36〕《春秋通論》卷14〈定公四年〉，頁402。

因此，理解各詩文義才能獲知「思無邪」的宗旨，而由孔子「思無邪」一語所提供的保證，可以肯定詩義必然合於正道。

《詩經通論》主要探討的是各詩詩旨，闡發「思無邪」之意，明《詩》教於天下；至於名物訓詁方面，較少觸及。從《詩經通論》論《左傳》與姚炳《詩識名解》可以看出這點，其云：

> 《毛傳》古矣，惟事訓詁，與《爾雅》略同，無關經旨，雖有得失，可備觀而弗論。(〈自序〉)

> 《毛傳》依《爾雅》作《詩詁訓》，不論詩旨，此最近古。其中雖不無舛謬，然自為《三百篇》不可少之書。(〈詩經論旨〉)

> 作是編訖，姪炳以所作《詩識名解》來就正；其中有關於詩旨者，間採數條，足輔予所不逮，則又不徒如予上所論也；深喜家學之未墜云。(〈詩經論旨〉)〔註37〕

姚際恆作《詩經通論》的目的在於論詩旨，至於名物訓詁方面，他採取的態度是「不重」而非「排斥」，從他論《毛傳》、《詩識名解》的語氣看來，並無輕視之意。姚際恆在《儀禮通論》中談到所謂「通論」的性質，云：

> 予之通論，不為訓詁。是編乃集前儒訓詁者，則以舉世誤傳《儀禮》難讀，而實亦鮮訓詁善本，末學小生，無由循覽，知其文義。故于己意發明外，其不及者，取敖、郝二氏之書，擇其善者，別以細字書于後。再加分節標題，句讀鈎畫，圈點評語，讀者一開卷，而可瞭然，自無難讀難通之患矣。在諸經中別為一格，覽者審之。〔註38〕

依姚際恆所言，其所作《九經通論》的特色為「不為訓詁」，重在推求各經之旨；惟作《儀禮通論》則多取敖繼公、郝敬二家之訓詁，乃因《儀禮》較難理解且「鮮訓詁善本」緣故。

由此推知，《詩經通論》之不重訓詁，並非因為輕視訓詁，而是由於一則此書論述重點本不在訓詁〔註39〕，二則《詩經》已有《毛傳》之訓詁，此即其稱

〔註37〕《詩經通論・自序》，頁2；卷前〈詩經論旨〉，頁4；〈詩經論旨〉，頁9。

〔註38〕《儀禮通論》(一)卷前〈論旨〉，頁32～33。「敖、郝二氏之書」，指敖繼公《儀禮集說》、郝敬《儀禮節解》。《續修四庫全書》「經部・禮類」收錄姚際恆《儀禮通論》之〈自序〉、〈儀禮論旨〉、卷1～卷13，為《儀禮通論》(一)，卷14～卷17為《儀禮通論》(二)。

〔註39〕林慶彰云：「姚氏一生著書的目的，並不在考證經書中的名物制度，所以這方面的造詣仍舊不高。」(《姚際恆研究論集(中)》之〈姚際恆對朱子詩集傳的

《毛傳》爲「《三百篇》不可少之書」的道理。就表象來看，《詩經通論》專論詩旨，不重訓詁，幾近宋學；然而，姚際恆肯定《毛傳》、《詩識名解》之於《詩經》的作用，可見根本上他認同名物訓詁有獨立的價值，這點接近漢學理念。

　　綜合上述分析可知，若想截然將姚際恆歸入「漢學」或「宋學」是不可能的，至於皮錫瑞所謂的「漢宋兼采」，恐怕更無法說明事實真相。何定生評姚際恆云：

　　　　他罵朱以理學說《詩》，他並不要毛、鄭。他罵鄭以《禮》說《詩》，
　　　　他並不要三家。換句話說，姚氏是各派混戰中的超然的一派。〔註40〕

顧頡剛《詩經通論》點校本前原有北京中華書局 1958 年 11 月之「出版者說明」，其中有一段文字敘述：

　　　　尊序與宗朱，是幾百年詩經學研究中激烈爭論的中心。在這時期，
　　　　能夠不牽涉到這個聚訟紛爭中去，而能從詩的本義說《詩》的，只
　　　　有姚際恆、崔述、方玉潤等幾個人。〔註41〕

然而，所謂的「超然」、「不牽涉」，畢竟是籠統的說法。林慶彰曾分就「分辨經書之真偽」、「破除解經的障礙」、「回歸原典的努力」探討姚際恆治經態度與經學地位。〔註42〕就分辨經書真偽而言，與《詩經》有直接關聯的是《詩序》的真偽；就破除解經障礙而言，相關者爲自漢、宋、明以來的解經之作，其中尤以反省朱熹《詩集傳》具有指標意義。林慶彰云：

　　　　這是姚氏瓦解宋學解釋傳統的致命一擊。

　　　　姚氏批評朱子《詩集傳》可說是回歸《詩經》本義的第一步。〔註43〕

這一切的努力都導向「回歸原典」的目的，由此可見《詩經通論》解經的基本方向與立場。誠如林慶彰云：

　　　　姚氏的解經，大膽地拋卻前人經解的束縛，超越程朱、陸王之爭，
　　　　而直探孔、孟之真義，以重建儒學的真面貌，這是明清之際儒學的
　　　　偉大理想。從前文的論述中，我們知道姚氏在這一「回歸原典」的

批評〉，頁 677）
〔註40〕《古史辨》第 3 冊〈關于詩經通論〉，頁 419。
〔註41〕《姚際恒著作集》第 1 冊《詩經通論》之〈出版者說明〉，頁 2～3。此說明只書寫「中華書局」字樣，未署作者之名。
〔註42〕《姚際恒研究論集（上）》之〈姚際恆治經的態度〉，頁 169～194。
〔註43〕《姚際恒研究論集（上）》之〈姚際恆治經的態度〉，頁 185；《姚際恒研究論集（中）》之〈姚際恆對朱子詩集傳的批評〉，頁 681。

運動中，擔負了相當吃重的角色。〔註44〕

「回歸原典」是一種根本的解經方向與態度，漢學家認為必須通過訓詁考據以回歸原典，宋學家認為須由義理的掌握以回歸原典，姚際恆則擺脫傳注、建立一己詮釋原則、詮釋方法以回歸原典。在擺落傳注影響的表現上，姚際恆的態度較漢學家開放；在運用詮釋原則與詮釋方法說《詩》的作法上，姚際恆也比宋學家具有考據覈實的精神。這是姚際恆之所以不同於漢學、宋學而能超越二家的原因。

二、《詩經通論》的說《詩》立場

對於前人治經，姚際恆頗致批評，他在論《禮記‧經解》時談到各代解經的情形，其云：

> 嘗謂經之有解，經之不幸也。曷為乎不幸？以人皆知有經解而不知有經也。曷咎乎經解？以其解之致愄，而經因以晦。經晦而經因以亡也，其一為漢儒之經解焉，其一為宋儒之經解焉，其一為明初諸儒墨守排纂宋儒一家之經解而著為令焉。……苟以漢宋諸儒久愄之經解而明辨之，則庶幾反經而經正，其在此時矣。此以〈經解〉名篇，正是漢儒之濫觴，漢以前無之，則吾竊怪夫斯名之作俑也。〔註45〕

他指出，經義之不明以至於消亡，皆因後世經解之不當所造成，漢儒、宋儒以及遵守宋儒之說的明儒都難辭其咎。對於前人傳注，姚際恆往往是貶過於褒。姚際恆於《春秋通論》中云：

> 諸經之亡，皆亡于傳註，而《春秋》為尤甚。〔註46〕

又云：

> 以邪見解經，經何得不亡哉！〔註47〕

整體而言，他認為漢、宋、明的解經水準實低，不僅不能達到解經的目的，反而造成後人理解的障礙，這是姚際恆對於前代解經之作的集體認知。因此，如欲解經，必須認清前代傳注的誤謬，進而擺脫傳注，直接由經文本身解經。

〔註44〕《姚際恆研究論集（上）》之〈姚際恆治經的態度〉，頁204～205。

〔註45〕《禮記通論輯本（下）‧經解》，頁275～276；原杭世駿《續禮記集說》卷83，頁1。

〔註46〕此段《續修四庫全書》本未錄，引自《姚際恒著作集》第4冊《春秋通論‧序》，頁5。

〔註47〕《春秋通論》卷4〈莊公二十四年〉，頁337。

關於前代說《詩》具體成績，姚際恆《詩經通論》卷前〈詩經論旨〉以不少篇幅討論，其中有總評，也有個別評論。姚際恆總評漢、宋、明說《詩》情形云：

> 予謂漢人之失在于固，宋人之失在于妄；固之失僅以類夫高叟，妄之失且爲咸丘蒙以〈北山〉四言爲天子臣父之證矣。(〈自序〉)

> 予嘗論之，固執之士不可以爲《詩》：聰明之士亦不可以爲《詩》。固執之弊，人所知也；聰明之弊，人所未及知也。如明之豐坊、何楷是矣。抑予謂解《詩》，漢人失之固，宋人失之妄，明人失之鑿，亦爲此也。鑿亦兼妄，未有鑿而不妄者也，故歷敘古今說《詩》諸家。(〈詩經論旨〉)〔註48〕

對於漢、宋、明之《詩》說，他給予「固」、「妄」、「鑿」的評語。「固」、「妄」、「鑿」間有程度差異，「固」勝於「妄」，「妄」又勝於「鑿」，但基本上都是負面的評價，可知姚際恆對於前代《詩》說多感不滿。

在單一作品的解釋上，姚際恆承認後人不乏超越前人之說，如〈鄭·緇衣〉一詩，其云：

> 予嘗謂解經以後出而勝，斷爲不誣。如此詩，《序》、《傳》皆謂「國人美武公」；《集傳》、《詩緝》皆從之，無異說。自季明德始以爲「武公好賢之詩」，則「改衣」、「適館」、「授餐」皆合。不然，此豈國人所宜施于君上者哉！說不去矣。〔註49〕

可見他也能夠欣賞與接受後人精當的解說；不過，就整體成果來看，姚際恆對前人《詩》說的表現終究有一代不如一代的感歎。

由《詩經通論》針對各書所作的評論當中，能夠看出姚際恆對前人《詩》說的評價。在漢儒傳注部分，姚際恆論《毛傳》云：

> 《毛傳》依《爾雅》作詩詁訓，不論詩旨，此最近古。其中雖不無舛譌，然自爲《三百篇》不可少之書。〔註50〕

他肯定《毛傳》的訓詁對說《詩》有直接的助益，具有一定的價值。對於《鄭箋》，姚際恆評云：

> 予謂康成《詩》固非長，禮亦何長之有！苟使眞長于禮，必不以禮

〔註48〕《詩經通論·自序》，頁2；卷前〈詩經論旨〉，頁7。
〔註49〕《詩經通論》卷5〈鄭，緇衣〉，頁100。
〔註50〕《詩經通論》卷前〈詩經論旨〉，頁4。

釋《詩》矣。況其以禮釋《詩》，又皆謬解之理也。夫以禮釋《詩》
且不可，況謬解之理乎！（〈詩經論旨〉）

前輩說《詩》至此，眞堪一唾！（〈召南‧草蟲〉）

不詳來歷，不解文義，直與稚子塗鴉何異！仍以註《經》，而後世群
遵之而習讀之，不可曉也。（〈周頌‧噫嘻〉）〔註51〕

姚際恆最感不滿的是《鄭箋》的以三《禮》說《詩》，對《鄭箋》的批評也多
集中在這點上，其他方面較少談論，採《鄭箋》解《詩》的情況更少。

關於宋代《詩》說，姚際恆論歐陽修《詩本義》云：

歐陽永叔首起而辨《大序》及鄭之非，其詆鄭尤甚；在當時可謂有
識，然仍自囿于《小序》，拘牽墨守。人之識見固有明于此而闇于彼，
不能全者耶？其自作《本義》，頗未能善，時有與鄭在伯仲之間者，
又足哂也。〔註52〕

指出《詩本義》仍遵循《詩序》之說，評價爲與《鄭箋》不相上下，意謂無
多可採。姚際恆論蘇轍《詩集傳》則云：

蘇子由《詩傳》大概一本于《序》、《傳》、《箋》，其闡發處甚少；與
子瞻《易》、《書》二傳亦相似。才人解經，固非其所長也。〔註53〕

認爲此書一宗漢儒傳注，個人創見甚少。論呂祖謙《呂氏家塾讀詩記》則云：

呂伯公《詩記》，纂輯舊說，最爲平庸。〔註54〕

以爲其書只在採輯前人舊說。宋人解《詩》之作中，姚際恆最推崇嚴粲《詩
緝》，其云：

嚴坦叔《詩緝》，其才長于《詩》，故其運辭宛轉曲折，能肖詩人之
意；亦能時出別解。第總囿于《詩序》，間有齟齬而已。惜其識小而
未及遠大；然自爲宋人說《詩》第一。〔註55〕

此處談論《詩緝》的優點，一、能得詩人之意，二、別出新解；缺點則是不
能擺脫《詩序》影響。整體來看，姚際恆認爲宋人說《詩》仍以遵循漢注爲
多，尤其不能忘情於《詩序》。這個說法主要建立在對於宋人《詩》說與《序》

〔註51〕《詩經通論》卷前〈詩經論旨〉，頁4～5；卷2〈召南‧草蟲〉，頁36；卷16
〈周頌‧噫嘻〉，頁335。
〔註52〕《詩經通論》卷前〈詩經論旨〉，頁5。
〔註53〕《詩經通論》卷前〈詩經論旨〉，頁5。
〔註54〕《詩經通論》卷前〈詩經論旨〉，頁5。
〔註55〕《詩經通論》卷前〈詩經論旨〉，頁5。

說之相似性的觀察上，宋人《詩》說的獨創性因而不彰。

關於明代《詩》學，姚際恆評郝敬《詩經原解》云：

> 郝仲輿《九經解》，其中莫善于《儀禮》，莫不善于《詩》。蓋彼于《詩》
> 恪遵《序》說，寸尺不移，雖明知其未允，亦必委曲遷就以爲之辭，
> 所謂專己守殘者。其書令人一覽可擲，何也？觀《序》足矣，何必
> 其書耶！其遵《序》之意全在敵朱。予謂《集傳》驅之仍使人遵《序》
> 者此也。〔註56〕

認爲此書因意氣反對朱熹《詩集傳》而盲目遵守《序》說，由「一覽可擲」
之語可知姚際恆的觀感。論《子貢詩傳》、《申培詩說》二書爲僞作〔註57〕，
姚際恆云：

> 《子貢詩傳》、《申培詩說》，皆豐道生一人之所僞作也。名爲二書，
> 實則陰相表裡，彼此互證，無大同異。又暗襲《集傳》甚多；又襲
> 《序》爲朱之所不辨者。見識卑陋，于斯已極，何苦作僞以欺世？
> 既而思之，有學問識見人豈肯作僞，作僞者正若輩耳！〔註58〕

指出此二書爲豐坊僞作，且多襲《詩序》、《詩集傳》之說，見識卑下。姚際
恆論朱謀㙔《詩故》，以爲價值有限，其云：

> 朱鬱儀《詩故》，亦平淺，間有一二可採。〔註59〕

〔註56〕《詩經通論》卷前〈詩經論旨〉，頁5～6。

〔註57〕姚際恆論二書出現緣由，云：「二書忽出于嘉靖中，稱香山黃佐所得；當時人
翕然惑之，幾于一闢之市。張元平刻之成都，李本寧刻之白下，凌濛初爲《詩
傳嫡冢》，郝忠徹爲《詩傳闡》，姚允恭爲《傳說合參》皆盛行于世。道生又
自爲《魯詩世學》，專宗《說》而間及于《傳》，意以《說》之本《傳》也。
又多引黃泰泉說，泰泉即佐，乃道生座師，著《詩經通解》者，故二書多襲
之。因謂出于佐家，又以見佐有此二書，故《通解》中襲之也。其用意狡獪
如此，今世此二書已灰冷；然終在世，故詳之，無俾後人更惑焉。其尤可惡
者，在于更定篇次，紊亂聖經，又啓夫何玄子以爲之先聲焉，豐氏《魯詩世
學》極罵季本。按季明德《詩學解頤》亦頗平庸，與豐氏在伯仲間，何爲罵
之？想以仇隟故耶？」（《詩經通論》卷前〈詩經論旨〉，頁6）
姚際恆此段文字最後對於豐坊《魯詩世學》與季本《詩說解頤》間恩怨的推
論，未必屬實。據林慶彰考查，《子貢詩傳》有抄本、刻本兩系統，內容編排
略有不同，抄本爲豐坊僞本，刻本乃王文祿改本，今日流傳者多爲改本。至
於《申培詩說》，則爲王文祿抄襲《魯詩世學》之〈正說〉部分所成，非豐坊
所作。林慶彰研究結果已普遍獲得認同，可修正姚際恆之說。見《清初的群
經辨僞學》第五章〈考辨詩傳和詩說〉，頁251～298。

〔註58〕《詩經通論》卷前〈詩經論旨〉，頁6。

〔註59〕《詩經通論》卷前〈詩經論旨〉，頁6。

姚際恆論鄒忠徹《詩傳闡》、何楷《詩經世本古義》，以爲受《子貢詩傳》、《申培詩説》二僞作不良影響，其云：

> 鄒肇敏《詩傳闡》，文辭斐然；惜其入僞書之魔而不悟耳。
>
> 何玄子《詩經世本古義》，其法紊亂《詩》之原編，妄以臆見定爲時代……其罪尤大者，在于滅《詩》之〈風〉、〈雅〉、〈頌〉……其釋詩旨，漁獵古傳，摭拾僻書，共其採擇，用志不可謂不過勤，用意不可謂不過巧；然而一往鑿空，喜新好異，武斷自爲，又復過于冗繁，多填無用之説，可以芟其大半……大抵此書《詩》學固所必黜，而亦時可備觀，以其能廣收博覽。凡涉古今《詩》説及他説之有關于《詩》者靡不兼收並錄；復以經、傳、子、詩所引《詩》辭之不同者，句櫛字比，一一詳註于下；如此之類，故云可備觀爾。有志《詩》學者于此書不可惑之，又不可棄之也。〔註60〕

姚際恆對何楷《詩經世本古義》的態度相當耐人尋味。一方面，他認爲此書紊亂《詩經》編次，取消〈風〉、〈雅〉、〈頌〉的區分，等於破壞《詩經》原有的形式，荒謬已極；而所論詩旨又穿鑿武斷，雜而無當。另一方面，他又頗認同此書收錄許多相關資料，足以備觀。對於《詩經世本古義》一書，姚際恆提出一項結論：「不可惑之，不可棄之」，意即有若干價值，但這個價值必須透過讀者考證判斷去開發，此類《詩》説可視爲讀者的挑戰。由姚際恆論諸書情形看來，明代《詩》學似乎仍以穿鑿爲説者居多。

姚際恆論自漢至清初《詩》學研究發展大勢，云：

> 自東漢衛宏始出《詩序》，首惟一語，本之師傳，大抵以簡略示古，以渾淪見該，雖不無一二宛合，而固滯、膠結、寬泛、填湊，諸弊叢集。其下宏所自撰，尤極踳駁，皆不待識者而知其非古矣。自宋晁説之、程泰之、鄭漁仲皆起而排之。而朱仲晦亦承焉，作爲《辨説》，力詆《序》之妄，由是自爲《集傳》，得以肆然行其説；而時復陽違《序》而陰從之，而且違其所是，從其所非焉。武斷自用，尤足惑世。因歎前之遵《序》者，《集傳》出而盡反之，以遵《集傳》；後之駁《集傳》者，又盡反之而仍遵《序》；更端相循，靡有止極。窮經之士將安適從哉？予嘗論之，《詩》解行世者有《序》，有《傳》，有《箋》，有《疏》，有《集傳》，特爲致多，初學茫然，罔知專一。予以爲《傳》、

〔註60〕《詩經通論》卷前〈詩經論旨〉，頁6～7。

《箋》可略，今日折中是非者，惟在《序》與《集傳》而已。《毛傳》
古矣，惟事訓詁，與《爾雅》略同，無關經旨，雖有得失，可備觀而
弗論。《鄭箋》鹵莽滅裂，世多不從，又無論已。惟《序》則昧者尊
之，以爲子夏作也，《集傳》則今世宗之，奉爲繩尺也。〔註61〕

姚際恆指出，歷代說《詩》以《詩序》、《毛傳》、《鄭箋》、《孔疏》、《詩集傳》
爲人所習，影響力最廣泛。他建議，《詩序》、《詩集傳》討論詩旨，不可不論，
其餘可略而不談。由這段文字最後的敘述可知，姚際恆所處時代的《詩》學
風潮，仍以朱熹《詩集傳》居主流，是以《詩經通論》對之批評獨多，斥其
「武斷惑世」，正是出於一種學術上的反省。姚際恆云：

大抵遵《集傳》以敵《序》，固不可；遵《序》以敵《集傳》，亦終
不得。〔註62〕

面對《詩序》與《詩集傳》，姚際恆希望盡量保持立場中立。事實上，對於前
人《詩》說，姚際恆總是採取反省批評的角度，一一指謫其錯誤，不曾對任
何一家表示出孺慕嚮往之意，因而呈現出一種獨立堅毅、放肆直言的學術性
格。〔註63〕

在詩義的說解方面，姚際恆曾說過以《詩序》與朱熹《詩集傳》折中是非，
此言容易給人失當的印象，以爲《詩經通論》只在於擷取前人之說。事實上，
辨析前人《詩》說只是《詩經通論》的一部分，其積極目的仍是解讀詩義。

經過分析統計，《詩經通論》說解305篇詩義的情形如下：

一、詩義闕疑：計18篇，佔6%。

如：〈周南〉之〈芣苢〉、〈召南〉之〈殷其靁〉、〈王〉之〈君子陽陽〉、〈齊〉
之〈東方未明〉、〈甫田〉、〈陳〉之〈東門之楊〉、〈澤陂〉、〈周頌〉之〈絲衣〉
等等。

二、自釋詩義：計124篇，佔40.5%。

如：〈周南〉之〈桃夭〉、〈麟之趾〉、〈召南〉之〈鵲巢〉、〈采蘋〉、〈行露〉、〈羔
羊〉、〈野有死麕〉、〈騶虞〉、〈邶〉之〈日月〉、〈終風〉、〈鄘〉之〈柏舟〉、〈鶉
之奔奔〉、〈衛〉之〈考槃〉、〈有狐〉、〈木瓜〉、〈王〉之〈采葛〉等等。

〔註61〕《詩經通論・自序》，頁2。
〔註62〕《詩經通論》卷前〈詩經論旨〉，頁6。
〔註63〕姚際恆論〈豳・七月〉時曾以「笨伯」、「癡叔」稱鄭玄，罵時暢快，然未免
　　　　失態；不過由此可見其出語直率。

三、從《詩序》之說：計 69 篇，佔 22.5%。

（一）大、小《序》說皆從者計 13 篇，佔 4.3%。

　　如〈召南〉之〈江有汜〉〈邶〉之〈匏有苦葉〉、〈鄭〉之〈清人〉、〈齊〉之〈盧令〉、〈敝笱〉、〈載驅〉、〈唐〉之〈羔裘〉等等。

（二）只從《小序》說（各詩之《序》首句）者計 49 篇〔註64〕，佔 16%。

　　如〈周南〉之〈螽斯〉、〈邶〉之〈燕燕〉、〈鄘〉之〈桑中〉、〈唐〉之〈無衣〉、〈檜〉之〈匪風〉、〈小雅〉之〈皇皇者華〉、〈頍弁〉、〈大雅〉之〈緜〉、〈思齊〉等等。

（三）只從《大序》說者計 7 篇，佔 2.2%。

　　即〈周南〉之〈汝墳〉、〈邶〉之〈凱風〉、〈鄘〉之〈牆有茨〉、〈唐〉之〈椒聊〉、〈鴇羽〉、〈小雅〉之〈車攻〉、〈大東〉。

四、從朱熹《詩集傳》說：計 21 篇，佔 7%。

　　如〈王〉之〈葛藟〉、〈鄭〉之〈羔裘〉、〈唐〉之〈有杕之杜〉、〈陳〉之〈宛丘〉、〈小雅〉之〈雨無正〉、〈魚藻〉、〈瓠葉〉等等。

五、博採各家《詩》說〔註65〕：計 73 篇，佔 24%。

（一）採何楷《詩經世本古義》之說計 17 篇，佔 6%。

　　如〈齊〉之〈猗嗟〉、〈秦〉之〈小戎〉、〈陳〉之〈東門之枌〉、〈防有鵲巢〉、〈月出〉、〈小雅〉之〈祈父〉、〈瞻彼洛矣〉、〈裳裳者華〉等等。

（二）採《左傳》《詩》說計 11 篇，約 4%。

　　如〈周南〉之〈卷耳〉、〈邶〉之〈綠衣〉、〈鄭〉之〈褰裳〉、〈秦〉之〈黃鳥〉、〈曹〉之〈候人〉、〈小雅〉之〈四牡〉、〈蓼蕭〉等等。

（三）採嚴粲《詩緝》之說計 9 篇，佔 3%。

〔註64〕 關於《詩序》，自六朝開始有大小之分。歷來論者對大、小《序》的界定各有不同，一般大多以冠於〈關雎〉之前，統論全書者為《大序》，居各篇詩前說明該詩要旨者為《小序》。姚際恆則以各詩前首句為《小序》，以下為《大序》；又以《小序》為古序，為前序；《大序》為後序等。姚際恆之所以持此說，不僅因為大、小《序》在形式上長短有別，在作者及本質方面，兩者亦存在著極大的差異。整體而言，在姚際恆的認知中，《小序》的價值遠超乎《大序》。

〔註65〕 《詩經通論》中引用資料來源，如《荀子》、《韓詩》、《淮南子》、《呂覽》、《墨子》、《漢書》等，輔廣、楊用修、王雪山、陸師農、孫文融、沈無回、陳祥道、范景仁等等，接近百家，可謂旁徵博引。至於採取其《詩》說者，亦有數十家，如歐陽修、季本、胡休仲、章俊卿、曹氏、王符、許魯齋、陳道掌等等（依《詩經通論》中出現順序舉例）。

如〈邶〉之〈谷風〉、〈鄘〉之〈相鼠〉、〈載馳〉、〈齊〉之〈雞鳴〉、〈唐〉之〈揚之水〉、〈小雅〉之〈小宛〉等等。

（四）採《鄭箋》、鄒忠徹《詩傳闡》、《子貢詩傳》等《詩》說約2～4篇，各佔約1%。

如〈衛·伯兮〉採《鄭箋》之說，〈大雅·江漢〉採鄒忠徹說，〈周南·樛木〉採《子貢詩傳》之說等等。

由此得知：一、《詩經通論》大多自立新說，對《詩經》40%以上的作品提出新解，這是姚際恆說《詩》重要的個人成就。二、在採納前人《詩》說的部分，以對《詩序》的接受度最高，全《詩》22.5%作品的解釋仍採用《序》說，其中尤以採《小序》之說的情形為多，這是為什麼有人會認為《詩經通論》走回《詩序》傳統的原因。〔註66〕然而問題在於，並非全盤推翻前說才算具有創新意義，姚際恆反駁77.5%《序》說，足證他嚴格批判的精神；至於認同22.5%《序》說，則可見他並非出自意氣，也能於多方反省之後客觀接受《詩序》的見解。三、《詩經通論》運用考辨手法，駁斥朱熹《詩集傳》中93%的《詩》說，貫徹了他「《集傳》可廢」的主張；不過，姚際恆也接受《詩集傳》7%的說法，這是姚際恆說《詩》客觀態度的另一證。四、《詩經通論》博採眾家《詩》說，如斥之為「罪可勝誅」的何楷《詩經世本古義》、「偽作」的《子貢詩傳》、《申培詩說》、「不得《詩》之意」的《鄭箋》，也認同他們2～4篇詩義的解釋。由之可見，在實際的詩義解釋上，姚際恆確實不專主任一家，態度堪稱客觀。他雖然對前人《詩》說成績普遍不滿，但也能接受他們部分的解釋，將集體評價與個別價值區分為二，思考可謂理性。

對於前人傳注，姚際恆總是貶抑為多；但是對經書（除了其認定為偽書如《周禮》者之外）的態度卻是絕對尊崇。姚際恆云：

誣聖滅經，罪大惡極。〔註67〕

經書和孔子一樣，都是神聖不可侵犯的。姚際恆《春秋通論》進而說到：

〔註66〕如何定生云：「現在我們來看姚際恆的論調。……這簡直是又進《詩序》的瘴氣裏去！」（《古史辨》第3冊〈關于詩經通論〉，頁421）又如趙制陽云：「由於姚氏不明風謠旨趣，所以詩旨討論常難超越前人。其所呈現的問題有二：一是跟著《詩序》走，……另一個問題是姚氏常以「此詩未詳」為說。」（《詩經名著評介》之〈姚際恆詩經通論評介〉，頁168～169）這類說法率多出自對《詩序》的成見，故對於姚際恆接受《詩序》部分《詩》說總覺得難以忍受。

〔註67〕《春秋通論·自序》，頁294。

　　夫傳以證經也，傳不足以證經，安用傳爲？豈可舍經而從傳哉！（〈春
　　秋論旨〉）

　　是以學者必宜舍傳以從經，不可舍經而從傳。（〈自序〉）〔註68〕

此言頗能顯示姚際恆擺落傳注，直解經義的立場。

　　姚際恆說《詩》不依附任何一家，以客觀考據手段，全面反省漢、宋、明
前代《詩》說，通過擺落重重傳注的作法，掃除說《詩》時不必要的障礙。他
並秉持考證史實、參酌人情、分析詩人特質等詮釋原則，試圖回溯詩人原始創
作情境，〔註69〕以直接掌握詩人原意，進而集中呈現孔子之教。簡單的說，《詩
經通論》的解經方向爲「擺落傳注，回溯詩人原始創作情境，以求詩義的理解」，
而以主張「回溯原始創作情境」凸顯其獨特的說《詩》立場。經過對各詩詩義
的瞭解，加以認定孔子編《詩》的事實，姚際恆對於《詩經》之形式與內容有
一整體認識，這部分留待下節中討論。

三、《詩經通論》的《詩》觀

　　《毛詩》問世後，三家《詩》日趨式微，雖然後人對於三家《詩》的研
究並未中斷，但相形之下，深度與廣度均不及對《毛詩》的研究。鄭玄作《箋》、
孔穎達據作《正義》，奠定了《毛詩》在經學上的獨尊地位，而一般所謂的《詩
經》，幾乎與《毛詩》爲同義詞。不過，依姚際恆之見，他並不贊成稱《詩經》
爲「《毛詩》」，其云：

　　《毛傳》依《爾雅》作《詩》詁訓，……第漢人于《詩》加以其姓
　　者，所以別齊、魯、韓。齊、魯、韓《詩》既皆不傳，俗猶沿稱《毛
　　詩》，非是。〔註70〕

他承認《毛傳》之於《詩經》的作用，但是「《毛詩》」這個稱法只是漢代爲求
與三家《詩》區分而提出的，當三家《詩》消亡，「《毛詩》」的稱法也不須繼續。

　　從《詩經通論》的現象看來，其作品編排次序雖與《毛詩》相同，文字
上也少有出入〔註71〕。不過，姚際恆認爲這些詩歌都是孔子原編，在《毛傳》
解《詩》之前即已存在，所以如果等同《詩經》與《毛詩》，除了混淆時代先

〔註68〕《春秋通論》卷前〈春秋論旨〉，頁298；《春秋通論·自序》，頁293。
〔註69〕詳見本書第三章〈詩經通論的詮釋原則〉。
〔註70〕《詩經通論》卷前〈詩經論旨〉，頁4。
〔註71〕《詩經通論》文字與《毛詩》所載有異者，如〈衛·竹竿〉二章，《毛詩》作
　　　　「女子有行，遠父母兄弟」，《詩經通論》則作「女子有行，遠兄弟父母。」

後的眞實情形，更嚴重的是削弱《詩經》的神聖地位。因此，姚際恆說《詩》
不宗毛、鄭，純就《詩經》原文作詮釋，乃是徹底回歸原典的研究態度。他
口中所說的《詩經》，係指十五〈國風〉、二〈雅〉、三〈頌〉的詩文。

姚際恆對於《詩經》的整體理解，乃由《論語》中論《詩》之言而來，
其中最主要的觀點源自「《詩》三百」、「〈雅〉、〈頌〉各得其所」，以及「思無
邪」數語，〔註72〕並以它們分別定義了《詩經》之形式與內容。

（一）「《詩》三百」與「〈雅〉、〈頌〉各得其所」

姚際恆認爲，現存《詩經》305篇是孔子親自編定的版本，並無缺亡。對
於朱熹《詩集傳》提出〈周頌・桓〉在篇次上有散失的說法〔註73〕，姚際恆
深不以爲然，其云：

> 《詩》三百五篇經孔子手定，故曰：「《詩》三百」，其無闕失可知。
> 又曰「〈雅〉、〈頌〉各得其所」，則〈雅〉、〈頌〉尤自無闕失也。不
> 然，何以云「各得其所」耶？〔註74〕

此處提出兩點理由證明《詩經》並無闕失：一、現存《詩經》305篇，孔子稱
「《詩》三百」，取其成數而論，在數目上吻合。二、孔子稱「〈雅〉、〈頌〉各
得其所」，既稱「各得其所」，可見孔子對《詩經》從事過一番編排工作，而
達到沒有缺失不妥的程度。

事實上，關於《詩經》的形式問題，從許多跡象顯示，孔子所見「《詩》
三百」的版本應與現存《詩經》相同。至於孔子究竟對《詩經》作過何種程
度的整理，其實很難斷言。《詩經》是不是自成一個完整的系統，也見仁見智。
所謂「各得其所」的「其」，究竟指詩文的部分或音樂的部分，亦待商榷。因
此，如要由《論語》的「《詩》三百」、「〈雅〉、〈頌〉各得其所」論證「孔子
編《詩》」，恐怕證據不夠充份。然而，對姚際恆而言，「孔子對《詩經》進行
過全面而妥善的編排」是一個先決的原則，而非可論的議題。「《詩》三百」
與「〈雅〉、〈頌〉各得其所」只是這個原則下的例證，而非由「《詩》三百」
與「〈雅〉、〈頌〉各得其所」推導出「孔子對《詩經》進行過全面而妥善的編

〔註72〕 《論語》有言：「子曰：『《詩》三百，一言以蔽之，曰：思無邪。』」（〈爲
　　　　政〉）「子曰：『吾自衛反魯，然後樂正，〈雅〉、〈頌〉各得其所。』」（〈子罕〉）
〔註73〕 《詩集傳》卷19〈周頌・桓〉末云：「《春秋傳》以此爲〈大武〉之六章，則
　　　　今之篇次，蓋已失其舊矣。」（頁236）
〔註74〕 《詩經通論》卷17〈周頌・桓〉，頁350。

排」的結論。在「孔子編《詩》」的前提下，《詩》教才有充分而有力的推行基礎。

姚際恆相信《詩經》是完整無缺的，但是作品的篇數向來有 305 篇與 311 篇這兩種不同的說法，而後一種說法對於《詩經》完整與否引來若干質疑。於此，姚際恆堅稱 305 篇已是《詩經》完整的篇幅，不可增減移易。他主張將「笙詩」與《詩經》區隔，避免魚目混珠，以還原 305 篇的原貌。其云：

> 故愚將此篇名直從刪去，俾還「三百五篇」之舊；勿令別製樂章，以亂聖人「各得其所」之〈雅〉、〈頌〉。

> 六笙詩本不在《三百篇》中，係作《序》者所妄入；既無其詩，第存其篇名于詩中。今愚概從刪去，論之曰：古之作樂者取《三百篇》以爲歌，用其施于匏、竹諸器者，則準諸律、呂，別製爲詩，猶漢以下一代皆有樂章也。此六詩者，樂中用以吹笙者也。《儀禮》本文，以〈鹿鳴〉諸詩曰「歌」，以〈南陔〉諸詩曰「樂」，以〈魚麗〉諸詩曰「歌」，以〈由庚〉諸詩曰「笙」，皆可驗。〈郊特牲〉云：「歌者在上，匏、竹在下，貴人聲也。」樂以人聲爲貴，匏、竹爲賤；以堂上爲貴，堂下爲賤：故歌于堂上，用《三百篇》之詩；笙于堂下，用此六詩。既取其協于律、呂以爲樂章，且亦不敢褻用《三百篇》之意也。〈南陔〉三篇則獨奏之；〈由庚〉三篇則間歌奏之。此《儀禮》作樂用詩之大略也。〔註75〕

此處由《儀禮》的記載論古代《詩》與「笙詩」運用上的分別，觀點、內容與其《儀禮通論》中所述相近。〔註76〕

姚際恆引用資料見於《儀禮》之〈鄉飲酒禮〉、〈燕禮〉，其文曰：

> 笙入堂下，磬南北面立，樂〈南陔〉、〈白華〉、〈華黍〉。……乃閒歌〈魚麗〉，笙〈由庚〉；歌〈南有嘉魚〉，笙〈崇丘〉；歌〈南山有臺〉，笙〈由儀〉。乃合樂〈周南〉〈關雎〉、〈葛覃〉、〈卷耳〉，〈召南〉〈鵲

〔註75〕《詩經通論》卷12〈小雅〉末〈附論儀禮六笙詩〉，頁260、258。
〔註76〕姚際恆《儀禮通論》（一）卷4〈鄉飲酒禮〉有言：「古惟以《三百篇》爲歌之用，而施于匏竹諸器者，則準之律呂，制爲詩焉。故《儀禮》本文以〈鹿鳴〉諸詩曰歌，以〈南陔〉諸詩曰樂，可驗。〈郊特牲〉云：『歌者在上，匏竹在下，貴人聲也。』樂以人聲爲貴，匏竹爲賤；以堂上爲貴，堂下爲賤。故歌于堂上用《三百篇》之詩，笙于堂下用此六詩，既取其協于律呂，且亦不敢褻用《三百篇》之意也。」（頁164～165）

巢〉、〈采蘩〉、〈采蘋〉。(〈鄉飲酒禮〉)

工歌〈鹿鳴〉、〈四牡〉、〈皇皇者華〉。……笙入立于縣中,奏〈南
陔〉、〈白華〉、〈華黍〉。……乃間歌〈魚麗〉,笙〈由庚〉,歌〈南
有嘉魚〉,笙〈崇丘〉,歌〈南山有臺〉,笙〈由儀〉。遂歌鄉樂〈周
南〉〈關雎〉、〈葛覃〉、〈卷耳〉,〈召南〉〈鵲巢〉、〈采蘩〉、〈采蘋〉。
(〈燕禮〉) 〔註77〕

姚際恆歸納上述之言得到一個結論:凡《詩》皆言「歌」,笙詩則稱「笙」,
可知《詩》爲歌樂,笙詩爲笙樂,而且《詩》用於堂上,笙詩用於堂下,兩
者有貴賤之別,原本不相雜廁。其《儀禮通論》亦云:

〈南陔〉、〈白華〉、〈華黍〉、〈由庚〉、〈崇丘〉、〈由儀〉此六詩,自
來不得其解,迄無定論。愚謂此乃當時作樂者撰此六詩,用以吹笙,
而非《三百篇》之詩也。〔註78〕

可知他認爲六笙詩原本與《詩經》無關。

後來之所以將6首笙詩歸入《詩經》,而有《詩》311篇之說的原因,姚
際恆認爲源自於《儀禮》而責任在《詩序》,其云:

《儀禮》之書作于周末,去《三百篇》之世已遠,其云作樂歌〈鹿
鳴〉諸詩,與詩旨亦不相涉;況其爲笙詩,于《三百篇》更奚與哉!
自《序》詩者又出《儀禮》之後,見《儀禮》此文,認以爲《三百
篇》中所遺者,于是妄以六篇之名入于《詩》中;見《儀禮》以〈南
陔〉、〈白華〉、〈華黍〉笙于〈鹿鳴〉三篇之後,故以之共爲〈鹿鳴
之什〉;見《儀禮》間歌以〈由庚〉、〈崇丘〉、〈由儀〉笙于〈魚麗〉、
〈南有嘉魚〉、〈南山有臺〉之中,故以之附于其後。……由是傳之
于世,《詩》有三百十一篇矣。〔註79〕

姚際恆《儀禮通論》亦云:

自《序》詩者見前世有此六詩,誤以爲《三百篇》之散亡者,而以
其篇名捃拾于《三百篇》中。以〈南陔〉三篇名列于〈小雅・魚麗〉
之後,薈萃一處,悉本《儀禮》,蓋序《詩》者之妄也。〔註80〕

〔註77〕　《儀禮》卷9〈鄉飲酒禮〉,頁93;《儀禮》卷15〈燕禮〉,頁172。
〔註78〕　《儀禮通論》(一)卷4〈鄉飲酒禮〉,頁164。
〔註79〕　《詩經通論》卷12〈小雅〉末〈附論儀禮六笙詩〉,頁258~259。
〔註80〕　《儀禮通論》(一)卷4〈鄉飲酒禮〉,頁165~166。

姚際恆談到，《儀禮》中雖然可見六笙詩之名，但是，並沒有相關深入的記載，也看不出六笙詩與《詩經》有什麼必然關聯。作《詩序》者無識，見《儀禮》之文，於是將六笙詩妄入《詩經》，可見《詩序》乃屬虛妄。另一方面，姚際恆認爲《詩序》對於六笙詩之解釋是「第據其名妄解其義，以示《序》存而《詩》亡」〔註81〕，那麼《詩序》的妄解就是有心之爲，企圖製造「《詩序》的完整性高於《詩經》」的假象，可謂其心可誅了。

姚際恆並由歷史中找尋證明，以證實《詩經》原本只有 305 篇，從不曾有過 311 篇的情形，其云：

> 古所傳《詩》唯三百五篇。孔子曰「詩三百」，舉成數言之。《史記》言古詩三千餘篇；及至孔子，去其重，取其可施于禮義者三百五篇。龔遂謂昌邑王曰：「大王誦詩三百五篇」，王式曰：「臣以三百五篇諫」，以及漢之讖緯諸書，亦無不言三百五篇者；皆歷歷可證漢世從無三百十一篇之說。且《詩》自秦後未有一篇缺失，不應唯經所用爲笙詩者則盡失之；此即問之童稚而亦不信也。況人謂《序》作于周人：《詩》既失矣，《序》何由存？《序》既存矣，《詩》何由失？此又不待言者也。〔註82〕

〔註81〕《詩序》云：「〈南陔〉，孝子相戒以養也。」「〈白華〉，孝子之絜白也。」「〈華黍〉，時和歲豐，宜黍稷也。有其義而亡其辭。」「〈由庚〉，萬物得由其道也。」「〈崇丘〉，萬物得極其高大也。」「〈由儀〉，萬物之生各得其宜也。有其義而亡其辭。」依《詩序》之言，此六詩的詩文雖已亡佚，但是詩旨仍可知。且不論《詩序》所釋詩旨內容，這種「文字亡佚而意義存留」的說法是相當啓人疑竇的。

《鄭箋》於〈南陔〉、〈白華〉、〈華黍〉下稱曰：「孔子論《詩》『〈雅〉、〈頌〉各得其所』，時俱在耳，篇第當在於此。遭戰國及秦之世而亡之，其義則與眾篇之義合編，故存。至毛公爲《詁訓傳》，乃分眾篇之義，各置於其篇端。」（《毛詩正義》卷9，頁342～343）而於〈由庚〉、〈崇丘〉、〈由儀〉下則云：「辭義皆亡，無以知其篇第之處。」（《毛詩正義》卷10，頁348）基本上，《鄭箋》認爲六笙詩是《詩經》的一部分，只不過〈南陔〉等三詩雖亡其辭而其義與篇第尚可知，〈由庚〉等三詩則辭義及篇第俱不可知。

姚際恆所論見《詩經通論》卷12〈小雅〉末〈附論儀禮六笙詩〉，頁259。

〔註82〕《詩經通論》卷12〈小雅〉末〈附論儀禮六笙詩〉，頁259。《漢書》卷88〈儒林傳〉第58「王式」條下記載：「王式字翁思，東平新桃人也。事免中徐公及許生。式爲昌邑王師。昭帝崩，昌邑王嗣立，以行淫亂廢，昌邑群臣皆下獄誅，唯中尉王吉、郎中令龔遂以數諫減死論。式繫獄當死，治事使者責問曰：『師何以亡諫書？』式對曰：『臣以《詩》三百五篇朝夕授王，至於忠臣孝子之篇，未嘗不爲王反復誦之也；至於危亡失道之君，未嘗不流涕爲王深陳之也。臣以三

雖然「三百五篇」與「三百十一篇」在數目上都符合孔子取其成數的「《詩》三百」的說法，不過，姚際恆考察文獻記載，東漢《詩序》之後才出現「三百十一篇」的講法。他並且從常理上推論，《詩經》中的詩歌具在，唯獨笙詩亡佚的可能性很低。顯而易見的，「三百十一篇」之說是出自《詩序》的偽造。

誠如姚際恆所言，《史記》稱《詩》「三百五篇」。《史記·孔子世家》云：

> 古詩，詩三千餘篇，及至孔子，去其重，取可施於禮義，上采契、后稷，中述殷周之盛，至幽厲之缺，始於衽席。故曰〈關雎〉之亂，以爲〈風〉始，〈鹿鳴〉爲〈小雅〉始，〈文王〉爲〈大雅〉始，〈清廟〉爲〈頌〉始。三百五篇，孔子皆弦歌之，以求合〈韶〉、〈武〉、〈雅〉、〈頌〉之音。〔註83〕

《漢書·藝文志》亦云：

> 孔子純取周詩，上采殷，下取魯，凡三百五篇，遭秦而全者，以其諷誦，不獨在竹帛故也。〔註84〕

這些都可以佐證姚際恆之辭。

不過，坦白說，不論六笙詩究竟亡佚，或者爲純樂，或者與《詩經》無關，畢竟有名而無實，等同於不存在；而《詩序》所釋之六笙詩詩旨，由於沒有詩文以供對照，結果亦是形同虛設。那麼，姚際恆念念不忘的「三百五」與「三百十一」之爭，豈非淪於數字上的迷思？事實上，姚際恆所以極度申言《詩經》只有305篇，力斥311篇之說，主要目的在於維護《詩經》形式的完整，確保它獨特不移的地位。如果承認六笙詩亦是《詩經》的一部分，在「《詩經》是完整的」這個前提上將出現漏洞。況且，六笙詩見於《儀禮》，以《儀禮》說《詩》向來爲姚際恆不取。

朱熹便是以《儀禮》之說來建立六笙詩在《詩經》中的席位。在這個問題上，朱熹並不同意《詩序》「有其義而亡其辭」的講法，不過他對於六笙基本上採取的是接受的態度，視爲《詩經》的一部分。朱熹云：

> 此笙詩也，有聲無詞，舊在〈魚麗〉之後。以《儀禮》考之，其篇次當在此，今正之。

百五篇諫，是以亡諫書。』使者以聞，亦得減死論，歸家不教授。」（頁3610）
〔註83〕　《史記·孔子世家》第17；《史記會注考證》卷47，頁73～74。
〔註84〕　《漢書》卷30〈藝文志〉第10〈詩類〉，頁1708。

〈南陔〉以下，今無以考其名篇之義，然曰笙、曰樂、曰奏，而不言歌，則有聲而無詞明矣。〔註85〕

這種思辨及論述的方式是姚際恆無法接受的，姚際恆云：

至于執《儀禮》工歌之序為據，謂毛公所移篇次為失，于是復移易之，沾沾自喜，謂悉依《儀禮》正之，嗟乎！則是以《儀禮》為經，《三百篇》為傳，顛倒惑亂至于如此，更何足與辯哉！〔註86〕

此處可見姚際恆對《儀禮》的評價，難怪他不贊成以《儀禮》的記載彌補《詩經》原本所不缺者的作法。此處朱熹與姚際恆間主要的爭議，固然在於處理笙詩問題時所採取的態度一為接受，一為排斥，然追究原因仍在於彼此對《儀禮》的認知有著極大的差距。

關於《詩經》篇數的論辨，姚際恆視之為說《詩》一大關鍵問題，其云：

且《儀禮》之樂章甚多，不止此六篇。〈燕禮記〉、〈大射〉皆云「奏〈肆夏〉」；《禮記》、《左傳》亦同。〈鄉飲酒〉、〈燕禮〉、〈大射〉皆云「奏〈陔〉」。〈大射〉又云「奏〈貍首〉」及「公入，〈驁〉」。〈燕禮記〉又云「下管〈新宮〉」。此等皆樂章名，皆有辭也。笙詩六篇，同是一篇。觀此，則當時作樂，被于八音諸器，皆係別有樂章，唯用《三百篇》為歌，甚明矣。《左傳》于〈文王之三〉、〈鹿鳴之三〉曰「工歌」，于〈肆夏之三〉曰「金奏」，亦可驗。第此諸樂章所習者為工瞽之徒，附于樂以行，又篇帙寥寥無多，故樂亡而詩與之俱亡耳；不若《三百篇》經聖人手定，裦然巨帙，傳之于學士大夫，朝夕絃誦，宜乎其獨存也。幸而序《詩》者不以〈肆夏〉等篇名亦入于《三百篇》，若入之，又令後人枉生疑障，議論蠭起矣。此愚之獨斷，自信為確然無疑者。不知何以從來說《詩》家竟不一知之，于此六篇紛然猜擬，各出意見！〔註87〕

此處談到，《詩經》經過孔子編定而傳世，完整保留下來。相對於「樂亡」來說，「孔子編定」之於《詩經》的保存有重大的貢獻，它對《詩經》形式的完整提供了堅實的保障。姚際恆對自己這方面的論斷十分自信，言下之意，頗

〔註85〕 《詩集傳》卷9〈小雅‧杕杜〉，頁109。
〔註86〕 《詩經通論》卷12〈小雅〉末〈附論儀禮六笙詩〉，頁260。此言主要針對朱熹而發。
〔註87〕 《詩經通論》卷12〈小雅〉末〈附論儀禮六笙詩〉，頁259。

以由此足證一己解《詩》洞察力凌越眾人而自豪。

　　姚際恆對於《詩經》的篇數十分堅持，但是並不強調《詩經》的篇次安排具有什麼特別重要意義，其云：

　　　　《詩》原無次第，不得拘求之。〔註88〕

然而這種篇目次第既經孔子編定，便不可作任何移易。對於何楷《詩經世本古義》將《詩經》重新編排分類的作法〔註89〕，姚際恆痛斥云：

　　　　其法紊亂《詩》之原編，妄以臆見定爲時代，始于〈公劉〉，終于〈下
　　　　泉〉，分列某詩爲某王之世，蓋祖述僞《傳》、《說》之餘智而益肆其
　　　　猖狂者也。不知其親見某詩作于某代某王之世否乎？苟其未然，將
　　　　何以取信于人也？即此亦見其愚矣。其意執孟子「知人論世」之說
　　　　而思以任之，抑又妄矣。其罪尤大者，在于滅詩之〈風〉、〈雅〉、〈頌〉。
　　　　夫子曰：「女爲〈周南〉、〈召南〉矣乎？」又曰：「〈雅〉、〈頌〉各得
　　　　其所。」觀季札論樂，與今《詩》編次無不符合。而乃紊亂大聖人
　　　　所手定，變更三千載之成經，〈國風〉不分，〈雅〉、〈頌〉失所，罪
　　　　可勝誅耶！〔註90〕

何楷最大的問題在於改動了《詩經》原先的編排形式，取消了〈風〉、〈雅〉、〈頌〉的區分；就姚際恆的感受而言，痛惡何楷此舉的程度恐更勝於《詩序》之溢出六笙詩。

　　《詩經》的價值一方面固然源自於它的內容，另一方面與其形式的完整有直接關聯。姚際恆對於《詩經》篇數的探討及釐定、篇目編次的堅持，並非偶然爲之，而是有著本質的意義。

（二）「思無邪」

　　關於《詩經》的內容，姚際恆服膺孔子「思無邪」一語，認定這三字足以涵括《詩經》的精髓。他論〈魯頌·駉〉時云：

〔註88〕《詩經通論》卷17〈周頌·般〉，頁352。
〔註89〕何楷《詩經世本古義》28卷乃將《詩經》305篇依時代分爲28個單元，以28
　　　　君王結合28宿，代表28時世。林慶彰認爲此書爲「《詩經》解釋史上體例最
　　　　特殊的書」，進而說明姚際恆批評何楷此書的原因，云：「何氏所以要這樣做，
　　　　是要實踐孟子所說的『知人論世』的理想。這一理想是否能實現，姚氏並不
　　　　關心，所以並未作深刻的分析，姚氏所在意的是何氏紊亂聖經的行爲。」（《姚
　　　　際恆研究論集（上）》之〈姚際恆治經的態度〉，頁182）
〔註90〕《詩經通論》卷前〈詩經論旨〉，頁6～7。

> 「思無邪」，本與上「無疆」、「無期」、「無斁」同為一例。語自聖人，
> 心眼迥別。斷章取義，以該全《詩》，千古遂不可磨滅。然與此詩之
> 旨則無涉也。學者于此篇輒張皇言之，試思聖人言「《詩》三百，一
> 言以蔽之」，不言〈駉〉篇也，蓋可知矣。〔註91〕

孔子對「思無邪」一語有兩重意義的區分，一是它在原始出處〈駉〉中的意義，
一是它作為定義《詩經》內容的意義，後者的重要性自非前者可及。在姚際恆
的觀念裡，孔子既稱《詩》為「思無邪」，足證《詩》為「無邪」，「無邪」意謂
著沒有不符道德、反道德的情形；簡言之，姚際恆是以「絕不違反道德」作為
《詩經》的內容定義。當然，「不違反道德」不盡同於積極從事道德思想與行為，
但基本上仍是以「道德」為中心考量。可以說，姚際恆是以「道德」定義《詩
經》的本質，這是他反對「淫詩說」的原因。〔註92〕不過，這種「道德」指的
是自然而然地不違背道德，真實地表現善心，如果往精微高深的道德義理上發
揮，姚際恆絕不贊同。從《詩經通論》對詩義的解讀看來，釋《詩》若一逕往
天道性命的深處開發，流為以理說《詩》，反而要遭到姚際恆嚴厲的批評。

對於所謂的「變風」、「變雅」之說，姚際恆認為此違反「思無邪」的本
質，其云：

> 詩無正、變。孔子曰：「《詩》三百，一言以蔽之，曰『思無邪』。」
> 變則必邪，今皆無邪，何變之有！且曰：「可以群，可以怨」，未嘗
> 言變也。季札論詩，論其得失，亦未嘗言變也。夫風者，假天運之
> 風以名之者也。天行之風遞運乎四時，安有正、變乎！若夫〈雅〉
> 既分大、小，未有大、小中又分正、變也。果爾，當時何不直分正、
> 變而分大、小耶？故謂〈風〉、〈雅〉有正、變者，此自後人之說；
> 質之聖人，無是也。〔註93〕

此處談到，從現存資料看來，先秦不曾有「變風」、「變雅」之說；而且，〈雅〉
既已分大、小，又何必再分為正、變，未免多此一舉。

姚際恆在此的論證稍嫌薄弱，因為〈雅〉分作大、小與正、變是兩回事，
不相牴觸；而先秦沒有關於「正變」的記載，也很難就此斷言此說必然不存

〔註91〕《詩經通論》卷18〈魯頌・駉〉，頁354。
〔註92〕有關朱熹、姚際恆間「淫詩」的論辨，見本書第六章〈詩經通論對詩集傳的
　　　　批評〉中分析。
〔註93〕《詩經通論》卷1前總論〈國風〉，頁12。

在。然而，姚際恆最後說了一句很重要的話：「質之聖人」，可知在他的觀念裡，聖人之言是一種先決的依據或準則，聖人既說「思無邪」，自然再無疑慮。秉持著「思無邪」的原則，一切屬於負面的皆可能爲邪，一切可能爲邪的成份都必須剷除。站在這個角度再去省視「正變」的問題，便容易理解姚際恆的主張。

姚際恆的《詩》觀多半源自《論語》論《詩》的敘述而建立，屬於傳統儒家的教化的《詩》觀，不過在對於《詩經》形式、內容的探討上，姚際恆仍然表現出個人的思考重點。《詩經通論》有言：

> 諸經中《詩》之爲教獨大，而釋《詩》者較諸經爲獨難。〔註94〕

在姚際恆的觀念裡，諸經中以《詩經》的教化意義最重要，所可能發揮的實用性也最大。可以說，在姚際恆的經學觀中，《詩經》居於中心的地位，而在他的《詩》觀中，《詩經》的教化意義又居於核心。姚際恆之所反對稱《詩經》爲《毛詩》，堅持《詩經》的形式不可作任何移易增減，一再強調它「無邪」的意旨，無非希望能確實發揮《詩經》的教化意義與實用功能。

四、結　語

姚際恆談到《詩經通論》之創作動機與目的，云：

> 見明人說《詩》之失在于鑿，于是欲出臆論則仍鄰鑿空，欲喜新譚則終涉附會，斂手縮筆，未敢昌言。惟是涵泳篇章，尋繹文義，辨別前說，以從其是而黜其非，庶使詩意不致大歧，埋沒于若固、若妄、若鑿之中；其不可詳者，寧爲未定之辭，務守闕疑之訓，俾原詩之眞面目悉存，猶愈于漫加粉臆，遺誤後世而已。若夫經之正旨篇題固未能有以逆知也。論成，因詳述其所以釋《詩》爲獨難之故，且以志吾媿。〔註95〕

辨別前說與說解詩義是《詩經通論》最主要的兩項工作，目的不外乎希望能正確詮釋詩義。關於「闕疑」的部分，可以看出姚際恆說《詩》的謹愼，同時也說明解《詩》實非易舉。

姚際恆在辨析前人《詩》說時常有一種「安可與言《詩》」的感慨，其論〈小雅・大田〉、〈小雅・何草不黃〉、〈鄭・風雨〉時云：

〔註94〕《詩經通論・自序》，頁1。
〔註95〕《詩經通論・自序》，頁3。

「彼有不穫稺」至末，極形其粟之多也，即上篇「千倉、萬箱」之意，而別以妙筆出之；非謂其有餘而不盡取也，非謂其與鰥、寡共之也，非謂其為不費之惠也，非謂其亦不棄於地也。而解者不知，偏以此等為言，且以「粒米狼戾」為反襯語。嗟乎！是安可與言《詩》哉！（〈大田〉）

嘆千古少善說《詩》者！（〈何草不黃〉）

詩意之妙如此，無人領會，可與語而心賞者，如何如何？（〈風雨〉）〔註96〕

他對自己說《詩》的成績則流露出一份自信，其論〈王·丘中有麻〉、〈豳·七月〉、〈衛·伯兮〉、〈衛·木瓜〉時云：

如此說《詩》，千古無敢者。（〈丘中有麻〉）

古人文章之妙，不顧世眼如此；然道破亦甚平淺。第從無人能解及此，則使古人平淺之文變為深奇矣。（〈七月〉）

「背」，堂背也。堂面向南，背向北，故背為北堂。解者亦從未分析及此。（〈伯兮〉）

桃、李生于木，亦可謂之「木桃」、「木李」也。從來人鮮知此意。（〈木瓜〉）〔註97〕

姚際恆這種自負千古的豪情連帶產生了捨我其誰的學術使命感，他所著諸經《通論》中大多表現出這種心情。如其《儀禮通論》中有言：

鄭氏之禮必不可行，所以後來晉人一掃而空之，秉老、莊之教，務為曠誕簡略，并其所當行者，而亦惡而逃焉，勢自然也。宋儒無識，如陳氏《禮書》、楊氏《禮圖》、黃氏《續通解》，悉用其說，為之細分縷析，燦若列眉，以示精詳，而不知適足資識者之一哂爾。明丘氏考訂《家禮》，又增「加服」一名，其子齊衰之三年，與杖期、不杖期及三月，盡分降、正、義、加，且至有二三十服。又皆不言升數，不知僅存其名，何以為？併失鄭旨，尤可怪嘆！此千餘年以來之弊，無人發明。自此闡明之後，考禮諸家，亦可盡茇其說也夫！

〔註96〕《詩經通論》卷11〈小雅·大田〉，頁235～236；卷12〈小雅·何草不黃〉，頁257；卷5〈鄭·風雨〉，頁111。

〔註97〕《詩經通論》卷5〈王·丘中有麻〉，頁99；卷8〈豳·七月〉，頁162；卷4〈衛·伯兮〉，頁90；卷4〈衛·木瓜〉，頁91。

〔註98〕

字裡行間洋溢著充沛的學術自信。

　　當然，姚際恆作《詩經通論》不會滿足於詩義的理解，只作知識的追求，他更高遠的目標是由發明詩旨而推行《詩》教。《詩》教問題才是他終極關切的。《詩經通論》前鄂山、蘇廷玉、王篤等人之序文，也都從這個角度論述此書的貢獻。如蘇廷玉云：

> 新安姚首源著《詩經通論》十八卷，力排眾說，以求合於溫柔敦厚
> 之旨；而世無刻本。韓城王實珊侍御督學蜀中，出其家藏抄本，校
> 而梓之，不以自秘，其嘉惠士林之意，即其羽翼《詩》教之功也。
> 〔註99〕

王篤云：

> 夫《詩》之為用，與天地而無窮，況《三百篇》乃詩之祖，苟能別
> 具心眼，何妨標舉以為好學深思之助。則是書之作也，誠所謂歎賞
> 感激不能自已耳，非有意標奇示異也。讀者於此潛心體玩，庶有以
> 得作者之微情，窺刪存之本旨，感發善心，懲創逸志，於是乎益驗，
> 亦可見先達苦心著論，其有禪於《詩》教正復不淺。若謂旁著圈評，
> 有類月峰、竟陵之見，是豈知言者所肯出哉！〔註100〕

王篤所言多半取意自《詩經通論》〈自序〉與〈詩經論旨〉，只是文中談到「刪存之本旨」、「懲創逸志」則未必是姚際恆之意；不過，王篤從《詩》教角度論《詩經通論》的宗旨，大致上方向是正確的。

　　在《詩》學的發展歷史上，自《詩序》開始，建立了一套穩固的《詩》教傳統，並以《禮記·經解》所言「溫柔敦厚，《詩》之教也」為精神。從漢至清，言《詩》者幾無能自外於這個傳統，姚際恆亦然。雖然各人對於《詩》教發揮的領域見解不同，或以為關乎政治，或以為功在社會，或以為重在一己心性，但終究均不脫道德色彩，以期符合「溫柔敦厚」之旨。在「闡明詩旨以發揚《詩》教」這個大方向上，《詩經通論》與《詩序》無別，與《詩集傳》也無二致。然而，姚際恆能排除一切傳注影響，透過詮釋原則與方法的

〔註98〕　《儀禮通論》（一）卷11下〈喪服〉，頁602～603。
〔註99〕　《詩經通論》蘇廷玉〈序〉，頁5。由蘇廷玉之言看來，彷彿有「羽翼《詩》
　　　　　教之功」的是王篤。王篤確實刊刻《詩經通論》有功，但若論「羽翼《詩》
　　　　　教」，則仍應指《詩經通論》，是以蘇廷玉稱之「合於溫柔敦厚之旨」。
〔註100〕《詩經通論》王篤〈序〉，頁7。

應用，上溯詩人創作情境，掌握詩歌原意，爲《詩經》經旨提供根本的意義來源，對於《詩》教的推行，建立了穩固的基礎，足見其於承續傳統中仍具有創新改革之積極貢獻。

第三章 《詩經通論》的詮釋原則

檢視《詩經通論》的內容，大致可以分爲詮釋詩義與批評前人《詩》說兩大部分。〔註1〕姚際恆云：

> 惟是涵泳篇章，尋繹文義，辨別前說，以從其是而黜其非，庶使詩
> 意不致大歧，埋沒于若固、若妄、若鑿之中，其不可詳者，寧爲未
> 定之辭，務守闕疑之訓，俾原《詩》之眞面目悉存，猶愈于漫加粉
> 黛，遺誤後世而已。〔註2〕

觀察姚際恆說《詩》的情形，往往「尋繹文義」與「辨別前說」兩部分相互
摻雜，難以截然二分，《詩經通論》的詮釋原則，便須由其「解釋」與「批評」
兩部分分析得出。事實上，姚際恆少就理論上探討有關詮釋原則的問題，對
於《詩經》與史實、人情間的關聯、詩人特質等等問題，多半爲伴隨著詮釋
活動而展開相關的思考。姚際恆解讀詩義的過程中，這些考量具有一定指導
的作用，是詮釋作品時必須依據的原則，可稱之爲積極原則；相對的，在姚
際恆的觀念裡，詮釋《詩經》也有必須謹守的限制，如不可以三《禮》說《詩》、
不可以理說《詩》，可稱之爲消極原則。這些詮釋時的積極原則與消極原則，
不僅是姚際恆說《詩》的準則，也是他檢視各家《詩》說是非的論據。

〔註1〕 所謂「詮釋」，有廣義、狹義之說；它可指普遍意義上的理解的行爲，或是語
言學中原文註釋的行爲。此處所稱的「詮釋」近於後者，指的是如何解讀作
品意義的活動。姚際恆稱詮釋《詩經》的活動爲「說《詩》」、「解《詩》」、「釋
《詩》」。

〔註2〕 《詩經通論・自序》，頁3。姚際恆曾以「固」、「妄」、「鑿」總評漢、宋、明
人說《詩》的缺失。《詩經通論》卷前〈詩經論旨〉云：「予謂解《詩》，漢人
失之固，宋人失之妄，明人失之鑿。」（頁7）

一、積極原則

不論說解詩義或者批評前說，姚際恆都認爲「史實」與「人情」是兩個很重要的外在考量因素，說《詩》如果脫離這兩者，所解是否當義將受到很大的質疑。其次，對詩人的先決認知是內在的考量因素，如果不能充分的掌握，說《詩》的方向也將無所依歸。在姚際恆的觀念裡，綜合上述原則，秉持正確的說《詩》方法，才能對詩義作出適當的解讀。

（一）以史實檢證詩義

姚際恆認爲，史實是詮釋詩義的一項重要依據，他在論〈鄭·清人〉時云：

> 據《左傳》「高克奔陳，鄭人爲之賦〈清人〉」。是時師已潰散，而賦詩者猶爲此言，可見詩人之意微婉如此。使非傳有明文，豈能知爲春秋「鄭棄其師」之事哉！于此見釋《詩》之難也。〔註3〕

此處指出史傳記載對於詮釋《詩經》的幫助，這是以史實說《詩》的具體聲明。以史實說《詩》是透過對史籍的考察，掌握歷史事實，進而將史實與詩文對照結合，以達到詩義的理解。經過實際考察之後，姚際恆發現，《尚書》、《左傳》、《國語》等書中關於解《詩》的寶貴資料，可以作爲辨析眾家《詩》說與正確理解詩義的根據。

姚際恆指出，對於〈豳·鴟鴞〉一詩，可由《尚書·金縢》的記錄去理解，姚際恆云：

> 〈金縢〉曰：「管叔及其群弟乃流言于國曰：『公將不利于孺子！』周公告二公曰：『我之弗辟，我無以告我先王！』周公居東二年，則罪人斯得。于後，公乃爲詩以貽王，名之曰〈鴟鴞〉。王亦未敢誚公。」按「于後」之辭，是既誅管、蔡而作；恐成王猶疑其殺二叔，故作詩貽之。「王亦未敢誚公」；迨風雷之變，乃親迎公歸。〔註4〕

〈金縢〉的敘述相當清楚完整，歷來說此詩多從其說。事實上，從〈鴟鴞〉詩文看來，全詩爲鳥言，然而，由於姚際恆接受〈金縢〉對於此詩的作者與創作動機的說明，因而在解讀上有明確方向，詩義也趨向明朗。

史傳之中，以《左傳》保存較多與《詩經》相關的資料，因此《詩經通

〔註3〕 《詩經通論》卷5〈鄭·清人〉，頁103。
〔註4〕 《詩經通論》卷8〈豳·鴟鴞〉，頁165。引〈金縢〉文見《尚書注疏》卷13，頁188。

論》直接據《左傳》所言解詩的情形也最多。姚際恆據《左傳》說〈鄘・載馳〉、〈衛・碩人〉、〈鄭・清人〉、〈秦・黃鳥〉等詩之作者，其云：

> 《左傳》謂「許穆夫人賦〈載馳〉」。(〈載馳〉)
>
> 《左傳》云：「初，衛莊公娶于齊東宮得臣之妹，曰莊姜，美而無子，衛人所爲賦〈碩人〉也。」亦但謂〈碩人〉之詩爲莊姜作。(〈碩人〉)
>
> 據《左傳》「高克奔陳，鄭人爲之賦〈清人〉。」(〈清人〉)
>
> 「秦穆公卒，以子車氏三子爲殉；國人哀之，爲之賦〈黃鳥〉。」見文六年《左傳》。(〈黃鳥〉)〔註5〕

由於《左傳》中明白記錄〈載馳〉等詩的創作情形，姚際恆認爲這些說明可以採信。

〈周頌・時邁〉一詩，姚際恆根據《左傳》、《國語》的引述，將此詩斷定爲周公之作，姚際恆云：

> 此武王克商後，告祭柴望、朝會之樂歌，周公所作也。宣十二年《左傳》曰：「昔武王克商，作頌曰：『載戢干戈』」，故知爲武王克商後作。《國語》稱周文王之頌曰：「載戢干戈」，故知周公作。〔註6〕

《左傳》宣公12年記載：

> 楚子曰：「非爾所知也。夫文止戈爲武，武王克商作頌曰：『載戢干戈，載櫜弓矢。我求懿德，肆于時夏，允王保之。』」〔註7〕

姚際恆以楚子之言爲據，故以「武王克商」爲〈時邁〉的創作時間。《國語・周語》有言：

> 穆王將征犬戎，祭公謀父諫曰：「不可。先王耀德不觀兵。夫兵戢而時動，動則威，觀則玩，玩則無震。是故周文公之頌曰：『載戢干戈，載櫜弓矢。我求懿德，肆于時夏，允王保之。』」〔註8〕

由祭公謀父之言，姚際恆認定〈時邁〉爲周公所作。

類似的情形尚見於姚際恆論〈周頌・思文〉，其云：

〔註5〕　《詩經通論》卷4〈鄘・載馳〉，頁79；卷4〈衛・碩人〉，頁83；卷5〈鄭・清人〉，頁103；卷7〈秦・黃鳥〉，頁142。許穆夫人賦〈載馳〉見《左傳》閔公2年，衛人賦〈碩人〉見隱公3年，鄭人賦〈清人〉見閔公2年，秦人賦〈黃鳥〉見文公6年。

〔註6〕　《詩經通論》卷16〈周頌・時邁〉，頁329。

〔註7〕　《春秋左傳正義》卷23，頁397。

〔註8〕　《國語》卷1〈周語上〉，頁1。

此郊祀后稷以配天之樂歌，周公作也。……《國語》云：「周文公之
爲頌曰：『思文后稷，克配彼天。』」故知周公作也。（〈思文〉）〔註9〕

「后稷配天」的意思可以由詩文中看出，至於以周公爲作者，則是依據《國
語》所載。

在此一提，姚際恆所引《國語》資料有疑。據《國語‧周語》記載：

厲王說榮夷公，芮良夫曰：「王室其將卑乎！夫榮公好專利而不知大
難。夫利，百物之所生也，天地之所載也，而或專之，其害多矣。
天地百物，皆將取焉，胡可專也？所怒甚多，而不備大難，以是教
王，王能久乎？夫王人者，將導利而布之上下者也，使神人百物無
不得其極，猶日怵惕，懼怨之來也。故〈頌〉曰：『思文后稷，克配
彼天。立我蒸民，莫匪爾極。』〈大雅〉曰：『陳錫載周。』是不布
利而懼難乎！故能載周，以至于今。今王學專利，其可乎？匹夫專
利，猶謂之盜，王而行之，其歸鮮矣。榮公若用，周必敗。」〔註10〕

文中雖引〈思文〉詩句，並未論及此詩爲周公所作。韋昭註云：

言周公思有文德者后稷，其功乃能配於天。

因此以〈思文〉爲周公所作見於《韋注》，孔穎達《正義》因云：

《國語》云：「思文后稷，克配彼天。」是此篇周公所自歌，與〈時
邁〉同也。〔註11〕

正確地說，以周公爲〈思文〉作者首見於韋昭《注》，又見於孔穎達《正義》，
並非始於《國語》。

姚際恆依據《左傳》所記推求詩義的例子不在少數，最明顯的見於〈邶‧
擊鼓〉一詩，姚際恆云：

此乃衛穆公背清丘之盟救陳，爲宋所伐，平陳、宋之難，數興軍旅，
其下怨之而作此詩也。舊謂《詩》下迄陳靈，以〈陳風〉之〈株林〉
爲據。考陳靈公亡于宣公之年，此正宣公時事。旄丘，黎爲狄滅，亦
衛穆公時。《春秋》宣十二年「宋師伐陳，衛人救陳」。《左傳》曰：
「晉原縠、宋華椒、衛孔遠、曹人同盟于清丘，曰：『恤病、討貳』。
于是卿不書，不實其言也。」又曰：「宋爲盟故，伐陳，衛人救之。

〔註9〕 《詩經通論》卷16〈周頌‧思文〉，頁332。
〔註10〕 《國語》卷1〈周語上〉，頁12～13。
〔註11〕 《毛詩正義》卷19〈周頌‧思文〉，頁721。

孔達曰：『先君有約言焉，若大國討，我則死之。』」又曰：「君子曰：『清丘之盟，惟宋可以免焉。』」杜註曰：「宋伐陳，衛救之，不討貳也，故曰『不實』。其言宋伐陳，討貳也。背盟之罪，惟宋可免。于是晉以衛之救陳討衛，衛遂殺孔達以求免焉。」揆此，穆公之背盟爭攜，師出無名，輕犯大國致釁，兵端相尋不已，故軍士怨之以作此詩。因陳、宋之爭而平之，故曰「平陳與宋」。陳、宋在衛之南，故曰「我獨南行」。其時衛有孫桓子良夫，良夫之子文子林父。良夫爲大夫，忠于國；林父嗣爲卿、穆公亡後爲定公所惡，出奔。所云「孫子仲」者，不知即其父若子否也？若城漕之事，他經傳無見。穆公爲文公孫，或因楚丘既城，此時始城漕耳。則城漕自是城楚丘後事，亦約略當在穆公時。合「土國」之事觀之，而穆公之好兵役衆蓋可見矣。〔註12〕

關於衛出兵救陳一事，《左傳》宣公 12 年下有詳細記載。姚際恆將《左傳》文字與〈擊鼓〉詩文比對，因而確定此詩創作背景與詩旨。對於自《詩序》〔註13〕、《鄭箋》以來以隱公 4 年州吁伐鄭之事解釋〈擊鼓〉，姚際恆也以詩文與《左傳》記載加以駁斥。

由《詩經通論》解〈擊鼓〉看來，這是很典型的以史實結合詩義的說《詩》方式。事實上，《鄭箋》也是由《左傳》記載說解〈擊鼓〉，《鄭箋》云：

> 《春秋傳》曰：「宋殤公之即位也，公子馮出奔鄭，鄭人欲納之。及衛州吁立，將修先君之怨於鄭，而求寵於諸侯，以和其民。使告於宋曰：『君若伐鄭，以除君害。君爲主，敝邑以賦。與陳蔡從，則衛國之願也。』宋人許之，於是陳蔡方睦於衛，故宋公、陳侯、蔡人、衛人伐鄭」是也，伐鄭在魯隱四年。〔註14〕

然而姚際恆認爲《鄭箋》所引史實與〈擊鼓〉詩文無關，姚際恆云：

> 《小序》謂「怨州吁」。鄭氏以隱四年州吁伐鄭之事實之。《左傳》曰：「衛州吁立，將修先君之怨于鄭，而求寵于諸侯以和其民，使告于宋曰：『君若伐鄭以除君害，君爲主，敝邑以賦與陳、蔡從，則衛國之願也。』宋人許之。于是陳、蔡方睦于衛，故宋人、陳侯、蔡

〔註12〕 《詩經通論》卷 3〈邶・擊鼓〉，頁 55～56。

〔註13〕 《詩序》云：「〈擊鼓〉，怨州吁也。衛州吁用兵暴亂，使公孫文仲將而平陳與宋，國人怨其勇而無禮也。」

〔註14〕 《毛詩正義》卷 2〈衛・擊鼓〉，頁 80。

人、衛人伐鄭。」是也。按此事與經不合者六。當時以伐鄭爲主，經何以不言鄭而言陳、宋？一也。又衛本要宋伐鄭，而陳、蔡亦以睦衛而助之，何爲以陳、宋並言，主、客無分？二也。且何以但言陳而遺蔡？三也。未有同陳、宋伐鄭而謂之「平陳與宋者」。平者，因其亂而平之，即伐也。若是乃伐陳、宋矣。四也。隱四年夏，衛伐鄭，《左傳》云「圍其東門，五日而還」，可謂至速矣。經何以云「不我以歸」，及爲此「居、處、喪馬」之辭，與死生莫保之嘆乎？絕不相類，五也。閔二年，衛懿公爲狄所滅，宋立戴公以廬于曹。（漕同。）其後僖十二年《左傳》曰：「諸侯城衛楚丘之郭」。〈定之方中〉詩，文公始徙楚丘，「升虛望楚」。毛、鄭謂升漕墟，望楚丘。楚丘與漕不遠，皆在河南。夫《左傳》曰「廬」者，野處也，其非城明矣。州吁之時不獨漕未城，即楚丘亦未城，安得有「城漕」之語乎？六也。鄭氏屈經以就己說，種種不合如此，而千餘年以來，人亦必知其不合，直是無可奈何，只得且依他說耳。〔註15〕

此處主要的爭議在於詩文「平陳與宋」一句的解讀，《鄭箋》解爲「平陳於宋」，指州吁告於宋將聯合陳、蔡伐鄭；姚際恆解爲「伐陳與宋」，指衛穆公出兵平陳、宋之亂；此處當以姚際恆之說較爲直接切合詩文。由此可見，同樣以史實說《詩》，最後的結論未必相同。史實與詩文都是客觀的存在，如何將兩者結合，說《詩》者居中的檢查工作是一個關鍵因素。姚際恆以宣公12年事說〈擊鼓〉，固然反駁了《鄭箋》原先的說法，然而對於「從孫子仲」中的「孫子仲」卻無法找到確切對應的人物，可見史實與詩義間畢竟存在著距離，並非說《詩》者主觀認定即能彌補，這是以史實解詩困難之處。

除了以《左傳》記載說解詩義外，姚際恆也以《左傳》衡定各家《詩》說的內容確實與否。〈邶·綠衣〉一詩，《詩序》認爲是莊姜所作，姚際恆云：

　　《小序》謂「莊姜傷己」。按，《左傳》：「衛莊姜美而無子。公子州吁，嬖人之子也，有寵而好兵。公弗禁；莊姜惡之。」詳味自此至後數篇皆婦人語氣，又皆怨而不怒，是爲賢婦；則以爲莊姜作，宜也。〔註16〕

由詩文本身來看，姚際恆只讀出「婦人語氣」、「怨而不怒」之義，故稱是「賢

〔註15〕《詩經通論》卷3〈邶·擊鼓〉，頁54～55。
〔註16〕《詩經通論》卷3〈邶·綠衣〉，頁50。

婦」所作。然而，「賢婦」與「莊姜」間還有明顯距離，他之所以接受此詩為「莊姜」之作，主要還是根據《左傳》隱公 3 年記載，進而肯定《序》說為此詩之義。

事實上，由〈綠衣〉的「賢婦」落實到確指「莊姜」，在意義上有相當程度的跳躍。由此可以看出，姚際恆的解讀態度傾向於藉由史實以補足對詩歌作者的認識，這對於掌握詩人創作原意有一定的助益。

又如〈鄭‧叔于田〉一詩，姚際恆論《大序》、《詩集傳》云：

> 《大序》于下篇（〈大叔于田〉）謂「叔不義而得眾」，尤非。既不義矣，安能得眾乎！《集傳》本之，以為「不義得眾，國人愛之而作」。按，莊公入京，京人即畔叔，《左傳》曰：「京叛大叔段」，是也。是必其多行不義，民久怨之，可知。乃云得眾人愛，可乎！大抵以此詩主叔段者，第以「叔」之一字耳，然何可泥也！如必欲泥「叔」字，則謂叔之左右近習之人美之，始得；一切不義得眾之說刪去可也。〔註17〕

《左傳》隱公 1 年記載莊公與叔段兄弟間的恩怨，云：

> 初，鄭武公娶于申，曰武姜，生莊公及共叔段。莊公寤生，驚姜氏，故名曰寤生，遂惡之。愛共叔段，欲立之，亟請於武公，公弗許。及莊公即位，為之請制，公曰：「制巖邑也，虢叔死焉，佗邑唯命。」請京使居之，謂之京城大叔。祭仲曰：「都城過百雉，國之害也。先王之制，大都不過參國之一，中五之一，小九之一，今京不度，非制也。君將不堪。」公曰：「姜氏欲之，焉辟害？」對曰：「姜氏何厭之有！不如早為之所，無使滋蔓，蔓難圖也。蔓草猶不可除，況君之寵弟乎！」公曰：「多行不義必自斃，子姑待之。」既而大叔命西鄙、北鄙貳於己，公子呂曰：「國不堪貳，君將若之何？欲與大叔，臣請事之；若弗與，則請除之；無生民心。」公曰：「無庸，將自及。」大叔又收貳以為己邑，至于廩延。子封曰：「可矣！厚將得眾。」公曰：「不義、不暱，厚將崩。」大叔完聚，繕甲兵，具卒乘，將襲鄭，夫人將啟之。公聞其期曰：「可矣！」命子封帥車二百乘以伐京，京

〔註17〕 《詩經通論》卷 5〈鄭‧大叔于田〉，頁 102。《詩序》云：「〈大叔于田〉，刺莊公也。叔多才而好勇，不義而得眾。」朱熹說〈鄭‧叔于田〉云：「段不義而得眾，國人愛之，故作此詩。」（《詩集傳》卷 4〈鄭‧叔于田〉，頁 48）

叛大叔段。段入于鄢，公伐諸鄢，五月辛丑，大叔出奔共。〔註18〕

對於叔段「不義而得眾」、「國人愛之」的說法，姚際恆由情理角度推論此言無法成立之外，另據《左傳》記載駁之，指出叔段實則爲多行不義之人，民積怨已久，是以當莊公軍入京，京人即叛共叔段，根本不存在「不義得眾」、「國人愛之」的事實，自然〈叔于田〉也不可能是「國人愛之而作」。依姚際恆推測，此詩或許是叔段左近之人稱美叔段之作。由之可見，姚際恆也同意〈叔于田〉乃記叔段之詩，只不過他依據《左傳》記載對作詩者的身分有不同的評斷。

以史實解詩義之可行，一則因爲《詩經》內容是寫實的，一則源於姚際恆本身說《詩》徵實的態度。不過，他也指出，散見《左傳》中有關《詩經》的文字必須加以檢別，對於書中賦詩斷章取義、以後世引申義解詩的記載，不可一逕用以說《詩》。姚際恆論〈召南·草蟲〉云：

說者又以《左傳》襄二十七年，子展與趙武賦〈草蟲〉實之。此皆當時人斷章取義，不可從也。〔註19〕

此處強調，不可以斷章所取之「義」，反過來說解詩歌原文。又如姚際恆論〈小雅·四牡〉云：

此使臣自咏之詩，王者採之，後或因以爲勞使臣之詩焉。故《左》襄四年穆叔曰：「〈四牡〉，君所以勞使臣也。」〔註20〕

此處指出，《左傳》有時以後世使用義說《詩》。由之可見，姚際恆以經傳記載說《詩》，事前對於其引詩、論詩方式通過一定程度的考證與理解。

（二）以人情為根源

《詩經通論》中並未針對「人情爲《詩經》之根源」一問題進行討論，不過，由其評論《鄭箋》的一段文字可見他的看法。〈豳·東山〉一詩，《鄭箋》解「其新孔嘉，其舊如之何」云：

其新來時甚善，至今則久矣，不知其如何也。又極序其情樂而戲之。〔註21〕

姚際恆批評此解不合人情，其云：

〔註18〕《春秋左傳正義》卷2，頁35～36。
〔註19〕《詩經通論》卷2〈召南·草蟲〉，頁35～36。
〔註20〕《詩經通論》卷9〈小雅·四牡〉，頁174。
〔註21〕《毛詩正義》卷8〈豳·東山〉，頁297。

> 但其（《鄭箋》）解「如之何」曰：「不知其何如」，竟不成語，令人
> 發嘔。彼不知「如之何」者，乃是勝于新之辭也。古今人情一也，
> 作《詩》者亦猶人情耳；俗云：「新娶不如遠歸」，即此意。若《詩》
> 不合人情，亦何貴有《詩》哉！「舊如之何」，杜詩已爲注腳矣，曰：
> 「夜闌更秉燭，相對如夢寐！」〔註22〕

所謂「人情」，指的是人類普遍的心理、感情與表現。姚際恆認爲，相對於語言習慣的隨時代變遷，「人情」顯得恆常不易，具有不受時空影響的穩定性質，因此說「古今人情一也」。「人情」是《詩經》的根源，也是《詩經》存在的價值之一，所謂「若《詩》不合人情，亦何貴有《詩》哉」。

　　姚際恆並且談到，詩人創作是人情的自然抒發，所以詩歌的內容必然符合人情。〈秦・黃鳥〉詩中「臨其穴，惴惴其慄」，《鄭箋》云：

> 秦人哀傷此奄息之死，臨視其壙皆爲之悼慄。〔註23〕

姚際恆評此說云：

> 鄭氏則以爲三人自殺；其臨穴惴慄，爲秦人視其壙語。今平心按之，
> 其事出于穆公之命，三人自殺，要皆不得已焉耳，豈樂死哉！即使
> 臨穴惴慄，亦自人情，不必爲之諱也。〔註24〕

樂生畏死亦是人情，以這個角度解詩反而自然直接，切合〈黃鳥〉詩義。

　　「人情」有時相當微妙，難以言喻。姚際恆說〈邶・綠衣〉「綠兮絲兮，女所治兮」二句云：

> 二句全是怨辭而不露意，若無端怨及于綠而追思及絲。此種情理，
> 最爲微妙，令人可思而難以言。〔註25〕

〈綠衣〉寫女子感情委婉細膩，雖然難以文字完全表達，然而將心比心，仍然可以達到一定的體會，這是由於「人情」的共通性質。

　　由於詩歌是人情的自然呈現，所以姚際恆明確的指出，解釋詩文必須要合乎人情，否則詮釋便失去價值。其云：

> 大抵釋《詩》必須近人情，不可泥于字句之間；苟泥于字句以致不近

〔註22〕《詩經通論》卷 8〈豳・東山〉，頁 168。〈豳・東山〉詩四章有言：「我徂東山，慆慆不歸。我來自東，零雨其濛。倉庚于飛，熠熠其羽。之子于歸，皇駁其馬。親結其褵，九十其儀。其新孔嘉，其舊如之何？」
〔註23〕《毛詩正義》卷 6〈秦・黃鳥〉，頁 243。
〔註24〕《詩經通論》卷 7〈秦・黃鳥〉，頁 142。
〔註25〕《詩經通論》卷 3〈邶・綠衣〉，頁 51。

人情，何貴釋《詩》哉！古人字句多折拗，不似後人馴順也。〔註26〕

詩中文字句是理解詩義最直接而重要的材料，不過，姚際恆指出，因為時代的因素，古人今人在文句的表達上可能有所不同，因此，一旦執著字句而出現彷彿不近人情的解釋，仍應以「人情」為解《詩》先決考量，容許語文不暢情形的存在。這裡有一句很重要的話，「苟泥于字句以致不近人情，何貴釋《詩》哉」，足以代表姚際恆的態度。他認為，從人情的角度衡量，如果詮釋者提出的詩義解說不符人情，那麼這種解釋是沒有價值可言的。由之可見，詮釋工作必須建立在根本原則──「人情」的基礎上，才能取得應有的意義。

「人情」沒有絕對固定的內容，但可以確定它的本質是感性的。姚際恆論〈召南·野有死麕〉云：

> 愚意，此篇是山野之民相與及時昏姻之詩。……總而論之，女懷，士誘，言及時也；吉士、玉女，言相當也。定情之夕，女屬其舒徐而無使帨感、犬吠，亦情慾之感所不諱也歟？〔註27〕

詩中不諱言地表現男女相悅之情，這也是人情之常。又如〈唐·有杕之杜〉，姚際恆云：

> 賢者初不望人飲食，而好賢之人則惟思以飲食申其殷勤之意。〈緇衣〉「改衣、授餐」亦然。此真善體人情以為言也。〔註28〕

此處指出，〈有杕之杜〉、〈緇衣〉由飲食之事而談情意，可見作者對人情有深刻的體會。飲食、男女，往往能夠呈現「人情」最真實的面貌。

姚際恆也以人情作為評斷他家《詩》說的依據，其評《大序》說〈小雅·小弁〉云：

> 《大序》謂「太子之傅作焉」，則宜曰事也。然謂其傅作，有可疑。詩可代作；哀怨出于中情，豈可代乎！況此詩尤哀怨痛切之甚，異于他詩也。〔註29〕

「哀怨」是一種人情，由〈小弁〉詩中哀怨的痛切程度，姚際恆推斷此詩應不是他人所能代作，因此《詩序》之說恐難成立。

另如〈周南·關雎〉，姚際恆評《大序》、《詩集傳》之說，云：

〔註26〕《詩經通論》卷12〈小雅·賓之初筵〉，頁244。
〔註27〕《詩經通論》卷2〈召南·野有死麕〉，頁45。
〔註28〕《詩經通論》卷6〈唐·有杕之杜〉，頁135。
〔註29〕《詩經通論》卷10〈小雅·小弁〉，頁215。

夫婦人不妒則亦已矣，豈有以己之坤位甘遜他人而後謂之不妒乎！

此迂而不近情理之論也。《集傳》因其不可通，則以為宮中之人作。

夫謂王季之宮人耶？淑女得否何預其哀樂之情！〔註30〕

在姚際恆看來，《詩序》以后妃「樂得淑女以配君子」解釋〈關雎〉之義，朱熹以宮人為此詩作者，雙方說法都不合人情常理，均非正解。由之可見，在沒有其他客觀證據的情況下，單憑「人情」也能對詩義達致一定程度的瞭解，這是說《詩》者應該善用的一項依據。

（三）對詩人人格與藝術風格的體認

在姚際恆的認知裡，詮釋《詩經》要能得「詩旨」。所謂「詩旨」，本該指一詩的中心意旨，未必是詩人的創作原意，不過，從姚際恆的論述看來，他似乎認為這兩者異名同實，《詩經通論》所探討的詩旨，其實即是作者的創作原意。他論〈召南·鵲巢〉首章及〈周南·卷耳〉時云：

〔一章〕「鵲巢鳩居」，自《傳》、《序》以來，無不附會為說，失風人之旨。（〈鵲巢〉）

楊用修駁之（《詩集傳》）曰：「……原詩人之旨，以后妃思文王之行役而言也。『陟岡』者，文王陟之。『玄黃』者，文王之馬。『痡』者，文王之僕。『金罍』、『兕觥』，悉文王酌以消憂也。蓋身在閨門而思在道路，若後世詩詞所謂『計程應說到涼州』意耳。」解下二章與《集傳》雖別，而正旨仍作文王行役；同為臆測。（〈卷耳〉）〔註31〕

此處討論的對象是詩旨，同時也是詩人之旨。姚際恆對《詩經》的解讀，可說是他對於詩人原意的詮釋結果。

關於詩人的創作原意，姚際恆由兩方面進行分析：一是道德人格方面的表現，一是語言藝術方面的表現。不論何者，姚際恆都給予高度肯定，並且認為足以作為說《詩》時權衡的準則。

1. 道德人格方面

在姚際恆的觀念裡，文品與人品有直接的關聯，其論〈小雅·小明〉一詩曾批評《詩序》云：

《小序》謂「大夫悔仕于亂世」。按，此特以詩中「自詒伊戚」一語

〔註30〕《詩經通論》卷1〈周南·關雎〉，頁14。
〔註31〕《詩經通論》卷2〈召南·鵲巢〉，頁33；卷1〈周南·卷耳〉，頁20。

摹擬爲此説，非也。士君子出處之道早宜自審；世既亂，何爲而仕？
既仕，何爲而悔？進退無據，此中下之人，何足爲賢而傳其詩乎？
蓋「自詒伊戚」不過自責之辭，不必泥也。〔註32〕

依《詩序》所解，詩人爲識見低下、舉棋不定之人，姚際恆問道：「何足爲賢
而傳其詩乎？」可見他認爲詩歌之値得傳世，先決條件是詩人有値得肯定的
人品；換言之，由《詩經》是古代傳世經典的這個事實，可以逆證詩人有可
敬的內涵。〈小雅·無羊〉四章有言：

牧人乃夢，衆維魚矣，旐維旟矣。大人占之：『衆維魚矣，實維豐年；
旐維旟矣，室家溱溱。

姚際恆論此章時對於詩人的胸懷寄予極高的崇敬，其云：

魚麗爲萬物盛多之象，故爲豐年；旟、旐所以聚衆，故爲民庶。假
微賤之夢通乎國計民生，此豈常人思慮所及！〔註33〕

以國計民生爲念的詩人，姚際恆肯定他具有超乎常人的胸襟。

既然詩人關懷的層次高出常人，何以在〈周南·關雎〉中又會有求淑女
不得以致於「寤寐思服」、「輾轉反側」的凡俗表現？這未免有些矛盾。姚際
恆解釋云：

或謂，如謂出于詩人之作，則「寤寐」、「反側」之説云何？曰：此
全重一「求」字。男必先求女，天地之常經，人道之至正也。因「求」
字生出「得、不得」二義來，反覆以形容君子求之之意，而又見其
哀樂得性情之正；此詩人之善言也。〔註34〕

此段指出，〈關雎〉的重點在於傳達「君子求淑女」的心情，「男求女」基本
上是合乎正道的表現。詩人所描述的固然爲男女常情，不過，這種感情符合
道德標準，所謂「得性情之正」；相反地，如果「女求男」便「不可通」、不
「得性情之正」。姚際恆批評朱熹解〈召南·摽有梅〉云：

《集傳》且以爲女子自作；或因其太不雅，以爲擇壻之辭。嗟乎！
天下乎地，男求乎女，此天地之大義。乃以爲女求男，此「求」字
必不可通。而且憂煩急迫至於如此，廉恥道喪，尚謂之二〈南〉之
風，文王之化，可乎！……愚意，此篇乃卿、大夫爲君求庶士之詩。

〔註32〕《詩經通論》卷11〈小雅·小明〉，頁227。
〔註33〕《詩經通論》卷10〈小雅·無羊〉，頁202～203。
〔註34〕《詩經通論》卷1〈周南·關雎〉，頁15。

〔註35〕

同為擇偶，男可以求女，女不可求男，原因在於社會風俗傳統與個人廉恥感的集體作用，其間的考量仍然是道德的。最後姚際恆將〈摽有梅〉往「求才」方向解釋，避免了「廉恥」的問題。

誠然，解《詩》不能執泥於詩中的片斷行跡，還是應該歸本於詩人從作品中所透顯的思想品質。但是，姚際恆特別強調，這方面的探討要適可而止，不必刻意往道德義理上發揮，其論〈周南・漢廣〉時云：

> 大抵謂男女皆守以正為得；而其發情止性之意，屬乎詩人之諷詠，
>
> 可思而不必義也。〔註36〕

他不否認作〈漢廣〉詩人有「發情止性」的意念，不過，他說「可思而不必義」，亦即肯定這個思想的存在卻不必要深入闡發。姚際恆所以作這樣詮釋上的設限，與他反對以理說《詩》的理念有關。

2. 語言藝術方面

姚際恆注意到詩人在語言藝術上的特殊成就，諸如文字運用、表達模式、語言風格等方面，詩人都有突出表現，這些也是說《詩》時須加留意的。

姚際恆十分推崇詩人遣辭造句的功力，其論〈周南・葛覃〉、〈王・采葛〉、〈小雅・鼓鐘〉云：

> 蓋歸寧，婦人所時有也。此言「污」、「澣」與上絺綌之服又不必相涉，然而映帶生情，在有意無意間；此風人之妙致也。(〈葛覃〉)
>
> 「歲」、「月」，一定字樣，四時而獨言秋，秋風蕭瑟，最易懷人，亦見詩人之善言也。(〈采葛〉)
>
> 〔四章〕「笙、磬同音」，以其異器也；若琴、瑟則不言同音矣；此固夫人知之。然別有妙旨：笙在堂上，磬在堂下，言堂上、堂下之樂皆和也。然尤有妙旨：〈小雅〉言「鼓瑟吹笙」，則瑟依于笙，〈商頌〉：「鼗鼓淵淵，嘒嘒管聲」，又曰「依我磬聲」，則鼓、管依于磬，故言「笙、磬」，以統堂上、堂下之樂。詩人之善言如此。(〈鼓鐘〉)

〔註35〕《詩經通論》卷2〈召南・摽有梅〉，頁42。朱熹《詩集傳》釋〈摽有梅〉之義云：「南國被文王之化，女子知以貞信自守，懼其嫁不及時，而有強暴之辱也，故言梅落而在樹者少，以見時過而太晚矣。求我之眾士，其必有及此吉日而來者乎！」(卷1，頁11) 姚際恆認為解此詩為「女求男」之詩，有違正道。

〔註36〕《詩經通論》卷1〈周南・漢廣〉，頁27。

〔註37〕

詩人措辭看似無意，其實有許多用心與勝義，姚際恆譽之爲「風人妙致」、「詩人善言」，可見他對詩人文字駕馭能力的推揚。他進而談到，詩人遣字似乎有某種規則，但卻又難以歸納成例，其論〈鄭·有女同車〉、〈大雅·崧高〉之詩文時云：

> 詩人之辭多有相同者，如采唐曰「美孟姜矣」，豈亦文姜乎？是必當時齊國有長女美而賢，故詩人多以「孟姜」稱之耳。(〈有女同車〉)
>
> 古人文辭難以例拘。(〈崧高〉) 〔註38〕

《詩經》畢竟是部集體創作，若從求同的角度來看，詩人們的用語有著相似性；但若從求異的角度來看，詩人們對於文字的運用各自一格；這是說《詩》時應有的瞭解。

姚際恆並且指出，詩人在表達上相當有順序與層次。〈大雅·緜〉五、六章有言：

> 乃召司空，乃召司徒，俾立室家。其繩則直，縮版以載，作廟翼翼。
>
> 捄之陾陾，度之薨薨，築之登登，削屢馮馮。百堵皆興，鼛鼓弗勝。

姚際恆論此二章詩云：

> 上章言治宮室矣，此（六章）言築牆也。予嘗聞木工言，必須築室畢，然後築牆。彼傳讖語云：「先打牆，莫思量」。今可見古亦如此，又可見詩人立言之有次第也。〔註39〕

詩人的敘述條理順暢，說《詩》者必須對這種「文理」有一定的瞭解，這是詮釋《詩經》必備的能力。姚際恆批評朱熹釋詩便欠缺這方面的素養，其云：

> 古人立言悉有文理，其層次毫忽不苟；乃皆誤以《詩》、《書》爲疊言，胡文理淺事尚不之知而談經耶！〔註40〕

可見姚際恆認爲掌握詩人文理是一種基本的詮釋能力，不具備這種能力便沒有說《詩》的資格。

〔註37〕 《詩經通論》卷1〈周南·葛覃〉，頁19；卷5〈王·采葛〉，頁98；卷11〈小雅·鼓鐘〉，頁228。

〔註38〕 《詩經通論》卷5〈鄭·有女同車〉，頁106；卷15〈大雅·崧高〉，頁310。

〔註39〕 《詩經通論》卷13〈大雅·緜〉，頁267。

〔註40〕 《詩經通論》卷13〈大雅·大明〉，頁264。姚際恆此言主要乃不滿朱熹釋「來嫁於周，曰嬪于京」二句而發。朱熹云：「嬪，婦也。京，周京也。曰嬪于京，疊言以釋上句之意，猶曰釐降二女于嬀汭嬪于虞也。」(《詩集傳》卷16〈大雅·大明〉，頁177)

　　除此之外，姚際恆談到，詩人作詩有所謂「義例」，就作品的角度來說，也可稱爲「詩例」。他論〈周南・葛覃〉、〈周南・卷耳〉云：

> 上二章言其勤，末章言其儉。首章敘葛之始生，次章敘后妃治葛爲服，末章因治服而及其服澣濯之衣焉。凡婦人出行，必潔其衣，故借歸寧言之。觀其言「薄污」、「薄澣」而又繼之以「害澣害否？歸寧父母。」其旨昭然可見。如此，則敘事次第亦與他篇同，固詩人之例也。……〔一章〕言后妃治葛，則先敘葛之始生，此作詩者義例。（〈葛覃〉）

> 二章，言山高，馬難行。三章，言山脊，馬益難行。四章，言石山，馬更難行。二、三章言馬病，四章言僕病，皆詩例之次敘。（〈卷耳〉）〔註41〕

「例」指的是建立一定的模式，從中找出若干規則，作爲理解其他對象的依據。姚際恆發現，〈葛覃〉這類詩都是由外物而敘及人事，這是詩人慣用的表達模式；而〈卷耳〉一類詩則是以層層加強的方式表現出境遇的每下愈況。他進一步歸結，詩人創作有大致固定的表現模式。姚際恆論〈周頌・有瞽〉時云：

> 此詩微類〈商頌・那〉篇，固知古人爲文亦有藍本也。〔註42〕

所說的「義例」或「藍本」，都是作品形式特徵方面的歸納與分析。從這點來看，姚際恆已經初步探索到詩人們共通之表現模式的問題，雖然並未進一步作到全面的研究，但是觀點本身的提出十分有意義，具有語言分析的意味。

　　詩人們的表達雖然在形式上有共通性，然而表達的意念並不相同，也就是在內容上無一致性。姚際恆論〈小雅・甫田〉、〈鄭・狡童〉時提出以下看法：

> 夫詩人語意，隨文各異，豈如制舉之文有一定程式！（〈甫田〉）

> 蓋皆不知詩人之意，隨筆轉換，絕不拘泥繩束似後人爲文。此即承上章「不能餐」來，「不能餐」，猶之「不與我食」也。上章言「不能餐」指飲食，此章言「不能息」指起居，猶言「寢、食俱廢」也。只重上章「不與我言」，以至寢食俱廢之義；其「不與我食」，只順下湊合成文。勿爲所瞞，方可謂之善說《詩》。（〈狡童〉）〔註43〕

〔註41〕《詩經通論》卷1〈周南・葛覃〉，頁18；卷1〈周南・卷耳〉，頁21。
〔註42〕《詩經通論》卷17〈周頌・有瞽〉，頁339。
〔註43〕《詩經通論》卷11〈小雅・甫田〉，頁234；卷5〈鄭・狡童〉，頁108。

他指出,詩人之意變換靈活,一個稱職的說《詩》者必須瞭解當中意義的變化與側重,才能作出確切的詮釋。正由於詩人之意的隨文變換,方使得《詩經》裡的作品一方面分享相似的形式,同時另一方面保持各自獨特的內容。

姚際恆談到,基於藝術效果的考量,詩人創造出一種「誇張」的語言風格。〈大雅・生民〉中有許多關於后稷異事的敘述,姚際恆云:

> 大抵上古世事本多奇異,而詩人形容或不無過正,如後人作文,喜取異事妝點,使其文勝耳。不如且依舊解,存其異迹,賞其奇文可也。〔註44〕

「誇張」是詩人的語言風格,造成這種風格的原因之一是上古本為頗多奇人異事的時代背景,詩人身處其中,自然受到濡染。另一個原因則與詩人的創作目的有關,依姚際恆之見,詩人藉此以求「文勝」,亦即製造特殊的藝術效果,有時甚至到了危言聳聽的程度。姚際恆論〈小雅・節南山〉云:

> 詩人愁苦,必用危言聳聽,如曰「國既卒斬」及下篇「褒姒滅之」是也。其實未斬、未滅也。〔註45〕

由之可見,「誇張」只一種表述的手段,或為了藝術效果的目的,或為了發抒過度豐沛的情感。說《詩》者既要懂得欣賞,同時也要能明白其間虛實,才是一個明智的詮釋者。

姚際恆總結地指出,從詩人身上可以看到道德與藝術的完美結合,其論〈陳・株林〉時云:

> 設問:「『胡為乎株林,從夏南』乎?」曰:「『匪適株林、從夏南』,或他適耳。然見其駕我乘車以舍于株野,且乘我乘車以朝食于株,則信乎其適株林矣。但其從夏南與否則不得而知也。」二章一意,意若在疑、信之間,辭已在隱躍之際,詩人之忠厚也,亦詩人之善言也。〔註46〕

〔註44〕《詩經通論》卷 13〈大雅・生民〉,頁 278～280。姚際恆在〈生民〉一、二、三章下評曰:「借事見奇」、「奇句」、「曡出奇致」,可知他雖知〈生民〉所載不盡合乎常理,但是基本上仍是從欣賞的角度看待此詩。

〔註45〕《詩經通論》卷 10〈小雅・節南山〉一章下,頁 204。「下篇」指〈小雅・正月〉。〈小雅・節南山〉首章:「節彼南山,維石巖巖。赫赫師尹,民具爾瞻。憂心如惔,不敢戲談。國既卒斬,何用不監!」〈小雅・正月〉八章:「心之憂矣,如或結之。今茲之正,胡然厲矣?燎之方揚,寧或滅之?赫赫宗周,褒姒滅之!」

〔註46〕《詩經通論》卷 7〈陳・株林〉,頁 149。

詩人在若隱若現間所呈現出的是自身的忠厚之心與高超的文學造詣，說《詩》者若能兼顧到詩人這兩方面的特色，自然能作到妥恰的詮釋。

　　姚際恆也坦承，以詩人之意作為一個理解的對象時，其實存在著限制，這代表詮釋的極限。他在論〈周南·關雎〉、〈王·采葛〉、〈大雅·常武〉等詩時談到詩人之意的難以確知，其云：

> 詩人體物縱精，安能擇一物之有別者以比夫婦，而後人又安知詩人之意果如是耶！（〈關雎〉）

> 雖詩人之意未必如此，然亦巧合，大有思致。（〈采葛〉）

> 「武」字是已；「常」字，作者之意則不可知。（〈常武〉）〔註47〕

可見詩人原意是難以確證的。姚際恆談到，詩人之意之所以難以確知，或者因為詩人心思委婉細膩，非後人推想能及；又或者緣於時代阻隔，參考文獻不足，造成理解上的阻滯。他在論〈衛·淇奧〉、〈鄭·清人〉時云：

> 倚車之時而覺其寬綽，又不言其言語若何，而但言「善戲謔」，皆一往摹神。古人體察之妙如此，其心坎非後世人所易測也。（〈淇奧〉）

> 據《左傳》，「高克奔陳，鄭人為之賦〈清人〉」。是時師已潰散，而賦詩者猶為此言，可見詩人之意微婉如此。（〈清人〉）〔註48〕

至此姚際恆也不由感歎解《詩》的困難。

　　有時這種理解上的困難是詩人刻意造成的，姚際恆說〈小雅·斯干〉六、七章云：

> 又室成而與后妃寢處，方能誕育；今但輕輕言「莞、簟安寢」，即接入夢，其與后妃寢處略而不道，而已在隱約之間。起雅去俗，妙筆妙筆！又居此室者，一家和樂好合，無過兄弟、妻子；首章已言兄弟，此處當言妻子。于兄弟則明言之，于妻子則隱言之，此尤作者之自得。而不望後世之人知之也。〔註49〕

依其言，詩人似乎並不希望後人完全得知自己的心意，所以有的明言，有的隱言，這是有意的區分。此類詩可作為詮釋者能力的一項挑戰與檢測，因為它是詮釋《詩經》容易被忽略的部分。當然，姚際恆自知通過了這項考驗。

〔註47〕《詩經通論》卷1〈周南，關雎〉，頁15；卷5〈王·采葛〉，頁98；卷15〈大雅·常武〉，頁317。

〔註48〕《詩經通論》卷4〈衛·淇奧〉，頁82；卷5〈鄭·清人〉，頁103。

〔註49〕《詩經通論》卷10〈小雅·斯干〉，頁201。

二、消極原則

這方面姚際恆有兩項重要主張：一、不可以三《禮》說《詩》，主要針對《鄭箋》而發；二、不可以理說《詩》，主要針對朱熹《詩集傳》而論。姚際恆的這兩點原則極富特色，頗能反應出他致力於回復《詩經》純正性質的努力。

（一）不可以三《禮》說《詩》

以禮說《詩》表現最突出的是《鄭箋》。鄭玄長於禮學，因此論及《詩》中可能有關禮制的部分，往往採取以三《禮》說《詩》的作法，企圖會通《詩》、禮。姚際恆明確的表示此舉絕不可行，其云：

> 總之，說《詩》不可據禮。〔註50〕

姚際恆反對以禮說《詩》的原因有兩方面：一為《詩》、禮時代有先後，這是外在因素的考量；一為《詩》、禮內容性質的差異，這是內在因素的考量。他說：

> 大抵制禮作樂之說出于《三百篇》後，不可據以解《三百篇》也。〔註51〕

制禮作樂之說是後世的產品，與《詩經》有著時間距離。問題是，以後來的資料解釋先前的記載雖然可能有差失，但也絕非必不可行。對此，姚際恆云：

> 毛、鄭惟知以《禮》解《詩》，而不知《詩》在前，《禮》在後，蓋《禮》之本《詩》為說也。〔註52〕

在他看來，三《禮》的內容有些就是從《詩經》而來，由三《禮》說《詩》在方向上根本就是錯的。

其次，姚際恆談到，後世之禮與《詩經》創作背景的禮制本有不合，其釋〈大雅・行葦〉時云：

> 然則是詩者，固燕同、異姓父兄、賓客之詩，而醻酢、射禮亦並行之，終之以尊優耆老焉。古禮不可考，不得以後世禮文執而求之也。〔註53〕

《詩經》的年代實行的是古禮，以古禮說解詩義是可行的，如此姚際恆應該會贊成「以古禮說《詩》」；只可惜，古禮已亡佚而不可考，因此要據古禮說

〔註50〕《詩經通論》卷9〈小雅・鹿鳴〉，頁173。
〔註51〕《詩經通論》卷11〈小雅・鼓鐘〉，頁228。
〔註52〕《詩經通論》卷2〈召南，采蘋〉，頁36。
〔註53〕《詩經通論》卷14〈大雅・行葦〉，頁283。

《詩》是不可能的。至於後世之禮在內容上多與古禮不合，姚際恆云：

> 古禮與今異。〔註54〕

如此今禮便不可作為說《詩》的依據。簡言之，「古禮」亡佚，無從據以說《詩》；「今禮」與《詩經》記載不合，不可據以說《詩》。三《禮》記載的是「今禮」，因此若要以三《禮》說《詩》，姚際恆堅決反對。

關於古禮與後世之禮間的差距，姚際恆曾舉祭禮、冠禮為例，其云：

> 古人制禮之精意如此。今人惟知貴膚而賤骨，全與古反。既無貴賤、
> 尊卑之差，一以味為主，則是充口腹而已。大抵祭禮古今懸殊，不
> 若昏喪諸禮，猶有多合者。是古祭禮雖存，與亡等矣。
>
> 大抵古禮與今全別，假如今人在廟中行冠禮，禮成，則必先拜祖，
> 次拜父母；而此皆無之。則以今人之見說古禮，自必不得耳。〔註55〕

古今禮的差異已成事實，若憑後人之見去解說古禮亦在所不能。由姚際恆論祭禮一段文字可知他是推崇古禮的，他甚且認為禮學的發展每下愈況，一路走向衰亡。關於「禮亡」，姚際恆云：

> 即此而觀《禮經》殘闕，不幸又有《周禮》以亂之，始于鄭氏誤信
> 《周禮》，繼以諸儒誤信《鄭註》，其相沿致誤至于如此。禮雖欲不
> 亡，何可得哉？故曰：禮亡自漢至今矣！〔註56〕

姚際恆認為，「禮亡」除肇因於年代久遠、典籍殘缺等客觀因素外，《周禮》、《鄭註》以及後世信從《鄭註》者等人為因素，更加劇它的形成。因此關於禮學上混亂的局面，《周禮》與鄭玄須負最大責任。姚際恆作《周禮通論》、《儀禮通論》、《禮記通論》，即企圖全面解決禮學的問題。

姚際恆對於三《禮》的評價不一，批評的重點亦有別。當然，反對以三《禮》說《詩》是他的基本原則，不過分就《周禮》、《儀禮》、《禮記》而言，其原因與情況各自有異。

1. 不可以《周禮》說《詩》

姚際恆《周禮通論》不得而見〔註57〕，不過由其他著作可以分析出他對

〔註54〕《禮記通論輯本（上）·曲禮上》，頁34；原杭世駿《續禮記集說》卷6，頁8～9。

〔註55〕《儀禮通論》（二）卷15，頁75；《儀禮通論》（一）卷1，頁55～56。

〔註56〕《禮記通論輯本（上）·內則》，頁440；原杭世駿《續禮記集說》卷53，頁16～18。

〔註57〕其《古今偽書考·經類·周禮》下有言：「《周禮》，出於西漢之末。予別有《通

於《周禮》的評論。據姚際恆研究，《周禮》作於西漢末年，是一部偽書，是以將之列名《古今偽書考》。由於視《周禮》為偽書，因此在三《禮》中姚際恆給予最低的評價，並且認為絕不可作為引據。姚際恆論〈周南・桃夭〉、〈召南・采蘩〉、〈周頌・時邁〉、〈小雅・魚藻〉時云：

> 《周禮》偽書，尤不可據。（〈桃夭〉）

> 《周禮》偽書，不足據；《鄭註》尤不足據。（〈采蘩〉）

> 《周禮》偽書不足據。（〈時邁〉）

> 其（何楷）云「軍旅作愷樂」，他經未見，唯見于《周禮》，此偽書，不足信也。（〈魚藻〉）〔註58〕

在姚際恆看來，《周禮》是不足信的偽書，當然不能據以說《詩》。

對於同樣被姚際恆列為偽書的《子貢詩傳》，姚際恆的態度卻和緩許多，其評《子貢詩傳》解〈周南・樛木〉、〈衛・碩人〉云：

> 且《偽傳》之說亦有可證者。……此說可存，不必以《偽傳》而棄之也。（〈樛木〉）

> 《偽傳》曰：「衛莊公取于齊，國人美之，賦〈碩人〉。」……所見皆與予合。（〈碩人〉）〔註59〕

可見單憑為「偽書」這一點，尚不至於完全遭到姚際恆的排斥。姚際恆曾很明白的揭示他對於其他《詩》說所採取的客觀的態度，其云：

> 若夫眾說紛紜，其解獨確，則不問何書，必有取焉。〔註60〕

可見他對一書的整體評價為一種考量，對其個別說法採用與否又是另外一種考量。然而，「存其《詩》說」與「據以說《詩》」畢竟二事，姚際恆並不排拒偽書之說某些時候可以作為解《詩》的參考，但是如要作為解說詩義的依據，進而建立一條「以偽書說《詩》」的原則，便萬萬不可。

姚際恆指出，《周禮》除為偽書這一點外，就內容而論，它的許多成分是襲取他說任意增減而成，這也是《周禮》之所以不可引據的另一個原因。姚際恆批評《周禮》「九夏」之說云：

論》十卷，茲不更詳。」（頁41）可知應有《周禮通論》一書，然今未得見。

〔註58〕《詩經通論》卷1〈周南・桃夭〉，頁24；卷2〈召南・采蘩〉三章下註文，頁35；卷16〈周頌・時邁〉，頁329～330；卷12〈小雅・魚藻〉，頁245。

〔註59〕《詩經通論》卷1〈周南・樛木〉，頁22；卷四〈衛・碩人〉，頁84。

〔註60〕《詩經通論》卷前〈詩經論旨〉，頁7。

《周禮》：「鐘師，九夏：王夏、肆夏、昭夏、納夏、章夏、齊夏、族夏、祴夏、驁夏」。予《通論》曰：「九夏即襲《左傳》『肆夏』及『三夏，天子所以享元侯』而附會爲說。『肆夏』，襲《左傳》、《禮記》諸篇。『王夏』、『昭夏』、『納夏』、『章夏』、『齊夏』、『族夏』俱杜撰。『祴夏』，襲〈燕禮〉『賓醉而出，奏陔；陔作』，以『陔』作『祴』，取音近；『驁夏』，襲〈大射儀〉『公入，驁』；其二『夏』字皆增。計九夏惟一『肆夏』，餘杜撰者六，又本非『夏』名而妄加者二，則《周禮》『九夏』可置而弗道矣。……」〔註61〕

此段談到，《周禮》「九夏」之說分別襲取《左傳》、《禮記》、《儀禮》之〈燕禮〉、〈大射〉各篇說法集合而成，並多所杜撰，全不可取。

姚際恆解〈周頌·噫嘻〉「駿發爾私，終三十里。亦服爾耕，十千維耦」時論云：

「駿發爾私，終三十里」，《毛傳》曰：「『私』，民田也，言上欲富其民而讓于下，欲民之大發其私田耳。『終三十里』，言各極其望也。」孔氏曰：「各極其望，謂人目之望所見極于三十，每各極望則遍及天下矣。『三十』以極望爲言，則『十千維耦』者，以萬爲盈數，故舉之以言，非謂三十里內有十千人也。」按，《傳》、《疏》之說甚明，詩意只如此，非可鑿然以典制求之。是「三十里」與「十千」之義各別，不得聯合以解，明矣。自鄭氏篤信《周禮》，引之曰：「『凡治野田，夫間有遂，遂上有徑；十夫有溝，溝上有畛；百夫有洫，洫上有塗；千夫有澮，澮上有道；萬夫有川，川上有路。』此萬夫之地，方三十三里少半里也。一川之間萬夫，故有萬耦耕。言三十里者，舉成數。」孔氏又疏之曰：「計此萬夫之地，一夫百畝，方百步，積萬夫方之，是萬也。是廣、長各百夫，以百乘百，是萬也。既廣、長皆百夫，夫有百步，三夫爲一里，則百夫爲三十三里又少半里也。」按，《周禮》之說本襲〈考工記·匠人〉「九夫爲井」句而增廣爲此說，必不可據。詳見《周禮通論》。〔註62〕

〔註61〕 《詩經通論》卷16〈周頌·時邁〉，頁330。

〔註62〕 《詩經通論》卷16〈周頌·噫嘻〉，頁334～335。姚際恆此處舉《鄭箋》在「方三十三里少半里」與「一川之間萬夫」間漏引「耜廣五寸，二耜爲耦」二句；「此萬夫之地」脫「計」字，應作「計此萬夫之地」；「舉成數」脫「其」字，應作「舉其成數」。

大致上,《毛傳》、《孔疏》是由〈噫嘻〉詩文本身去解釋詩義,對於「終三十里」、「十千維耦」沒有作太多數字上的推論,因此受到姚際恆認可。《鄭箋》引《周禮·地官司徒·遂人》解此詩〔註63〕,姚際恆便不能接受,他認為〈遂人〉之說襲自〈冬官考工記·匠人〉。〈考工記·匠人〉云:

> 九夫為井;井間廣四尺,深四尺,謂之溝。方十里為成;成間廣八
> 尺,深八尺,謂之洫。方百里為同;同間廣二尋,深二仞,謂之澮。
> 〔註64〕

依此記載,方里為井,一井九夫,一井一溝,可知「一里九夫」而「九夫有溝」,此與〈遂人〉所謂「十夫有溝」人數上有出入,可見《周禮》本身的資料間即存在著歧異。姚際恆反對據《周禮》說《詩》,確實有其內在資料信偽上的考慮。至於鄭玄的「萬夫三十三里少半里」之說,與〈遂人〉的「十夫一里」、〈匠人〉的「九夫一里」數目上都相去甚遠,這是誤據《周禮》說《詩》而又益以一己妄說的例子。

姚際恆強調,不僅說《詩》不可據《周禮》,即使釋禮也不可引據《周禮》。他在《儀禮通論》中論禮時談到:

> 釋禮者之必不可以援《周禮》也。(〈燕禮〉)
>
> 凡《周禮》所言,悉不足據。(〈聘禮〉)
>
> 《周禮》不足證。(〈聘禮〉) 〔註65〕

姚際恆進一步談到,《周禮》所記許多襲自《儀禮》、《禮記》。其《儀禮通論》云:

> 庶子、內小臣,鄭氏皆據《周禮》以釋,並謬。《周禮》「諸子職」
> 本襲〈文王世子〉之庶子為說,以其與〈燕禮〉之庶子絕不同,故
> 易名為諸子也。其「酒正職」云「凡饗士庶子」,此乃襲〈燕禮〉之
> 庶子為說耳。內小臣,即上之小臣,《周禮》「內小臣職」亦即襲此。
> (〈燕禮〉)

〔註63〕 《周禮注疏》卷15〈地官司徒·遂人〉有言:「凡治野,夫間有遂,遂上有徑;十夫有溝,溝上有畛;百夫有洫,洫上有涂;千夫有澮,澮上有道;萬夫有川,川上有路,以達于畿。」(頁233)其下《鄭註》同作「萬夫者,方三十三里少半里」之說。

〔註64〕 《周禮注疏》卷42〈冬官考工記·匠人〉,頁651。

〔註65〕 《儀禮通論》(一)卷6〈燕禮〉,頁271;卷8〈聘禮〉,頁379;卷8〈聘禮〉,頁398。

射人、司士、宰夫、司馬等官，鄭氏皆援《周禮》以證，不知《周禮》皆襲此者也。（〈大射儀〉）

《周禮》〈醢人〉朝事八豆，以〈公食〉六豆，增菹醯，又重糜臡，故變亂《儀禮》，不可執以爲解也。（〈聘禮〉）〔註66〕

指出《周禮·諸子》襲《禮記·文王世子》，〈酒正〉、〈內小臣〉襲《儀禮·燕禮》，射人、司士、宰夫、司馬等官襲自《儀禮·大射儀》，更甚者爲〈醢人〉變亂《儀禮·聘禮》之說，因此姚際恆認定《周禮》不可作爲釋禮的依據。

姚際恆《禮記通論輯本》有言：

大宗人即〈顧命〉「大宗」，小宗人即〈顧命〉「宗人」，《周禮》襲此爲大宗伯、小宗伯。（〈雜記上〉）

鞠衣素沙，皆《周禮》〈內司服〉所襲。（〈雜記上〉）

國禁哭，似非先王之典，《周禮》襲之，以爲〈銜枚氏〉。（〈雜記下〉）

〔註67〕

指出《周禮》之〈大宗伯〉、〈小宗伯〉、〈內司服〉、〈銜枚氏〉、〈大行人〉等，均有所襲於《禮記·雜記》。《禮記·雜記下》有言：

贊大行：曰圭，公九寸，侯伯七寸，子男五寸，博三寸，厚半寸。剡上，左右各半寸，玉也。藻，三采六等。〔註68〕

姚際恆論此段文字時曾痛斥《周禮》欺瞞世人，其云：

《周禮·大行人》公圭九寸，諸侯七寸，諸伯如諸侯，又以爲子男執璧，皆襲此文。……自鄭氏以來，皆不知《周禮》所襲，故心疑臆度，紛紛爲說。如鄭氏謂「子男執璧，作此贊者」，失之矣。孔氏直增璧與圭，並釋之。陸農師謂「此言圭爲子男聘頫之玉，博三寸以下主公言之」，成容若謂「圭亦似可該璧，《儀禮》『襲執圭』、《論語》『孔子執圭』皆可以兼璧。」嗟乎！《周禮》之售欺于後世如此。〔註69〕

〔註66〕《儀禮通論》（一）卷6〈燕禮〉，頁292；卷7〈大射儀〉，頁306；卷8〈聘禮〉，頁398。

〔註67〕《禮記通論輯本（下）·雜記上》，頁148，原杭世駿《續禮記集說》卷71，頁28；〈雜記上〉，頁149，原《續禮記集說》卷71，頁26；〈雜記下〉，頁179，原《續禮記集說》卷74，頁21。

〔註68〕《禮記注疏》卷43〈雜記下〉，頁753。

〔註69〕《禮記通論輯本（下）·雜記下》，頁187；原杭世駿《續禮記集說》卷75，頁12。

在此姚際恆明白的說出自己的感歎與強烈不滿。

依姚際恆所言，《周禮》雖是偽書，且多襲他書之說，但若問題僅限於自身，未必會造成太大危害。然而，自從鄭玄據《周禮》爲說，姚際恆認爲這便開啓了混亂禮學的序幕。禍源爲《周禮》，推波助瀾者爲鄭玄，對後世造成極不良的影響。姚際恆《儀禮通論》論及以鄭玄爲首等人執《周禮》而淆亂禮學的情形云：

> 祗緣鄭惑《周禮》，以故顚倒其說。可見凡據《周禮》以釋二《禮》，必無是處，而二《禮》之爲鄭所淆亂者，不知幾何。可歎也！〔註70〕

其於《禮記通論輯本》亦云：

> 大抵鄭、孔過信《周禮》，凡解二《禮》，動輒附會，觀其牽合補綴處，頗爲費辭，而究之，一一遁窮，卒難逃於明眼者，則亦何爲哉？吁！《周禮》淆亂二《禮》，又皆釀成于後儒釋經之手，流覽之餘，未嘗不爲之三歎也。〔註71〕

依姚際恆看來，鄭玄等不獨據《周禮》而淆亂《儀禮》、《禮記》，即使連古禮亦蒙其害，其云：

> 自《周禮·大宗伯》：「春曰朝，夏曰宗，秋曰覲，冬曰遇」，不獨昧覲即爲朝之義，而且增宗、遇爲四名，以分屬四時，益謬而無稽矣。鄭氏誤信之，乃謂「三時禮亡」，張《周禮》之幟而僞亂古禮，更足恨也。篇中凡據《周禮》以註〈覲禮〉者，無有一是。〔註72〕

姚際恆認爲，《周禮》不可作爲說《詩》、釋禮的依據，更不可能由《周禮》而知古禮，可謂一無是處。關於鄭玄的尊信《周禮》，造成《詩》學與禮學上的災難，依姚際恆之見，禍源雖是《周禮》，但眞正的禍首卻不得不推鄭玄。

2. 不可以《儀禮》說《詩》

在姚際恆的判斷裡，《儀禮》並不如《周禮》般是部偽書，但從作爲說《詩》依據的角度而論，姚際恆認爲《儀禮》同樣不可取。他論〈周頌·絲衣〉云：

> 不可據《儀禮》以解《詩》也。〔註73〕

〔註70〕《儀禮通論》（一）卷11下〈喪服〉，頁590～591。
〔註71〕《禮記通論輯本（下）·祭統》，頁263，原杭世駿《續禮記集說》卷82，頁10；〈喪大記〉，頁211，原《續禮記集說》卷77，頁23～24。
〔註72〕《儀禮通論》（一）卷10〈覲禮〉，頁464。
〔註73〕《詩經通論》卷17〈周頌·絲衣〉，頁348。

關於不可以《儀禮》說《詩》的原因，他說：

> 《儀禮》，後世之書，不可以解《詩》。〔註74〕

究竟《儀禮》爲何時何人所作，姚際恆《儀禮通論》云：

> 此書者，孟子不舉其義，漢世稍出其傳，推之春秋侯國，往往而合，
> 其爲周末儒者所撰，夫復奚疑？〔註75〕

姚際恆既視《儀禮》爲周末之作，與《詩經》創作年代則有距離，以之說《詩》畢竟不是妥善的作法。

再者，談六笙詩問題時姚際恆說到：

> 《儀禮》之書作于周末，去《三百篇》之世已遠，其云作樂歌〈鹿
> 鳴〉諸詩，與詩旨亦不相涉；況其爲笙詩，于《三百篇》更奚與哉！
>
> 〔註76〕

他分析《儀禮》對於〈鹿鳴〉等詩的運用與理解，發現與詩旨並不相關，可見《儀禮》對《詩經》的認識不確切。基於這兩方面考慮，姚際恆堅稱不可據《儀禮》說《詩》。

姚際恆曾就〈小雅·鹿鳴〉爲例，說明若以《儀禮》所載說《詩》易導致的錯誤，其云：

> 此燕群臣之詩。《小序》謂「燕群臣、嘉賓」。按，「嘉賓」，詩之言
> 也；實則「嘉賓」即「群臣」耳。〈彤弓〉篇亦云「我有嘉賓」，可
> 證。……〈燕禮〉、〈鄉飲酒禮〉作於詩後，正謂凡燕賓取此詩而歌
> 之，非此詩之爲燕賓而作也。〈彤弓〉篇之「嘉賓」，豈亦兼凡賓而
> 言乎？……總之，說詩不可據禮。〔註77〕

此處指出，〈鹿鳴〉本爲燕群臣之詩，後來燕賓時也取此詩而歌，《儀禮》之〈鄉飲酒禮〉、〈燕禮〉的記載可說明這種現象。然而，如果反以〈鄉飲酒禮〉、〈燕禮〉的記載去解釋〈鹿鳴〉，就會像《詩序》般得出〈鹿鳴〉爲燕群臣、嘉賓之詩的誤說。這裡提出一個重要的論述，隨著時代的變遷，後世用《詩》在意義上有了轉變，這是姚際恆反對以後世之說解《詩》根本的理由。姚際恆論〈小雅·四牡〉時云：

〔註74〕《詩經通論》卷9〈小雅·湛露〉，頁186。
〔註75〕《儀禮通論》（一）之〈自序〉，頁4。
〔註76〕《詩經通論》卷12《小雅》末〈附論儀禮六笙詩〉，頁258。
〔註77〕《詩經通論》卷9〈小雅·鹿鳴〉，頁173。

若夫《儀禮》〈燕禮〉、〈鄉飲酒禮〉皆歌此詩及下〈皇皇者華〉，則
第因〈鹿鳴〉而及之耳。此詩作于使臣，源也；勞使臣，流也；〈燕
禮〉、〈鄉飲酒禮〉歌之，流而又流也。〔註78〕

這段文字論及詩歌使用意義的流變。《詩經》是意義的源頭，到了《儀禮》則
是「流而又流」，之間不知經過多少重意義變化，因此，若想以《儀禮》說《詩》
而得《詩》之真象，恐怕事實上已不可為。

姚際恆還發現，《儀禮》中部分內容本即據《詩經》而來。其釋〈小雅‧
楚茨〉云：

煌煌大篇，備極典制。其中自始至終一一可按，雖繁不亂。《儀禮》
〈特牲〉、〈少牢〉兩篇皆從此脫胎。〔註79〕

依此見，則《儀禮》之〈特牲饋食禮〉、〈少牢饋食禮〉的來源為《詩經》，因
此以《儀禮》說《詩》實在是無效且不必要的作法。

姚際恆指出，其實《儀禮》的內容有後人竄加的成分，他認為〈覲禮〉
正文應到「饗禮，乃歸」即止，至於以下「諸侯覲于天子，為宮方三百步，
四門，壇十有二尋，深四尺，加方明于其上」一段則是後人所增。姚際恆云：

此一節乃後人所竄入者，宜刪去。意其人必以〈覲禮〉文字寥寥，
故妄為增益，與〈冠禮〉之記正同。其文與《儀禮》絕不類，有目
之士可一望而辨；且非正文，非後記，不知何屬。〔註80〕

《儀禮》正文後的「記」，姚際恆也認為來歷成疑，其云：

《儀禮》正文後有記，記者，雜記其事，以補前文所未備。或作《儀
禮》者所自作，或後人所作，則有不可知也。〔註81〕

基於《儀禮》本身內容不純的關係，或多或少構成它不足為說《詩》之據的
理由。

姚際恆雖然反對據《儀禮》說《詩》，又指稱《儀禮》內容有問題，但是
他並不認為《儀禮》毫無價值。其《儀禮通論》云：

作《儀禮》者，本春秋後人，其言自應爾。然上下相交，略分而言
情，〈彤弓〉、〈湛露〉，猶可想見其萬一焉。必以為衰世之禮而棄之，

〔註78〕《詩經通論》卷9〈小雅‧四牡〉，頁174。
〔註79〕《詩經通論》卷11〈小雅‧楚茨〉，頁231。
〔註80〕《儀禮通論》（一）卷10〈覲禮〉，頁475。
〔註81〕《儀禮通論》卷1〈士冠禮〉末，頁71。

則過矣。〔註82〕

由此觀之，《儀禮》所記「衰世之禮」與《詩經》所言之「古禮」雖然不同，但自有其存在意義。姚際恆又強調，《儀禮》既然主要目的在於「言儀」而非「言禮」，故而只合視之爲「傳」而非「經」。姚際恆云：

> 《儀禮》言儀之書也，古以《易》、《詩》、《書》、《春秋》、《禮》、樂爲六經，儀既非禮，則不得爲經矣。然儀者所以輔禮而行，則謂《禮經》之傳亦可也。……《禮記》言義理者也，《儀禮》言器數者也。〔註83〕

此處將《儀禮》定位爲「《禮記》之傳」，而不看作一部經書，並且由「器數」與「義理」來界義《儀禮》與《禮記》性質的不同，區分兩者間根本的差異。至如朱熹以《儀禮》爲經，以《禮記》爲傳的相反主張，姚際恆不免要大肆抨擊。〔註84〕

　　換個角度來看，其實姚際恆對於《儀禮》在語言藝術方面的成就給予極高評價。其《儀禮通論》卷前〈儀禮論旨〉有言：

> 《儀禮》之文，自成一家，爲前古後今之所無。排續周密，毫忽不漏，字句最簡，時以一字二字該括多義，幾于惜墨如金，而工妙正露于此。章法貫穿，前後變化，成竹在胸，線索在手。或此有彼無，或彼詳此略，義取互見。不獨一篇中，則十七篇亦只如一篇。此詩文章之法，後人鮮（原作解）知，故其法不傳。
>
> 讀《儀禮》，如入洞天，峭壁奇峰，金光瑤草，別一天地。讀《儀禮》，使人之乎者也竟無所用，誠古今奇絕之作。〔註85〕

雖然從經學的角度論，姚際恆只將《儀禮》視作「傳」，然而由文學的角度論，姚際恆認爲《儀禮》不論在文字、章法、意境、感染力等的表現上，均是古今難得的典範。

〔註82〕《儀禮通論》（一）卷6首總論〈燕禮〉，頁263。

〔註83〕《儀禮通論》（一）卷前〈儀禮論旨〉，頁17～18。

〔註84〕姚際恆《儀禮通論》（一）卷前〈儀禮論旨〉云：「朱仲晦以《儀禮》爲經，《禮記》爲傳，明是反見。朱之說本襲唐陸德明，其言曰，《禮記》記二《禮》之遺闕，如介儐賓主，《儀禮》特言其名，《禮記》兼述其事；意今之《禮記》，特《儀禮》之傳耳。陸之說又本于臣瓚，以《儀禮》爲經禮。可見繆學自有一種流傳如此。今不舉臣瓚與陸，而舉朱者，以朱爲近世所宗，且實有《儀禮經傳》之書故也。」（頁17）

〔註85〕《儀禮通論》（一）卷前〈儀禮論旨〉，頁27、頁29。

3. 不可以《禮記》說《詩》

姚際恆《禮記通論》已無從睹其全貌，不過從《詩經通論》及現存之《禮記通論輯本》48篇〔註86〕可以看出姚際恆反對以《禮記》說《詩》的意見。姚際恆認為《禮記》的形成原因複雜，內容亦十分駁雜。其論〈曲禮〉時云：

> 〈曲禮〉本摭拾群言，其不加以簡擇，與抑後之庸妄者，有所竄入與摘出。（〈曲禮上〉）
>
> 〈曲禮〉皆雜取古語。（〈曲禮上〉）〔註87〕

論〈祭統〉、〈經解〉則云：

> 此篇與〈祭義〉略同，惟後兩章不類，疑後人竄入者。（〈祭統〉）
>
> 此篇數章乃當時舊文，首一章則為後人竄入。（〈經解〉）〔註88〕

依此說，《禮記》確實不宜作為說《詩》之據。

姚際恆在批評鄭玄時談到：

> 鄭說《詩》之誤，多因《禮》及之。〔註89〕

此處歸結鄭玄說《詩》常犯的錯誤，多半是由於以《禮記》為說而造成。《鄭箋》雖是以三《禮》說《詩》的經典之作，不過姚際恆舉過《鄭箋》不信《禮記》的例子，以證明不可據《禮記》說《詩》。《詩經通論》論〈大雅·靈臺〉云：

> 今按《毛傳》第言「水旋丘如璧曰『辟廱』，以節觀者」，鄭氏于〈文王有聲〉篇曰：「武王于鎬京行辟廱之禮」，皆不言天子之學。自〈王制〉曰：「天子之學曰辟廱」。《毛傳》輯〈王制〉之時，鄭在其後而

〔註86〕《禮記》49篇，杭世駿《續禮記集說》錄自姚際恆《禮記通論》之部分並無〈射義〉一篇，所有者為其餘48篇之相關議論。現今姚際恆《禮記通論輯本》為47篇，除無〈射義〉外，並將〈雜記〉上下合作一篇。然而姚際恆《禮記通論輯本》（下）總論〈雜記〉云：「上篇猶不乏精純之義，而下篇頗滋冗駁，字句亦多脫誤可疑，又不及上篇焉。」（頁139；原杭世駿《續禮記集說》卷71，頁1）可見原本有〈雜記上〉、〈雜記下〉之分。依《禮記》編排，自「有父之喪，如未沒喪而母死，其除父之喪也，服其除服」至「鞸，長三尺，下廣二尺，上廣一尺，會去上五寸，紕以爵韋六寸，不玉下五寸。純以素，紃以五采」應為〈雜記下〉。

〔註87〕《禮記通論輯本（上）·曲禮上》，頁6；原杭世駿《續禮記集說》卷1，頁28。〈曲禮上〉，頁12，原《續禮記集說》卷2，頁20。

〔註88〕《禮記通論輯本（上）·祭統》，頁259，原杭世駿《續禮記集說》卷82，頁1；《禮記通論輯本（上）·經解》，頁275，原杭世駿《續禮記集說》卷83，頁1。

〔註89〕《禮記通論輯本（上）·曲禮上》，頁32；原杭世駿《續禮記集說》卷57，頁21。

皆不之信，則〈王制〉之說果未然也。〔註90〕

此處以「連《鄭箋》亦不採信〈王制〉之說以解《詩》」爲理由，進而斷言〈王制〉所說不可信，作爲不可以《禮記》說《詩》的一證。

　　姚際恆客觀的指出，不可以《禮記》說《詩》未必一定是《禮記》單方面的責任，有時是《詩經》的問題。《禮記・玉藻》有言：

　　　　又朝服以食，特牲三俎祭肺，夕深衣，祭牢肉，朔月少牢，五俎四

　　　　簋，子卯稷食菜羹，夫人與君同庖。〔註91〕

文中談到諸侯「五俎四簋」，而〈秦・權輿〉二章詩言：

　　　　於我乎，每食四簋；今也每食不飽。于嗟乎，不承權輿！

姚際恆論〈玉藻〉「五俎四簋」與〈秦・權輿〉「每食四簋」云：

　　　　諸侯朔月四簋，則常食二簋；而〈秦詩〉「每食四簋」，以言大夫何

　　　　與？恐《詩》之言不甚足據耳。〔註92〕

此處指出，其實〈權輿〉中賢者感歎過去「每食四簋」〔註93〕的說法不正確。

　　又如〈玉藻〉有言：

　　　　君子之飲酒也，受一爵而色洒如也，二爵而言言斯，禮已三爵，而

　　　　油油以退。〔註94〕

〈小雅・湛露〉首章詩言：

　　　　湛湛露斯，匪陽不晞。厭厭夜飲，不醉無歸。

姚際恆論〈玉藻〉「三爵油油以退」與〈湛露〉「不醉無歸」云：

　　　　蓋三爵者，古初之嚴法也，後此則彌文而寬矣。若〈湛露〉「不醉無

　　　　歸」，又爲詩人之詠歌，不必固執耳。〔註95〕

指出「三爵油油以退」是古法，〈湛露〉的「不醉無歸」只是詩人之言，不必執著而致懷疑古法。從這些例子可見，《詩經》與《禮記》的內容記載頗有出入，不論問題在哪一方，都足見《詩經》非言禮之書，若以《禮記》解《詩》，勢必窒礙難行。

〔註90〕　《詩經通論》卷13〈大雅・靈臺〉，頁274。

〔註91〕　《禮記注疏》卷29〈玉藻〉，頁545。

〔註92〕　《禮記通論輯本（下）・玉藻》，頁7；原杭世駿《續禮記集說》卷55，頁20。

〔註93〕　《詩經通論》論〈秦・權輿〉詩旨云：「此賢者歎君禮寖衰之意。」（卷7，頁
　　　　　144）

〔註94〕　《禮記注疏》卷29〈玉藻〉，頁550。

〔註95〕　《禮記通論輯本（下）・玉藻》，頁14；原杭世駿《續禮記集說》卷56，頁11
　　　　　～12。

　　《禮記》不可作爲說《詩》依據，與其思想傾向有相當關係。姚際恆曾析論《禮記》與《儀禮》的性質，云：

> 《禮記》言義理者也，《儀禮》言器數者也。然言義理者，稍軼于中正之矩，即旁入二氏，是反不如言器數者之無弊也。夫言器數而誤，則止于一器一數；言義理而誤，則生心害政，發政害事，其患有不可勝言者矣。所謂差之毫厘，失以千里也。故愚于《禮記》分爲三帖。〔註96〕

在姚際恆的認知中，儒家思想重篤行實踐，佛、道二家重虛靜冥想，根本背道而馳，因此他對佛、道的態度是排斥的。他進一步點出，《禮記》思想上最大的弊端便是流入道家、佛家義理；作爲儒家的經典，但是思想傾向於道、佛，其嚴重性可想而知。

　　《禮記》49篇中被姚際恆判定爲道、佛二氏之說者不在少數，除〈中庸〉、〈大學〉最著之外，他如〈禮運〉，姚際恆云：

> 此周秦間子書，老莊之徒所撰，〈禮運〉乃其書中之篇名也。後儒寡識，第以篇名言禮，故採之。後來二氏多竊其旨，而號爲吾儒者亦與焉，誠恐惑世亂道之書也。〔註97〕

此處稱〈禮運〉「惑世亂道」，足見根本不認同其爲儒家之作。姚際恆論〈樂記〉云：

> 其意欲抬高樂，卻抑下禮，祖老子之毀禮，既大失禮之義，闘墨子之非樂，併不得樂之實。禮樂交喪，罪浮老、墨，何〈樂記〉之足云哉？又其甚者，文子爲老子弟子，傳老子之學者也，茲亦采其言以入篇中，其于聖賢性命之理，大相悖戾。後儒寡識，不出二氏之藩籬，反以其所言爲心性真傳，從而遵奉之，闡發之，叛聖道而惑後學，莫此爲甚。〔註98〕

這段話可以看出他對於〈樂記〉思想與意圖的嚴重批判。至於後儒的見識不明，違背儒學、傾心道、佛的行爲，姚際恆亦予以痛責。其中尤其令姚際恆切齒的，仍是對於後世的不良影響。

〔註96〕《儀禮通論》（一）卷前〈儀禮論旨〉，頁18。

〔註97〕《禮記通論輯本（上）・禮運》，頁335；原杭世駿《續禮記集說》卷39，頁2。

〔註98〕《禮記通論輯本（下）・樂記》，頁114～115；原杭世駿《續禮記集說》卷68，頁1～3。

其他對於〈禮器〉、〈仲尼燕居〉、〈孔子閒居〉、〈儒行〉等篇，姚際恆也提出類似的看法，云：

> 作此篇者，乃當時之儒而雜老氏之教者，故見禮爲後起，不過器而已。（〈禮器〉）
>
> 大抵皆老莊之徒，冒竊孔子之名，以陰行其說者。（〈仲尼燕居〉）
>
> 歸於二氏之學而已矣。（〈孔子閒居〉）
>
> 實原本于老、莊之意，宜其篇中所言輕生肆志，迂闊陂僻，鮮有合于聖人之道也。（〈儒行〉）〔註99〕

基本上，姚際恆反對以理說《詩》，而《禮記》中又夾雜許多道家、佛家思想成分，所以若據《禮記》解釋《詩經》，除了將犯下以三《禮》說《詩》的錯誤外，在思想特質上亦可能同時產生以理說《詩》的弊病。

姚際恆反對以三《禮》說《詩》的主張十分堅定明確，然而，《詩經通論》中其實也有以禮爲說的例子。例如〈鄭・子衿〉一詩，姚際恆云：

> 此疑亦思友之詩。玩「縱我不往」之言，當是師之于弟子也。《禮》云：「禮聞來學，不聞往教」，是也；又《禮》云：「父母在，衣純以青」，故曰「青衿」。其于佩亦曰「青青」者，順承上文也。〔註100〕

此處引《禮記・曲禮上》與〈深衣〉之語解釋詩義〔註101〕。又如〈鄭・溱洧〉一詩，姚際恆云：

> 「秉蘭」者，《禮・內則》「佩帨、茝蘭」，「男女皆佩容臭」也。秉者，身秉之，不必定是手執也。〔註102〕

此處則依《禮記・內則》之說解釋〔註103〕。如此看來，姚際恆似乎違反了自

〔註99〕 《禮記通論輯本（下）・禮器》，頁255；原杭世駿《續禮記集說》卷43，頁1。
《禮記通論輯本（下）・仲尼燕居》，頁283；原杭世駿《續禮記集說》卷84，頁1。《禮記通論輯本（下）・孔子閒居》，頁291；原杭世駿《續禮記集說》卷84，頁22。《禮記通論輯本（下）・儒行》，頁423；原杭世駿《續禮記集說》卷96，頁23～24。
〔註100〕 《詩經通論》卷5〈鄭・子衿〉，頁111。
〔註101〕 《禮記注疏》卷1〈曲禮上〉云：「禮聞來學，不聞往教」（頁14）；卷58〈深衣〉云：「具父母，衣純以青」（頁964）。
〔註102〕 《詩經通論》卷5〈鄭・溱洧〉，頁113。
〔註103〕 《禮記注疏》卷27〈內則〉云：「左佩紛帨、刀礪、小觿、金燧」（頁518）、「男女未冠笄者，雞初鳴，咸盥漱、櫛縰、拂髦、總角、衿纓，皆佩容臭」（頁519）。

己不可以三《禮》說《詩》的原則，不過，他說：

> 吾用禮之本《詩》爲說者以解《詩》，非以禮解《詩》也。〔註104〕

他強調，《詩經通論》中即使引用了三《禮》的資料說《詩》，那也是因爲這些資料本就來自《詩經》，可以採用，實不同於一般的以三《禮》說《詩》。他在解釋《禮記·玉藻》「士不衣織，無君者不貳采。衣正色，裳間色」一段文字時說到：

> 「衣正色，裳間色」，鄭氏謂冕服，非也。此即《詩》刺「綠衣黃裳」
>
> 之意，謂衣裳宜分別正間之色耳。〔註105〕

此處又彷彿以《詩》說禮。然而，正如前姚際恆所說，這些資料之所以可信乃是源自《詩經》的關係，所以，這種作法是取回本屬《詩經》而殘存在《禮記》中的資料去說解詩義，說穿了是以《詩》解《詩》，不是以三《禮》說《詩》。

姚際恆除了反對以三《禮》說《詩》，也不贊成「以禮解禮」或「會通三《禮》」，這點主要針對鄭玄而發。其《禮記通論輯本》有言：

> 禮言本不同，故難執禮解禮。其間有切合者，引之可也，然甚少；
>
> 其餘不合者，必強合之，則橫生枝節，斷乎不可。（〈曲禮上〉）
>
> 禮言不同，不必強合。（〈檀弓上〉）
>
> 大抵禮言不同，執禮解禮俱無是處耳。（〈文王世子〉）〔註106〕

姚際恆強調，禮與禮之間本即存在著太多歧異，不必執意定要作出統一解釋，現實上也無法作出統一解釋，維持各自原貌原義才是比較明智的作法。姚際恆並表示會通三《禮》之不可行，云：

> 《儀禮》、〈曲禮〉古人各自爲書，未嘗相通。（〈曲禮上〉）
>
> 〈禮器〉與《周禮》不相謀，〈禮器〉、《周禮》與《儀禮》又不相謀
>
> 也。（〈禮器〉）〔註107〕

姚際恆認爲，三《禮》本無關係，彼此互不相通，所以也不可能會通眾說。雖然姚際恆曾說過《儀禮》可視爲《禮記》之傳，不過，此言重點爲將《儀

〔註104〕《詩經通論》卷 11〈小雅·鼓鐘〉，頁 228。

〔註105〕《禮記通論輯本（下）·玉藻》，頁 20；原杭世駿《續禮記集說》卷 56，頁 26。「士不衣織」一段見《禮記注疏》卷 29〈玉藻〉，頁 552。

〔註106〕《禮記通論輯本（上）·曲禮上》，頁 13；原杭世駿《續禮記集說》卷 2，頁 22。〈檀弓上〉，頁 123，《續禮記集說》卷 14，頁 30。〈文王世子〉，頁 327，《續禮記集說》卷 37，頁 6〜7。

〔註107〕《禮記通論輯本（上）·曲禮上》，頁 19；原杭世駿《續禮記集說》卷 4，頁 7〜8。〈禮器〉，頁 359；原杭世駿《續禮記集說》卷 43，頁 12〜13。

禮》定位於「傳」的地位，以示與《禮記》之作爲「經」之間的差異，進而以「義理」與「器數」來區分《禮記》與《儀禮》的性質，並非即認定《儀禮》內容可以作爲理解《禮記》的直接資料。

姚際恆《儀禮通論》總論「三《禮》」云：

> 自馬、鄭諸儒，創爲「三《禮》」之目。考之小戴，薈萃言禮之文，以爲《禮記》，雖純駁雜收，然其爲禮猶近之。《儀禮》則儀也，非禮也。《周禮》原名《周官》，則官也，非禮也，況又僞書。是「三《禮》」者，實爲妄說。乃流傳至今，相沿而不察，豈不可怪與！自斯名出，儒者取三書，切切焉比之擬之，甚至以意爲高下，而軒之輕之，爲考爲圖，糅雜糾紛，靡有紀極。且《禮記》薈萃言禮之文，而猶可爲禮者也。《儀禮》單著其儀，而未可爲禮者也。〔註108〕

若從「言禮」的標準來衡量，他認爲只有《禮記》尚稱符合，《儀禮》則是儀而非禮，《周禮》則是官而非禮。因此，提出三《禮》之說，甚且以禮解禮，交叉研究等等，都是無端生事，缺乏意義。

那麼，在姚際恆看來，三《禮》是否除了《禮記》中「精純」的部分具有價值，其餘都可以揚棄？其實不然。他在論《儀禮》時說到：

> 《儀禮》凡升降、進反、坐立、興拜以及面向某方之類，篇篇有之。學者不得其旨趣，往往一覽生厭。不若《禮記》諸篇，文辭不同，而其言義理，自然靈動生新，令人可喜，故世人多取《禮記》而置《儀禮》也。《周禮》雖僞，然其條例繁夥，網羅泛濫，易以欺世。故康成註彼二《禮》，動輒引援，而後世文辭家，亦必乞靈以爲原本。《儀禮》名目既少，又祇斤斤于器數之間，未足引援證合，故世人多取《周禮》而置《儀禮》也。《儀禮》之僅孤行于世，而不克顯者，以此。愚獨以爲不然。《禮記》言義理，有純有疵，此言器數，故自無弊。《周禮》蹈襲二《禮》，填塞滿紙，無異餖飣。不若《儀禮》，自爲一書，首尾完善，猶今中之古也。又其爲文，外苦質實排敘，而其中線索穿插，最爲巧密，章句字法，一一皆備，旨趣儁永，令人尋繹無盡。非深心學古而得古文之妙者，未易知此。一覽生厭，由其不能知之。〔註109〕

〔註108〕《儀禮通論》（一）之〈自序〉，頁6〜7。
〔註109〕《儀禮通論》（一）卷前〈儀禮論旨〉，頁19〜20。

此處談到一般人對於三《禮》多重《禮記》、《周禮》而漠視《儀禮》的情形，以及鄭玄以《周禮》註解《禮記》、《儀禮》，益發加劇禮學研究的混亂局面。姚際恆指出，事實上，三《禮》性質、特點均異，不可從單一研究角度概論，也不可作集體研究。整體來看，《禮記》主言義理，其弊則是夾雜道、佛思想。《儀禮》主言器數，雖不言禮，但是相對的弊病也較少，而且在語言藝術方面的成就最高。《周禮》從創作年代或內容而論，均是僞書，加以所記駁雜錯亂，對禮學發展多爲負面影響。由此可見，姚際恆反對以《禮》說《詩》，除了肇因於兩者間的基本差異，而三《禮》本身問題頗多，亦是不宜引以解《詩》的重要因素。

（二）不可以理說《詩》

反對以理說《詩》是《詩經通論》另一項重要的觀念與主張。姚際恆指出，以理說《詩》以致入「理障」是宋代《詩》說的普遍現象。姚際恆云：

> 說《詩》入理障，宋人之大病也。（〈角弓〉）

> 不可說入理障。（〈卷阿〉）〔註110〕

這裡所說的「理」，非指一般平常事理或理性之理，而是指哲學的義理，尤其指道家、佛家的哲理。所謂「理障」，指以此理解《詩》，結果造成解釋上的障蔽。本欲解《詩》反倒先形成不必要的障蔽，更加遠離詩義的眞象。這是從讀者的角度談不可以理說《詩》的原因。

就作詩者角度來看，姚際恆經過對《詩經》全面理解後得到一個結論，云：

> 詩人從不說理！（〈何草不黃〉）〔註111〕

既然詩人從不說理，詩義也不會有談理的可能，所以以理說《詩》根本是不可行的。

姚際恆反對以理說《詩》的主張很明確，由《詩經通論》的現象分析，他反對引〈大學〉、〈中庸〉之理說《詩》，也反對以老莊、佛家思想說《詩》。

1. 不可以〈大學〉、〈中庸〉說《詩》

不乏證據顯示，姚際恆對於〈大學〉、〈中庸〉的基本態度是排斥的。關於〈大學〉，姚際恆明指不可用以解《詩》，其論〈衞‧淇奧〉時云：

> 按，〈大學〉釋「切磋」爲「道學」，「琢磨」爲「自修」，「瑟僩」爲

〔註110〕《詩經通論》卷12〈小雅‧角弓〉，頁247；卷14〈大雅‧卷阿〉，頁292。
〔註111〕《詩經通論》卷12〈小雅‧何草不黃〉，頁257。

　　「恂慄」，「赫咺」爲「威儀」，此古文斷章取義，全不可據。……〈大

　　學〉非解《詩》，今以其爲解《詩》而用以解詩，豈不謬哉！〔註112〕

姚際恆認爲，根本上，〈大學〉與《詩經》間的關係只是引《詩》而不是解《詩》，

況且〈大學〉引《詩》的方式不是用詩的本義，而是斷章取義。以〈淇奧〉

爲例，〈大學〉截選首章而從德性修養的方向取義，云：

　　「如切如磋」者，道學也；「如琢如磨」者，自修也；「瑟兮僩兮」

　　者，恂慄也；「赫兮喧兮」者，威儀也；「有斐君子，終不可諠兮」

　　者，盛德至善，民之不能忘也。〔註113〕

這種斷章取義的說《詩》方式，雖然引用文字相同，但是引用意義已隨著語

境變化，與原詩本義有相當的距離。姚際恆認爲這是〈大學〉引《詩》、說《詩》

的特色。

　　姚際恆指出，〈大學〉在字義解釋上有問題，如〈大學〉曾引〈大雅・文

王〉四章詩云：

　　《詩》云：「穆穆文王，於緝熙敬止。」爲人君，止于仁。爲人臣，

　　止于敬。爲人子，止于孝。爲人父，止于慈。與國人交，止于信。

　　〔註114〕

姚際恆評其說云：

　　〈文王〉詩：「於緝熙敬止」，此止字，《疏》云「辭也」，以助辭作

　　實字用，將來闡發無數止字，極可笑。古人引詩或不切本旨則有之，

　　未有如是之引詩法也。〔註115〕

在姚際恆看來，引詩即便是斷章取義，也不致如〈大學〉在字辭解釋上出現

可笑的錯誤。又如〈大學〉引〈周南・桃夭〉云：

　　《詩》云：「桃之夭夭，其葉蓁蓁。之子于歸，宜其家人。」宜其家

　　人，而后可以教國人。《詩》云「宜兄宜弟」，宜兄宜弟，而后可以

〔註112〕《詩經通論》卷4〈衛・淇奧〉，頁81。此段駁朱熹《詩集傳》引〈大學〉解
　　　　　〈衛・淇奧〉首章。

〔註113〕《禮記注疏》卷60〈大學〉，頁983。此處〈大學〉引《詩》文字略有出入，
　　　　　其云：「《詩》云：『瞻彼淇澳，菉竹猗猗。有斐君子，如切如磋，如琢如磨。
　　　　　瑟兮僩兮，赫兮喧兮。有斐君子，終不可諠兮。』」（頁983）《詩經・衛・淇
　　　　　奧》首章詩原作：「瞻彼淇奧，綠竹猗猗。有匪君子，如切如磋，如琢如磨。
　　　　　瑟兮僩兮，赫兮咺兮。有匪君子，終不可諼兮。」

〔註114〕《禮記注疏》卷60〈大學〉，頁984。

〔註115〕《禮記通論輯本（下）・大學》，頁443；原杭世駿《續禮記集說》卷97，頁23。

教國人。《詩》云：「其儀不忒，正是四國」，其爲父子兄弟足法，而
后民法之也，此謂「治國在齊其家」。〔註116〕

姚際恆以爲此說過於紛雜，其云：

說國處，又說天下，有諸己、無諸己，引詩「其儀不忒」，又皆說身，
皆襍說，則分界限之弊也。〔註117〕

歸結這些例子可知，據姚際恆分析：一、〈大學〉引《詩》乃斷章取義，非詩
本義；二、〈大學〉引《詩》在字辭解釋上有錯誤；三、〈大學〉引《詩》說
東指西，意義零散不貫。總之，〈大學〉所說全然不可作爲解《詩》的參考。

〈中庸〉的情況與〈大學〉類似，姚際恆釋〈大雅・皇矣〉、〈周頌・維
天之命〉云：

〈中庸〉斷章取義，豈可從乎！（〈皇矣〉）

〈中庸〉引《詩》斷章取義，豈可據以作解！〈中庸〉亦在《禮記》
中，凡《禮記》諸篇之引《詩》者可盡據以作解乎！前古之人又未
嘗深刻談理，亦起于後世。必以「天命」與「文德」對，「於穆」與
「不顯」對，「不已」與「純」對，有如是之深刻談理者乎！自鄭氏
依〈中庸〉解《詩》，然于「天命」命字難通，乃訓爲「道」。嗟乎！
《詩》之言「天命」者多矣，何以彼皆不訓「道」而此獨訓「道」
乎？歐、蘇爲前宋之儒，故尚能闢鄭，不從其說，猶見詩之眞面目；
後此之人，陷溺理障，即微鄭亦如此釋矣，況又有鄭以先得我心，
于是毅然直解，更不復疑。至今天下人從之，乃盡沒《詩》之眞面
目，可嘆哉！（〈維天之命〉）〔註118〕

此處指出不可據〈中庸〉解《詩》的原因：一、〈中庸〉引《詩》的方式也是
斷章取義，不可爲據；二、古人不深入論理，天人性命之說起於後世。對於
〈中庸〉說〈維天之命〉〔註119〕，姚際恆認爲其說不僅湮沒詩義原有面目，
而且誤導後人走上以理說《詩》之路，影響深遠。

〈中庸〉有言：

〔註116〕《禮記注疏》卷 60〈大學〉，頁 986～987。
〔註117〕《禮記通論輯本（下）・大學》，頁 446；原杭世駿《續禮記集說》卷 97，頁 30。
〔註118〕《詩經通論》卷 13〈大雅・皇矣〉，頁 273；卷 16〈周頌・維天之命〉，頁 324。
〔註119〕〈中庸〉說〈維天之命〉云：「《詩》曰：『惟天之命，於穆不已』，蓋曰天之
　　　　所以爲天也；『於乎不顯，文王之德之純』，蓋曰文王之所以爲文也，純亦不
　　　　已。」（《禮記注疏》卷 53〈中庸〉，頁 897）

《詩》曰：「衣錦尚絅。」惡其文之著也。故君子之道闇然而日章，小人之道的然而日亡；君子之道淡而不厭，簡而文，溫而理，知遠之近，知風之自，知微之顯，可與入德矣。《詩》云：「潛雖伏矣，亦孔之昭。」故君子內省不疚，無惡於志。君子所不可及者，其唯人之所不見乎！《詩》云：「相在爾室，尚不愧于屋漏。」故君子不動而敬，不言而信。《詩》曰：「奏假無言，時靡有爭。」是故君子不賞而民勸，不怒而民威於鈇鉞。《詩》曰：「不顯惟德，百辟其刑之。」是故君子篤恭而天下平。《詩》曰：「予懷明德，不大聲以色。」子曰：「聲色之於以化民，末也。」《詩》曰：「德輶如毛。」毛猶有倫，「上天之載，無聲無臭」，至矣。〔註120〕

姚際恆認為由此可見〈中庸〉引《詩》之誤，其云：

〈衛・碩人〉詩「衣錦褧衣」，〈士昏禮〉「姆加景，景褧顯絅」皆通，本言新嫁婦在途，加之御塵也，今引之以為惡文之著，君子之道闇然而日章焉。〈小雅・正月〉詩「潛雖伏矣，亦孔之昭」，本言禍亂之萌也，今引之以言君子內省不疚焉。〈大雅・抑〉詩「相在爾室，尚不愧于屋漏」，本言仰而不愧之事也，今引之以為君子不動而敬，不言而信焉。〈商頌・烈祖〉詩「奏假無言，時靡有爭」，本言祭祀時無言無爭也，今引之以為君子不賞民勸，不怒民威於鈇鉞焉。〈周頌・烈文〉詩「不顯惟德，百辟其刑之」，本言莫顯乎德也，今誤解實為不顯，引之以為君子篤恭而天下平焉。〈大雅・皇矣〉詩「予懷明德，不大聲以色」，鄭氏曰：「言我歸有明德者，以其不大聲為嚴屬之色以威我也。」今引之以為君子之德，不大聲色，而尚有聲色者存焉。〈烝民〉之詩「德輶如毛」，下文云：「民鮮克舉之，我儀圖之，惟仲山甫舉之」，本言德至輕，而民尚不克舉，惟仲山甫能舉也，今引之以為德之輶如毛，而毛尚有倫焉。〈文王〉詩「上天之載，無聲無臭」，鄭氏曰：「言天之道難知也」，今引之以為人德至矣焉。如此引《詩》，是何異於誦〈北山〉之詩。〔註121〕

姚際恆指出，由〈中庸〉引詩全不用本義而自由發揮的情形看來，〈中庸〉是

〔註120〕《禮記注疏》卷53〈中庸〉，頁900～902。

〔註121〕《禮記通論輯本（下）・中庸》，頁338～339；原杭世駿《續禮記集說》卷99，頁49～50。

斷然不可作爲解《詩》依據。

〈大學〉、〈中庸〉原本各爲《禮記》中的一篇，自從朱熹將此二篇摘出，並與《論語》、《孟子》合爲四書，〈大學〉、〈中庸〉便取得一種獨立、特殊的地位。〔註122〕朱熹此舉固然有學術思想上的考量，然而在姚際恆看來，〈大學〉、〈中庸〉參雜佛、道思想，非純正儒家義理，有害聖賢之道，與《論語》、《孟子》相距霄壤，故應還原爲《禮記》之一爲妥，若能去之將更大快人心。姚際恆合論〈大學〉、〈中庸〉之思想特質云：

> 或曰：後漢佛教始入中國，〈大學〉、〈中庸〉，非後漢書也，何以謂其襍入禪學乎？曰：予謂其與佛理同，不必佛入中國也。……然其言亦祇彼教之「下乘」，自達摩入中土以來，始掃除文字，一翻義理窠臼，爲「上乘」禪，今稱宗門是也。宗初、曾會、宗元以〈大學〉、〈中庸〉參楞嚴而和合宗語句，質之明覺，明覺曰：「這箇尚不與教乘合，況〈學〉、〈庸〉乎？」則〈學〉、〈庸〉者，固彼教之所心嗛也，是予之以〈學〉、〈庸〉爲禪者，特禪之粗迹耳。此義甚微，非深通外典，直窺底蘊，不能知之。〔註123〕

此處談到，〈大學〉、〈中庸〉與佛理相通，而且由佛理的層次來論，〈大學〉、〈中庸〉只能稱爲「下乘」、「禪之粗迹」，評價實在不高。至於一般人所以無法察覺，則是因爲對〈大學〉、〈中庸〉與佛理未曾深入研析，不明白二者相似的性質，因此不能作出義理上的取捨判斷。

以《論語》、《孟子》爲重心的先秦儒學，中心思想爲性善，生活教育重在實踐，不強調內省觀照，子貢曾有「夫子之文章，可得而聞也；夫子之言性與天道，不可得而聞也」之語〔註124〕。〈大學〉、〈中庸〉屬性善系統，而言心性之學又極爲深微，本可在這方面對儒學有所補益。朱熹以《論語》、《大學》、《中庸》、《孟子》爲四書，應該是基於推動儒學思想體系發展之目的。〔註125〕然而，

〔註122〕毛奇齡〈大學證文〉中論及，唐時〈大學〉已單行；朱彝尊則認爲〈大學〉單行始自司馬光《大學廣義》。（《經義考》卷156）〈大學〉眞正脫離《禮記》，成爲一獨立文獻，當自朱熹刊刻四書，並與六經並提開始。見岑溢成《大學義理疏解·導論》，頁1～8。

〔註123〕《禮記通論輯本（下）·大學》，頁433；原杭世駿《續禮記集說》卷97，頁1～3。

〔註124〕《論語注疏》卷5〈公冶長〉，頁43。

〔註125〕王邦雄〈中庸在中國思想史上的地位〉、〈中庸的思想體系〉，見《儒道之間》，頁4～100。

姚際恆認為，從思想性質論，〈大學〉、〈中庸〉與道、佛相通，還在其次；最嚴重的是〈大學〉、〈中庸〉傾向空虛寂滅，根本違反儒家思想，妨害聖賢之道，若以為儒家經典，恐未蒙其利已先受其害。

以〈大學〉「物格而後知至」至「此謂知之至也」一段為例，姚際恆云：

> 吾儒正身未嘗不本心來，而聖賢則不言之。蓋言正心，恐人只泥一「正心」便已了畢，不復求之躬行實踐，便為有體無用之學。如佛教「萬法唯心」、「直指人心」、「見性成佛」，教人鎮日觀心參悟，邪妄攀援自然俱絕，如是則心豈容有不正者？乃佛門安心之法而與吾儒似是而實非，此意甚微，惟深明乎理者乃能知也。〔註126〕

他認為「正心」之說同於佛學的明心見性，與儒學重實踐、反冥想有實質的不同。

又〈大學〉「知至」之說，姚際恆評云：

> 以致知言之，聖門之學未有單重知而遺行者，惟佛氏以智慧為本，情識為末，一念覺悟，立證菩提，故重知而而遺行也。即聖賢之言知者有矣，曰：「我非生而知之者，好古敏以求之者也。」曰：「多聞，擇其善者而從之，多見而識之。」知之次也，皆實地用力，未有空言致知者。空言致知，非佛氏離語言文字，一惟明心見性之學而何？……就其所言之義，已自無可通，況欲垂訓立教乎？〔註127〕

從這段話看來，姚際恆認知到的「知」是知識之知，所謂「生而知之」、「多聞」、「多見」，而非「格物、致知、誠意、正心」的德性之知。他並認為儒學講求知行合一，如果一味強調「致知」，流為空言，益加背離儒家重視實踐的精神，那麼要以〈大學〉之教垂訓後世，恐怕勢所難行。

再者，〈大學〉：「所謂平天下在治其國者，上老老而民興孝，上長長而民興弟，上恤孤而民不倍。是以君子有絜矩之道也」一節，姚際恆論云：

> 孔子分君子、小人、義、利之喻，孟子言「有仁義，何必曰利」，其理自純而不襍，若以義為利，便近于霸術，開宋儒講義利圓通法門，有關世道人心不淺。〔註128〕

〔註126〕《禮記通論輯本（下）·大學》，頁438；原杭世駿《續禮記集說》卷97，頁10～14。「物格而後知至」一段見《禮記注疏》卷60〈大學〉，頁983。

〔註127〕《禮記通論輯本（下）·大學》，頁440；原杭世駿《續禮記集說》卷97，頁10～14。

〔註128〕《禮記通論輯本（下）·大學》頁447；原杭世駿《續禮記集說》卷97，頁

在他的觀念裡，〈大學〉思想性質接近佛理，這是〈大學〉本質的問題；而從學術思想發展的歷史來看，〈大學〉破壞儒學極深，對於世道人心有著重大的負面影響。《詩》教本爲垂訓萬世，因此，姚際恆不可能同意以〈大學〉之理說《詩》。

〈中庸〉亦然，姚際恆稱之爲「異學」，根本不視爲儒家典籍，姚際恆云：

> 然則好禪學者，必尚〈中庸〉，尚〈中庸〉者，必好禪學。〈中庸〉之爲異學，其非予之私言也，不亦明乎？至若釋氏之徒取而配合其教者益多。……大抵佛之與老，其形迹似同而指歸實別。僞〈中庸〉之言，旁趨于老氏，預啓夫佛氏，故其言有類老者，有類佛者，有一言而以爲老可者，以爲佛可者，則從其形迹而論也。〔註129〕

此處談到〈中庸〉、佛、老三者在思想性質上的關聯。在姚際恆看來，佛、老雖然接近卻有本質的差異，〈中庸〉則介於二者之間。

姚際恆進一步論析〈中庸〉思想特質與儒學之不同，其云：

> 聖人教人舉而近之，僞〈中庸〉教人推而遠之。舉而近之者，只在日用應事接物上，如孝弟忠信以及視聽言動之類是也。推而遠之者，只在幽獨自處靜觀參悟上，如以不睹不聞起，以無聲無臭終是也。……學者依孔、孟所教，則學聖人甚易，人人樂趨喜赴，而皆可爲聖人。依僞〈中庸〉所教，則學聖人千難萬難，茫無畔岸，人人畏懼退縮而不敢前。自宋以後，〈中庸〉之書日盛，而《語》、《孟》日微，宜乎僞道學日益多，而眞聖賢之徒日益少也！此古今世道升降一大關鍵，惜乎人在世中，絕不覺之，可爲浩嘆！……僞〈中庸〉一味裝大冒頭、說大話。《孟子》曰：「言近而指遠者，善言也。」此則言遠指近，恰與相反。《語》、《孟》之言極平常，而意味深長，一字一句，體驗之可以終身行之而無盡。僞〈中庸〉之言，彌六合，徧宇宙，細按之，則枵然無有也，非言遠指近而何？〔註130〕

31～32。

「所謂平天下在治其國者」一段見《禮記注疏》卷60〈大學〉頁987。

〔註129〕《禮記通論輯本（下）・中庸》，頁316；原杭世駿《續禮記集說》卷86，頁1～5。

〔註130〕《禮記通論輯本（下）・中庸》，頁317～318；原杭世駿《續禮記集說》卷86，頁1～5。

姚際恆強調，儒家思想所謂的聖賢之道，重視的是由日常生活中實踐德行，向外推而廣之，〈中庸〉標榜的卻是向內退守的自省。從時代風氣而論，〈中庸〉逐漸受到推重，世道反隨之低迷，這令姚際恆不得不深責〈中庸〉。因此，若要以如此言遠旨近、非聖之學的〈中庸〉說解《詩》文，恐怕一則不得詩本義，二則違背聖人訓誨，實爲不可。

2. 不可以《老子》、《莊子》、佛理說《詩》

姚際恆向來反對以《老子》、《莊子》清靜無爲、逍遙自適的思想解《詩》。如〈檜‧匪風〉三章「誰能亨魚？溉之釜鬵」句，孔穎達《毛詩正義》云：

> 亨魚、治民俱不欲煩，知亨魚之道，則知治民之道；言治民貴安靜。
> 〔註131〕

這種治民若烹魚的說法本自《老子》。《道德經》有言：

> 治大國，若烹小鮮。〔註132〕

比喻聖人治國虛靜而不擾民。對於將《老子》「若烹小鮮」與〈匪風〉「誰能亨魚」相提並論，姚際恆有兩點批評：

> 「若烹小鮮」，出于《老子》，不應先有之；且意味亦酸腐。〔註133〕

首先，《老子》在《詩經》之後，而姚際恆一向反對以後世說法解釋《詩經》，因此，不宜用後來的治國若烹魚的比喻去解釋先在的〈匪風〉詩句。其次，以《老子》「治大國若烹小鮮」的說法將〈匪風〉往政治方面發揮，使得詩義蒙上一股酸腐味，此詩原本應有的清新風格反遭破壞，實非說《詩》之道。

〈唐‧山有樞〉一詩，朱熹《詩集傳》作「及時行樂」解〔註134〕，姚際恆深感不滿，云：

> 若直依詩詞作及時行樂解，則類曠達者流，未可爲訓。且其人無子耶？若有之，則以子孫爲「他人」，是《莊子》之「委蛻」，佛家之

〔註131〕《毛詩正義》卷7，頁265。

〔註132〕《老子道德經》第60章。歷來解說「若烹小鮮」多主「不擾動」之意。如《王弼注》云：「不擾也。躁則多害，靜則全眞。故其國彌大而其主彌靜，然後乃能廣得眾心矣。」（頁72）《憨山注》云：「凡治大國，以安靜無擾爲主，行其所無事，則民自安居樂業，而蒙其福利矣。」（頁123）

〔註133〕《詩經通論》卷7〈檜‧匪風〉，頁154。

〔註134〕《詩集傳》卷6〈唐‧山有樞〉云：「此詩蓋以答前篇之意而解其憂。故言山則有樞矣，隰則有榆矣，子有衣裳車馬而不服不乘，則一旦宛然以死，而他人取之以爲己樂矣。蓋言不可不及時行樂，然其憂愈深而意愈蹙矣。」（頁69）

「本空」矣。〔註135〕

「委蛻」之說見於《莊子・知北遊》，云：

> 舜問乎丞曰：「道可得而有乎？」曰：「女身非女有也。女何得有夫
> 道！」舜曰：「吾身非吾有也，孰有之哉？」曰：「是天地之委形也；
> 生非女有，是天地之委和也；性命非女有，是天地之委順也；孫子
> 非女有，是天地之委蛻也。」〔註136〕

此段主要發明「女身非女有」之理。姚際恆認為，若將〈山有樞〉作及時行
樂解，以子孫為他人，與《莊子》之說相似，如此，固然在思想上摻入道家
主張的「無心」、「不有」，更嚴重的是違反倫常親情之道，從垂訓後世的角度
來看，不啻背道而馳。

《老子》、《莊子》之間不無差異，不過，相對於儒家思想而言，《老》、《莊》
都屬逆向思路。《詩經》是儒家的重要經典，以《老》、《莊》之理說《詩》，
思想本質上原有明顯的距離。何況，姚際恆是純粹的儒學奉行者，《詩經通論》
亦以發揚聖人之訓為目的，勢必無法接受通過《老》、《莊》而實現《詩》教
理想的作法。

姚際恆曾說：

> 大抵佛之與老，其形迹似同而指歸實別。〔註137〕

他指出，佛、道之間確實在表象上有著相似性，然而在本質上則有差異。不
過，站在儒家的立場來看，佛、道畢竟都是「異學」，因此以佛理說《詩》絕
非可行之道。姚際恆云：

> 解《詩》不可入吾儒之理，況可入釋氏之理耶！（〈皇矣〉）〔註138〕

由此可見他反對以佛理說《詩》的明確態度。

姚際恆反對以〈大學〉、〈中庸〉說《詩》，一因此二篇引《詩》方式為斷
章取義，二因此二篇思想非儒家系統。就思想性質的判定這一點而言，姚際
恆反對以〈大學〉、〈中庸〉說《詩》與反對以老、莊、佛理說《詩》的考量

〔註135〕《詩經通論》卷6〈唐・山有樞〉，頁130。

〔註136〕《莊子集釋・知北遊》卷22，頁739。委蛻，「蛻」之意較確定，「委」之解
釋較有出入。《成玄英疏》云：「委，結聚也。……陰陽結聚，故有子孫，獨
化而成，猶如蟬蛻。」（《莊子集釋》，頁739～740）王先謙云：「委，付也。……
宣（穎）云：『形形相禪，故曰蛻。』」（《莊子集解》，頁129）

〔註137〕《禮記通論輯本（下）・中庸》，頁316；原杭世駿《續禮記集說》卷86，頁
1～5。

〔註138〕《詩經通論》卷13〈大雅・皇矣〉，頁273。

一致。在姚際恆的觀念裡，教化人心，導民向善，建立一個安和樂利的社會，非儒家不能，說《詩》正爲了完成這個積極目的。若循著〈大學〉、〈中庸〉、老、莊、佛學思想說《詩》，除將污染《詩經》的清新面貌，更會妨礙此目的之達成。

　　反對以理說《詩》是姚際恆的重要主張，不過，他也談到，《詩經》中並非全無說理的情形，他在〈大雅·烝民〉首章「天生烝民，有物有則。民之秉彝，好是懿德」句下評云：

　　　　《三百篇》說理始此，蓋在宣王之世矣。〔註139〕

姚際恆論〈周頌·維天之命〉時亦云：

　　　　〈烝民〉，宣王時之詩也，故予謂漸開說理之端。〔註140〕

姚際恆之所以認爲〈烝民〉爲《詩經》說理的代表，應該與《孟子》的一段記載有關。《孟子·告子上》有言：

　　　　《詩》曰：「天生蒸民，有物有則。民之秉彝，好是懿德。」孔子曰：「爲此詩者，其知道乎！故有物必有則；民之秉彝也，故好是懿德。」
　　　　〔註141〕

姚際恆以此段孔子之言爲說《詩》的典範，其云：

　　　　予向有《庸言錄》中一則，論釋經之義，今錄于此。曰：「孟子引《詩》曰：『天生烝民，有物有則，民之秉彝，好是懿德』。孔子曰：『爲此詩者，其知道乎？故有物必有則。民之秉彝也，故好是懿德。』孔子之釋《詩》也。『天生烝民』句可不用釋。『有物有則』句上用一『故』字，便見頂上文來；中加一『必』字，便見二『有』字是側落，非平對。『民之秉彝』下加一『也』字，『好是懿德』上加一『故』字，便使二句有磁引針、珀吸草之妙，而『秉彝』、『懿德』諸板實字亦復點睛欲飛。計本文十六字，釋之亦十六字，而惟用四虛字，餘俱本字。後人解一兩句，有用數十百字，尚未如此明晰者，眞可愧死；況乎猶有誤解者哉！」〔註142〕

事實上，從〈告子上〉的記載看來，孔子並未對〈烝民〉作出太多解釋，只

〔註139〕《詩經通論》卷15〈大雅·烝民〉，頁311。
〔註140〕《詩經通論》卷16〈周頌·維天之命〉，頁325。
〔註141〕《孟子注疏》卷11上〈告子上〉，頁195。
〔註142〕《詩經通論》卷15〈大雅·烝民〉，頁312。

點出「知道」爲理解此詩的方向；然而，姚際恆卻認爲這已足爲釋經典範。當然，原因之一或許是此說出自孔子且見於《孟子》，自然不可等同一般說《詩》的狀況。更重要的是，姚際恆強調應由詩文本身理解詩義，即使說理，也必須在本文中到論據，並且合乎儒家教義，而非藉詩文而隨意往道、佛哲理發揮。

就思想性質層面而論，姚際恆不論反對以〈大學〉、〈中庸〉說《詩》，或是反對以老、莊、佛理說《詩》，歸根究柢，爲的仍是扞衛儒家正統思想，不容許其他家派思想成分混入，以致連〈大學〉、〈中庸〉也因近於道、佛而一併的遭到摒斥的下場。姚際恆思想立場之保守明確，態度之強硬堅定，可由其論《詩》、說《詩》得見。

三、結　語

詮釋詩歌必須由詩文出發，然而，由詩文爲起始，最後卻無法達到詩義的正確理解的情形，亦時而有之。詮釋原則的提出與建立，即在於協助詮釋工作得以順利完成。姚際恆認爲，結合主觀人情與客觀史實的考量，可以使說《詩》活動有據可循，進而理解詩人創作原意。在各詩的詮釋中，姚際恆對詩人的人格與文風，逐漸形成集體的認識或體會，這些又可作爲說《詩》的原則指標，使得《詩經通論》的《詩》說趨近詩歌眞義。秉持著上述詮釋的積極原則，運用系統化的詮釋方法，姚際恆在《詩經通論》中對《詩經》305 篇作出了解讀。

事實上，《詩經通論》中關於史實的考證，人情的參考，或者對詩人人格、文風的分析，涉及歷史、心理、道德、語言等各方性質的問題，這些詮釋原則的提出，主要在於綜合考量各因素，而回溯詩人原始創作的主、客觀環境。當重返詩歌的創作情境，自然能夠循辭義、明詩旨以至於通經旨；而當這種回溯活動受阻，將造成解讀上的困難。

爲求順利回溯詩人創作情境，以探求詩義，姚際恆強調不可以三《禮》說《詩》，亦不可以理說《詩》，這兩項主張主要針對說《詩》權威——《鄭箋》與朱熹《詩集傳》而發，相當具有批判意味。

關於禮學，姚際恆作過一番探討，他認爲各代禮學研究不彰。他在《儀禮通論》中總評漢、宋、明的成績云：

> 嗚呼！以剽竊爲才，以抄撮爲學，贅疣枝指，淆亂古經，自漢儒而

已然，又奚責于宋儒焉！

宋、明諸儒，皆不通古禮，故爲是紛紛之見，反覆無定說也。〔註143〕

事實上，從姚際恆的許多言論中都可看出他對漢、宋、明之學術研究成績普遍感到不滿。禮學如此，《詩》學亦如此。姚際恆曾論「言禮」之難，云：

以今人之見求古禮，往往不合，故惟通乎古今之變，而後可與言禮也。〔註144〕

「言禮」以「通古今之變」爲前提，可見不易。姚際恆依此前提衡量以禮學著稱之鄭玄，發現鄭玄根本不知禮，且其會通三《禮》的作法，適足以益添混亂。姚際恆《禮記通論輯本》中評鄭玄云：

嗟乎！鄭以閭閻細民，不知禮義之稱，而以解先賢之禮，眞足貽笑千古矣。〔註148〕

其於《儀禮通論》中亦稱：

鄭氏註《禮》，于此大禮所在，未見駁論，獨駁論辭字之小者；然而又誤。可笑也！〔註146〕

鄭玄既然不知禮，那麼他會通《詩》、禮的企圖終屬惘然。姚際恆指出，鄭玄不長於禮，也不長於《詩》，〔註147〕但鑑於後世每惑於鄭玄之說，不得不多致批評，以期撥亂反正。

至於姚際恆反對以理說《詩》，關鍵爲抵制異端思想。對於道、佛兩家，姚際恆曾大肆痛批，即便如《禮記》中傾向二家思想的篇章亦難逃他的譴責，其云：

釋氏之學較老氏更深一層，然此處大意亦有相近者。………嗟乎！無父無君比於禽獸，何莫非此「無」之一字之害乎？垂之《禮記》，

〔註143〕《儀禮通論》（一）卷1〈士冠禮〉，頁73；卷2〈士昏禮〉，頁99。
〔註144〕《儀禮通論》（一）卷2〈士昏禮〉，頁84。
〔註148〕《禮記通論輯本（上）·內則》，頁419，原杭世駿《續禮記集說》卷57，頁4。
〔註146〕《儀禮通論》（二）卷14〈士虞禮〉，頁21。
〔註147〕《詩經通論》卷前〈詩經論旨〉有言：「人謂鄭康成長于禮，《詩》非其所長，多以三《禮》釋《詩》，故不得《詩》之意。予謂康成《詩》固非長，禮亦何長之有！苟使眞長于禮，必不以禮釋《詩》矣。況其以禮釋《詩》，又皆謬解之理也。夫以禮釋《詩》且不可，況謬解之理乎！今世既不用《鄭箋》，窮經之士亦往往知其謬，故悉不辨論。其間有駁者，以《集傳》用其說故也。」（頁4～5）

世習爲經，可憾也夫！〔註148〕

因此，若要維護《詩經》的純正本質，堅守儒學立場，勢必排除以理說《詩》的情形。《詩經通論》中這方面檢討的主要對象爲朱熹《詩集傳》。

以三《禮》說《詩》、以理說《詩》、會通三《禮》、以理說禮，都是姚際恆所不以爲然的。由此除了可以瞭解姚際恆對於各個論題的見解之外，同時也反映出他的一項解經特色──就《詩》、禮的學術領域來看，姚際恆主張獨立研究，以避免不必要的錯誤與混亂。這種標榜個別研究的觀點及作法，可稱爲獨立、保守的經學觀。他所追求的是純正的學術，以《詩經》而言，就是不夾雜其他性質、純正的《詩》學。如此雖然在態度上近乎保守，《詩》說內容也易於趨向單純，然而卻不失爲維護《詩經》原始本質的謹愼且客觀的作法。

〔註148〕《禮記通論輯本（下）‧孔子閒居》，頁291～292；原杭世駿《續禮記集說》卷84，頁22。

第四章　《詩經通論》的詮釋方法

　　「意」與「言」是美學上一對重要範疇〔註1〕，代表藝術創作活動中的構思與傳達。最早且系統地辨析言意之特性與界限的爲《莊子》，其〈天道〉論「道」云：

> 世之所貴道者書也，書不過語，語有貴也。語之所貴者意也，意有
> 所隨。意之所隨者，不可以言傳也，而世因貴言傳書。世雖貴之，
> 我猶不足貴也，爲其貴非其貴也。〔註2〕

此處對「言」與「意」作出價值區分，「言」不足貴，可貴的是不可以言傳之「意」。〈秋水〉進一步說明「言」、「意」間性質差異，云：

> 夫精粗者，期於有形者也；無形者，數之所不能分也；不可圍者，
> 數之所不能窮也。可以言論者，物之粗也；可以意致者，物之精也；
> 言之所不能論，意之所不察致者，不期精粗焉。〔註3〕

莊子認爲，「言」與「意」都是有形的，不過，語言堪可表述的是物之粗略面，深細面僅能憑借意念傳達，因而「言」、「意」實有層次高下之別。

　　莊子論及「言」、「意」間取捨問題，〈外物〉云：

〔註1〕　曾祖蔭《中國古代文藝美學範疇》曾以「情理」、「形神」、「虛實」、「言意」、
　　　　「意境」、「體性」六對範疇論述我國古代美學思想。其中第四章〈言意論〉
　　　　云：「我國古代美學思想中的言意論，是深刻揭示藝術形象和藝術創造特徵的
　　　　一對相當重要的美學範疇。言和意的關係，表述了文學創作中內在情感、認
　　　　識活動和外在物質製作活動的關係。」（頁195）依曾祖蔭研究可知，一般論
　　　　者大致將「言」與「意」定位於作者及作品層面，屬於表達方面的課題。姚
　　　　際恆則是從讀者詮釋的方面談言意問題，角度有所不同。
〔註2〕　《莊子集釋》卷5〈天道〉，頁488。
〔註3〕　《莊子集釋》卷6〈秋水〉，頁572。

> 筌者所以在魚，得魚而忘筌；蹄者所以在兔，得兔而忘蹄；言者所
> 以在意，得意而忘言。吾安得夫忘言之人而與之言哉！〔註4〕

在莊子看來，「言」和筌、蹄一樣，只作爲一種過程中的手段或工具，「意」才是目的所在，「得意而忘言」即是「取意而捨言」。「言」、「意」之論發展至後世，即使論者不完全接受這種價值上的取捨，一般也大多同意「言」、「意」是屬於「作者」至「作品」之間、有關如何表現的問題，並且認同「意」的統帥地位。

姚際恆曾經提出「可以意會，不可以言傳」的說法〔註5〕，似乎也認同《莊子》「言意」論的觀點。事實上，不論形式或內容，姚際恆所言皆與《莊子》不同。從字面來看，「言傳」固然指的是如何說《詩》，然而「意會」則是個人意識活動，與說《詩》沒有直接關聯。不過，姚際恆認爲，若不明瞭「意會」與「言傳」的區隔，也很難正確而理想地說《詩》。除此之外，姚際恆還提出「圈評」作爲理解詩義的方法，並認爲是通達詩旨的另一種途徑，從《詩經通論》可以看到這個方法的具體運用。

一、意　會

以下分析姚際恆對於「意會」的定義，以及關於「意會之見」的處理方式，綜合探討《詩經通論》中「意會」的概念。

（一）「意會」的定義

「意會」一般指思想的活動，姚際恆的認知亦不例外；不過，他對「意會」有進一步定義。關於「意會」的形式定義，可由姚際恆評論朱熹《詩集傳》釋〈周南・關雎〉一番話得知，其云：

> 大抵善說《詩》者，有可以意會，不可以言傳。如可意會，文王、
> 太姒是也；不可以言傳，文王、太姒未有實證，則安知非大王、大
> 任、武王、邑姜？如此方可謂之善說《詩》矣。〔註6〕

在姚際恆的理解裡，「意會」或「言傳」皆與說《詩》有關，屬於詮釋的課題。讀《詩》時，讀者自行隨意放縱想像於詩文根據之外，即是「意會」；如朱熹解〈關雎〉沒有詩文的支持爲證據，逕以詩中君子、淑女指文王、太

〔註4〕　《莊子集釋》卷9〈外物〉，頁944。
〔註5〕　《詩經通論》卷1〈關雎〉，頁15。
〔註6〕　《詩經通論》卷1〈關雎〉，頁15。

似，在姚際恆看來便是朱子「意會」所得。「意會」是可允許的，故曰「如可意會，文王、太姒是也」，但須受限於一個條件：只能存在詮釋者心中，不可發爲意會之辭，所謂「不可以言傳」。畢竟「意會」繫諸個人思想，有種種可能，並無一定的內容，因此「安知非大王、大任、武王、邑姜？」由之可見，姚際恆將「意會」定位在讀者層面，與作品、作者並無直接關聯，只是讀者在詩文之外憑己意所開發出的理解，這種理解無法禁止，但是不能進而落實爲一種詮釋結果。就同一首詩而言，人人皆可「意會」，其間沒有對錯之分，但絕不可執以說解詩文，這是作爲一個《詩經》詮釋者必須具備的素養。

關於「意會」的性質，姚際恆論〈秦・權輿〉「每食四簋」一句時云：

> 其「每食四簋」句，承上接下，在有餘、無餘之間，可以意會，初不有礙。其上一言居，下皆言食者，以食可減而居不移故也。又「夏屋渠渠」句，即藏「食有餘」在內，故是妙筆。自鄭氏不喻此意，以「夏屋」爲食具；近世楊用修力證之，謬也。然即知夏屋之非食具，而知此詩義之妙者鮮矣。〔註7〕

此處點出，「每食四簋」一句妙在處於有餘、無餘之間，可任人馳騁想像，無所妨礙，這是〈權輿〉詩義精妙的原因，忽略這層因素，對於詩義的理解將大打折扣。由此可見，姚際恆所謂的「意會」並非天馬行空，毫無拘束的隨意聯想，基本上，仍應由詩文出發而與詩義的結構一致，並與詩義脈胳存在某種同向的聯繫。

「意會」與「臆測」有別，如〈唐・綢繆〉一詩，詩文有「今夕何夕？見此良人」、「子兮子兮，如此邂逅」之詞，姚際恆云：

> 據「子兮」之詞，是詩人見人成昏而作。《序》謂「國亂，昏姻不得其時」，恐亦臆測。如今人賀作花燭詩，亦無不可也。〔註8〕

他視此詩爲「成婚」之作，對於《詩序》稱此詩爲「昏姻不得其時」，姚際恆認爲這是一個相反的理解，顯然與詩義相違，如此便不是「意會」而成爲「臆測」。在姚際恆的觀念中，意會之見儘管不等同於詩義，但卻須與詩義的延伸

〔註7〕　《詩經通論》卷7〈秦・權輿〉，頁144。〈秦・權輿〉詩云：「於我乎，夏屋渠渠；今也每食無餘。于嗟乎，不承權輿！於我乎，每食四簋；今也每食不飽。于嗟乎，不承權輿！」

〔註8〕　《詩經通論》卷6〈唐・綢繆〉，頁132～133。

方向一致,實不同於臆測。由《詩經通論》對於「意會」與「臆測」的使用意義看來,前者只是一種描述,後者卻是負面的評價。

　　姚際恆對於意會之見多半持保留態度,原因在於此類說解率多欠缺實證而又引申太過,作為一種《詩》說總覺欠妥。姚際恆評論各家說解〈鄘·蝃蝀〉時云:

> 此詩未敢強解。《小序》謂「刺奔」,雖近似,然「女子有行,遠父母兄弟」,〈泉水〉、〈竹竿〉二篇皆有之,豈亦刺奔耶?此語乃婦人作,則此篇亦作于婦人未可知。必以為刺奔,于此二句未免費解。《偽傳》、《說》謂衛靈公事;《詩》迄陳靈,不迄衛靈也。何玄子謂刺宣公奪太子伋婦,徒以詩中「無信」二字。然此豈可據?況已有〈新臺〉,不當更有此詩也。季明德謂「女子在母家與人私,及既嫁而猶與所私者通,詩人刺之」,尤為可恨。總之,說《詩》各逞新意,如此亂掂,亦復何難!然而顯悖經旨,害道惑世,何如且安于緘默為得也。〔註9〕

姚際恆認為,《小序》、《子貢詩傳》、《申培詩說》、何楷《詩經世本古義》、季本《詩說解頤》等說犯了兩項嚴重錯誤:一、逞其意會之說以解釋此詩詩義;二、所論明顯違反《詩經》的道德性,亦即違反「意會」其實仍須以「詩義同向之思考、不得違反《詩經》本質」為前提。此處點出「意會」的另一個重點──不可往違反道德的方面發揮;一旦背離了《詩經》的本質,那才是姚際恆深深不以為然的。

　　附帶一提,文中姚際恆談到《詩序》解〈蝃蝀〉與〈邶·泉水〉與〈衛·竹竿〉二詩間的關聯,稍有不妥。〈泉水〉二章詩:

> 出宿于泲,飲餞于禰。女子有行,遠父母兄弟。問我諸姑,遂及伯姊。

〈衛·竹竿〉二章詩:

> 泉源在左,淇水在右。女子有行,遠兄弟父母。

姚際恆以此二詩駁《詩序》解〈蝃蝀〉「刺奔」之說,恐與《詩序》取意重點不同。姑且不論「刺奔」之說正確與否,《詩序》以「刺奔」解〈蝃蝀〉主要著眼於首句「蝃蝀在東,莫之敢指」,而非由「女子有行,遠父母兄弟」句得出此一判斷。因此,姚際恆舉〈泉水〉、〈竹竿〉反駁《詩序》,其實未能切中問題。

〔註9〕　《詩經通論》卷4〈鄘·蝃蝀〉,頁76～77。

（二）意會之見的處理方式

　　姚際恆明言，詮釋詩歌時個人的意會之見「不可以言傳」，但是綜覽《詩經通論》，其中亦不乏意會之見「可以言傳」的情形。同屬「意會之見」，姚際恆卻採取兩種不同方式處理，背後有不同的考量與意義。

1. 不可以言傳

　　一般情況下，姚際恆反對詮釋者憑意會之見說《詩》，朱熹《詩集傳》在這方面受到不少姚際恆的批評。對於朱熹解〈周南・關雎〉，姚際恆云：

> 要之，自《小序》有「后妃之德」一語，《大序》因而附會爲不妒之說，以致後儒兩說角立，皆有難通；而〈關雎〉詠淑女、君子相配合之原旨竟不知何在矣！此詩只是當時詩人美世子娶妃初昏之作，以見嘉耦之合初非偶然，爲周家發祥之兆，自此可以正邦國，風天下，不必實指出太姒、文王，非若〈大明〉、〈思齊〉等篇實有文王、太姒名也。世多遵《序》，即《序》中亦何嘗有之乎？〔註10〕

他認爲，〈關雎〉爲「美世子娶妃初昏之作」，以揭示「詠淑女、君子相配合」的詩旨，希望能夠達到「嘉耦之合初非偶然，爲周家發祥之兆，自此可以正邦國，風天下」的目的。這些意思可以由詩文解讀出來，所以是詮釋〈關雎〉所可以言傳的部分。至如朱熹以「淑女」指大姒，「君子」指文王，〔註11〕雖然與〈關雎〉詩義、詩旨並無矛盾，但畢竟一則詩無其文，二則欠缺其他直接證據作爲說明，純爲一己讀詩的意會，自然是不可以言傳的。因此，就閱讀活動而論，「意會」無法被禁止，但是若作爲一位《詩經》的詮釋者、傳述者，就當謹守規則，對於詩文未指涉的人、事、物，不作隨意指實。讀《詩》不妨「意會」，說《詩》須賴「言傳」，然絕不可將「意會」之見任意「言傳」，發爲意會之辭，造成說《詩》的災難。

　　對於何楷將〈邶・泉水〉、〈衞・竹竿〉、〈鄘・載馳〉同釋爲許穆夫人不能救衞，思控他國之作，姚際恆論云：

> 大抵〈載馳篇〉爲許穆夫人作無疑，《左傳》亦惟言此，不及他篇也。此篇與〈竹竿〉既無實證，不如且還他空說。必求其事以實之，在作者非不自快，豈能必後人之信從乎？說《詩》者宜知此。凡夫人

〔註10〕　《詩經通論》卷1〈周南・關雎〉，頁15。

〔註11〕　朱熹《詩集傳》卷1〈周南・關雎〉云：「淑，善也。女者，未嫁之稱，蓋指文王之妃大姒爲處子時而言也。君子，則指文王也。」（頁1）。

嫁必有媵，即如何氏以衛侯失國之事言之，安知此詩非許穆夫人之媵所賦乎？許穆夫人賦〈載馳〉，其媵賦〈泉水〉，奚不可之者？嫡長有人，姪、娣中豈無人乎？然終以詩無實證，不敢附會，又以來後人之指摘耳。〔註12〕

姚際恆指出，何楷稱許穆夫人作〈泉水〉，一無史實為證，二無前人說解可資佐證，倒不如保留空白，「還他空說」，不加言傳，以免誤導後人。此段論辨的重點並非在於何楷之言有何錯誤，而是何楷無足夠證據可以證成其說，僅可視作意會之辭。因此，在姚際恆的觀念裡，說《詩》要能適切解讀出詩文涵意，充分且確實「言傳」，此為詮釋《詩經》的積極表現。若是在缺乏明文、史實為證的情形下，對於詩義可以意會，但不可任意指實，須謹守「不可以言傳」的分際，此為詮釋《詩經》的消極限制。所謂的「可以意會」，即在「不可以言傳」的前提下成立。「可以意會，不可以言傳」的這項觀點，正凸顯出姚際恆說《詩》的務實態度，以及維護詩歌原意的努力，這也正是《詩經通論》受人肯定之處。

2. 可以言傳

姚際恆說《詩》素來重視言之有據，不過也不是沒有例外，如姚際恆論〈陳‧月出〉云：

自《小序》以來，皆作男女之詩，而未有以事實之者。朱鬱儀以為刺靈公之詩，何玄子因以三章「舒」字為指夏徵舒，意更巧妙，存之。〔註13〕

〈月出〉一詩，據《詩序》云：

刺好色也。在位不好德而說美色焉。

文中原未明言諷刺的對象為何人。朱謀埠《詩故》與何楷《詩經世本古義》則有進一步的解讀。朱謀埠認為〈月出〉乃刺陳靈公，何楷以「舒窈糾兮」、「舒懮受兮」、「舒夭紹兮」之「舒」指夏徵舒。事實上，〈月出〉詩文中並無

〔註12〕《詩經通論》卷3〈邶‧泉水〉，頁64。《左傳‧閔公二年》：「初，惠公之即位也少，齊人使昭伯（惠公之庶兄）烝於宣姜，不可，強之。生齊子戴公、文公、宋桓夫人、許穆夫人。文公為衛之多患也，先適齊，及敗，宋桓公逆諸河、宵濟。衛之遺民男女七百有三十人益之，以共滕之民為五千人，立戴公以廬于曹，許穆夫人賦〈載馳〉。」由於《左傳》的記載，歷來說《詩》者大多也認同此詩為許穆夫人所作。
〔註13〕《詩經通論》卷7〈陳‧月出〉，頁149。

直接證據明指陳靈公、夏徵舒，史傳中亦無相關記載，如依姚際恆一貫的論點，當視爲朱謀㙔、何楷兩人的意會之見；但意外的是，姚際恆不僅未譏之爲臆測，反而稱其「意更巧妙」，認爲朱、何兩位之說爲詩義增加了藝術效果，因而接受兩人關於陳靈公、夏徵舒的意會之說。

另如〈王・采葛〉，依姚際恆解釋，詩文之「葛、月」、「蕭、秋」、「艾、歲」本爲叶韻關係，並無他義，然而姚際恆云：

> 後人解之，謂葛生于初夏，採于盛夏，故言三月；蕭採于秋，故言三秋；艾必三年方可治病，故言三歲。雖詩人之意未必如此，然亦巧合，大有思致。「歲」、「月」，一定字樣，四時而獨言秋，秋風蕭瑟，最易懷人，亦見詩人之善言也。〔註14〕

可以確定的，「三月」、「三秋」、「三歲」代表時間的漸長，然而詩人是否還有其他寓意，由於沒有切實證據，所以很難確定，因此後來《詩》家有關這類的解說當視爲意會之說。然而，於此姚際恆卻十分嘉許說《詩》者對於「三月」、「三秋」、「三歲」與「葛」、「蕭」、「艾」間的主觀推測，認爲此說巧合於詩文，「大有思致」，增益詩歌的想像空間與藝術形象，故而存此一說。由之可見，說《詩》者的意會之說，在不破壞詩義結構，不違反史實，而又能爲詩歌增添額外的思想內容或藝術效果的情形之下，姚際恆亦樂於接納。不過，說《詩》者的意會之說與該詩應有詩義範圍是可以區別的，兩者涇渭分明，並不混同。

此處浮現一個問題：〈陳・月出〉與〈周南・關雎〉的狀況類似，同樣詩文中未指明人物，然而，姚際恆何以不排斥朱謀㙔、何楷將〈陳・月出〉之指實爲陳靈公、夏徵舒，卻對朱熹將〈周南・關雎〉指實文王、太姒多所批評？如此是否對朱熹過於苛責？平心而論，依照姚際恆的理念，在對作品的詮釋上，朱謀㙔、何楷、朱熹都超過了應守的範圍。然而，姚際恆強調，朱謀㙔、何楷的意會之說使〈月出〉增加原所未有的藝術效果，因此取得了保存價值；相形之下，朱熹的意會之說卻對〈關雎〉無任何增益，徒然限定後人意會的範圍，便顯得沒有必要。

當然，同屬意會之說，在實際的判斷取捨時，孰可存，孰應去，這之間頗有些主觀成分。「不違背《詩經》的道德本質」或許還有著相對的標準，但是如何才是「巧妙」、具有「藝術效果」，實屬見仁見智。何定生就曾批評姚

〔註14〕《詩經通論》卷5〈王・采葛〉，頁98。

際恆對於朱熹過於挑剔，云：

> 姚氏對于《集傳》是笑罵無不極至的，有時簡直是在鬧意氣。
> 〔註15〕

就《詩經通論》的部分篇章來看，此言不失為親切的體認。

姚際恆雖未明言說《詩》「可以意會，亦可言傳」，不過，《詩經通論》確實認同前人部分意會之說，並點出它們所引發之文學興趣，提供後人體會玩味，足見姚際恆十分重視詩歌可能喚起之美感經驗。只要不將意會之說與詩義混同，意會之說仍可因保有某種藝術價值而存在。從另一方面看，意會之辭畢竟與詩義不同，其所衍生的「巧妙」、「思致」源自於說《詩》者所賦予，而非詩人創造或詩歌本有的；換言之，說《詩》者也取得某種程度的創作地位。在姚際恆的認知裡，讀《詩》可以意會，但不可以意會之辭說《詩》，即便意會之見和詩義存有意向相同的間接關聯，兩者始終不相等同。意會之辭或許說得十分巧妙，彷彿能延展出一種藝術效果、文學趣味，而又能不違背《詩經》的道德本質或歷史事實，但終非詩義本有。「意會」純為個人在詩義以外的領會，並沒有取得《莊子》以來所謂「詮釋之最終目的」那樣的地位；而「可以意會，不可以言傳」則在申明詮釋《詩經》的界限，也沒有歷來所謂「詮釋之最高境界」的意味。

蔣秋華論姚際恆研治《詩經》的方法時，曾對姚際恆「可以意會，不可言傳」之說提出以下觀點，云：

> 他所謂的意會，其實就是利用文學性的手法，來研讀《詩》文。
> 這與一般經學家解經的方式大不相同，可以說是姚際恆獨特的讀
> 《詩》法。〔註16〕

姚際恆對於「意會」的理解的確不同於傳統的概念。事實上，「意會」在不違反《詩經》本質與史實、而且能提供藝術效果的前提下，或許可以作為一種詮釋方法，但這不是姚際恆說《詩》的主要方法，也不是他推薦的方法。正確地說，以說《詩》而言，意會或者意會之辭其實並沒有存在的必要；不過，當它能提供詩歌原所未有的文學興味時，似乎也取得某種存在價值。這種額外的興味與價值是可喜的，但並不是絕對必須的。

〔註15〕《古史辨》第3冊〈關于詩經通論〉，頁422。
〔註16〕《姚際恆研究論集（中）》之〈姚際恆對《子貢詩傳》、《申培詩說》的批評〉，頁725。

二、言 傳

就詮釋《詩經》而言，「言傳」才是實際而重要的。姚際恆所謂的「釋《詩》」、「說《詩》」、「解《詩》」，談論的不外是有關如何「言傳」的重點。由姚際恆的說法看來，「言傳」是一種有方向性的詮釋方法，它關涉幾個不同意義層次的問題。

（一）「言傳」的態度

姚際恆云：

> 大抵善說《詩》者，有可以意會，不可以言傳。（〈關雎〉）〔註17〕

所謂「有」，代表這只是其中一種情況。就「言傳」方面論，此語重點在於指出，作爲一個優秀的說《詩》者，應該知道什麼「不可以言傳」；言下之意，還透露另一種主要狀況，即有些內容勢必訴諸「言傳」。明白「不可言傳」的部分，自然容易瞭解需要「言傳」的部分，而所謂的「言傳」，即指以語言文字詮釋《詩經》的意義。

首先，「言傳」必須有切實的證據，或根據詩文，或根據史實。姚際恆云：

> 不可以言傳，文王、太姒未有實證，則安知非大王、大任、武王、邑姜乎？（〈關雎〉）

> 詩無實證，不敢附會，又以來後人之指摘耳。（〈泉水〉）〔註18〕

有一分證據，作一分表達，在欠缺確切證據的情況下，無論多麼努力從事於詮釋工作，亦屬惘然，因此，講求實證可以說是「言傳」應有最基本的態度。姚際恆曾批評《詩序》、《毛傳》、《鄭箋》之解〈召南‧鵲巢〉首章云：

> 「鵲巢鳩居」，自《傳》、《序》以來，無不附會爲說，失風人之旨。《大序》曰：「德如鳲鳩，乃可以配。」鄭氏因以爲「均壹之德」。嗟乎！一鳩耳，有何德，而且以知其爲均壹哉？此附會之一也。《毛傳》云：「鳲鳩不自爲巢，居鵲之成巢。」安見其不自爲巢而居成巢乎？此附會之二也。歐陽氏曰：「今人直謂之鳩者，拙鳥也，不能作巢；多在屋瓦間或于樹上架構樹枝，初不成窠巢，便以生子，往往墜鷇、殞雛而死。鵲作巢甚堅，既生雛散飛，則棄而去，在于物理，容有鳩來處彼空巢。」按，其謂鳩性拙既無據，且謂鳩性拙不能作巢者，取喻女

〔註17〕《詩經通論》卷1〈周南‧關雎〉，頁15。
〔註18〕《詩經通論》卷1〈周南‧關雎〉，頁15；《詩經通論》卷3〈邶‧泉水〉，頁65。

子，然則可謂女性拙不能作家乎？女子從男配合，此天地自然之理；非以其性拙不能作家而居男子之家也。且男以有女方謂之有室家，則作家正宜屬女耳。又謂「在屋瓦間」，幾曾見屋瓦間有鳩者？又謂「或于樹上架構樹枝」，夫樹上架枝，此即巢矣，何謂不成巢乎？又謂「鳩生子，墜鷇、殞雛而死。」又謂「鵲生雛，散飛，棄巢而去。」今皆未曾見。此附會之三也。王雪山曰：「詩人偶見鵲有空巢而鳩來居，而後人必以為常，此譚詩之病也。」若然，是既於道上見嫁女，而又適見鳩居鵲巢，因以為興；恐無此事，其說名為擺脫，實成固滯。此附會之四也。僅舉其說之傳世者數端，其說雜說不能殫述。按，此詩之意，其言「鵲」、「鳩」者，以鳥之異類況人之異類也。其言「巢」與「居」者，以鳩之居鵲巢況女之居男室也，其義止此。不穿鑿，不刻畫，方可說《詩》；一切紛紜盡可掃卻矣。〔註19〕

此段文字最後強調，「不穿鑿，不刻畫，方可說《詩》」，可見詮釋活動的開展，乃以「實證」為基礎，一切非建立在實證上的解釋都是徒勞。以〈鵲巢〉而言，《詩序》、《鄭箋》從「德性」的角度立說，《毛傳》、歐陽修以鳲鳩不能自作巢之「物理」為解，王雪山以「偶然事件」解釋鳩居鵲巢，雖然說法各不相同，姚際恆卻認為他們有一個共同的表現──附會。確實，相較之下，姚際恆「以鳩之居鵲巢況女之居男室」〔註20〕的解釋反而平淺直接。姚際恆對於自己的解釋亦深感信心，其云：

據上述諸說，無論其附會，即使果然亦味如嚼蠟。據愚所說，極似平淺，其味反覺深長。請思之！〔註21〕

所謂「味如嚼蠟」與「味深長」都是主觀的體會，不過，由此可知，姚際恆似乎認為，說《詩》如做到適當的詮釋，較能闡發詩歌應有的興味，而這種「詩味」正是詮釋活動完成所開發出的。

姚際恆還談到另一個詮釋《詩經》的基本態度──客觀而不固執。其論〈召南·行露〉時云：

說《詩》最忌固滯。此篇玩「室家不足」一語，當是女既許嫁，而見一物不具，一禮不備，因不肯往以致爭訟。蓋亦適有此事而傳其

〔註19〕《詩經通論》卷2〈召南·鵲巢〉，頁33～34。
〔註20〕《詩經通論》卷2〈召南·鵲巢〉，頁34。
〔註21〕《詩經通論》卷2〈召南·鵲巢〉，頁34。

詩，以見此女子之賢，不必執泥謂被文王之化也。苟必執泥，所以
王雪山有「豈有化獨及女而不及男」之疑也。《集傳》曰：「南國之
人遵召伯之教，服文王之化，有以革其前日淫亂之俗，故貞女有能
以禮自守，而不爲強暴所污者。」不獨只說得女而遺男，且若是，
則此女不將前日亦淫亂，因被服召伯、文王之化而始以禮自守耶！
說詩最忌固滯，此類是也。〔註22〕

姚際恆並不反對以詩表彰「文王之化」，但是若篇篇詩義都定要牽扯上「文王
之化」，未免失之固執，無法做到客觀的由詩文本身說《詩》。《詩集傳》雖然
並未視〈行露〉爲淫詩，不過「前日淫亂之俗」之說，恐怕多半出自朱熹的
主觀判斷，而不是客觀詮釋的結果。

關於〈行露〉詩義，《詩集傳》說法其實與《詩序》相近。《詩序》云：

〈行露〉，召伯聽訟也。衰亂之俗微，貞信之教興，彊暴之男不能侵
陵貞女也。

不過《詩序》強調的是「聽訟」的方面，而《詩集傳》強調的是「召伯之教、
文王之化」的部分。依姚際恆之見，並不以爲此詩與召伯有關，只強調「爭
訟」爲詩義所在，則與詩文較爲貼近。

〈邶‧綠衣〉二章「綠衣黃裳」，《鄭箋》云：

婦人之服不殊衣裳，上下同色，今衣黑而裳黃，喻嫡妾之禮。〔註23〕

孔穎達《正義》進而云：

毛以爲閒色之綠今爲衣，而在上正色之黃反爲裳，以興不正之妾今
蒙寵而尊，正嫡夫人反見疏而卑。前以表裏興幽顯，則此以上下喻
尊卑，雖嫡妾之位不易，而莊公禮遇有薄厚。〔註24〕

姚際恆批評此說，云：

說《詩》定不可泥。如此篇，只以上章爲主，其意在「綠衣」喻妾
也。綠，閒色，不可爲衣；黃，正色，不可爲裡：喻妾爲正而嫡爲
側之意。此章「綠衣黃裳」不必與上章分淺深，仍主綠衣上其黃裳，
取協韻，而正嫡不分之意自在其中。按，《易》曰「黃裳元吉」，則
黃本可爲裳。即《儀禮‧士冠禮》亦曰「玄裳、黃裳」，若必依〈玉

〔註22〕 《詩經通論》卷2〈召南‧行露〉，頁39。
〔註23〕 《毛詩正義》卷2〈邶‧綠衣〉，頁76。
〔註24〕 《毛詩正義》卷2〈邶‧綠衣〉，頁76。

藻〉「衣正色，裳間色」之言例之，以為上下倒置，較黃裡為甚，未
免義礙。〔註25〕

此處指出，「綠衣黃裡」、「綠衣黃裳」僅只比喻正嫡不分，兩句所指沒有程度
深淺的不同，若一味與《禮記・玉藻》的記載比合，以致影響詩義的解釋，
則失之固執。

姚際恆強調客觀說《詩》的重要，其論〈鄭・將仲子〉有言：

予謂就詩論詩，以意逆志，無論其為鄭事也，淫詩也，其合者，吾
從之而已。〔註26〕

此段重點並不是表示同意〈將仲子〉為淫詩，而是申明自己絕對客觀的態度
或立場。所謂「就詩論詩，以意逆志」，指的是由詩文本身去推求詩人之意的
作法，並非先立成見而說《詩》，由此亦可見他說《詩》務求客觀的態度。

（二）「言傳」所關涉的意義層次

「言傳」是一種實際行為，有關涉的對象與範圍，此範圍可能涵括數個
層面。姚際恆曾云：

曷言乎釋《詩》為獨難也？欲通《詩》教，無論辭義宜詳，而正旨
篇題尤為切要。〔註27〕

此處談到，由說《詩》而通《詩》教至少涉及兩方面的問題——「辭義」與
「正旨篇題」，其中「正旨篇題」指一詩的詩旨。此外，姚際恆曾批評季本說
〈鄘・蝃蝀〉不當，「顯悖經旨」〔註28〕，所以在辭義、詩旨之上，還有「經
旨」一層意義，也就是全《詩經》之旨。

結合對「辭義」的瞭解，進而掌握「詩旨」，集體呈現《詩經》之「經旨」，
這是姚際恆所揭示的說《詩》方向與方法。「辭義」屬於詩歌語義的層次，指
作品的語言文字共同呈現的意義，此為作品之意。綜合對一詩「辭義」的理
解，進而歸結出詩人創作的意旨，這屬於「詩旨」的層次，此為作者之意。

〔註25〕《詩經通論》卷3〈邶・綠衣〉，頁50～51。《禮記・玉藻》有言：「袪尺二寸，
緣廣寸半，以帛裹布，非禮也。士不衣織，無君者不貳采，衣正色，裳間色。」
（《禮記注疏》卷29〈玉藻〉，頁552）

〔註26〕《詩經通論》卷5〈鄭・將仲子〉，頁101。

〔註27〕《詩經通論・自序》，頁1。

〔註28〕《詩經通論》論〈鄘・蝃蝀〉時云：「季明德謂『女子在母家與人私，及既嫁而
猶與所私者通，詩人刺之』，尤為可恨。總之，說《詩》各逞新意，如此亂拈，
亦復何難！然而顯悖經旨，害道惑世，何如且安于緘默為得也。」（卷4，頁77）

集合各詩「詩旨」而整體指向以《詩經》推行教化的意義，簡言之，即「思無邪」之意，此屬「經旨」的層次，此為孔子編《詩》之意。就理解順序來說，由「辭義」而「詩旨」而「經旨」是必然的過程，顯示出「辭義」、「詩旨」、「經旨」三層次間的關係。

1. 辭　義

所謂詩辭、詩義，或片言或整體，指的是詩歌的語文意義。關於詩歌這層的意義，姚際恆認為應就詩文本身解釋，不宜任意增益，附會為說。以〈周南‧關雎〉為例來看，《毛傳》解「關關雎鳩」句云：

> 關關，和聲也。雎鳩，王雎也，鳥摯而有別。……后妃說樂君子之德，無不和諧，又不淫其色，慎固幽深，若關雎之有別焉，然後可以風化天下。〔註29〕

《鄭箋》解「左右流之」句云：

> 左右，助也。言后妃將共荇菜之菹，必有助而求之者，言三夫人九嬪以下皆樂后妃之事。〔註30〕

姚際恆評以上《毛傳》、《鄭箋》之說，云：

> 【一章】詩意只以雎鳩之和鳴興比淑女、君子之好匹。「關關」，和聲。或言「關關」者，彼此相關，是聲中見意，亦新。雎鳩有此關關之和聲，在于河洲游泳並樂，其匹偶不亂之意自可于言外想見。《毛傳》云「摯而有別」，夫曰「摯」，猶是雎鳩食魚，有搏擊之象；然此但釋鳩之性習，不必于正意有關會也，若云有別，則附會矣。……
> 【二章】……鄭氏執泥「左右」字，附會為妄媵助而求之，以實其太姒求淑女之說。……按，「荇菜」只是承上「雎鳩」來，亦河洲所有之物，故即所見以起興耳，不必求之過深。〔註31〕

姚際恆指出，〈關雎〉只是以「雎鳩和鳴」興比「淑女、君子為好匹」，此即〈關雎〉的語文意義，也就是此詩的詩義。反觀《毛傳》、《鄭箋》的說解，則已經超過詩義應有的範圍。在辭義的層次上，姚際恆提出一個言傳時必須重視的問題，即不附會、「不求之過深」，亦即不將意義過度深化。不過，他談到：「匹偶不亂之意自可于言外想見」，可見在辭意的層面，也容許言外之

〔註29〕《毛詩正義》卷1〈周南‧關雎〉，頁20。
〔註30〕《毛詩正義》卷1〈周南‧關雎〉，頁21。
〔註31〕《詩經通論》卷1〈周南‧關雎〉，頁15～16。

意的存在，只是言外之意仍須由言而生，並非毫無限制。

〈周南・麟之趾〉首章有言：

麟之趾，振振公子！

〈周南・螽斯〉首章亦有言：

宜爾子孫，振振兮！

兩處的「振振」，《毛傳》一作「信厚貌」，一作「仁厚貌」，解釋一致。〔註32〕
朱熹於〈麟之趾〉之「振振」從《毛傳》之說，於〈螽斯〉之「振振」則作
「盛貌」解。〔註33〕姚際恆評《毛傳》、《詩集傳》云：

解此詩者最多穿鑿附會，悉不可通。詩因言麟，而舉麟之「趾」、「定」、
「角」爲辭，詩例次敘本如此；不必論其趾爲若何，定爲若何，角
爲若何也。又「趾」、「子」，「定」、「姓」，「角」、「族」，第取協韻，
不必有義，亦不必有以趾若何喻子若何，定若何喻姓若何，角若何
喻族若何也。惟是趾、定、角由下而及上，子、姓、族由近而及遠，
此則詩之章法也。「振振」，起振興意。《毛傳》訓仁厚，意欲附會麟
趾。云：「麟信而應禮，以足至者也。」不知振字豈是仁厚義乎！且
其以趾之故，故訓「振振」爲仁厚，然則定與角又何以無解乎？《毛
傳》于此訓「振振」爲仁厚，于〈螽斯〉亦然；是因此而還就于彼
也。《集傳》則于此訓「仁厚」，于〈螽斯〉訓「盛貌」；又兩爲其説。
並可笑。末句「于嗟麟兮」，口中言麟，心中卻注公子；純是遠神，
亦不可執泥分疏也。〔註34〕

據姚際恆分析，詩中的「趾」、「子」，「定」、「姓」，「角」、「族」之間純爲音韻
關係，沒有進一層比喻的深意；「振振」一詞也只是振起、振興的意思，絕非「仁
厚」之意，因此《毛傳》、《詩集傳》在字義訓釋上都是徒增紛亂。在釋「于嗟
麟兮」一句時，姚際恆以「言在此而意在彼」的方式解讀，視爲言外之意。對
於這種言外之意，他認爲不必刻意分解，以免反而破壞原有的意涵。

對於一詩辭意的理解，姚際恆抱持著不過度求深的主張。這種觀念來自
於對《論語》中「多識於鳥獸草木之名」一句的理解〔註35〕，姚際恆云：

〔註32〕《毛詩正義》卷1〈周南・麟之趾〉，頁44；卷1〈周南・螽斯〉，頁36。
〔註33〕《詩集傳》卷1〈周南・麟之趾〉，頁7；卷1〈周南・螽斯〉，頁4。
〔註34〕《詩經通論》卷1〈周南・麟之趾〉，頁30～31。姚際恆對於《毛傳》、《詩集
　　　傳》之説都不滿意，而以「起振興」解「振振」，說法較直接。
〔註35〕《論語・陽貨》云：「子曰：『小子何莫學夫《詩》？《詩》可以興，可以觀，

孔子曰：「多識于鳥獸草木之名」，予謂人多錯解聖言，聖人第教人
識其名耳；苟因是必欲爲之多方穿鑿以求其解，則失矣。如雎鳩，
識其爲鳥名可也，乃解者之說曰「摯而有別」，以附會于淑女、君子
之義；如喬木，識其爲高木可也，乃解者爲之說曰「上疏無枝」，以
附會于「不可休息」之義。如此之類，陳言習語，鑿論妄談吾覽而
輒厭之鄙之。是欲識鳥獸草木之名，或反致昧鳥獸草木之實者有之，
且或因而誤及詩旨者有之，若此者，非惟吾不暇爲，亦不敢爲也。
〔註36〕

此處所舉「摯而有別」、「上疏無枝」之說原出自《毛傳》，姚際恆藉著批評《毛傳》訓詁名物的誤謬指出，孔子只是教人認識鳥獸草木蟲魚之名，進而知其實，達到知識上的增進，並未教人編造些名實之外的解釋，以訛傳訛。在名物訓詁上若欠缺根據而過度發揮，不僅無法對詩文辭義做到正確的瞭解與傳達，甚而將誤導讀者對於該詩詩旨的掌握，如此便違反了言傳的根本目的。由此可見，姚際恆致力於維護一詩辭義與詩旨的純正本質，不隨意接受無根之說；不過，他也認同詩歌本有言外之意，但是言外之意不能脫離辭義所能提供的意義聯結，其間分際必須小心把握。

再者，姚際恆談到，對於一詩辭義的詮釋，不必過於拘限於一字一句之間，以免造成說解不暢。姚際恆論〈小雅・賓之初筵〉時評《詩集傳》云：

「三爵不識」二句，謂三爵之禮亦不識，況敢又多飲乎！《集傳》
謂「飲至三爵已昏然無所記矣」，夫人量有寬、窄，何以知其量止三
爵乎？醉而失德者多因寬量，飲而不止所致；若三爵便已昏醉，則
亦不能再飲，何由至于失德耶？況以「不識」爲無所記，更不知欲
其記何事也。大抵釋《詩》必須近人情，不可泥于字句之間。〔註37〕

可以群，可以怨。邇之事父，遠之事君，多識於鳥獸草木之名。』」（《論語注
疏》卷17〈陽貨〉，頁156）

〔註36〕《詩經通論》卷前〈詩經論旨〉，頁9。此處指《毛傳》之說。〈周南・關雎〉：「關
關雎鳩，在河之洲」，《毛傳》云：「興也。關關，和聲也。雎鳩，王雎也，鳥摯
而有別。」（《毛詩正義》卷1，頁20）〈周南・漢廣〉「南有喬木，不可休息」，
《毛傳》云：「興也。南方之木美。喬，上竦也。」（《毛詩正義》卷1，頁42）

〔註37〕《詩經通論》卷12〈小雅・賓之初筵〉，頁244。事實上，此處姚際恆的理解
與朱熹本意實有出入，朱熹解此章詩云：「言飲酒者或醉或不醉，故既立監而
佐之以史，則彼醉者所爲不善而不自知，使不醉者反爲之羞愧也。安得從而
告之，使勿至於大怠乎？告之若曰：『所不當言者勿言，所不當從者勿語，醉

關於朱熹對「三爵不識」的說解，姚際恆反問，如何確知所有人的酒量只限三爵？而且既已昏醉不醒人事，何至有失德行為？此段主要點出朱熹所言辭義根本不通人情。姚際恆最後說，「釋《詩》必須近人情，不可泥于字句之間」，可見辭義的解釋須合情合理，才能進而論詩旨；若定要在字句上推敲鑽研，未免見小失大。

另外，姚際恆論〈齊・敝笱〉三章時評《毛傳》、《鄭箋》云：

> 「唯唯」，《毛傳》謂「出入不制」，雖非「唯」字正義，然于詩旨則合，姑從之。鄭氏謂「行相隨順之貌」，若是，則為比下「從」者。
>
> 夫詩意本取敝笱不能制魚況魯桓不能制妻，乃況從者，何耶？不可從。〔註38〕

此處看待《毛傳》的態度頗值得玩味。姚際恆認為《毛傳》對「唯唯」的解釋非「正義」，也就是並非正確辭義，但是鑑於此解合乎〈敝笱〉詩旨，所以姑且接受。由之可見，在姚際恆的觀念裡，說《詩》只要能使全詩之辭義通貫而切合詩旨，字義解釋上的小缺陷是可以被容忍的。至於《鄭箋》所釋則辭義不暢，因此不能得到姚際恆的認同。

理解一詩的辭義，進而明詩旨、通經旨，乃是說《詩》預期的理想，不必然能達成。對於無法知其辭義的作品，自然遑論明詩旨，這時姚際恆以「未詳」、「難詳」的方式表示言傳的適時而止。《詩經通論》中計有〈周南・芣苢〉、〈齊・東方未明〉、〈齊・甫田〉、〈陳・東門之楊〉、〈小雅・黃鳥〉、〈小雅・我行其野〉等 6 篇屬於這種情形。姚際恆云：

> 此詩未詳。(〈芣苢〉)
>
> 末章難詳。(〈東方未明〉)
>
> 此詩未詳。(〈甫田〉)
>
> 此詩未詳。(〈東門之楊〉)
>
> 《小序》謂……《集傳》謂……朱鬱儀曰……正不知孰是也。(〈黃鳥〉)

而妄言，則將罰女使出童羖矣。』設言必無之物以恐之也。『女飲至三爵，已昏然無所記，況敢又多飲？』又丁寧以戒之也。」朱子之意，「女飲至三爵已昏然無所記，況敢又多飲乎？」乃預先叮囑酒量不佳，三爵便醉之人，以免他們「至於大怠」而有失德之行，並非醉酒的現場描述，更不是指所有人酒量均只三爵。姚際恆「醉而失德者多因寬量，飲而不止所致」確為經驗之談，不過此處節錄朱子一言片義而加以批評，似有失公允。

〔註38〕《詩經通論》卷6〈齊・敝笱〉，頁121。

此詩與上篇（〈黃鳥〉）相類，亦未詳。（〈我行其野〉）〔註39〕

對於辭義模糊難辨的作品，姚際恆不願任意解釋，以「不敢強解」表示謹慎，
《詩經通論》中計有〈邶・雄雉〉、〈鄘・蝃蝀〉兩篇。姚際恆云：

不敢強說此詩也。（〈雄雉〉）

此詩未敢強解。（〈蝃蝀〉）〔註40〕

對於辭義不明而眾說莫衷一是的作品，姚際恆以「闕疑」的方式表示對詩義
存疑，《詩經通論》中計有〈召南・殷其靁〉、〈邶・二子乘舟〉、〈鄘・干旄〉、
〈周頌・絲衣〉4篇。姚際恆云：

此詩之義當闕疑。（〈殷其靁〉）

此詩當用闕疑。（〈二子乘舟〉）

姑闕疑。（〈干旄〉）

故且闕疑。（〈絲衣〉）〔註41〕

由之可見，即便詩文具在，但是在辭義的層次上，完全且充分的言傳只是個
理想，並非必然可以實現。

在辭義理解的層面，姚際恆除了根據詩文說訓外，同時運用史實、人情
以及對詩人的認知等詮釋原則的幫助，使一詩辭義趨於明朗。關於這部分，
在本書第三章論《詩經通論》的詮釋原則時已有所討論。由《詩經通論》的
現象看來，姚際恆說解詩文時對於主觀的人情有一定掌握，對詩人的人格、
文格也有相當體認。〈小雅・白華〉一詩，姚際恆論其詩八章云：

「有扁斯石」二句，言此扁石為人踐履，何其甚卑，見其不可以卑為
尊也。《集傳》云：「有扁然而卑之石，則履之者亦卑矣。如妾之賤，
則寵之者亦賤矣。」此類悍妒之婦罵夫，古人必無此語意。〔註42〕

由辭義的層面來看，朱熹所釋未必無理，然而姚際恆卻斷言「古人必無此語
意」，主要便是源自對詩人高尚品格的肯定；看得出來，這點對於詩義的解說
有必然的指導作用。

〔註39〕《詩經通論》卷1〈周南・芣苢〉，頁26；卷6〈齊・東方未明〉，頁119；卷
　　　　6〈齊・甫田〉頁120；卷7〈陳・東門之楊〉，頁174；卷10〈小雅・黃鳥〉，
　　　　頁198；卷7〈小雅・我行其野〉，頁198。

〔註40〕《詩經通論》卷3〈邶・雄雉〉，頁57；卷4〈鄘・蝃蝀〉，頁76。

〔註41〕《詩經通論》卷2〈召南・殷其靁〉，頁41；卷3〈邶・二子乘舟〉，頁68；
　　　　卷4〈鄘・干旄〉，頁78；卷17〈周頌・絲衣〉，頁349。

〔註42〕《詩經通論》卷12〈小雅・白華〉，頁254。

　　至於《詩經通論》中因為無法鎖定與詩文對應的史實，造成辭義解釋的鬆動，甚或失落的情形，則可由〈二子乘舟〉為例得見。〈邶‧二子乘舟〉一詩，前人《詩》說多將「二子」解釋為伋、壽，姚際恆則根據《左傳》駁斥此說。依《左傳》桓公 16 年記載：

> 初，衛宣公烝於夷姜，生急子，屬諸右公子；為之娶於齊而美，公取之，生壽及朔，屬壽于左公子。夷姜縊，宣姜與公子朔構急子。公使諸齊，使盜等諸莘，將殺之。壽子告之，使行；不可，曰：「棄父之命，惡用子矣！有無父之國則可也。」及行，飲以酒，壽子載其旌以先，盜殺之。急子至，曰：「我之求也，此何罪？請殺我乎！」又殺之。〔註43〕

姚際恆認為此事與〈二子乘舟〉不合，其云：

> 夫殺二子于莘，當乘車往，不當乘舟。且壽先行，伋後至，二子亦未嘗並行也。又衛未渡河，莘為衛地，渡河則齊地矣。皆不相合。……故此詩當用闕疑。〔註44〕

由於欠缺史實記載與辭義對照，以致於將〈二子乘舟〉詩義以「闕疑」處理。由此可見，在辭義的層次上，姚際恆相當依賴史實的對證。

2. 詩　旨

　　讀《詩》、說《詩》除了明辭意之外，還要根據辭意，歸結詩人創作此篇的意旨，此為詩歌的要旨，即所謂「詩旨」。姚際恆云：

> 讀古人書，須覷破其意旨所在，以分主客，毋徒忽略混過也。〔註45〕

以讀《詩》而言，最主要的是能分析出作者表現於作品中的意旨。所謂詩旨，即指詩人創作的主意，也是全詩的核心意義、中心思想。姚際恆釋〈大雅‧板〉、〈魏‧伐檀〉云：

> 此蓋刺厲王用事小人，而其旨歸于諫王也。（〈板〉）
>
> 此詩美君子之不素餐，「不稼」四句只是借小人以形君子，亦借君子以罵小人，乃反襯「不素餐」之義耳。末二句始露其旨。若以為「刺貪」，失之矣。（〈伐檀〉）〔註46〕

〔註43〕　《春秋左傳正義》卷 7，頁 128。
〔註44〕　《詩經通論》卷 3〈邶‧二子乘舟〉，頁 68。
〔註45〕　《詩經通論》卷 10〈小雅‧小旻〉，頁 213。
〔註46〕　《詩經通論》卷 14〈大雅‧板〉，頁 296；卷 6〈魏‧伐檀〉，頁 128。

相對於辭義而言，詩旨是精簡扼要的，如「諫王」爲〈板〉之詩旨、「君子不素餐」爲〈伐檀〉之詩旨。「辭義」、「詩義」以一詩的語文意義爲範圍，集合一詩語文意義所共同指向的意念，即是此詩「詩旨」。

詩旨仍須根據詩義而來，不宜作過度的推測。姚際恆論〈周南‧漢廣〉詩旨云：

〈小序〉謂「德廣所及」，亦近之；但不必就用詩「廣」字耳。〈大序〉謂「求而不可得」，語有病。歐陽氏駁之，謂「化行于男，不行于女」，是也。大抵謂男女皆守以正爲得，而其發情止性之意，屬乎詩人之諷詠，可思而不必義也。〔註47〕

此處指出，〈漢廣〉一詩詩旨，只在申明「男女皆守以正」，至於「發情止性」，容或詩人也有此意，但是以此說〈漢廣〉則逾越詩旨本有的範圍。基本上，詩旨由一詩辭義集中投射而具現，彼此意義一貫相承，兩者間存在著直接且必然的關係。將詩旨說得太多或太遠，脫逸於辭義之外，均不適宜。

詩旨有時在辭義的層面具現，如〈大雅‧板〉首章末有言：「猶之未遠，是用大諫」，姚際恆說此詩之詩旨爲「諫王」；〈魏‧伐檀〉詩末有言：「彼君子兮，不素餐兮」，姚際恆說此詩之詩旨爲美君子之不素餐。然而，姚際恆強調，有時詩旨不直接呈現於辭義，而是寄託於詩義之外，其論〈召南‧羔羊〉時云：

此篇美大夫之詩，詩人適見其羔裘而退食，即其服飾、步履之間以歎美之；而大夫之賢不益一字，自可于言外想見，此風人之妙致也。

〔註48〕

在此談到〈羔羊〉詩旨爲「美大夫之賢」，不過，姚際恆指出，〈羔羊〉的詩旨並未直接表現於辭義，而是藉由詩文描敘之大夫的服飾、步履，間接地呈

〔註47〕《詩經通論》卷1〈周南‧漢廣〉，頁27。姚際恆此處所言有誤，歐陽修《詩本義》論〈漢廣〉云：「論曰：據《序》但言「無思犯禮」者，而〈鄭箋〉謂『犯禮而往，正女將不至』，則是女皆正潔，男獨有犯禮之心焉。而〈行露〉《序》亦云：『彊暴之男不能侵陵正女』，如此則文王之化獨能使婦人女子知禮義，而不能化男子也，此甚不然。」（《詩本義》卷1〈漢廣‧論曰〉，頁7）就〈漢廣〉一詩而言，歐陽修主要批評對象是《鄭箋》，而非《詩序》，只不過同時論及《詩序》解釋〈行露〉時亦發生與《鄭箋》相同的錯誤。在此姚際恆若不是無心之失，辨識不清，則是有意將歐陽修辯駁《鄭箋》之言轉爲攻《序》，彷彿歐、姚兩人論點一致；倘爲後者，對《詩序》、歐陽修《詩本義》均有不公。

〔註48〕《詩經通論》卷2〈召南‧羔羊〉，頁40。

現其賢德，故謂「言外想見」。由之可知，詩旨與辭義間雖然存在著自然、必然的意義關聯，但有時詩旨可能寄託於辭義詩義之外，亦可見「詩旨」、「辭義」確實層次有別，不致混同。

　　對於詩旨寄託於詩義外的詩歌，姚際恆往往會加上「以見」的字樣，表示辭義與詩旨的分界。其論〈周南・關雎〉、〈周南・葛覃〉、〈鄭・女曰雞鳴〉時云：

> 此詩只是當時詩人美世子娶妃初昏之作，以見嘉耦之合初非偶然，
> 爲周家發祥之兆，自此可以正邦國，風天下。（〈關雎〉）
> 詩人指后妃治葛之事而詠之，以見后妃富貴不忘勤儉也。（〈葛覃〉）
> 只是夫婦幃房之詩，然而見此士、女之賢。（〈女曰雞鳴〉）〔註49〕

此處約略可以歸納出詩旨的一項特色，即：詩旨往往具有在辭義上不能直接解讀出來的教化意涵，而呈現一定程度的道德性質。

　　辭義與詩旨能夠完美結合是最理想的狀況，如嚴粲說〈齊・南山〉，姚際恆即認爲頗能符合這個理想。嚴粲云：

> 大夫去國，其心蓋有大不得已者。襄公之惡不可道矣，齊之臣子難
> 言之，故此詩不斥其君之惡，而唯歸咎於魯桓，與〈敝笱〉意同。……
> 謂南山崔崔然高大，有雄狐綏綏然遲疑而求其匹，喻魯桓公求昏於
> 齊也，咎其後之不能制而鄙之之辭。……蓋齊人不欲斥言其君之惡，
> 而歸咎於魯之辭也。辭雖歸咎於魯，所以刺襄公者深矣。〔註50〕

姚際恆云：

> 惟嚴氏謂「通篇刺魯桓」，似得之，蓋謂齊人不當以「雄狐」目其君
> 也。其曰雄狐綏綏然求匹，喻魯桓求昏于齊也；又曰齊人不敢斥言
> 其君之惡而歸咎于魯之辭也，「辭雖歸咎于魯，所以刺襄公者深矣」。
> 如此，則辭旨歸一而意亦周匝。〔註51〕

姚際恆之所以深許嚴粲，乃因嚴粲說〈南山〉由辭義而詩旨能夠順承無間，所謂「辭旨歸一」。可見「辭義」、「詩旨」原爲二，在嚴粲解說下使得二者歸於調和一致，全篇詩義通暢瞭然，所謂「意亦周匝」。

〔註49〕《詩經通論》卷1〈周南・關雎〉，頁15；卷1〈周南・葛覃〉，頁18；卷5〈鄭・女曰雞鳴〉，頁104。
〔註50〕《詩緝》卷9〈齊・南山〉，頁10。
〔註51〕《詩經通論》卷6〈齊・南山〉，頁119。

　　詩旨既由綜歸辭義而得，為一詩的核心意義，一旦辭義不詳，詩旨自然無法推求。然而，由於詩旨與辭義的層次不同，即便能順利完成辭義層次的理解，也未必能進而瞭解詩旨層次的意義，以致形成一詩詩旨付之闕如的情形。如〈陳‧澤陂〉、〈小雅‧采綠〉二詩，姚際恆云：

　　　　是必傷逝之作，或謂傷泄冶之見殺，則興意不合。未詳此詩之旨也。
　　　　（〈澤陂〉）

　　　　此婦人思其夫之不至，既而敘其室家之樂；不知何取義也。（〈采綠〉）

　　　　〔註52〕

明瞭一詩辭義只是掌握詩旨的一個先決的必要條件，但不代表經由辭義的理解便定能確實詮釋出詩旨，其間仍須有其他因素的配合。此處姚際恆並未深談，不過，由《詩經通論》論詩的情形，大致可以看出原因有兩方面：一方面與詩歌的意義結構有關，當一詩的辭義在結構上欠缺明確意向時，便易導致詩旨的不知所歸；另一方面則與有無相應之史實佐證有關。如〈王‧君子陽陽〉，姚際恆云：

　　　　大抵樂必用詩，故作樂者亦作詩以摹寫之；然其人其事不可考矣。

　　　　〔註53〕

他明白此詩辭義為描寫作樂之事，然而究竟為何人何事而作，則無由得知，因此難以斷言此詩之旨。

　　〈鄭‧狡童〉一詩，姚際恆云：

　　　　此篇與上篇皆有深于憂時之意，大抵在鄭之亂朝；其所指何人何事，
　　　　不可知矣。〔註54〕

他認為〈狡童〉辭義充滿憂時之意，然而由於不能確定「何時」，所以「憂時」也彷彿沒有著落。又如〈檜‧素冠〉一詩，姚際恆云：

　　　　此詩本不知指何事何人，但「勞心」、「傷悲」之詞，「同歸」、「如一」
　　　　之語，或如諸篇以為思君子可，以為婦人思男亦可。〔註55〕

他認為此詩辭義為「思君子」，但是不知因何事而思、所思何人，故此詩詩旨無法確切得出。

〔註52〕　《詩經通論》卷7〈陳‧澤陂〉，頁150；卷12〈小雅‧采綠〉，頁250。
〔註53〕　《詩經通論》卷5〈王‧君子陽陽〉，頁94。
〔註54〕　《詩經通論》卷5〈鄭‧狡童〉，頁108。文中「上篇」指〈鄭‧蘀兮〉。
〔註55〕　《詩經通論》卷7〈檜‧素冠〉，頁153。

另如〈小雅・車舝〉一詩，姚際恆云：

> 按，《左》昭二十五年，「宋元夫人生子，以妻季平子。叔孫昭子如
> 宋聘，且逆之。宋公享昭子，賦〈新宮〉，昭子賦〈車舝〉」。固取此
> 詩之得賢女爲昏也。然不可知其爲何人事矣。〔註56〕

依《左傳》賦詩的情形判斷，姚際恆確定此詩辭義爲「得賢女爲婚」，然而指
涉何人何事亦無由得明，造成詩旨的不確定。

由上述例證可以看出，姚際恆相當在意一詩的創作動機與背景，時而談
到這方面的問題。關於這點，或許與他重視《詩經》的實用功能有關，因此
對於一詩之旨無法指向一具體意圖，姚際恆不免感到有些缺憾。

3. 經　旨

自孔子之後，經書漸漸取得一種特殊的意義及地位。莊雅州云：

> 漢武帝獨尊儒家，立五經博士，將一些經過篩選能代表孔子眞傳的
> 儒家經典尊之爲經，於是經才成爲地位最高，權威最大的古書。劉
> 勰說：「經也者，恆久之至道，不刊之鴻教也。」將經字當作永遠不
> 變的眞理，就是這種後起之義。〔註57〕

李威熊解釋「經」義，云：

> 它是一種聖賢垂教，貫穿古今，示人以修己治人大道的經典；因此
> 經的地位也顯得格外崇高，別具有一種尊稱在。換句話說，經就是
> 聖人的典則，旨在規範人生。〔註58〕

基本上，姚際恆對於《詩經》即秉持著這種認知，故云：

> 諸經中《詩》之爲教獨大，而釋《詩》者較諸經爲獨難。〔註59〕

他認爲，在所有的經書之中，《詩經》的教化意義最爲重大，相對的，要闡發
出這層「經旨」的意義也最困難。

關於「經旨」，姚際恆以「思無邪」定義，其云：

> 「思無邪」，……語自聖人，心眼迥別，斷章取義，以該全《詩》，
> 千古遂不可磨滅。（〈駉〉）〔註60〕

姚際恆指出，「思無邪」與它的出處〈魯頌・駉〉的詩旨沒有關係，孔子獨取

〔註56〕《詩經通論》卷12〈小雅・車舝〉，頁241。
〔註57〕《經學入門》之〈壹・緒論〉，頁1～2。
〔註58〕《中國經學發展史論》第一章〈經學與經書〉，頁3。
〔註59〕《詩經通論・自序》，頁1。
〔註60〕《詩經通論》卷18〈魯頌・駉〉，頁354。

此句以總括《詩》教的意涵。簡言之，經旨、《詩》旨是孔子編《詩》爲教所確定的意旨。孔子編《詩》之旨可以「思無邪」一語代表，《詩經》305 篇詩歌集體呈現的便是「思無邪」的精神。「思無邪」一語經孔子以斷章取義的方式自〈駉〉中摘出，便取得一種獨特的意義，成爲理解《詩經》的指標，也是說《詩》最終應指向的意義層次。

姚際恆在論〈鄘‧蝃蝀〉時曾痛斥季本云：

> 說《詩》各逞新意，如此亂拈，亦復何難！然而顯悖經旨，害道惑
> 世，何如且安于緘默爲得也。〔註61〕

由之可見，經旨關係著經世教民，不可侵犯。對於前人淫詩之說，姚際恆云：

> 第以出諸諷刺之口，其要旨歸于「思無邪」而已。（〈溱洧〉）〔註62〕

詩歌即便辭義上接近淫詩，然而由詩旨、經旨的層次來看，淫詩便絕無立足之地。在經旨的層次，由於負擔著「思無邪」的教化意義，可以看出明顯的道德意向。

事實上，朱熹與姚際恆都推崇《詩》教，不過，兩人觀念有著關鍵性的差異。姚際恆肯定的是詩歌的直接影響，朱熹強調的是讀者的學習自主。朱子《詩集傳‧序》云：

> 然則其所以教者何也？曰：詩者，人心之感物而形於言之餘也，心
> 之所感有邪正，故言之所形有是非。惟聖人在上，則其所感者無不
> 正，而其言皆足以爲教；其或感之之雜，而所發不能無可擇者，則
> 上之人必思所以自反，而因有以勸懲之，是亦所以爲教也。〔註63〕

朱子認爲，詩義有正邪是非，如何見賢思齊，見不賢內自省，全在於讀《詩》者的運用。然而，姚際恆認爲，讀《詩》、說《詩》是由「辭義」而「詩旨」而「經旨」，呈現一定的方向，若想由「邪」的「辭義」、而達到「正」的「詩

〔註61〕《詩經通論》卷 4〈鄘‧蝃蝀〉，頁 77。

〔註62〕《詩經通論》卷 5〈鄭‧溱洧〉，頁 113。姚際恆論〈鄭‧將仲子〉一詩云：「予謂就詩論詩，以意逆志，無論其爲鄭事也，淫詩也，其合者吾從之而已。今按以此詩言鄭事多不合，以爲淫詩則合，吾安能不從之？而故爲強解以不合此詩之旨耶！」似乎認定此詩爲淫詩，成爲《詩經》中唯一例外。不過，最後姚際恆話鋒調轉，云：「此雖屬淫，然女子爲此婉轉之辭以謝男子，而以父母、諸兄及人言爲可畏，大有廉恥，又豈得爲淫者哉！」（《詩經通論》卷 5〈鄭‧將仲子〉，頁 101）如此〈將仲子〉又排除於淫詩之列，因而《詩經》中終究沒有淫詩存在。

〔註63〕《詩集傳‧序》，頁 1。

旨」、「經旨」的理解，幾乎是無法想像的。

（三）「言傳」的方法

在姚際恆的觀念裡，「言傳」關涉到三個意義層次的問題，即「辭義」、「詩旨」、「經旨」。理想的「言傳」方法，便是經由闡釋辭義、詩義，進而推求詩旨，最後通《詩經》之旨。

可由《詩經通論》說詩情形討論其具體的詮釋方法。〈大雅・生民〉是一首充滿傳奇色彩的作品，記錄著后稷出生神異的事蹟。姚際恆說〈生民〉云：

> 何玄子謂此詩「郊祀后稷以祈穀也」，引《左》襄七年孟獻子曰：「郊祀后稷，以祈農事也，是故啟蟄而郊，郊而後耕。」按，詩言「以歸肇祀」、「誕我祀如何」及「以興嗣歲」、「上帝居歆」等語，正言后稷種穀成，始修祀事，興嗣來歲，如後世祈穀之祭然。

> 此詩，周公述始祖后稷誕生之異，以及其播種百穀之功而肇修祀典也。

> 〔一章〕……「履帝武敏歆」，按，《史記》曰：「姜嫄出野，見巨人蹟，心欣然說，欲踐之；踐之而心動如孕者。」《史記》必有所本，與詩句合。……然「履帝武」之義，如毛傳謂履高辛氏之跡，「從于帝而見于天」，亦自可通；其如「誕寘之隘巷」一章作何解？豈有從帝禋祀所求而得之子，如是多方以棄寘之乎？庶民之家尚不如此，奚況帝子！蓋棄之者怪之也，怪之者以其非人道之所感也。……大抵上古世事本多奇異，而詩人形容或不無過正，如後人作文，喜取異事妝點，使其文勝耳。〔註64〕

在辭義的解讀上，姚際恆同意何楷所釋，認為由詩文及史實上考量何說均能成立。詩中「履帝武敏歆」，基於詩文與《史記》的記載，姚際恆接受姜嫄受孕的不平常之說。然而他指出，上古本多奇人異事，這也是史實的一部分，何況就作者方面論，詩人本喜誇張真相而求取文學效果。此處的姚際恆的解釋，可見其企圖由解釋史實與作者文風來處理「履帝武敏歆」的疑問。〔註65〕

〔註64〕《詩經通論》卷13〈大雅・生民〉，頁279～280。

〔註65〕聞一多〈姜嫄履大人跡考〉對於「履帝武敏歆」有一新解，其云：「履迹乃祭祀儀式之一部分，疑即一種象徵的舞蹈。所謂『帝』實即代表上帝之神尸。神尸舞於前，姜嫄尾隨其後，踐神尸之跡而舞，其事可樂，故曰『履帝武敏歆』，猶言與尸伴舞而心甚悅喜。『攸介攸止』，介，林義光讀為愒，息也，至確。蓋

至於「誕寘之隘巷」一章，姚際恆從人情角度去理解，認爲生子卻予以拋棄固不符人情，然后稷乃非人道所生，因而棄之，則是人情之常。基於對〈生民〉辭義的瞭解，姚際恆得出「周公述始祖后稷誕生之異，以及其播種百穀之功而肇修祀典」的詩旨。由姚際恆對於〈生民〉辭義與詩旨的說解，可以看出他如何將詮釋原則與方法充分結合。

　　姚際恆說〈小雅・白華〉云：

>　　《小序》謂「刺幽王」，《大序》謂「周人爲之作是詩」，《集傳》以爲申后作。按，此詩情景淒涼，造語眞率，以爲申后作自可。郝仲輿曰：「愚幼受《朱傳》，疑申后能爲〈白華〉之忠厚，胡不能戢父兄之逆謀？宜白能爲〈小弁〉之親愛，胡乃預驪山之大惡？讀古《序》，始知二詩托刺，故《序》不可易也。」何玄子駁之曰：「驪山之事，不可舉以責申后。申后被廢，未必大歸。又幽王遇弒事在十一年，距廢后時蓋已九載。此時申后存亡亦未可知。鄒肇敏謂『觀「于宮」、「于外」、「在梁」、「在林」之咏，當時或廢處深宮；其賦〈白華〉，亦如後世之賦〈長門〉耳』。此論爲允。」愚按，郝氏佞《序》，最屬可恨，故錄何氏之駁于此，俾人無惑焉。〔註66〕

此詩姚際恆採納《小序》、朱熹、何楷、鄒忠徹眾人之說。在辭義方面，何楷由歷史上幽王廢申后一事解釋〈白華〉詩義；鄒忠徹由人情來看，指出申后廢處深宮作〈白華〉，此與陳皇后請人代作〈長門賦〉都是自然的感情發抒；以上姚際恆均表同意。在作者方面，朱熹認爲〈白華〉乃申后所作，姚際恆則從詩人於作品中表現之藝術形象肯定其爲申后之作。至於詩旨方面，《小序》以爲此詩刺幽王，姚際恆綜合各方面考量後贊同《序》說。

　　〈小雅・大東〉一詩，姚際恆說此詩云：

>　　《大序》謂「東國困于役而傷于財」，是已。謂「譚大夫作」，則無可稽。幽王之時，號令猶行于諸侯，故東國諸侯之民愁怨如此。若東遷之後，則不能爾矣。
>
>　　〔二章〕「杼柚其空」，唯此一句實寫正旨。
>
>　　〔六章〕「維天有漢，監亦有光」，此二句不必有義。蓋是時方中夜，

舞畢而相攜止息於幽閒之處，因而有孕也。」（《聞一多全集（一）》之《神話與詩》甲集，頁73）文中並遍考經典，企圖解決此類「古帝王感生」之事。

〔註66〕《詩經通論》卷12〈小雅・白華〉，頁253。

仰天感歎,適見天河爛然有光,即所見以抒寫其悲哀也。又跂織女,
不覺動「杼柚其空」之意。〔註67〕

由〈大東〉辭義來看,姚際恆強調,此詩創作時間為周東遷之前,「若東遷之
後則不能爾」,這是基於史實的判斷。〈大東〉中較奇特的是六章的「維天有
漢,監亦有光。跂彼織女,終日七襄」,姚際恆認為此二句沒有什麼特殊意義;
不過,依人情體會,自能明白當中所欲表達的悲哀之意,而凸顯「杼柚其空」
的詩旨。關於〈大東〉詩旨的說明,姚際恆大致認同《大序》,以為「幽王之
時,號令猶行于諸侯,故東國諸侯之民愁怨如此」,因為詩文「杼柚其空」正
透露出這種意旨,同時此說(幽王之世)在史實上也可以找到支持。

　　某些詩歌在辭義層面並沒有太大問題,爭議點發生在詩旨的意義上。〈周
頌‧振鷺〉一詩之旨,素有「武庚助祭」與「微子助祭」二說,姚際恆衡量
多方因素後採取後說,其云:

　　《小序》謂「二王之後來助祭」;宋人悉從之,無異說。……《序》
　　說原有可疑者三:周有三恪助祭,何以獨二王後,一也。詩但言「我
　　客」,不言「二客」二也。此篇言有振鷺之容,白也;〈有客〉篇明
　　言「亦白其馬」,似指殷後而不指夏後,三也。有此三者,故或以為
　　武庚,或以為微子,所自來矣。以今揆之,微子之說較優于武庚;
　　且有《左傳》以證。《左傳》皇武子曰:「宋,先代之後,于周為客:
　　天子有事,膰焉;有喪,拜焉。」按,周之隆宋自愈于杞,蓋一近
　　一遠,近親而遠疎,亦理勢所自然也。……宋國之臣言宋事,則宜
　　為微子而非武庚也。「有事膰焉」,亦來助祭之證。〔註68〕

此處說解〈振鷺〉係由反省《序》說著手,主要集中於討論詩旨。姚際恆由
詩文以及武王封陳、杞、宋三恪之事反駁《詩序》「二王之後」之說,並認為
此詩只可能是「武庚助祭」或「微子助祭」其一。在「武庚助祭」或「微子
助祭」的議題上,姚際恆引史實為證。據《左傳》僖公24年記載:

　　宋及楚平,宋成公如楚,還入於鄭。鄭伯將享之,問禮於皇武子,
　　對曰:「宋,先代之後也,於周為客,天子有事,膰焉,有喪,拜焉;
　　豐厚可也。」鄭伯從之,享宋公有加禮也。〔註69〕

〔註67〕 《詩經通論》卷11〈小雅‧大東〉,頁223～224。
〔註68〕 《詩經通論》卷17〈周頌‧振鷺〉,頁338。
〔註69〕 《春秋左傳注疏》卷15,頁258。

姚際恆認為，由《左傳》皇武子回答鄭伯之言，反映出周、宋間情誼的歷史真相；況且，由人情而論，周親宋而疏杞亦是理所自然；因此以「微子助祭」為〈振鷺〉詩旨較為妥恰。

關於〈魯頌・泮水〉，《詩序》以為此詩的詩旨為「頌僖公能修泮宮」，姚際恆反駁其說，云：

> 《小序》謂「頌僖公能修泮宮也」，既非頌僖公，又詩言「既『作』泮宮」，非「修」也。……許魯齋謂頌伯禽之詩，蓋伯禽有征淮夷事，見于〈費誓〉。若僖公則十六年冬從齊侯會于淮，而為齊執；明年九月乃得釋歸。詩言縱夸大，不應以醜為美至于如此也；奈何舍其可信而從其不可信哉！〈魯頌〉四篇，末篇為僖公詩，有明據。此篇為伯禽，亦有據。〔註70〕

此處指出，由詩文來看，〈泮水〉非修宮而是作宮；由史實來看，僖公至淮為齊所執，並無可供稱美之事；由人情論，詩人不致稱美僖公被擒之醜事；由作者語言風格論，詩人即使誇大其辭也不致顛倒事實；由此可知《序》說無法成立。

關於〈泮水〉詩旨，詩五、七章有言「淮夷攸服」、「既克淮夷」、「憬彼淮夷」。據〈費誓〉記載：

> 魯侯伯禽宅曲阜，徐、夷並興，東郊不開，作〈費誓〉。費誓，公曰：「嗟！人無嘩，聽命！徂茲淮夷，徐戎並興。善敹乃由，由敿乃干，無敢不弔。備乃弓矢，鍛乃戈矛，礪乃鋒刃，無敢不善。」〔註71〕

此事與詩文辭義相符，因此姚際恆認為此詩的詩旨為「頌伯禽征淮夷」。此處姚際恆似乎忽略一個小問題，伯禽並非只征討淮夷，另外也征討了徐戎。然而，〈泮水〉中始終只舉「淮夷」，卻未提及「徐戎」，這點頗有疑問。

本章論「辭義」一節時曾談到，姚際恆認為，說解辭義不宜在字句上過度求解，這點除了基於辭義通貫、發明詩旨的考量外，與詩歌藝術效果之呈現有關聯。姚際恆論〈豳・七月〉「一之日」、「二之日」、「三之日」、「四之日」云：

> 首章以衣、食開端：「七月」至「卒歲」言衣；「三之日」至末言食。衣以禦寒，故以秋、冬言之；農事則以春言之。十一月至二月，此四月，篇中皆以「日」為言，殊不可曉。愚意只是變文取新，非有

〔註70〕《詩經通論》卷18〈魯頌・泮水〉，頁356。
〔註71〕《尚書正義》卷20〈費誓〉，頁311～312。

別義。吾見求其義者既無確論，反因是以失詩之妙，可歎也。〔註72〕

〈七月〉中三月至十月皆稱「月」，十一月至來年二月則稱「日」，姚際恆認
為此為「變文取新，非有別義」；也就是文字雖有變化，辭義無異，因此不須
在字面上過度探求，以免破壞〈七月〉原有的妙境。

　　另外，姚際恆論〈秦・蒹葭〉云：

　　　　《集傳》曰：「上下求之而皆不可得」。詩明先曰：「道阻且長」，後
　　　　曰：「宛在」，乃以為皆不可得，何耶？如此粗淺文理，尚不之知，
　　　　遑言其他！既昧詩旨，且使人不見詩之妙，可歎哉！〔註73〕

對於此詩的認知，朱熹與姚際恆間存有相當差距。朱熹認為求伊人「皆不可
得」，姚際恆則認為由詩文看來明明得知伊人隱居水濱，而且彷彿可見身影，
足證並非「不可得」。所以姚際恆批評朱熹之說不通辭義文理，以致不明〈蒹
葭〉詩旨，連帶使詩境中的妙意亦消失無蹤。由之可見，姚際恆似乎認為說
《詩》在通辭義、明詩旨之餘，同時也應解釋出該詩的藝術特質。

　　值得一提的是，此處朱、姚二人之所以有歧見，主要是彼此對〈蒹葭〉
詩旨的認知存有差異。朱熹說〈蒹葭〉云：

　　　　宛然，坐見貌。在水之中央，言近而不可至也。言秋水方盛之時，
　　　　所謂彼人者，乃在水之一方，上下求之而皆不可得。然不知其何所
　　　　指也。〔註74〕

可見朱熹所謂的「不可得」，應指距離雖近卻無法真正接觸，並非尋求不著之
意，此處姚際恆略有誤會。姚際恆云：

　　　　此自是賢人隱居水濱，而人慕而思見之詩。……上曰：「在水」，下
　　　　曰：「宛在水」，愚之以為賢隱居水濱，亦以此知之也。〔註75〕

所謂「慕而思見之」，應是知其所而尚未得見之意。客觀來說，在辭義的解釋
上，朱、姚二人十分接近，但是有關詩旨的解釋，才是二人真正的差距所在。

　　說《詩》若能依據詮釋原則，說釋辭義，並且兼顧詩歌的藝術性，進而
明詩旨，最後達到通經旨的目的，自然是言傳最圓滿的結果。然而，面對《詩
經》中某些詩歌，姚際恆遇到詮釋上的困難。如〈召南・殷其靁〉，姚際恆云：

〔註72〕《詩經通論》卷8〈豳・七月〉，頁160。
〔註73〕《詩經通論》卷7〈秦・蒹葭〉，頁141。
〔註74〕《詩集傳》卷6〈秦・蒹葭〉，頁76。
〔註75〕《詩經通論》卷7〈秦・蒹葭〉，頁141。

《小序》謂「勸以義」，難解。《大序》因謂「大夫遠行從政，不遑寧處；其室家能閔其勤勞，勸以義」。按，詩「歸哉歸哉」，是望其歸之辭，絕不見有「勸以義」之意。嚴氏曰：「謂冀其畢事來歸，而不敢爲決辭，知其未可以歸也。」此徇《序》之曲說也。「振振」，按，〈螽斯〉、〈麟趾〉之「振振」，皆振起、振興意；《毛傳》皆以「仁厚」訓之，而于此又訓以「信厚」。振振之爲仁厚、信厚，吾未敢信也。《集傳》從之，其爲解曰：「于是又美其德，且冀其早畢事而還歸也。」夫冀其歸，可也，何必美其德耶！二義難以合併，詩人語意斷不如是；其爲支辭飾說，夫復何疑。蓋「振」爲振起、振興意，亦爲眾盛意。《集傳》于螽斯訓「盛貌」。若訓「眾盛」，則婦人無患眾盛之夫之理；故《毛傳》、《集傳》皆訓「信厚」，然而非矣。于是後人反其思夫者，以爲臣之從君焉。《僞傳》曰：「召公宣布文王之命，諸侯歸焉。」《僞說》曰：「武王克商，諸侯受命于周廟。」《僞傳》以「振振君子」指文王，猶如所言振作、振起意也。《僞說》以「振振」爲眾多貌，指眾君子。其于振振固皆可通，然于「何斯違斯」二句何？何玄子謂其終非踴躍受命氣象，是也。愚謂「何斯違斯」二句，似婦人思夫之辭；然「振振」是振起、振興及眾盛意，于思夫又不倫。依《僞傳》說，解「振振君子」似可通；然于「何斯違斯」二句又不相協。故此詩之義當闕疑。〔註76〕

反省眾說之後，姚際恆不認同《毛傳》、《詩集傳》、《詩緝》、《子貢詩傳》、《申培詩說》、《詩經世本古義》等對〈殷其靁〉辭義的解釋，也不同意《詩序》對詩旨的解釋，他的結論是：「此詩之義當闕疑」。由此固然可見姚際恆說《詩》態度的嚴謹，另一方面也可瞭解，若想順利的言傳，提出一個圓通的解釋，實則並非易事。

　　由《詩經通論》說《詩》的表現而論，其所凸顯的是一股追求實證的客觀精神，欲使《詩經》回復至平實、富於人情與活力之努力，以及對詩人德行和藝術成就之肯定；這些都具體表現在姚際恆對辭義、詩旨、經旨的探討上。依辭義、詩旨、經旨這個順序的三重意義層次上，可以發現一種趨勢：範圍由個別作品開放至整部《詩經》，意義漸趨精要，教化功能逐漸明顯，道德意涵增強。姚際恆認定《詩經》乃孔子選爲訓世之書，保障了《詩經》的

〔註76〕《詩經通論》卷2〈周南・殷其靁〉，頁42。

道德性。因此，即使由辭義層次看不出明顯道德意涵，往往在詩旨層次便增染道德色彩，進而自然指向經旨層次，順理成章展現「思無邪」的教化意義。這種意義層次間的聯結，以及其間道德教化意涵的漸次生成，爲《詩經通論》詮釋原則與方法運用的具體表現。

三、圈　評

　　《詩經通論》中時見以「圈評」評賞詩文的情形，揭示詩歌的藝術成就，這是後人稱其以文學說《詩》的主要原因。無可置疑，「圈評」的性質是文學的，然而，它是否構成一種說《詩》的方法，這是值得探討的；而它所處理的對象爲何，也需要深究。《詩經通論》的立場是經學的，所抱持的《詩》觀也是儒家典型的道德的《詩》教觀。那麼，書中「圈評」的提出，究竟在於處理哪一層面的問題？「圈評」是作用於辭義、詩旨、抑或經旨的層次？或者根本與此三者無關？這些問題將導向一個重點──《詩經通論》是否以文學方法詮釋《詩經》。不論答案是肯定或否定，「圈評」與其經學立場間的關聯都將是關鍵的議題。

（一）「圈評」的操作與性質

　　關於詩文評點，起源甚早。所謂「點」，羅根澤云：

　　　漢晉所謂「點」指以筆減字，唐宋所謂「點」指以筆點畫，元明以
　　　後所謂「點」指以筆點注。點畫是長抹，點注是圓滴。〔註77〕

由「點」又再擴充爲「圈」。「圈」的用意，大多在於標舉文章主眼。所謂「評」的作法，大抵起於唐宋，讀書時憑己意下數語以示批評，指出文中關鍵。錢鍾書認爲陸雲〈與兄平原書〉「儼然詩文評點之最古者」〔註78〕，不過，目前可見專以評注爲主的書籍當以呂祖謙《古文關鍵》最早，次爲樓昉《崇古文訣》、謝枋得《文章規范》、眞德秀《文章正宗》等書。羅根澤指出這類書籍的批評方式有二，云：

　　　此等批評有兩種方式，一是循行摘墨，一是眉批總評。如《古文關
　　　鍵》卷一獲麟解首云：「麟之爲靈昭昭也。」旁批云：「起得好」，是

─────────────

〔註77〕《中國文學批評史》第十一章〈詩話、詞話、文話、詩文評點〉，頁875～876。
〔註78〕錢鍾書《管錐篇》（四）之〈全晉文〉卷102有言：「苟將雲書中所論者，過錄於機文各篇之眉或尾，稱賞處示以朱圍子，刪削處示以墨勒帛，則儼然詩文評點之最古者矣。」（頁1215）

> 尋行摘墨。如《文章規范》卷一……篇後云：「先敘情之不堪，中間
> 發一段大道理，後出所宜處者，一正一反，須看他運旋得排蕩噴薄
> 演漾處。」是眉批總評。〔註79〕

羅根澤所謂「循行摘墨」，指的是批於句旁，針對此句的評語，所謂「眉批總評」，則是置於篇後或書眉，針對全篇的評論。基本上，這兩種方式的評注都是就作品的文學特性提出評價，進行鑒賞。或者評論作品的意境，或者分析結構，或者說明藝術形象等等，這是典型的文學批評的方式。這兩種批評的方式，在《詩經通論》中均可見。

以「圈」、「評」方式鑒賞《詩經》，可以孫鑛、鍾惺為代表。孫鑛（1543～1613），字文融，號月峰，餘姚人，萬曆2年（1574）進士，著有《孫月峰評經》、《今文選》等。《孫月峰評經》曾盛行一時，其中《詩經評》收錄於姚際恆《好古堂書目》〔註80〕。孫鑛評經源自於其認為經的集體風格為「精腴簡奧」，而經之所長在於「文法」，評經的目的即在於揭示這種風格與文法。孫鑛說明「文法」的師法對象，云：

> 世人皆談漢文唐詩……愚今更欲進之古，詩則建安以前，文則七雄
> 而上。文則以《易》、《書》、《周禮》、《禮記》、三《春秋》、《論語》
> 為主，兩之《語》、《策》，參之《老》、《莊》、《管》；詩以《三百篇》
> 為主，兼之《楚騷》、《風雅廣逸》、《漢魏詩乘》。〔註81〕

由之可見，孫鑛所主張的，其實是透過經典而達到文學上的學習，並非凸顯經典所載之道。

鍾惺（1574～1624），字伯敬，號退谷，竟陵人，萬曆38年（1610）進士。與同里譚元春（字友夏，1586～1637）詩文應和，人稱竟陵派，兩人合撰《詩歸》〔註82〕，當時頗為盛行。論詩以「厚」為最高境界，大約指一種渾樸蘊藉的風格。「厚」出自於性靈，鍾惺認為，《詩經》乃性靈之作，因此他曾痛批朱熹《詩集傳》使得《詩經》僵化，扼殺了詩歌原有之生動的「情」、「趣」，其云：

> 《詩》，活物也。……考亭《注》有近滯者，近痴者，近疎者，近累

〔註79〕 《中國文學批評史》第十一章〈詩話、詞話、文話、詩文評點〉，頁879。
〔註80〕 《好古堂書目・經部・十三經注疏類》下著錄孫鑛《三經評》7本，計《書經》
　　　　 6卷、《詩經》、《禮記》6卷。（《姚際恒著作集》第6冊，頁36～37）
〔註81〕 《孫月峰集》卷9〈與呂甥玉繩論詩文書〉。
〔註82〕 又稱《古今詩歸》，單行則有《古詩歸》與《唐詩歸》。

者，近肤者，近迂者。〔註83〕

陳書彔認爲這是以「情」、「趣」對抗朱子理學。〔註84〕不過，竟陵派認爲，詩歌又以能表現深幽孤峭之性靈爲上品，所謂「幽情單緒」、「孤行靜寄」、「獨遊冥遊」，〔註85〕這是他們品評作品的重點。袁震宇、劉明今云：

所謂「孤行靜寄」、「獨往冥遊」都是指鑒賞方法與創作方法而言的。

〔註86〕

正確地說，「孤行靜寄」是一種鑒賞的標準，「獨往冥遊」是一種創作運思的方向，相當具有道、禪的意味。鍾惺另有《批評詩經砵評》，見錄於《好古堂書目》〔註87〕，這應是姚際恆認識鍾惺圈評作法的主要來源。

郭紹虞在論孫鑛時曾云：

明人於文，確是專攻。任何書籍都用文學眼光讀之，所以以唐詩的手法讀《詩經》，而《詩》之味趣更長；以《史》、《漢》的筆路讀《尚書》，而《書》之文法愈出。〔註88〕

王愷論鍾惺、譚元春《詩歸》云：

《詩歸》盡管有著比較明顯的缺陷，但作爲對詩歌賞析評選的一種探索，從整體上看，今天仍有一定的審美的和歷史的認識價值。

〔註89〕

整體而論，就看待《詩經》的態度而言，孫鑛、鍾惺等人是從文學審美的角度對詩歌進行鑒賞，而以圈評的方式說明詩中的美學特質。然而，這與《詩經通論》圈評《詩經》的意義是否一致？如果答案是肯定的，那麼，《詩經通論》實在不該稱爲以文學說《詩》。因爲，圈評的性質固然是文學的，但是圈評是將鑒賞所得的結果表現出來的方式，並非解讀作品意義的方法；就先後順序來說，必須先詮釋作品，完成意義的理解，才能進而鑒賞及圈評。如果

〔註83〕 《隱秀軒集》卷23〈詩論〉。朱熹曾於考亭講學，考亭《注》指《詩集傳》。
〔註84〕 陳書彔《明代詩文的演變》第七章有言：「將鍾、譚在《詩歸》中這些評點，與他在〈詩論〉中有關活趣的觀點相互映照，可見在尊情抑理、獨抒性靈方面，竟陵派與公安派一派相承。」（頁428）
〔註85〕 鍾惺《詩歸・序》。
〔註86〕 《明代文學批評史》第九章〈晚明的詩文批評〉（下），頁524。
〔註87〕 《好古堂書目・經部・詩類》下著錄鍾惺《批評詩經砵評》5本。（《姚際恆著作集》第6冊，頁22）
〔註88〕 《中國文學批評史》（下）第三篇，頁729。
〔註89〕 《公安與竟陵》第九章，頁226。

答案是否定的，那麼《詩經通論》所使用的「圈評」可能別有作用與目的。

（二）《詩經通論》中「圈評」的使用時機

由姚際恆《好古堂書目》著錄孫鑛《詩經評》、鍾惺《批評詩經砵評》的
情形推論，姚際恆對於孫、鍾「圈評」作法與意義的認知應該主要來自此二
書。孫鑛曾評點《詩》、《書》、《禮》三經，對此姚際恆云：

> 孫文融評點《詩》、《書》、《禮》三經，是其創法，然惟《禮記》爲
> 宜，若《三百篇》多佳，似無藉于評點，而《尚書》有眞僞之不同，
> 槪施之，亦混。此法于《儀禮》爲尤宜，乃獨不之及，豈亦以其難
> 讀而沮耶！〔註90〕

姚際恆指出，評點的使用須視對象而定，《儀禮》、《禮記》適用此法，《尚書》
則不適宜，至於《詩經》，評點似乎並不是絕對必要的。

《詩經通論》中可以看到圈評的運用，關於這點，姚際恆有一段重要說明：

> 詩何以必加圈評？得無類月峰、竟陵之見乎？曰：非也，予亦以明
> 詩旨也。知其辭之妙而其義可知；知其義之妙而其旨亦可知。學者
> 于此可以思過半矣。且《詩》之爲用與天地而無窮，《三百篇》固始
> 祖也，苟能別出心眼，無妨標舉，忍使千古佳文遂爾埋沒乎！爰是
> 歎賞感激，不能自已，加以圈評，抑亦好學深思之一助爾。〔註91〕

由語氣看來，似乎對孫鑛、鍾惺無甚好感。此處談到，雖然在使用圈評的作
法上，自己與鍾、孫等人相近，但目的卻不相同。姚際恆強調，自己之所以
圈評詩文，動機固然爲見詩歌之妙而「歎賞感激，不能自已」，不過最終目的
仍爲「明詩旨」。誠如之前的討論，在姚際恆的觀念裡，《詩經》以道德爲其
本質，所謂「辭義」、「詩旨」、「經旨」基本上乃一脈呈現《詩經》的教化意

〔註90〕　《儀禮通論》卷前〈儀禮論旨〉，頁 28。姚際恆談到他運用圈評以評《儀禮》
　　　　云：「又昌黎謂：『嘗苦其難讀』，又云：『奇辭奧著于篇』，則是終不以爲難，
　　　　特用作起語耳。後人不詳文義，誤泥爲口實，以爲昌黎尚苦難讀，吾則安能？
　　　　往往以是自沮，而《儀禮》因此愈不著。予生千載下，思有以續昌黎之墜緒，
　　　　爲之分章析條，標題句讀，鉤勒詳明，使人如觀指掌。佳處則以圈評出之，復
　　　　使人犂然有當于心，得以深味其妙義。如是不惟不苦其難，且喜其易讀矣。昌
　　　　黎書無傳，予書傳不傳未可知，然在《儀禮》，固不可少之書也。」（《儀禮通
　　　　論》（一）卷前〈儀禮論旨〉，頁25～26）由之可見，他圈評《儀禮》的目的不
　　　　純然出自賞析，而是要「深味其妙義」，使《儀禮》成爲「易讀」之書，這也
　　　　是基於實際的考慮。
〔註91〕　《詩經通論》卷前〈詩經論旨〉，頁 8～9。

義。因此，所謂的「知其辭之妙而其義可知，知其義之妙而其旨亦可知」，簡言之，即謂「對《詩經》的鑒賞活動將有助於其教化意義的理解」。姚際恆又談到，「《詩》之爲用與天地而無窮，《三百篇》固始祖也」，指出《詩經》的實用價值與歷史地位，這些也是透過對作品的鑒賞可以凸顯的。同時，姚際恆說「亦以明詩旨也」、「抑亦好學深思之一助爾」，可見圈評只是一種佐助，並非唯一或主要的方式。

總歸而言，姚際恆使用「圈評」的目的在於使《詩經》的教化意義、實用價值、歷史地位更趨明朗，這種以審美手段達到《詩經》整體價值之理解的方式，是否即是「以文學說《詩》」，尚待討論；然而可以確定的是，此絕不同於孫鑛、竟陵派的藉由圈評經書而從事於作品美學或文學特質之開發，這便是姚際恆說「非也」的原因。

關於《詩經》的實用價值與歷史地位，《詩經通論·自序》云：

> 《詩》也旁流而爲騷、爲賦，直接之者漢、魏、六朝，爲四言、五言、七言，唐爲律，以致復旁流爲幺麼之詞、曲，雖同支異派，無非本諸大海；其中于人心，流爲風俗，與天地而無窮，未有若斯之甚者也。〔註92〕

此處揭示，《詩經》的歷史地位，主要在於它作爲各文體的始源；《詩經》的實用價值，則在於它「中于人心，流爲風俗」的教化功能。正由於《詩經》之後旁流爲騷、賦、古詩、樂府等等各文體，這種道德教化功能也普遍延續下去，此爲《詩經》「與天地而無窮」的價值，彰顯出《詩經》獨特的重要性，所謂「未有若斯之甚者」。《詩經》作爲後世文體的始源，主要是形式結構方面的影響，而道德教化功能的傳承，主要是《詩經》對後世文體在內容精神方面的影響。然而，在姚際恆的觀念中，這兩方面的影響是無法分割的。後世文體繼承《詩經》形式結構的同時，也繼承《詩經》的內容精神，而後者尤具重大意義。由此可以推知，姚際恆對「文學」所抱持的看法，當非以「審美」爲本質的「純文學」，而是具有一定的道德教化本質，可稱爲「教化的文學觀」。基本上，姚際恆的《詩》觀與文學觀都以道德教化爲本質。在這種前提下，透過圈評，分析《詩經》爲文體始源及其藝術形象，進而達到幫助詩義、詩旨之理解的目的，才成爲可能。

姚際恆運用「圈評」的時機，一爲詩歌藝術形象的鑒賞，一爲詩歌作爲

〔註92〕《詩經通論·自序》，頁1。

文體始源的分析。《詩經》之藝術形象欣賞方面，姚際恆說〈秦‧小戎〉時云：

> 《序》謂「美襄公，國人則矜其車甲，婦人能閔其君子焉。」一詩
> 作兩義，非也。……寫軍容之盛，細述其車馬、器械制度，刻琢典
> 奧，于斯極矣；漢賦迥不能及。「言念君子」以下，忽又爲平淺之音，
> 空淡之句。一篇之中，氣候不齊，陰、晴各異，宜乎作《序》者不
> 知之，以爲兩義也。〔註93〕

對於《詩序》提出的「國人矜其車甲」與「婦人能閔其君子」兩種說法，姚
際恆較認同前者。詩中有關軍容等的敘述，透過重重的敘寫，語言風格的變
換，以呈現「稱美襄公」之情。雖然《詩序》對詩旨有兩種解說，不過姚際
恆由詩文風格變換的奧妙，進而確定〈小戎〉的詩旨，這是典型的「知其義
之妙而其旨可知」的例子。

蘇軾稱：「味摩詰之詩，詩中有畫；觀摩詰之畫，畫中有詩。」〔註94〕姚
際恆以爲「詩中有畫」的形容應該歸譽《詩經》，其說〈小雅‧賓之初筵〉末
三章云：

> 以下三章皆言飲酒之失也。古人飲酒，酒酣必起舞以屬一人，所以極
> 歡心、致誠意也；漢人謂之「屬某起舞」是也。故二章皆以舞言。然
> 舞，可也，屢舞則不可，故皆以「屢舞」言其醉，以是爲眼目；而屢
> 舞之中又有由初醉至極醉之不同。始曰：「舍其坐遷，屢舞僊僊」，猶
> 是僅遷徙其坐處耳。「僊僊」，蹁躚自得貌。再曰：「亂我籩豆，屢舞
> 僛僛」，則且亂其楚之籩豆矣。「僛僛」，欹傾貌，無復僊僊之狀矣。
> 亦唯其僛僛，故亂及籩豆也。終曰：「側弁之俄，屢舞傞傞」，甚至冠
> 弁亦不正矣。「傞傞」，盤旋不休貌。亦惟其傞傞，故使弁側。由淺入
> 深，備極形容醉態之妙。昔人謂唐人詩中有畫，豈知亦原本于《三百
> 篇》乎！《三百篇》中有畫處甚多，此醉客圖也。〔註95〕

此詩由淺而深，極度形容可掬之醉態，堪稱一幅醉客圖。姚際恆認爲，如能
明瞭詩文所寫醉態之生動，則能體會此詩所欲傳達之「飲酒之失」的詩旨。

再者，姚際恆評〈小雅‧無羊〉「或降于阿」首章云：

〔註93〕《詩經通論》卷7〈秦‧小戎〉，頁139～140。
〔註94〕《苕溪漁隱叢話》前集卷15引文。
〔註95〕《詩經通論》卷12〈小雅‧賓之初筵〉，頁243～244。此詩詩旨，姚際恆云：
「衛武公飲酒悔過。出《後漢書‧注》引《韓詩》說，未知是否。」

　　此兩章是群牧圖，或寫物態，或寫人情，深得人、物兩忘之妙。〔註96〕
此段指出，若以圖畫論，此詩則爲群牧圖。由詩中人、物兩忘的妙意，自然
可見「宣王考牧」之旨。

　　單一作品而具有最豐富意象者，姚際恆認爲〈豳・七月〉當之無愧，其云：

　　　鳥語、蟲鳴，草榮、木實，似〈月令〉。婦子入室，茅、綯、升屋，
　　　似風俗書。流火、寒風，似〈五行志〉。養老、慈幼，躋堂稱觥，似
　　　庠序禮。田官、染職，狩獵、藏冰，祭、獻、執功，似國家典制書。
　　　其中又有似〈採桑圖〉、〈田家樂圖〉、《食譜》、《穀譜》、《酒經》，一
　　　詩之中無不具備，洵天下之至文也。〔註97〕

〈七月〉藉由種種描寫，鮮活的呈現人民食衣住行的生活面貌、風俗習慣，
由之益發可知此詩記載「王業之本」之旨。〔註98〕

　　姚際恆還談到「文章風氣」的問題，其評〈大雅・崧高〉、〈魯頌・閟宮〉
云：

　　　此與下篇皆吉甫所作，理明詞順，俊快自得，與〈桑柔〉、〈雲漢〉
　　　之古拗稍不類。宣王與屬王時文章風氣已有升降如此。（〈崧高〉）

　　　此《三百篇》中最爲長篇，然序事近冗而辭亦趨美熟一路，文章風氣
　　　洵有升降也。以語句多，不無複雜之病。如曰：「春、秋匪解」，又曰：
　　　「秋而載嘗，夏而楅衡」；曰：「享以騂犧」，又曰：「白牡、騂剛」；
　　　曰：「黃髮、台背」，又曰：「黃髮、兒齒」，皆是也。（〈閟宮〉）〔註99〕

「文章風氣」意指語言風格。據姚際恆觀察，《詩經》中的作品隨著時間而語
言風格也有變化。以整體趨勢來看，到後期已由原先之古拗漸趨明快，質樸
漸趨錦麗。姚際恆因此推論〈商頌〉爲去古未遠的作品，其總評〈商頌〉云：

　　　〈商頌〉五篇文字，風華高貴，寓質樸于敷腴，運清緩于古峭，文、

〔註96〕《詩經通論》卷10〈小雅・無羊〉，頁201。「此兩章」指〈無羊〉首章、二
　　　章：「誰謂爾無羊？三百維群。誰謂爾無牛？九十其犉。爾羊來思，其角濈濈。
　　　爾牛來思，其耳濕濕。或降于阿，或飲于池，或寢或訛。爾牧來思，何蓑何
　　　笠，或負其餱。」
〔註97〕《詩經通論》卷8〈豳・七月〉，頁164。
〔註98〕《詩經通論》卷8總論〈豳風〉云：「〈豳風〉者何？〈七月〉一篇也。何以
　　　繫于諸風之末？蓋〈豳風〉志王業之本；雖爲王業之本，然既不可入于〈周〉、
　　　〈召〉，又不離于諸國，故繫于末也；猶之繫〈商頌〉于〈周〉、〈魯〉之後之
　　　意。」（頁158）
〔註99〕《詩經通論》卷15〈大雅・崧高〉，頁311；卷18〈魯頌・閟宮〉，頁361。

質相宜，允爲至文。孰謂商尚質耶？妄夫以爲春秋時人作，又不足置辨。虞廷賡歌，每句用韻。〈商頌〉多爲此體，正見去古未遠處。〔註100〕

關於〈商頌〉的年代，有主張商時之詩（《詩序》）與春秋後期之宋詩（《韓詩》）二說。〔註101〕姚際恆認爲，依語言風格來看，〈商頌〉文質相稱，頗有古風，並無春秋後期作品之繁複錦麗的表現，應爲殷商之詩；這是根據語言風格而推斷作品創作時世的例子。

須加說明的是，創作時世的確定，對詩旨背景固然將提供有利的瞭解；然而，語言風格上的判斷畢竟是抽象主觀的，況且，姚際恆對於〈商頌〉時代的認定也未必無誤。

《詩經通論》中有僅欣賞詩文而未言明詩旨的情形，如〈邶・北風〉三章「莫赤匪狐，莫黑匪烏」二句，姚際恆評云：

評：變得峻峭，聽其不可解，亦妙。

「莫赤」二句，在作者自有意；後人無逕路可尋，遂難窺測。多方求解，終不得一當；不如但賞其詞之妙可耳。〔註102〕

遇到實在不知如何解說詩義時，姚際恆提出「但賞其詞之妙」的建議，意即姑且純粹欣賞文辭。然而，由姚際恆所言看來，似乎也不明此二句妙在何處，可見必須完成意義的詮釋才能進行鑒賞工作。所幸姚際恆只對「莫赤」二句不明其義，因此由其他文句尚能大致推求出詩旨爲「賢者見幾之作」。

關於《詩經》之作爲文體始源的說明，姚際恆評〈鄭・大叔于田〉、〈鄘・君子偕老〉、〈鄭・有女同車〉時云：

描摹工豔，鋪張亦復淋漓盡致，便爲〈長楊〉、〈羽獵〉之祖。（〈大叔于田〉）

此篇遂爲〈神女〉、〈感甄〉之濫觴。「山、河」、「天、帝」，廣攬遐觀，驚心動魄，傳神寫意，有非言辭可釋之妙。（〈君子偕老〉）

以其下車而行，始聞其佩玉之聲，故以「將翱將翔」先之，善于摹神者。「翱翔」字從羽，故上時言鳧、鴈，此則借以言美人，亦如羽

〔註100〕《詩經通論》卷18總論〈商頌〉，頁362。

〔註101〕王國維論證〈商頌〉應爲宋詩，時代爲宗周中葉，亦即春秋後期左右（《觀堂集林》之〈說商頌〉，頁113～118）王國維之說大致已獲認同。

〔註102〕《詩經通論》卷3〈邶・北風〉，頁66。

族之拗翔也。〈神女賦〉：「婉若游龍乘雲翔」，〈洛神賦〉：「若將飛而
未翔」，又「翩若驚鴻」，又「體迅飛鳧」，又「或翔神渚」，皆從此
脫出。(〈有女同車〉) 〔註103〕

他推此三詩爲後世賦體師法的典範之作，所用文辭富有強烈的感染力。〈大叔
于田〉鋪寫田獵情景酣暢淋漓，開後世田獵賦一類；〈君子偕老〉、〈有女同車〉
描繪美人飄渺靈動，開後世美人賦一類。論寫美人，自然不能不提〈衞·碩
人〉，此詩二章有言：

手如柔荑，膚如凝脂，領如蝤蠐，齒如瓠犀，螓首蛾眉。巧笑倩兮！
美目盼兮！

姚際恆評云：

千古頌美人者無出其右，是爲絕唱。〔註104〕

視之爲千秋絕唱，可謂推崇備至。

另如〈豳·東山〉一詩，姚際恆以爲後世從軍詩之祖，其云：

「舊如之何」，杜詩已爲注腳矣，曰：「夜闌更秉燭，相對如夢寐！」
末章駘蕩之極，直是出人意表。後人作從軍詩必描畫閨情，全祖之。
不深察乎此，泛然依人，謂《三百篇》爲詩之祖，奚當也！〔註105〕

從這些例子看來，姚際恆認爲《詩經》建立了許多不同文類的表現模式，成
爲後世不斷模仿的典範。他在論〈東山〉一段文字最後強調，若不明瞭《詩
經》之所以作爲各種文類的源頭與典範的根由，只是人云亦云，在這方面其
實不可能有深入認知。姚際恆對此一一點出，正要示人以這種意義吧！

今人研究，先秦兩周時代是漢語詞彙由單音詞往雙音詞發展的重要階段
〔註106〕。姚際恆也談到有關《詩經》句法、章法的表現，其評〈陳·月出〉
時云：

〔註103〕《詩經通論》卷5〈鄭·大叔于田〉，頁103；卷4〈鄘·君子偕老〉，頁72；
卷5〈鄭·有女同車〉，頁106。
〔註104〕《詩經通論》卷4〈衞·碩人〉，頁83。
〔註105〕《詩經通論》卷8〈豳·東山〉，頁168。
〔註106〕夏傳才《詩經語言藝術》云：「據今人楊公驥的統計，《詩經》一共使用了二
千九百四十九個單字，有許多單字是一字多義的，按字義計算，大約有三千
九百多個單音詞。在漢語發展史上，先秦兩周時代是漢語詞彙由以單音詞爲
主向雙音詞爲主開始過渡的重要發展階段，這些單字又構造了更多的複合
詞。數量眾多的雙音詞和雙音詞組，較之單音詞，它們反映事物較爲豐富，
表意較爲精確。」(頁2)

> 似方言之聲牙，又似亂辭之急促；尤妙在三章一韻。此眞〈風〉之
> 變體，愈出愈奇者。每章四句，又全在第三句使前後句法不排。蓋
> 前後三句皆上二字雙，下一字單；第三句上一字單，下二字雙也。
> 後世作律詩，欲求精妙，全講此法。〔註107〕

此處指出後人創作律詩由此得力。

　　平心而論，這類評論文體源流的敘述，心領神會的成分居多。有時說得
巧妙，讀來心有戚戚，有時則不免感到莫名所以。不過，姚際恆以這種角度
賞析詩文，主要還是回應他在《詩經通論》之〈自序〉、〈詩經論旨〉中談到
關於《詩經》對後世文體形式與內容之影響的問題〔註108〕。

（三）《詩經通論》「圈評」的使用意義

　　由上分析可知，《詩經通論》運用圈評目的在於明詩義與詩旨。因此，圈評
之作爲一種鑒賞手段，主要作用於「辭義」的層面，終止於「詩旨」的理解。
亦即，「辭義」與「詩旨」兩層面之間是姚際恆使用詮釋方法說解詩文，並輔佐
以圈評的交互運用空間，在此可以看見他對於《詩經》藝術特質的賞析。

　　《文心雕龍・物色》已提到《詩經》藝術描寫的運用手法，云：

> 詩人感物，聯類不窮。流連萬象之際，沉吟視聽之區；寫氣圖貌，既
> 隨物以宛轉；屬采附聲，亦與心而徘徊。故「灼灼」狀桃花之鮮，「依
> 依」盡楊柳之貌，「杲杲」爲日出之容，「瀌瀌」擬雨雪之狀，「喈喈」
> 逐黃鳥之聲，「喓喓」學草蟲之韻。「皎日」、「嘒星」，一言窮理；「參
> 差」、「沃若」，兩字窮形。並以少總多，情貌無遺矣。雖復思經千載，
> 將何易奪。及《離騷》代興，觸類而長，物貌難盡，故重沓舒狀，於
> 是嵯峨之類聚，葳蕤之群積矣。及長卿之徒，詭勢瑰聲，模山範水，
> 字必魚貫，所謂詩人麗則而約言，辭人麗淫而繁句也。〔註109〕

〈物色〉主要談景物描寫，文中推崇《詩經》能達到「情貌無遺」的境界，
刻畫物貌，也兼寫心情，其獨到之處堪稱千古不易。〈物色〉同時論及，從藝
術形象的表現來看，《離騷》、漢賦之各有面貌，乃是取法《詩經》而往繁複
的方向發展所形成；姚際恆的說法與〈物色〉相近。

〔註107〕《詩經通論》卷7〈陳・月出〉，頁149。
〔註108〕《詩經通論・自序》論《詩》教部分（頁1）；卷前〈詩經論旨〉論圈評部分
　　　　（頁8）。
〔註109〕《文心雕龍・物色》第46，頁845～846。

至於論《詩經》之作為文學、文體的始源，應以顧炎武《日知錄》一段文字最為人熟知，其云：

> 《三百篇》之不能不降而《楚辭》，《楚辭》之不能不降而漢、魏，漢、魏之不能不降而六朝，六朝之不能不降而唐，勢也。用一代之體，則必似一代之文而后為合格。……詩文之所以代變，有不得不變者。一代之文沿襲已久，不容人人皆道此語。今且千數百年矣，而猶取古人之陳言一一而摹倣之，以是為詩可乎？〔註110〕

王國維《人間詞話》亦云：

> 四言敝而有《楚辭》，《楚辭》敝而有五言，五言敝而有七言，古詩敝而有律絕，律絕敝而有詞。蓋文體通行既久，染指遂多，自成陳套。豪傑之士，亦難於中自出新意，故往往遁而作他體，以發表其思想感情。一切文體所以始盛終衰者，皆由於此。〔註111〕

兩段文字都談到《詩經》作為文學的起源、各種文體的始祖，也與姚際恆論述的重點一致。然而，〈物色〉探討的是《詩經》藝術手法的成就，顧炎武、王國維分析的是文體發展與變化之內在因素，他們採取的研究角度是文學的。姚際恆雖然也有類似的說法，但是立場終究是經學的，觀點是教化實用的，這是他不同於眾人的地方。

四、結　語

姚際恆詮釋《詩經》的方法關涉「辭義」、「詩旨」、「經旨」三個意義層次間的聯結。其說《詩》的特殊成就，除在於開發《詩經》豐富的意義層次，更將這三個意義層次結合為一完整意義體系，使說《詩》成為具方向性、層次感的活動。然而，後人評姚際恆《詩》說時常忽略了這點，如趙制陽批評姚際恆說〈周南·關雎〉云：

> 姚氏這段話已有所見，然仍受制於《詩序》、《朱傳》而不自覺。如以詩文觀之，君子、淑女是對一般士女的通稱，何世無之？何地無之？何以見得是專指「世子娶妃」而言的？更何以見得直可推求至於文王、太姒、大任、武王、邑姜的？再如從詩人的作意觀之，詩

〔註110〕《日知錄集釋》第 4 冊上〈詩體代降〉條，頁 70。
〔註111〕《人間詞話》原稿卷上 125 條，頁 122。「陳套」，通行本作「習套」；「以發表其思想感情」，通行本作「以自解脫」。

人見佳耦初成，作詩歌詠以表祝賀之意而已，怎會思及「周家發祥
之兆」？又怎會有「正邦國、風天下」的主意在呢？姚氏如此說詩，
明顯地受到傳統思想的影響。所謂「可以意會，不可以言傳」，當知
「風謠之意」與「詩教之意」是兩個截然不同的意向範疇。姚氏的
錯誤，即常將兩者混淆著說，或者甚至於以《詩》教之意代替詩人
之意來說了！〔註112〕

趙制陽所說的「風謠之意」約指詩人創作的本意，近於姚際恆所謂之「辭義」；
「詩教之意」指《詩經》之為「經」的教化意義，近於姚際恆所謂之「詩旨」、
「經旨」；趙制陽提出這兩種意義區分的說法是可以成立的。不過，趙制陽認同
的似乎只是「風謠之意」，並不贊同以「詩教之意」說〈關雎〉，此已有先入之
見。事實上，姚際恆的觀念及說法不曾淆亂，而且他從未表示「辭義」與「經
旨」間可以彼此取代。趙制陽之所以認為姚際恆「混淆著說」，乃因其將姚際恆
解〈關雎〉之三重意義層次壓縮在「辭義」上而論，是以總感混淆不清。

就《詩經》而言，辭義、詩旨、經旨間本有著意義的聯貫；就說《詩》
者而言，詮釋《詩經》的方法也正是呈現出這些聯貫意義的方法。關於圈評
的部分，由《詩經通論》的現象來看，姚際恆常用於所謂「閒筆」的鑒賞上。
姚際恆論〈豳・七月〉時曾提出「正筆」、「閒筆」的區分，云：

此篇首章言衣、食之原，前段言衣，後段言食；二章至五章終前段
言衣之意；六章至八章終後段言食之意；人皆知之矣。獨是每章中
凡為正筆、閒筆，人未必細檢而知之也。大抵古人為文，正筆處少，
閒筆處多；蓋以正筆不易討好，討好全在閒筆處，亦猶擊鼓者注意
于旁聲，作繪者留心于畫角也。古唯《史記》得此意，所以傳于千
古。〔註113〕

顧名思義，「正筆」應是詩義主線，「閒筆」為詩義旁支。姚際恆指出，以一
首作品而言，閒筆反而比正筆要容易獲得讀者的激賞。接著姚際恆舉〈七月〉
詩文為例，云：

此首章言衣、食之原，所謂正筆也。二章至五章言衣；中唯「載玄
載黃，我朱孔陽」二句為正筆；餘俱閒筆。二章從春日鳥鳴，寫女

〔註112〕《詩經名著評介》之〈姚際恆詩經通論評介〉，文中論及「姚氏說《詩》的缺
　　　　點」，第一點為「討論詩旨，缺乏風謠觀念」（頁167）。
〔註113〕《詩經通論》卷8〈豳・七月〉，頁163。

之採桑；自「執懿筐」起，以至忽地心傷，描摹此女盡態極妍，後世詠採桑女，作閨情詩，無以復加；使讀者竟忘其為「言衣、食為王業之本」正意也。三章曰：「條桑」，曰：「遠揚」，曰：「女桑」，寫大小之桑並採無遺，與上章「始求柔桑」境界又別；何其筆妙！雖正寫「玄黃」帛成，而曰：「為公子裳」，仍應上「公子」；閒情別趣，溢于紙上，而章法亦復渾然。「八月載績」一句，言麻；古絲、麻並重也。此又為補筆。四章則由衣裳以及裘，又由裘以及田獵，閒而又閒，遠者益遠。五章終之以「改歲」、「入室」，與衣若相關，若不相關。自五月至十月，寫以漸寒之意，筆端尤為超絕。妙在只言物，使人自可知人物由在野而至入室，人亦如此也；兩「入」字正相照應。六章至八章，言食，中唯「九月築場圃，十月納禾稼、黍、稷、重、穋，禾、麻、菽、麥」四句為正筆，餘俱閒筆。六章分寫老、壯食物，凡菜、豆、瓜、果，以及釀酒、取薪，靡不瑣細詳述，機趣橫生；然須知皆是佐食之物，非食之正品也，故為閒筆。七章「稼同」以後，併及公、私作勞，仍點「播百穀」三字以應正旨。八章併及藏冰之事，與食若不相關，若相關。而終之以田家歡樂，尊君、親上，口角津津然，使人如見豳民忠厚之意至今猶未泯也。〔註114〕

姚際恆認為，〈七月〉之正意為「言衣、食為王業之本」，此為〈七月〉詩旨，關於這部分的必要敘述是為正筆，其他若有關似無關的敘寫則是閒筆。閒筆之處，正是姚際恆樂於圈評的對象。由文中所謂的「境界又別」、「何其筆妙」、「閒情別趣」、「機趣橫生」等評語可知，姚際恆對於此詩閒筆十分讚賞。不過，姚際恆也點出閒筆潛在的危機，它可能吸引讀者過度注意而忽略詩歌的正意，所謂「使讀者竟忘其為『言衣、食為王業之本』正意也」。因此，說《詩》、讀《詩》必須有確切意識，對《詩經》的詮釋才是目的，鑒賞活動是附屬的，並非必要。

　　須加說明的是，《詩經通論》中的「閒筆」與「閒文」有所不同。姚際恆論〈鄭·女曰雞鳴〉及〈周頌·烈文〉時云：

　　　　「將翱將翔」，指鳧、鴈言。鳧、鴈宿沙際蘆葦中，亦將起而翱翔，是可以弋之之時矣。此詩人閒筆涉趣也。（〈女曰雞鳴〉）

〔註114〕《詩經通論》卷8〈豳·七月〉，頁163～164。

> 《集傳》于此篇「不顯維德」引〈中庸〉語，于「前王不忘」引〈大
> 學〉語，與〈維天之命〉引〈中庸〉語、〈淇奧〉引〈大學〉語皆同。
> 皆與詩旨無涉，悉爲閒文。其他如〈鴟鴞〉之引孔子語，〈靈臺〉之
> 引孟子語，更不盡辨也。(〈烈文〉)〔註115〕

從字面上看，「閒筆」與「閒文」似乎一樣，然而事實上，姚際恆對於「閒筆」
的評價是正面的，指作品而言，所謂「詩人閒筆涉趣」；對於「閒文」的評價
是負面的，指詮釋者多餘的說解，所謂「與詩旨無涉，悉爲閒文」，之間有明
顯的區別。

最後還是要回歸到一個問題上：《詩經通論》是否以文學說《詩》。在姚
際恆的認知中，「說《詩》」指的就是詮釋《詩經》的活動，所以「意會」、「言
傳」、「圈評」三者之中，「意會」是一種意識活動，「圈評」是一種鑑賞手段，
只有「言傳」可稱得上是「說《詩》」。「言傳」指由「辭義」而「詩旨」而「經
旨」，逐步呈現《詩經》的教化意義，發揮《詩經》的實用功能，這是標準的
經學的說《詩》方法，而非以文學說《詩》的方法。如果「說《詩》」指的是
對於詩文的分析，那麼「圈評」或可稱爲「說《詩》」；然而，姚際恆圈評《詩
經》的本質與目的畢竟是經學的，所以《詩經通論》便不能稱爲純粹的以文
學說《詩》。如果籠統地將「說《詩》」視爲「發抒讀《詩》的體會」，那麼「意
會」也可算是「說《詩》」了。只不過，「意會」是相當主觀的，以至於無法
確定它的性質，故終不宜稱爲以文學說《詩》。

客觀地說，《詩經通論》的詮釋方法是經學的，以圈評爲鑑賞手段之目的
也是經學的，「以文學說《詩》」之說恐難成立。然而，姚際恆於經學的說《詩》
傳統上，提出一套完整的詮釋方法，佐以圈評的手段，以完成《詩經》的解
讀，事實上十分富有創新及啓發意義。一旦放棄這種經學立場，取消道德本
質、教化功能，而以詩文之審美鑑賞爲目的，則純粹之以「文學說《詩》」的
局面即已來臨。

〔註115〕《詩經通論》卷 5〈鄭·女曰雞鳴〉，頁 105；卷 16〈周頌·烈文〉，頁 327。

第五章 《詩經通論》對《詩序》的批評

　　在說《詩》的傳統中，無疑地《詩序》佔有重要的地位。不論附和者或駁斥者，都無法忽略《詩序》的存在與影響力。因爲《詩序》所衍生的問題，諸如《詩序》的作者、眞僞、大小之分，以及它與《詩經》的關係、所釋詩義的可採信度等等，紛紛紜紜，莫衷一是。這些問題有的始終沒有一個結論（如《詩序》的作者），有的在《詩》學的歷史發展中逐漸遭受忽略（如大《序》、小《序》之分），有的依舊爲說《詩》的重要議題（如《詩序》對《詩》義的解釋可信與否）。事實上，除非迴避《詩序》不談〔註1〕，否則，都必須面對上述有如環扣般的問題；它們集中於一個焦點：《詩序》的存在價值。

　　姚際恆對於《詩序》的批評，除就形式方面如：《詩序》的來歷、大《序》與小《序》的區分、《詩序》的眞僞等問題，一一探討外；在內容方面，也針對各詩《序》說進行實際分析，可稱爲全面的批評。姚際恆對於《詩序》存在價值的看法，便是建立在對《詩序》形式與內容兩方面問題的綜合評論上。

一、關於《詩序》的基本問題

　　關於《詩序》的相關問題，如作者、成書年代、大小《序》之分、眞僞等等，姚際恆都曾加以探討。嚴格來說，這些問題或許沒有一個絕對的答案，

〔註1〕 周予同即主張對《詩序》問題不須加意，其云：「《詩序》對於《詩經》，只是障礙，而不是一種工具，大可置之不論。」（《群經概論‧本論》，頁42）不過，《詩序》對於《詩經》而言，究竟爲障礙抑或助益，迄今尚無定論。

因此問題本身的分析顯得並沒有太大意義；然而，姚際恆之所以多著墨於此，主要是試圖確切評定《詩序》的整體價值。

（一）《詩序》的作者

探源《詩序》的來歷，必須追究作者與成書等問題。關於《詩序》的作者，歷來各家說法中，有以為子夏、毛公所作（鄭玄、成伯璵），有以為衛宏所作（《後漢書‧儒林傳》、葉夢得），有以為詩人自作（王安石），有以為國史所作（程顥），有以為毛公門人所作（曹粹中），有以為村野妄人所作（鄭樵《詩辨妄》），〔註2〕成為一個無法得到客觀且普遍答案的議題。

基本上，姚際恆認為《詩序》是漢代的作品，其論〈周頌‧潛〉云：

> 《小序》謂「季冬薦魚，春獻鮪。」按，〈月令〉季冬曰：「乃命魚師始漁，天子親往，乃嘗魚，先薦寢廟。」又季春曰：「薦鮪于寢廟。」《序》全襲之為說，則知作《小序》者漢人也。〔註3〕

由於《詩序》的說法與《禮記‧月令》一致〔註4〕，姚際恆認定兩書的成書年代相同。當然，這項說法的立論不夠嚴謹有力，因為兩書內容相同並不足以證明它們的成書年代相近。姚際恆又舉〈周頌‧絲衣〉之《序》為例，云：

> 《序》下有「高子曰：『靈星之尸也。』」按，其言「尸」與《序》同，其言「靈星」與《序》大異。古祭天地、日月、星辰、山川之屬無尸，其謂有尸者，妄也。孔氏曰：「《漢郊祀志》云：『高祖詔御史，其令天下立靈星祠。』史傳之說『靈星』，惟有此耳。未知高子之言是此否？而或者宗之，以為祭靈星之詩。」愚按，《漢志》張晏《註》附會「靈星」即「農祥」，故樂從其說者以為即祭農祥之星。孔謂漢高始立靈星祠，他史傳無見，則是漢人之語無疑，而詭托之高子者也。又按，高子即公孫丑所引論〈小弁〉之詩，而孟子所斥為「固哉」者。無論其偽，即使屬真，亦同為固執而不可從矣。宋

〔註2〕 諸說參考朱彝尊《經義考》卷99。現今學界多視《詩序》為先秦《詩》說的集體解釋。

〔註3〕 《詩經通論》卷17〈周頌‧潛〉，頁340。〈周頌‧潛〉，《詩序》云：「〈潛〉，季冬薦魚，春獻鮪也。」

〔註4〕 姚際恆《禮記通論輯本（上）‧月令》云：「〈潛〉，《詩序》曰：『季冬薦魚，春薦鮪。』〈月令〉于『季春』、『季冬』言『薦鮪』、『薦魚』，與之合。」（頁276；原《續禮記集說》卷26，頁25）此處姚際恆僅指出〈月令〉之文與《詩序》相合，並未進一步談及何者在前，何者在後。

陳祥道宗之，而明之鄒氏、何氏或竭力以證其說，甚矣末世之好誣
也！人謂《序》爲子夏作，高子爲孟子同時人，子夏何爲引戰國時
人語耶？〔註5〕

姚際恆由孔穎達之言推論，《詩序》所謂「靈星」是漢代才有的說法，可見《詩序》產生於漢代。姚際恆認爲，《詩序》裡所稱引的「高子」，即是《孟子‧告子下》中的「高子」。〔註6〕如果子夏作《詩序》，怎可能引錄後人之言？如此可見《詩序》必定非子夏所作。

　　進一步，姚際恆認同《後漢書》說法，並由《詩經》中提出具體例證，補充其說。姚際恆云：

大抵《序》之首一語爲衛宏講師傳授，而其下則宏所自爲也。毛公
不見《序》，從來人罕言者，何也？則以有鄭氏之說。鄭氏曰：「《大
序》是子夏作，《小序》是子夏、毛公合作。」自有此說，人方以爲
毛公亦作《序》，又何不見之有乎！嗟乎！世人讀書鹵莽，未嘗細心
審究，故甘爲古人所愚耳。茲摘一篇言之。〈鄭風‧出其東門〉，《小
序》謂：「閔亂，思保其室家。」《毛傳》：「『縞衣』，男服；『綦巾』，
女服。願爲室家相樂。」此絕不同，餘可類推。今知《詩序》既與
子夏無干，亦與毛公不涉矣。〔註7〕

此段明確指稱，《詩序》首一句是講師（謝曼卿之屬）傳授，其餘則爲衛宏自作。姚際恆反對鄭玄提出之《詩序》與子夏、毛公有關的說法，原因在於，不僅《毛傳》中看不到《詩序》的痕跡，同時《毛傳》與《詩序》的說法往往歧異，可見《毛傳》、《詩序》的創作和內容上絕無任何關聯。就成書年代來說，姚際恆認爲《毛傳》尚在《詩序》之前，他曾說過：

　　　毛在《序》前。〔註8〕

簡言之，姚際恆認爲《詩序》乃產生於《毛傳》之後，且與《毛傳》無關的漢代著作，主要內容完成於衛宏之手。

〔註5〕　《詩經通論》卷17〈周頌‧絲衣〉，頁349。〈周頌‧絲衣〉，《詩序》云：「〈絲
　　　　衣〉，繹賓尸也。高子曰：『靈星之尸也。』」
〔註6〕　《孟子‧告子下》：「公孫丑問曰：『高子曰：〈小弁〉，小人之詩也。』孟子曰：
　　　　『何以言之？』曰：『怨！』曰：『固哉！高叟之爲詩也。』」高子應是當時說
　　　　《詩》之人，至於是否即《詩序》所言之「高子」，則不得而知。
〔註7〕　《詩經通論》卷前〈詩經論旨〉，頁2～3。
〔註8〕　《詩經通論》卷15〈大雅‧抑〉，頁303。

（二）大、小《序》之分

《詩序》分爲大《序》、小《序》，主要有二說：一以孔穎達爲代表，認爲由「〈關雎〉，后妃之德也」至「用之邦國焉」爲〈關雎序〉，與各詩之《序》爲《小序》，其餘則爲《大序》；〔註9〕一以朱熹爲代表，認爲由「〈關雎〉，后妃之德也」至「風以動之，教以化之」及「然則〈關雎〉、〈麟趾〉之化」以下爲《小序》，由「詩者，志之所之也」至「是謂四始，詩之至也」間文字爲《大序》。〔註10〕這兩種說法間的差異在於《詩序》中「〈關雎〉，后妃之德也」至「是〈關雎〉之義也」一段文字，究竟哪部分該列入《大序》的範圍。至於各詩前之《序》，雙方均無異議，歸爲《小序》的部分。

姚際恆對大、小《序》的分法與前二說都不同，《詩經通論》云：

> 自東漢衛宏始出《詩序》，首惟一語，本之師傳，大抵以簡略示古，以渾淪見該；雖不無一二宛合，而固滯、膠結、寬泛、填湊，諸弊叢集。其下宏所自撰，尤極踳駁，皆不待識者而知其非古矣。（〈自序〉）

> 今小、大之名相傳既無一定，愚著中仍從舊說，以上一句爲《小序》，下數句爲《大序》云。或又以《小序》名前序、古序，《大序》名後序。（〈詩經論旨〉）〔註11〕

從《詩經通論》的論述可以清楚看出，姚際恆是以各詩前之《序》的首句、總論詩旨的文字爲《小序》。姚際恆認爲，這部分較早產生，爲謝曼卿等講師所傳授；其餘推言全《詩》之義或一詩之義的文字爲《大序》，這部分出自後來衛宏手筆。姚際恆強調，《小序》雖有許多弊病，但本自師傳，特色是簡略渾淪；《大序》爲衛宏自撰，特色是駁雜而多贅言。相形之下，《小序》顯得比《大序》有價值。

姚際恆作這樣的區分，主要因爲他從實例中發現，儘管同屬一詩之《序》，首尾卻各自爲義，可見《大序》、《小序》絕非同一種思想下的產物。如〈魏・碩鼠〉、〈秦・小戎〉二詩，姚際恆云：

> 《小序》謂「刺貪」，《大序》謂「在位貪鄙，無功而受祿，君子不得進仕爾。」謂「刺貪」者，指「不稼」以下而言也。謂「不得進仕」者，指章首三句而言也。「刺貪」與「不得進仕」各自爲義，兩

〔註9〕 《毛詩正義》卷1「〈關雎〉，后妃之德也」下引文，頁12。
〔註10〕 《詩序辨說》，頁2～4。
〔註11〕 《詩經通論・自序》，頁2；卷前〈詩經論旨〉，頁3。

不相蒙。（〈碩鼠〉）

《序》謂「美襄公。國人則矜其車甲，婦人能閔其君子焉。」一詩作兩義。（〈小戎〉）〔註12〕

姚際恆指出，此二詩之《小序》、《大序》各自爲說，足見觀點不一。其次，《小序》、《大序》說《詩》特色與成就有差異，應該有所區隔，分別評價。

　　對於孔穎達、朱熹、姚際恆等人區分《詩序》爲大、小的作法，崔述並不同意。崔述云：

　　余按，《詩序》自「〈關雎〉，后妃之德也」以下，句相承，字相接，豈得於中割取數百言，而以爲別出一手。蓋〈關雎〉乃〈風〉詩之首，故論〈關雎〉而因及全詩，而章末復由全詩歸於二〈南〉，而仍結以〈關雎〉，章法井然，首尾完密，此固不容別分爲一篇也。至「〈關雎〉、〈麟趾〉之化繫之周公」，「〈鵲巢〉、〈騶虞〉之德，繫之召公」，明明承上文「一國之事繫一人之本」而言，故用「然則」字爲轉語。若於「詩之至也」畫斷，則此文上無所承，而「然則（云云）」者於文義不可通矣。由是言之，《序》不但非孔子、子夏所作，而亦原無大、小之分，皆後人自以意推度之耳。

　　余按，《序》之首句與下所言相爲首尾，斷無止作一句之理。至所云「刺時」、「刺亂」者，語意未畢，猶不可無下文，則其出於一人之手無疑也。〔註13〕

可見崔述認爲《詩序》出自一人之手，根本不該有大、小的區分。

　　其實，區別《小序》、《大序》，本即可爲可不爲。至於憑章法、語意、文氣等抽象概念論《詩序》是否當分大、小，尤屬治絲益棼的作法，對於這個問題不可能得到積極客觀的認識。然而，關鍵在於，區分《詩序》爲大、小的意義爲何？很明顯的，姚際恆區分《小序》、《大序》的目的在於從《詩序》中提取他認爲值得、必須深入評論的部分，而排除掉他認爲不必要深究的部分。基於要達到這個目的，對於《小序》、《大序》的區別便成爲必要的手段或過程。

（三）《詩序》的真偽

　　姚際恆曾提出一個特殊的看法，認爲《詩序》有真有偽。「真詩序」並不

〔註12〕《詩經通論》卷6〈魏・碩鼠〉，頁128；卷7〈秦・小戎〉，頁139。
〔註13〕《讀風偶識》之〈通論詩序〉，頁4、頁5。

是現存可見的《詩序》,而是散見經傳記載之中。姚際恆云:

> 我嘗緬思,如經傳所言可爲《詩序》者,而不能悉得,渺無畔岸,
> 蠡之測海,其與幾何![註14]

他由經傳的記載中找到了例證,足證在以《詩》爲教的那個古老年代裡,有所謂的「眞詩序」。姚際恆云:

> 欲通《詩》教,無論辭義宜詳,而正旨篇題尤爲切要。如世傳所謂
> 《詩序》者,不得乎此,則與瞽者之倀倀可異?意夫子當時日以《詩》
> 教門中,弟子定曉然明白,第不知載在簡編而失之,抑本無簡編而
> 口授也?其見于經傳,如所謂「詩序」者,略舉言之:〈鴟鴞〉之爲
> 周公貽王,見于《書》;〈載馳〉之爲許穆夫人,〈碩人〉之爲美莊姜,
> 〈清人〉之爲惡高克,〈黃鳥〉之爲殉秦穆,見于《左傳》;〈時邁〉、
> 〈思文〉之爲周公作,見于《國語》;若此者眞《詩》之序也。惜其
> 他不盡然,意此必孟子時已亡。說者咸謂孟子之釋〈北山〉必有所
> 本,予謂非也,此亦尋繹詩意而得之;不然,胡爲有「以意逆志,
> 是爲得之」之訓乎?[註15]

由《尚書》、《左傳》、《國語》關於〈鴟鴞〉、〈載馳〉等詩義的記載,姚際恆得到一個結論:古代曾存在過「眞詩序」,或許後來亡佚,或許根本不曾成書,只傳授於口耳之間。他推測所謂的「眞《詩序》」在孟子之前便已不存在了,否則孟子可以依「眞《詩序》」解《詩》,也不致提出「以意逆志」的讀《詩》方法。此處可以看出姚際恆對於「詩序」的期待,他認爲「詩序」的作用應能說明詩旨,目的在於發明經旨,與《詩》教的推行有莫大的關聯,而現存《詩序》並不足以勝任這項任務。

對於目前流傳的《詩序》,姚際恆《古今僞書考》評論云:

> 大抵小、大《序》皆出於東漢,范曄既明指衞宏,自必不謬。其《大
> 序》固宏爲之,《小序》亦必漢人所爲。何以知之?《序》於〈周頌·
> 潛〉詩曰:「季冬獻魚,春獻鮪。」全本〈月令〉之文,故知爲漢人
> 也。宋儒辨《序》之妄,自晁說之、程泰之、鄭漁仲而朱文公承之。
> 是小、大《序》本皆非僞,後人以《小序》爲子夏作,《大序》爲毛
> 公作,遵之儼如功令,不敢寸尺易,是雖非僞書,而實亦同於僞書

〔註14〕《詩經通論·自序》,頁3。
〔註15〕《詩經通論·自序》,頁1～2。

也，故列之於此。〔註16〕

此處指出，不論《小序》、《大序》，都是漢代的作品，後人卻視之爲子夏、毛公所作。就錯認作者、僞託爲前人所作這點而言，《詩序》構成「僞書」的外在條件。就影響力而言，由於後人誤認《詩序》爲子夏、毛公所作，在崇拜權威的心態下，對於《詩序》的內容過度堅信，甚至以訛傳訛，在這點上《詩序》有誤導作用，這構成「僞書」的內在條件。

姚際恆指稱《詩序》爲「僞書」，乃因其有名實不符的現象。事實上，這些結果本非《詩序》所當獨自承擔，也非作《詩序》者所能預料，應該是後人的責任。然而，推究姚際恆之意，主要企圖對《詩序》作一徹底反省，並點破眾人對《詩序》的盲目崇拜，因此提出「《詩序》在某種意義上具有僞書性質」的這項見解。他所說的「眞僞」，當中涉及來源、影響等問題，以及評價的意涵。

（四）《詩序》的價值

從姚際恆看待《子貢詩傳》、《申培詩說》的態度可知，僞書未必全無可取之處。〔註17〕因此，《詩序》的價值，主要還須視其內容和說《詩》成就而定。馬端臨曾作〈詩序論〉，專文探討《詩序》，文中論及《詩序》來歷云：

> 蓋詩之見錄者，必其《序》說之明白而旨意之可攷者也；其軼而不錄者，必其《序》說之無傳，旨意之難攷而不欲臆說者也。或曰：「今三百五篇之《序》，世以爲衛宏、毛公所作耳。如子所言，則已出于夫子之前乎？」曰：「其說雖自毛、衛諸公，而傳其旨意則自有此詩而已有之矣。……《序》所以釋經，非作文也；祖其意足矣，辭不必龔也。」〔註18〕

馬端臨強調，《詩經》305篇作品之所以被收錄，乃因該詩之序明白可考的緣故；佚詩之所亡佚，乃因該詩之序未曾傳下。依馬端臨之說，《詩序》的創作目的雖然是爲了解釋《詩》義，但是《詩序》的存在意義反而先於《詩經》，有《詩序》的確立，才有《詩經》的成型。馬端臨還談到《詩序》的價值，其云：

> 至于讀〈國風〉諸篇，而後知《詩》之不可無《序》，而《序》之有

〔註16〕《古今僞書考・經類・詩序》，頁23～25。
〔註17〕姚際恆說過：「若夫眾說紛紜，其解獨確，則不問何書，必有取焉。」（《詩經通論》卷前〈詩經論旨〉，頁7）此語可代表姚際恆看待前代《詩》說的態度。
〔註18〕《百部叢書集成・詩序》末附馬端臨〈詩序論〉，頁5～6。

功于《詩》也。〔註19〕

其下並列出三項《詩序》對於《詩經》的貢獻：一、「詩之不言所作之意，而賴《序》以明者」；二、「詩之序其事以諷，初不言刺之之意，而賴《序》以明者」；三、「詩之辭同意異，而賴《序》以明者」。〔註20〕由之可見，馬端臨認為解讀《詩經》缺《詩序》不可，說《詩》時《詩序》佔有絕對重要的地位。

對於馬端臨之說，姚際恆頗不以為然，其云：

> 《詩序》者，《後漢書》云：「衛宏從謝曼卿受學，作《毛詩序》」，是東漢衛宏作也。舊傳為子夏作，宋初歐陽永叔、蘇子由輩皆信之；不信者始于晁說之。其後朱仲晦作為《辨說》，極意詆毀，使《序》幾無生活處。馬貴與忽吹已冷之爐，又復尊崇，至謂有《詩》即有《序》，《序》在夫子之前。以有《序》者存之，無者刪之，凡數千言。無識妄談，不顧世駭。其末云：「或曰：『諸《小序》之說固有舛馳鄙薄而不可解者，可盡信之乎？』愚曰：『《序》非一人之言也。或曰出于國史之采錄，或出于講師之傳授，如〈渭陽〉之首尾異說，〈絲衣〉之兩義並存，其舛馳固有之；擇善而從之可耳。至于辭語鄙薄，則《序》所以釋經，非作文也，祖其意可矣。』」按，貴與尊《序》若此，而猶為是遁辭，蓋自有所不能揜也。愚欲駁《序》，第取尊《序》者之言駁之，則學者可以思過半矣。《詩序》庸謬者多，而其謬之大及顯露弊竇者，無過〈大雅·抑〉詩、〈周頌·潛〉詩兩篇，並詳本文下。〔註21〕

由此段敘述可知，他是反對尊《序》而要駁《序》的。雖然《詩經通論》不乏採取《序》說的例子，不過，姚際恆對於《詩序》的綜合評價是「庸謬者多」。因此，《詩序》雖然不至全無價值，卻不足為說《詩》的最高指導。

基本上，姚際恆對於《詩序》的觀感與朱熹是一致的。朱熹曾云：

> 《詩序》之作，說者不同；或以為孔子，或以為子夏，或以為國史，皆無明文可考。唯《後漢書·儒林傳》以為衛宏作《毛詩序》，今傳於世，則《序》乃宏作明矣。然鄭氏又以為諸序本自合為一編，毛公始分以寘諸篇之首，則是毛公之前，其傳已久，宏特增廣而潤色

〔註19〕《百部叢書集成·詩序》末附馬端臨〈詩序論〉，頁1。
〔註20〕《百部叢書集成·詩序》末附馬端臨〈詩序論〉，頁2。
〔註21〕《詩經通論·自序》，頁2。

之耳；故近世諸儒多以《序》之首句爲毛公所分，而其下推説云云
者爲後人所益，理或有之。但今考其首句，則已有不得詩人之本意
而肆爲妄説者矣，況沿襲云云之誤哉！然計其初，猶必自謂出於臆
度之私，非經本文，故且自爲一編，別附經後。又以尚有齊、魯、
韓氏之説並傳於世，故讀者亦有以知其出於後人之手，不盡信也。
及至毛公引以入經，乃不綴篇後而超冠篇端，不爲注文而直作經字，
不爲疑辭而遂爲決辭。其後三家之傳又絕，而毛説孤行，則其牴牾
之跡，無復可見，故此《序》者遂若詩人先所命題，而詩文反爲因
《序》以作。於是讀者轉相尊信，無敢擬議，至於有所不通，則必
爲之委曲遷就，穿鑿而附合之。寧使經之本文繚戾破碎，不成文理，
而終不忍明以《小序》爲出於漢儒也。愚之病此久矣，然猶以其所
從來也遠，其間容或眞有傳授證驗而不可廢者，故既頗采以附《傳》
中，而復并爲一編以還其舊，因以論其得失云。〔註22〕

此處雖尚不至主張「廢《序》」，但是明確反對尊《序》。朱熹並指出，《詩序》
之所以與《詩經》產生密切關聯，乃因毛公居中牽合的緣故。比照朱、姚之
言，發現在對《詩序》的作者與評價等問題的看法上，兩人大致相同；甚且
對於《詩序》在說《詩》傳統中扮演的角色、所產生的負面影響以及後人看
待《詩序》的錯誤態度等等，兩人的見解也一致。然而，意外的是，姚際恆
卻批評朱熹是《詩序》最主要的追隨者〔註23〕，多所指謫。由之可見，說《詩》
者之間即便彼此批評立場相近，也並不見得就會認同對方的詮釋成果。

二、對《小序》的批評

　　《小序》、朱熹《詩集傳》是姚際恆說《詩》最主要的兩個批評的對象。
關於《小序》的部分，姚際恆認爲，在《詩》說來源上，《小序》有依襲他書
的問題；在詩義解釋方面，《小序》有不合情理、含混、無據臆說、歧義矛盾
的弊病。

（一）誤用他書為說

　　經姚際恆觀察，《小序》說《詩》曾錯用《禮記》及《左傳》之說解《詩》，

〔註22〕　《詩序辨説・序》，頁1～2。

〔註23〕　姚際恆一再提及「遵《序》莫若《集傳》」之語，如《詩經通論》卷前〈詩經
　　　　論旨〉有言：「愚謂遵《序》者莫若《集傳》，蓋深刺其隱也。」（頁4）

其中尤以襲用《禮記》之說而遭到姚際恆諸多批評。

1. 誤用《禮記》為說

姚際恆指出,《小序》襲用了〈王制〉、〈月令〉、〈緇衣〉、〈射義〉的說法,將它們和詩義比附,此因《小序》錯選解《詩》證據。如〈魯頌・泮水〉一詩,《小序》解釋為「頌僖公能修泮宮也」,姚際恆認為〈泮水〉與僖公無關,也非關修宮之事,其云:

> 《小序》謂「頌僖公能修泮宮也。」既非頌僖公,又詩言「既『作』泮宮」,非「修」也。蓋本〈王制〉「泮宮」為諸侯學宮之說,則泮宮其前此矣,故以為「修」也。……「泮宮」,宋戴仲培、明楊用修皆以為泮水之宮,非學宮,其說誠然。按,《通典》載「魯郡泗水縣,泮水出焉」,泮為水名可證。魯侯新作宮于其上,其水有芹、藻之屬,故詩人作頌,因以采芹、藻為興,謂既作泮宮而淮夷攸服,言其成宮之後發祥而獲吉也,故飲酒于是,獻馘于是,獻囚于是,獻功于是。末章乃盼泮水之前有林,而林上有飛鴞集之,因托以比淮夷之獻琛焉。通篇旨意如此。自〈王制〉以為諸侯之學宮,此漢儒之說,未可信也。使「泮宮」為諸侯學宮,則諸侯作學宮乃其常事,詩何以便謂使「淮夷攸服」乎?……作《序》者祖述〈王制〉以說《詩》,而其言遂牢不可破。後人且繪辟廱為全璧之形,泮宮為半璧之形;俗語不實,流為丹青,不信然乎?〔註24〕

姚際恆從〈泮水〉詩文「既作泮宮」,確定應是「作宮」,並非《小序》所說的「修宮」。他進一步指明,〈王制〉的講法是不可信的,「泮」為水名,「泮

〔註24〕《詩經通論》卷 18〈魯頌・泮水〉,頁 357～358。從外形上區分「辟廱」與「泮宮」的不同是鄭玄的說法,〈魯頌・泮水〉:「思樂泮水,薄采其芹」下鄭箋云:「辟廱者,築土雝水之外,圓如璧,四方來觀者均也。泮之言半也,半水者,蓋東西門以南通水,北無也。天子諸侯宮異制,因形然。」孔穎達《正義》見《鄭箋》語氣並不十分肯定,解釋云:「天子之宮形既如璧,則諸侯宮制當異矣。而泮為名,則泮是其制,故云:『泮之言半,半水者,蓋東西門以南通水,北無也。』既以「蓋」為疑辭,必疑南有水者,以行禮當南面而觀者,宜北面畜水,本以節觀,宜先節南方,故知南有水而北無也。北無水者,下天子耳,亦當為其限禁,故云:『東西門以南通水』,明門北亦有溝塹,但水不通耳。諸侯樂用軒懸,去其南面,泮宮之水則去北面者,樂為人君而設,貴在近人,與其去之,寧去遠者。泮水自以節觀,故留南方,各從其宜,不得同也。『天子諸侯之宮異制,因形然』,言由形異制,殊所以其名亦別也。」(卷 20,頁 767)

宮」應爲建於泮水旁之宮，並非諸侯學宮，《小序》襲用《禮記・王制》「頖宮」的說法，才會提出「修宮」之說。〈王制〉有言：

> 天子曰辟廱，諸侯曰頖宮。天子將出征，類乎上帝，宜乎社，造乎禰禡，於所征之地。受命於祖，受成於學，出征執有罪，反，釋奠于學，以訊馘告。〔註25〕

姚際恆認爲這是《小序》說法的來源。基本上，姚際恆反對以《禮記》說《詩》，何況《禮記》「頖宮」的解釋爲漢代之說，以之解《詩》，並不足信，《小序》誤用其說，造成詮釋上的差錯。

　　不過，馬瑞辰指出，〈泮水〉中「在泮獻馘」、「在泮獻囚」之文與〈王制〉中「釋奠于學，以訊馘告」的記載相合，〔註26〕如此〈泮水〉與〈王制〉所載又頗見吻合處。方玉潤提出調和之辭云：

> 楊、戴之論泮宮，蓋原其始作意耳；毛、鄭之釋泮水，乃因其成制也。唯此詩之泮水則尚未可以爲學，以泮本水名，故宮曰泮宮，林曰泮林，乃始作宮於泮水之上，非如後儒所云泮之言半，到處學宮皆然也。〔註27〕

依此說，〈泮水〉中的「泮宮」原始意義本指泮水之宮，〈王制〉的說法是「頖宮」後來的意義或用途，兩說並不衝突。然而，話說回來，《小序》只說到「魯僖公能修泮宮」，而「泮宮爲諸侯學宮」主要是毛、鄭的講法。因此，姚際恆批評《小序》將「作宮」誤解爲「修宮」這點可以成立，至於批評《小序》襲用〈王制〉之說，則稍嫌武斷。

　　又如《小序》釋〈周頌・潛〉一詩，姚際恆認爲是襲用了〈月令〉的說法，其云：

> 《小序》謂「季冬薦魚，春獻鮪。」按，《月令》季冬曰：「乃命漁師始漁，天子親往，乃嘗魚，先薦寢廟。」又季春曰：「薦鮪于寢廟。」《序》全襲之爲說，則知作《小序》者漢人也。以秦〈月令〉釋周詩，謬一；一詩當冬、秋兩用，謬二。上云「多魚」，下二句以六魚實之，「鮪」在六魚之內，而云「春獻鮪」，謬三。〈月令〉季冬，夏

〔註25〕其下陸德明《釋文》注云：「頖，音泮。」（《禮記注疏》卷12〈王制〉，頁236）

〔註26〕馬瑞辰《毛詩傳箋通釋》論〈魯頌・泮水〉云：「此詩『在泮獻馘』、『在泮獻囚』，與〈王制〉：『釋奠于學，以訊馘告』正合。」（卷31，頁353）

〔註27〕《詩經原始》卷18〈魯頌・泮水〉，頁1352～1353。

正建丑之月也。孔氏曰：「冬月魚不行，乃性定而肥，故特薦之」，
此釋「潛」之義。今又引〈月令〉季春薦鮪之説，則魚是時已不潛
矣，與詩意違，謬四。〔註28〕

此段指出「薦鮪」、「薦魚」的說法源自《禮記‧月令》。〈月令〉有言：

（季春）命舟牧覆舟，五覆五反。乃告舟備具於天子焉，天子始乘
舟。薦鮪于寢廟，乃爲麥祈實。

（季冬）是月也，命漁師始漁，天子親往，乃嘗魚，先薦寢廟。〔註29〕

姚際恆認爲《小序》誤用〈月令〉此説解釋〈潛〉的詩義，其云：

〈潛〉，《詩序》曰：「季冬薦魚，春薦鮪。」〈月令〉于季春、季冬
言「薦鮪」、「薦魚」，與之合。〔註30〕

首先，姚際恆認爲〈月令〉作於秦代，不可作爲解《詩》的可信依據；而且
〈月令〉中「春獻鮪」之辭與〈潛〉詩義不合，《小序》援引〈月令〉文字解
釋〈潛〉是一項錯誤作法。關於〈潛〉詩義，姚際恆採納孔穎達之説，以「冬
月魚不行」、「性定」解釋「潛」的含意，而「肥」、「特薦之」便是詩文「以
享以祀」的説明；至季春時魚已不潛，因此「春獻鮪」的説法是錯誤的。依
照姚際恆看來，以「季冬薦魚」解釋〈潛〉詩大致不差，但是「春獻鮪」便
違反詩義，《小序》因爲襲用〈月令〉才有此誤説；不過，錯誤的肇因不在〈月
令〉，而在於《小序》的妄用。

〈潛〉除了「春獻鮪」的説法有爭議外，「潛」字也有歧解。姚際恆以「魚
不行」、「性定」（本《鄭箋》之説）解釋「潛」，則「潛」是潛而不行的意思。
不過，《毛傳》云：

潛，糝也。

陸德明《釋文》云：

素感反。舊本作米傍，謂積柴水中，令魚依之止息，因而取之。〔註31〕

則「潛」指的是木製的捕魚器具。由詩文「潛有多魚，有鱣有鮪，鰷鱨鰋鯉」
來看，以「潛」作木製捕魚具較爲貼切。是以，姚際恆若用「魚潛而不行」

〔註28〕《詩經通論》卷17〈周頌‧潛〉，頁340。文中「一詩當冬、秋兩用，謬二」
應作「一詩當冬、春兩用，謬二」。
〔註29〕《禮記注疏》卷15〈月令〉「季春」下，頁302～303；卷17〈月令〉「季冬」
下，頁347。
〔註30〕《禮記通論輯本》，頁276；原杭世駿《續禮記集説》卷26，頁25。
〔註31〕《毛詩正義》卷19〈周頌‧潛〉，頁733。

之說來反駁《小序》「春獻鮪」的說法，恐難成立。

〈小雅・都人士〉，《詩序》云：

> 〈都人士〉，周人刺衣服無常也。古者長民，衣服不貳，從容有常，以齊其民，則民德歸壹。傷今不復見古人也。

姚際恆認為《小序》襲《禮記・緇衣》為說。〈緇衣〉有言：

> 子曰：「長民者，衣服不貳，從容有常，以齊其民，則民德壹。」《詩》云：「彼都人士，狐裘黃黃。其容不改，出言有章；行歸于周，萬民所望。」〔註32〕

比對《詩序》與〈緇衣〉的說法，可以發現《大序》與〈緇衣〉完全一致，《小序》與〈緇衣〉在意義上也有密切關聯。姚際恆云：

> 《小序》謂「周人刺衣服無常」，此亦何止衣服乎！此襲《禮・緇衣》為說也。詩云：「彼都」，明是東周人指西周而言；蓋想舊都人物之盛，傷今不見而作。〔註33〕

姚際恆批評《小序》縮減了〈都人士〉詩義應有的範圍，只侷限在「衣服無常」這一點上，原因乃在於襲用〈緇衣〉之文，故而對於言「舊都人物之盛」的內容僅掌握到一小部分。

姚際恆又指出，《小序》解釋〈召南・采蘩〉為「夫人不失職也」，此說乃襲自《禮記・射義》之言。〈射義〉云：

> 其節，天子以〈騶虞〉為節，諸侯以〈貍首〉為節，卿大夫以〈采蘋〉為節，士以〈采蘩〉為節。〈騶虞〉者，樂官備也；〈貍首〉者，樂會時也；〈采蘋〉者，樂循法也；〈采蘩〉者，樂不失職也。〔註34〕

姚際恆認為這是《小序》說法的來源，其云：

> 《小序》謂「夫人不失職。」按，〈射義〉云：「士以〈采蘩〉為節，樂不失職也。」明襲偽說，非附會而何！〔註35〕

姚際恆曾指出，《小序》說解二〈南〉最大的問題在於解〈周南〉一律稱「后妃」，解〈召南〉一律稱「夫人」。〔註36〕此處《小序》截取〈射義〉所云「不失職」，冠以「夫人」，姚際恆認為這是明顯的襲用、附會〈射義〉。由姚際恆

〔註32〕《禮記注疏》卷55〈緇衣〉，頁929。
〔註33〕《詩經通論》卷12〈小雅，都人士〉，頁249。
〔註34〕《禮記注疏》卷62〈射義〉，頁1014。
〔註35〕《詩經通論》卷2〈召南・采蘩〉，頁34。
〔註36〕《詩經通論》卷2〈召南・鵲巢〉，頁32。

稱〈射義〉之言爲「僞說」，可見也不認同〈射義〉的說辭。

反對以三《禮》說《詩》是姚際恆的一貫主張，因此，不論《小序》襲用《禮記》說《詩》在內容上妥恰或相應與否，姚際恆都不表認同。然而，如依姚際恆之言，《禮記》與《小序》都是漢儒之作，那麼究竟孰爲孰之本，孰襲用孰之說，抑或所記爲當時通說，其實頗難斷言。倘若逕說《小序》襲用《禮》說，這是個大膽的論斷。不過，姚際恆此處最重要的是在闡明一種說《詩》原則，即嚴格辨分《詩》與三《禮》的聯繫，這正是《小序》未能做到的。

2. 誤執《左傳》爲說

解讀詩義時，《小序》偶而與《左傳》有相仿的解釋。關於〈衞·碩人〉，《左傳》隱公 3 年記載：

> 衞莊公娶于齊東宮得臣之妹，曰：莊姜，美而無子，衞人所爲賦〈碩人〉也。〔註 37〕

《詩序》則云：

> 〈碩人〉，閔莊姜也。

姚際恆對於《詩序》所加的「閔」字頗有意見，他認爲〈碩人〉是衞人頌美莊公娶莊姜之作，詩義重心在於稱美莊姜，通篇並無「閔」意。〔註 38〕對於《詩序》的說法，姚際恆評云：

> 《小序》謂「閔莊姜」，詩中無閔意，此徒以莊姜後事論耳；安知莊姜初嫁時何嘗不盛，何嘗不美，又安知莊公何嘗不相得而謂之「閔」乎？《左傳》云：「初衞莊公娶于齊東宮得臣之妹，曰莊姜，美而無子，衞人所爲賦〈碩人〉也」，亦但謂〈碩人〉之詩爲莊姜詠。其云「無子」，亦據後事爲說，不可執泥。《小序》蓋執泥《左傳》耳。
> 〔註 39〕

此段指出，《序》說問題的關鍵在於受到《左傳》「美而無子」一句影響。姚際恆認爲，〈碩人〉創作之初所要表示只是「美」意，至於《左傳》所記莊姜

〔註 37〕《春秋左傳正義》卷 3，頁 53。
〔註 38〕姚際恆論〈衞·碩人〉云：「《僞傳》曰：『衞莊公取于齊，國人美之，賦〈碩人〉。』孫文融亦曰：『此當是莊姜初至衞時，國人美之而作者。』所見皆與予合。」（《詩經通論》卷 4，頁 84）
〔註 39〕《詩經通論》卷 4〈衞·碩人〉，頁 83～84。

「無子」一事，乃後來之事，原不屬詩義範圍。《小序》過分執泥於《左傳》隨筆之辭，才會作出罔顧詩義的誤解。由之可見，在姚際恆的眼中，《左傳》的記載基本上詳實可信，只不過字裡行間尚有許多待檢別之處。

在姚際恆看來，《小序》據《左傳》爲說，往往只是任意牽合，欠缺說服力。《小序》說〈小雅・杕杜〉便是一例，姚際恆批評云：

> 《小序》謂「勞還役」，亦非。勞之而代其妻思夫，豈不甚迂乎？大抵《小序》皆謂「勞」者，本于〈四牡〉篇，《左傳》謂「天子所以勞使臣」一語也。然則篇篇皆勞乎？〔註40〕

〈杕杜〉中「日月陽止，女心傷止，征夫遑止」、「卉木萋止，女心悲止，征夫歸止」、「檀車幝幝，四牡痯痯，征夫不遠」、「卜筮偕止，會言近止，征夫邇止」等詩文，姚際恆認爲是妻子思念丈夫之語，並非慰勞之意。姚際恆進一步指出，《小序》之說的靈感來源是《左傳》的一句話。《左傳》襄公 4 年記載：

> 穆叔如晉，報知武子之聘也。晉侯享之，金奏〈肆夏〉之三，不拜。工歌〈文王〉之三，又不拜。歌〈鹿鳴〉之三，三拜。韓獻子使行人子員問之曰：「子以君命，辱於敝邑，先君之禮，藉以之樂，以辱吾子，吾子舍其大而重拜其細，敢問何禮也？」對曰：「三〈夏〉，天子所以享元侯也，使臣弗敢與聞。〈文王〉，兩君相見之樂也，臣不敢及。〈鹿鳴〉，君所以嘉寡君也，敢不拜嘉？〈四牡〉，君所以勞使臣也，敢不重拜？〈皇皇者華〉，君教使臣曰：『必咨於周。』臣聞之：『訪聞於善爲咨。咨親爲詢，咨禮爲度，咨事爲諏，咨難爲謀。』臣獲五善，敢不重拜？」〔註41〕

文中提到〈四牡〉爲「君所以勞使臣」之作，姚際恆認爲《小序》執泥「勞」意，過度發揮〈杕杜〉詩旨解說上。

〔註40〕《詩經通論》卷9〈小雅・杕杜〉，頁183。

〔註41〕《春秋左傳正義》卷29，頁503〜505。文中「肆夏之三」，《杜註》云：「周禮以鐘鼓奏九〈夏〉，其二曰〈肆夏〉一名〈樊〉；三曰〈韶夏〉，一曰〈遏〉；四曰〈納夏〉，一名〈渠〉。蓋擊鐘而秦此三〈夏〉曲。」其下《釋文》引呂叔玉語謂杜預所謂「三夏」即〈周頌・清廟〉之什的末三篇，其云：「〈肆夏〉，〈時邁〉也；〈樊遏〉，〈執競〉也；〈渠〉，〈思文〉也。」所謂「〈文王〉之三」，謂〈大雅・文王〉之什首三篇，《杜註》云：「〈文王〉之三，〈大雅〉之首，〈文王〉、〈大明〉、〈緜〉。」所謂「〈鹿鳴〉之三」，謂〈小雅・鹿鳴〉之什首三篇，《杜註》云：「〈小雅〉之首，〈鹿鳴〉、〈四牡〉、〈皇皇者華〉。」

〈芄蘭〉的情況也類似，姚際恆評《小序》之說云：

> 《小序》謂「刺惠公。」按，《左傳》云：「初，惠公之即位也少」，
> 杜註云：「蓋年十五六。」《序》蓋本《傳》而意逆之耳；然未有以
> 見其必然也。〔註42〕

《左傳》閔公2年記載：

> 初，惠公之即位也少，齊人使昭伯烝於宣姜不可，強之，生齊子戴
> 公、文公、宋桓夫人、許穆夫人。〔註43〕

姚際恆認為，《小序》即據此而有「刺惠公」之說，而且《小序》實無確切證據證明〈芄蘭〉與《左傳》記載有關，因此姚際恆批評《序》說出於臆測。誠然，姚際恆也不曾說〈芄蘭〉與《左傳》這段記載絕無關係，他只說「未有以見其必然也」，意謂其間欠缺可靠證明，所以不論肯定或否定都是失之武斷的判斷。

姚際恆不排斥根據《左傳》解說《詩》義，他甚至說過，《左傳》有些記錄是「真詩序」。不過，《小序》過分執泥於《左傳》文字，或摘取其中一語而隨任臆測，以致頗多無根之論。關於《詩序》之於《左傳》的關聯，楊向時云：

> 在《左傳》賦詩之時，當有《詩》而無《序》。作《詩序》者，既窺
> 揣作詩者之意，以為張本；或亦參考賦詩者之旨，以為論據。〔註44〕

此處也認為《詩序》的許多說法乃參考《左傳》而來，這可以輔證姚際恆之說。總之，姚際恆批評《小序》執泥《左傳》，所欲強調的無非是一種謹慎徵實而不固執的說《詩》態度。

（二）無據臆測

姚際恆指出，《小序》說《詩》往往欠缺證據而隨意臆說，這顯示出《小序》在詮釋依據上的輕率與不足。以下分就「無據」、「臆說附會」兩項探討姚際恆對《小序》的評論。

1. 無　據

〈王·葛藟〉、〈鄭·子衿〉二詩，姚際恆評《序》說云：

> 《序》必謂「刺平王棄其九族」，甚無據。（〈葛藟〉）

〔註42〕 《詩經通論》卷4〈衛·芄蘭〉，頁87。
〔註43〕 《春秋左傳正義》卷11，頁191。
〔註44〕 《左傳賦詩引詩考》，頁19。

《小序》謂「刺學校廢」，無據。（〈子衿〉）〔註45〕

姚際恆並未言《小序》說解〈葛藟〉、〈子衿〉詩義有誤，而是指稱《小序》之說缺乏根據。因此，說詩的結果正確或錯誤尚是另一個問題，《序》說在前提上即欠缺可成立的條件。

再者，〈齊・甫田〉、〈唐・山有樞〉、〈小雅・漸漸之石〉、〈魯頌・有駜〉等詩，姚際恆亦批評《序》說無據，其云：

此詩未詳。《小序》謂「刺襄公」，無據。（〈甫田〉）

《小序》謂「刺晉昭公」，無據。（〈山有樞〉）

《小序》謂「刺幽王」，亦無據。（〈漸漸之石〉）

《小序》謂「頌僖公君臣之有道」云，「僖公」，未有據；云「君臣之有道」，尤不切合。（〈有駜〉）〔註46〕

以上諸詩，《序》言刺某王某公，姚際恆一概以為無據可證其說。值得注意的是〈甫田〉一詩，姚際恆不知此詩何意，標示以「未詳」，那麼，《序》說似乎不妨可作為一個參考；僅管如此，姚際恆仍舊堅稱《序》說「無據」，由此亦可見其說《詩》態度嚴格，不輕易苟同。

2. 臆說附會

《小序》說《詩》除了「無據」之外，更甚者是隨意發揮。就程度而言，這點要比「無據」更為刻意，益加可見《小序》的意圖。

對於〈小雅・何人斯〉，《小序》云：

〈何人斯〉，蘇公刺暴公也。

姚際恆以為《小序》此說是由《左傳》文字附會而來。《左傳》隱公11年記載：

王取鄔、劉、蒍、邘之田于鄭，而與鄭人蘇忿生之田溫、原、絺、樊、隰郕、欑茅、向、盟、州、陘、隤、懷，君子是以知桓王之失鄭也。恕而行之，德之則也，禮之經也：己弗能有而以與人，人之不至，不亦宜乎？〔註47〕

姚際恆認為文中的「蘇忿生」即是後來《小序》「蘇公」之說的來源。關於其中疑問，姚際恆云：

〔註45〕《詩經通論》卷5〈王・葛藟〉，頁97；卷5〈鄭・子衿〉，頁111。
〔註46〕《詩經通論》卷6〈齊・甫田〉，頁120；卷6〈唐・山有樞〉，頁130；卷12〈小雅・漸漸之石〉，頁255；卷18〈魯頌・有駜〉，頁355。
〔註47〕《春秋左傳正義》卷4，頁81～82。

《小序》謂「蘇公刺暴公」，有可疑。其謂暴公者，以詩中「維暴之
云」句也；然上篇亦有「亂是用暴」句矣。「蘇」字，詩則無之。又
不言何王之朝。其云「蘇」者，得毋以《左・隱十一年》桓王以蘇
忿生之田與鄭人而附會耶？若是，又非幽王之世矣。〔註48〕

此處指出，首先，即便「蘇公」是蘇忿生，「暴公」卻無著落；單就「維暴之
云」一句的「暴」字便認定指「暴公」，未免聯想過度。其次，姚際恆懷疑〈何
人斯〉與前一篇〈巧言〉均為幽王時作品；然若「蘇公」為蘇忿生，則為桓
王時人，時世又有不合。總之，姚際恆認為《小序》說解〈何人斯〉頗多漏
洞，這些都是因為《小序》摘取片段記載而任意附會的結果。

　　又如〈大雅・民勞〉，姚際恆大致同意《小序》「召穆公刺厲王」之說。
至於《小序》以〈板〉為「凡伯刺厲王」，姚際恆云：

《小序》謂「凡伯刺厲王。」按，厲王時唯召穆公、凡伯為老臣，
故分上篇為召穆公，此篇為凡伯，亦臆度之見。此蓋刺厲王用事小
人而其旨歸于諫王也。〔註49〕

他指出，《小序》將〈民勞〉、〈板〉的作者分屬於召穆公、凡伯，彷彿連袂各
作一詩以刺厲王，其實都是作《序》者的臆說。在此姚際恆雖同意〈板〉為
刺厲王之作，然而，由語氣可以明顯感覺到他不同意《小序》以凡伯為作者
的說法。

　　對於《小序》「某人美某王」、「某人刺某王」之說，姚際恆認為多半出自
臆測。〈秦・晨風〉、〈大雅・常武〉二詩，姚際恆云：

《序》謂「刺康公棄其賢臣。」此臆測語。（〈晨風〉）

《小序》謂「召穆公美宣王。」此臆說。（〈常武〉）〔註50〕

畢竟，《詩經》非一人一時一地之作，亦無從得知作者為誰，因此凡明指一詩
為何人所作，恐多為臆測之辭。

（三）《詩》說不當

　　姚際恆認為，《小序》之說時有不合情理或超出詩義應有範圍的敘述，其

〔註48〕《詩經通論》卷11〈小雅・何人斯〉，頁219。文中「上篇亦有『亂是用暴』
　　　　句矣」，係指〈小雅・巧言〉詩句：「君子屢盟，亂是用長。君子信盜，亂是
　　　　用暴。」
〔註49〕《詩經通論》卷14〈大雅・板〉，頁296。
〔註50〕《詩經通論》卷7〈秦・晨風〉，頁143；卷15〈大雅・常武〉，頁317。

間甚至不乏與詩義背離或者自相矛盾的情形，這些都是《小序》無法正確理解詩義的具體例證。

1. 不合情理

〈檜・素冠〉一詩，《小序》云：

> 刺不能三年也。

姚際恆認為此說有十項不足採信的理由，前二項理由主要指稱《小序》違反一般的常情常理。姚際恆云：

> 時人不行三年喪，皆然也，非一人事，何必作詩以刺凡眾之人？于情理不近，一也。思行三年喪之人何至于「勞心慱慱」以及「傷悲」、「蘊結」之如是？此人無乃近于杞人耶？二也。〔註51〕

他指出，不行三年之喪形成一種風氣，詩人沒有必要作詩譏刺眾人；何況，即便對民風懷有不滿情緒，應當不至於「勞心慱慱」、「傷悲」的程度；可見《小序》之說在情理上無法成立。在姚際恆看來，《小序》這類迂腐不通情理之說時而有之，造成後人理解的困擾。是以《小序》本為解《詩》，卻反倒成為一種障礙。

《小序》說解二〈南〉，一律以「后妃」、「夫人」的模式加以解釋。〈周南〉自〈關雎〉至〈芣苢〉，《小序》分別解釋云：

> 〈關雎〉，后妃之德也。
>
> 〈葛覃〉，后妃之本也。
>
> 〈卷耳〉，后妃之志也。
>
> 〈樛木〉，后妃逮下也。
>
> 〈螽斯〉，后妃子孫眾多也。
>
> 〈桃夭〉，后妃之所致也。
>
> 〈兔罝〉，后妃之化也。
>
> 〈芣苢〉，后妃之美也。

據《序》說以上諸篇皆與后妃有關，彷彿成為一獨立單元，這點頗受到姚際恆抨擊，認為《小序》實難自圓其說。關於《小序》說〈周南・桃夭〉，姚際恆云：

> 《小序》謂「后妃之所致」，每篇必屬后妃，竟成習套。夫堯、舜之

〔註51〕《詩經通論》卷7〈檜・素冠〉，頁151。

世亦有四凶，太姒之世亦安能使女子盡賢，凡于歸者皆「宜室」、「宜家」乎？即使非后妃之世，其時男女又豈盡踰垣、鑽隙乎？此迂而不通之論也。〔註52〕

依《小序》之說，〈桃夭〉爲稱述太姒對於當時女子發生正面影響，使得她們均能「宜室宜家」。然而，姚際恆指明，這種因果關係在現實面不可能建立，《小序》之說並不合邏輯。

又如〈召南‧鵲巢〉，《小序》云：

〈鵲巢〉，夫人之德也。

姚際恆云：

《小序》謂「夫人之德」，旨意且無論，其謂「夫人」者，本于〈關雎序〉，以〈周南〉爲「王者之風」，〈召南〉爲「諸侯之風」，故于〈周南〉言「后妃」，〈召南〉言「夫人」，以爲分別。此解二〈南〉之最不通者也。孔氏曰：「〈召南〉，諸侯之風，故以夫人、國君言之。」又曰：「夫人，太姒也。」均此太姒，何以在〈周南〉則爲后妃，在〈召南〉則爲夫人？若以爲初昏，文王爲世子，太姒爲夫人，則〈關雎〉非初昏乎？〔註53〕

姚際恆在此透過《小序》解〈關雎〉與〈鵲巢〉的對比，凸顯出《小序》說《詩》不通之處。姚際恆指出，《小序》說〈關雎〉爲「后妃之德」、說〈鵲巢〉爲「夫人之德」，然而，如果詩中主角都是太姒，詩義內容都是初婚，那麼這種「后妃」、「夫人」的分別就是《小序》強加區分的結果，於事實、情理不合。

另如〈召南‧草蟲〉，《小序》云：

〈草蟲〉，大夫妻能以禮自防也。

姚際恆對於「以禮自防」的說法頗有不滿，其云：

《小序》謂「大夫妻能以禮自防。」按，爲大夫妻，豈尚慮其有非禮相犯而不自防者乎？此不通之論也。大夫妻能以禮自防，何足見其賢與文王之化耶！〔註54〕

姚際恆認爲，「大夫妻」的身分與「以禮自防」這兩件事很難並存，而且由此

〔註52〕 《詩經通論》卷1〈周南‧桃夭〉，頁23～24。
〔註53〕 《詩經通論》卷2〈召南‧鵲巢〉，頁32。
〔註54〕 《詩經通論》卷2〈召南‧草蟲〉，頁35。

也看不出與「文王之化」的關聯。

此處有一問題待討論，即《詩序》所謂「以禮自防」與姚際恆所謂「慮其有非禮相犯而不自防」的意思是否相同。若《詩序》本意為「以禮義自我要求」，乃積極遵守禮義的意思，則與「文王之化」之說未必無關；若照姚際恆所釋「以禮自防」，乃消極之不違反禮義的意思，確實難以顯現「文王之化」的成效。

對於《小序》一律以后妃、夫人解讀〈周南〉、〈召南〉，姚際恆有時難以一一辯駁，一概以「迂」名之。如論〈周南‧兔罝〉、〈周南‧麟之趾〉、〈召南‧羔羊〉三詩時，姚際恆評《小序》云：

> 《小序》謂「后妃之化。」「武夫」于后妃何與？益迂而無理。(〈兔罝〉)

> 《小序》謂「〈關雎〉之應」，其義甚迂。(〈麟之趾〉)

> 《小序》謂「〈鵲巢〉之功致」，甚迂，難解。(〈羔羊〉) 〔註55〕

姚際恆認為，《小序》說《詩》迂腐而不通情理，後人往往無法理解其說究竟建立於何種思考背景，以致對於《序》說內容感到困惑難明。

2. 含 混

《小序》說《詩》的特色是簡短撮要的，優點是簡要；相對的，缺點是過於寬泛，以致往往不能貼切詩義，而淪於一種模糊無端的敘述。如〈小雅‧菁菁者莪〉、〈周南‧汝墳〉、〈周南‧卷耳〉、〈周頌‧維天之命〉四詩，姚際恆評《序》說云：

> 《小序》謂「樂育材。」不切。(〈菁菁者莪〉)

> 《小序》謂「道化行」，全鶻突，何篇不可用之！(〈汝墳〉)

> 《小序》謂「后妃之志」，亦屬鶻突。(〈卷耳〉)

> 《小序》謂「太平告文王」，乃贅語，蓋欲切合「六年，周公制禮作樂」之說也。凡祀告文王諸詩，孰非告太平乎？(〈維天之命〉) 〔註56〕

《小序》說《詩》有一項特質，即習於以一種涵括性過高的方式籠統說解詩

〔註55〕 《詩經通論》卷1〈周南‧兔罝〉，頁25；卷1〈周南‧麟之趾〉，頁30；卷2〈召南‧羔羊〉，頁39。

〔註56〕 《詩經通論》卷9〈小雅‧菁菁者莪〉，頁188；卷1〈周南‧汝墳〉，頁29；卷1〈周南‧卷耳〉，頁19；卷16〈周頌‧維天之命〉，頁324。

義，是以各詩的《序》說呈現近似的情形，結果反而無法確切標示出每一首詩的意義，這是說解過度簡化所產生的問題。如〈大雅·既醉〉、〈大雅·鳧鷖〉、〈衛·伯兮〉三詩，姚際恆評《小序》之說云：

> 《小序》謂「太平」，泛混。（〈既醉〉）
>
> 《小序》謂「守成」，泛混。（〈鳧鷖〉）
>
> 《小序》謂「刺時」，混。（〈伯兮〉）〔註57〕

《小序》模糊含混的說解，成為無效的詮釋，無法達到正確說《詩》的目的。

3. 說解錯誤

《小序》說《詩》含混，至多與詩義不切，尚不至背離詩義。然而，姚際恆指出，有時可以明確看出《序》說絕非詩義，其詮釋的結果根本是錯誤的。如〈鄭·有女同車〉，《小序》以為刺忽之作，姚際恆云：

> 《小序》謂「刺忽」，必不是。解者因以「同車」為親迎，然親迎豈
> 是同車乎！明係曲解。且忽已辭昏，安得言親迎耶？〔註58〕

姚際恆之所以能作出「必不是」的斷語，主要是根據事實判定。因為太子忽既然辭婚，必無「有女同車」的情形，是以〈有女同車〉與太子忽、文姜絕無關聯。

再者，如〈鄭·出其東門〉、〈小雅·瓠葉〉、〈鄭·野有蔓草〉，姚際恆評《小序》之說云：

> 《小序》謂「閔亂」，詩絕無此意。（〈出其東門〉）
>
> 《小序》謂「大夫刺幽王。」按，詩中「君子有酒」句與他篇同，
> 而下三章言「獻」、「酢」、「醻」，主賓之禮悉具，毫無刺意。（〈瓠葉〉）
>
> 《小序》謂「思遇時」，絕無意。（〈野有蔓草〉）〔註59〕

姚際恆認為，〈出其東門〉詩文既無「閔」意，也不見任何關於「亂」的敘述。〈瓠葉〉乃宴飲之詩，文字間一片和樂，絲毫不見「刺」的意圖。至於〈野有蔓草〉乃男女之詩，與「遇時」完全是兩回事。姚際恆體會詩文字辭，由文意作出如上的判斷。

〔註57〕《詩經通論》卷14〈大雅·既醉〉，頁284；卷14〈大雅·鳧鷖〉，頁285；卷4〈衛·伯兮〉，頁88。

〔註58〕《詩經通論》卷5〈鄭·有女同車〉，頁105～106。

〔註59〕《詩經通論》卷5〈鄭·出其東門〉，頁112；卷12〈小雅·瓠葉〉，頁255；卷5〈鄭·野有蔓草〉，頁112。

　　《小序》喜以美刺說《詩》，這是它的一項特色。姚際恆發現，某些時候《小序》說解反義，將一詩之美刺恰恰說反。如〈齊・著〉，姚際恆評《小序》云：

　　　　《序》謂「刺時不親迎。」按，此本言親迎，必欲反之為刺，何居？
　　　　若是，則凡美者皆可為刺矣。〔註60〕

在姚際恆看來，〈著〉乃敘述親迎的作品，可是《小序》偏以為「刺不親迎」之詩，作出相反的解釋。這種反向的解說令姚際恆困惑而不滿，認為《小序》任意混淆詩義的美刺。相同的，〈曹・鳲鳩〉一詩，姚際恆評《小序》云：

　　　　《小序》謂「刺不壹」；詩中純美，無刺意。〔註61〕

由於〈鳲鳩〉詩文屢稱「淑人君子，其儀一兮」、「其儀不忒」，結語為「胡不萬年」，很明顯是首贊美頌揚的作品。《小序》以〈鳲鳩〉為刺詩，相反為說，著實令人不明所以。

　　在姚際恆的認知中，一詩為美為刺，本該涇渭分明。詩義為刺而詩旨為美，或者詩義為美而詩旨為刺，都是不可理解的。《小序》將原本為「美意」的詩解釋為「刺意」，這是姚際恆期期以為不可的。誠如他論〈著〉時所說：「若是，則凡美者皆可為刺矣」，如此，美刺的判斷標準便錯亂了。

4. 歧義矛盾

　　據姚際恆分析，《小序》說《詩》錯亂，或說解一詩而有歧義，或說解各詩詩義間有矛盾，無法統一為說。〈小雅・庭燎〉一詩，《小序》云：

　　　　〈庭燎〉，美宣王也，因以箴之。

對於《小序》既「美」又「箴」的說辭，姚際恆評云：

　　　　《小序》謂「美宣王，因以箴之。」作兩義說：其「箴之」之意未
　　　　明言，詩中亦無見也。〔註62〕

他認為，「美」與「箴」一為正面肯定，一為反面規勸，這是兩種不能並存的意義。對於「美宣王」與「箴宣王」這兩種說法，姚際恆只接納前者，而指出「箴」意其實並不在詩義範圍，也不明白《小序》之說的由來。

　　又如〈大雅・抑〉，《詩序》云：

　　　　〈抑〉，衛武公刺厲王，亦以自警也。

〔註60〕《詩經通論》卷6〈齊・著〉，頁117。
〔註61〕《詩經通論》卷7〈曹・鳲鳩〉，頁156。
〔註62〕《詩經通論》卷10〈小雅，庭燎〉，頁194。

姚際恆認同「刺厲王」的說法。至於《詩序》「自警」之說〔註63〕，姚際恆指出乃源自《國語・楚語》的一段記載。〈楚語〉記載左史倚相之言云：

> 昔衞武公年數九十有五矣，猶箴儆於國曰：「自卿以下至於師長士，苟在朝者，無謂我老耄而舍我，必恭恪於朝，朝夕以交戒我；聞一二之言，必誦志而納之，以訓導我。」在輿有旅賁之規，位宁有官師之典，倚几有誦訓之諫，取寢有褻御之箴，臨事有瞽史之導，宴居有師工之誦。史不失書，矇不失誦，以訓御之，於是乎作〈懿戒〉以自儆也。及其沒也，謂之睿聖武公。〔註64〕

姚際恆云：

> 韋昭曰：「〈懿〉，〈大雅・抑〉之篇也。『懿』讀爲『抑』。」《序》謂「亦以自警」，與韋說同；然又以詩實多刺厲王之辭，則先之曰：「衞武公刺厲王。」……作《序》者見相傳說〈楚語〉如此，而詩則實爲刺王之辭，于是立兩歧之地，而曰：「衞武公刺厲王」，又曰：「亦以自警也。」其謬有三：夫人刺王則刺王，自警則自警，未有兩事夾雜可爲文者。自警既使人誦而聽，然則聽刺王之義何居？刺王期王改悟，然則自警爲侯事，與王事又不相涉也。若然，何難作刺王一篇，自警一篇，而必以兩事夾雜爲一篇，此必無之理：一也。孔氏曰：「武公以宣王三十六年即位，則厲王之世，武公時爲諸侯庶子耳，未爲國君，未有職事，善惡無豫于物，不應作詩刺王」，此實錄也。或曲說謂「追刺」，何以云「其在于今」、「聽用我謀」等語乎？
> 則武公無刺厲王之事甚明：二也。〔註65〕

在姚際恆觀念裡，「刺王」與「自警」是兩種不同的意圖，一首詩兼具兩重功能是不可能而且不必要的。關於〈抑〉，姚際恆採納孔穎達部分的解說，接受「刺厲王」之說，但不同意爲衞武公所作。孔穎達《毛詩正義》云：

> 〈楚語〉云：「昔衞武公年九十有五矣，猶箴儆於國曰：『自卿以下，至於師長，苟在朝者，無謂我耄而捨我。』於是乎作〈懿〉以自儆。」

〔註63〕 對於《詩序》：「〈抑〉，衞武公刺厲王，亦以自警也」這段文字，姚際恆只是總稱爲「《詩序》」，並未區分《大序》、《小序》。從姚際恆的評論看來，他將這段文字視爲一家之說，因此，〈抑〉或只有《小序》，或只有《大序》。推原姚際恆對於大、小《序》的概念，應該以歸入《小序》爲恰。

〔註64〕 《國語》卷17〈楚語〉，頁551。

〔註65〕 《詩經通論》卷15〈大雅・抑〉，頁302～303。

韋昭云:「昭謂:〈懿〉詩,〈大雅·抑〉之篇也。抑讀曰懿,《毛詩序》曰:『〈抑〉,衛武公刺厲王,亦以自警。』」如昭之言,武公年耄始作〈抑〉詩。案:《史記·衛世家》武公者,僖侯之子,共伯之弟,以宣王三十六年即位,則厲王之世,武公時爲諸侯之庶子耳,未爲國君,未有職事,善惡無豫於物,不應作詩刺王,必是後世乃作追刺之耳。〔註66〕

孔穎達認爲此詩非武公所作,而是後世之人追刺前王的作品。孔穎達進一步闡述「追刺」之詩的作用,其云:

正經美詩有後王時作以追美前王者,則刺詩何獨不可後王時作而追刺前王也。詩之作者,欲以規諫前代之惡,其人已往,雖欲盡忠,無所裨益,後世追刺欲何爲哉?詩者,人之詠歌,情之發憤,見善欲論其功,睹惡思言其失,獻之可以諷諫,詠之可以寫情,本願申己之心,非是必施於諫,往者之失誠不可追,將來之君庶或能改,雖刺前世之惡,冀爲未然之鑒,不必虐君見在始得出辭,其人已逝即當杜口。〔註67〕

孔穎達認爲,所謂「追刺」之詩,目的在於發揮「勸今」的效益。然而,姚際恆由〈抑〉詩文「其在于今」、「聽用我謀」證明此詩爲時人所作,不可能是追刺的作品。關於〈抑〉的時代背景,孔穎達與姚際恆看法不同,不過他們都反對《詩序》以武公爲此詩作者的說法。在此姚際恆抽取孔穎達的部分論述以證明《小序》說解的錯誤。

姚際恆發現,《小序》對同一首詩的解釋有自相矛盾的情形之外,對各詩的解釋也時有詩義扞格的狀況。如《小序》釋《大雅》之〈雲漢〉、〈韓奕〉、〈烝民〉等詩云:

〈雲漢〉,仍叔美宣王也。

〈韓奕〉,尹吉甫美宣王也。

〈烝民〉,尹吉甫美宣王也。

大致上,《小序》視此三詩爲「美宣王」之作。另如〈小雅〉之〈吉日〉、〈鴻雁〉,〈大雅〉之〈崧高〉、〈江漢〉、〈常武〉等詩,《小序》亦視爲「美宣王」之作。至於〈小雅〉〈沔水〉、〈鶴鳴〉二詩,《小序》則解釋云:

〔註66〕《毛詩正義》卷18之1〈大雅·抑〉,頁644。
〔註67〕《毛詩正義》卷18之1〈大雅·抑〉,頁644。

　　〈沔水〉，規宣王也。

　　〈鶴鳴〉，誨宣王也。

另如〈小雅〉之〈祈父〉、〈白駒〉、〈黃鳥〉、〈我行其野〉，《小序》皆釋為「刺宣王」之作。〔註68〕依《小序》所述，以上各詩同因宣王而作，然而詩人的態度卻有稱美與勸誨的差異。對於《小序》這種矛盾的說解，姚際恆評云：

　　《序》于〈大雅〉〈雲漢〉、〈韓奕〉、〈烝民〉皆謂「美宣王」，于〈小雅〉諸篇，或以為「規」，或以為「誨」，何不倫乎！〔註69〕

姚際恆此處所爭議的並非事實問題，而是共同主題之各詩間所當呈現的一致性。依姚際恆的見解，《小序》無法建立一套自圓其說的《詩》說，而這種自相矛盾的情形是造成《小序》價值不揚的重要原因。

　　姚際恆曾總論《小序》說《詩》成績云：

　　大抵《小序》說《詩》非真有所傳授，不過影響猜度，故往往有合有不合。如〈邶〉、〈鄘〉及〈衛〉皆撫衛事以合于《詩》，〈綠衣〉、〈新臺〉以言莊姜、衛宣，此合者也；〈二子乘舟〉以言伋、壽，此不合者也。正當分別求之，豈可漫無權衡，一例依從者哉！〔註70〕

將《小序》之說與詩義比對之後，姚際恆客觀的指出，《序》說信偽參半，有可從者，亦有不可從者，必須仔細檢示。有關《小序》之說的種種謬誤之處，諸如誤用《禮記》、《左傳》之說、隨意發揮、解說失當等等，都是不可信從的部分，姚際恆一一加以評論；至於《小序》中可信從的部分，姚際恆認同它們，並認為這部分可以代表《小序》的價值。

三、對《大序》的批評

　　由姚際恆的評論看來，基本上，《大序》的問題與《小序》相彷，不外是襲他書之說、不合情理、臆說附會等等。就錯誤程度而言，《大序》之於《小序》則有過之而無不及，因此，姚際恆批評《大序》之嚴厲更甚於《小序》。然而，由於《小序》是姚際恆必然反省的對象，《大序》卻不然；故就表象看

〔註68〕其中姚際恆認同《小序》對〈祈父〉的解釋、不贊同《小序》對〈白駒〉的解釋。至於〈黃鳥〉、〈我行其野〉，姚際恆以為「其義未詳」。見《詩經通論》卷10，頁196～198。

〔註69〕《詩經通論》卷10〈小雅·鶴鳴〉，頁195。

〔註70〕《詩經通論》卷3〈邶·二子乘舟〉，頁68～69。

來，姚際恆對《大序》的批評在分量上反較《小序》為少。

（一）襲取他說

姚際恆指出，《大序》襲取他書之說以為己見，或者引述錯誤的言論，這些都顯示出《大序》無法獨立思考並作出適當詮釋。

1. 襲《小序》之說

大體而言，《小序》與《大序》的論點是一致的。姚際恆發現，《小序》錯誤之說，《大序》往往繼承之，甚至變本加厲，作出更偏離的解說。由詩文本身即可證明《大序》說解有誤者，如〈小雅·蓼莪〉，《詩序》云：

> 〈蓼莪〉，刺幽王也。民人勞苦，孝子不得終養爾。

姚際恆評云：

> 《小序》謂「刺幽王」，亦混。《大序》謂「民人勞苦，孝子不得終養」，以「民人勞苦」合「刺王」之意，不知詩云「民莫不穀，我獨何害」，則止係一人之事，豈得泛言「民」乎！〔註71〕

關於《小序》之說，姚際恆認為失之含混。至於《大序》以「民人勞苦」落實《小序》「刺王」之義，姚際恆則以「民莫不穀，我獨何害」文中「民」、「我」的對立而指稱〈蓼莪〉內容乃言一人之事，並非如《大序》所謂由「民人」而順述至「孝子」之詩。《大序》之所以作出違反詩文之論，主要承自《小序》。

〈周南·卷耳〉一詩，《詩序》云：

> 〈卷耳〉，后妃之志也。又當輔佐君子，求賢審官，知臣下之勤勞，內有進賢之志，而無險詖私謁之心，朝夕思念至於憂勤也。

姚際恆分評《小序》、《大序》之說云：

> 按，襄十五年《左傳》曰：「君子謂楚于是乎能官人。官人，國之急也；能官人，則民無覦心。《詩》云：『嗟我懷人，寘彼周行』，能官人也。王及公、侯、伯、子、男、采、衛、大夫各居其列，所謂『周行』也。」《左傳》解詩意如此。《小序》謂「后妃之志」，亦屬鶻突。《大序》謂「后妃求賢審官。」本《小序》之言后妃，而又用《左傳》之說附會之。歐陽氏駁之曰：「婦人無外事，求賢審官，非后妃之責。……又不知臣下之勤勞，闕宴勞之常禮，重貽后妃之憂傷，

如此，則文王之志荒矣。」其說是。〔註72〕

此處談到，《大序》所謂「輔佐君子，求賢審官」乃承繼《小序》「后妃之志也」而來。姚際恆並引述歐陽修《詩本義》之論，指出若依《大序》之言，則〈卷耳〉不僅非歌頌后妃之作，反成記述后妃越職、文王荒怠的作品。因此可見小、大《序》說解有誤，《大序》承繼《小序》誤說而更加偏頗。

　　須加說明的是，姚際恆批評《大序》說〈卷耳〉時舉出歐陽修之論爲證，不過，歐陽修此番言辭主要評論對象爲《毛傳》、《鄭箋》，本非《大序》。歐陽修《詩本義》論〈卷耳〉云：

〈卷耳〉之義失之久矣。云：「卷耳易得，頃筐易盈，而不盈者，以其心之憂思在於求賢而不在於采卷耳。」此荀卿子之說也。婦人無外事，求賢審官，非后妃之職也。臣下出使，歸而宴勞之，此庸君之所能也。國君不能官人於列位，使后妃越職而深憂，至勞心而廢事；又不知臣下之勤勞，闕宴勞之常禮，重貽后妃之憂傷，如此則文王之志荒矣。《序》言知臣下之勤勞，以詩三章考之，如毛、鄭之說，則文意乖離而不相屬。且首章方言后妃思欲君子求賢而置之列位，以其未能也，故憂思至深而忘其手有所采，二章、三章乃言君能以罍觥酌罰使臣，與之飲樂，則我不傷痛矣。前後之意頓殊，如此豈其本義哉！〔註73〕

這段文字論及《荀子》、《大序》、《毛傳》、《鄭箋》之說，稍嫌雜亂。「卷耳易得，頃筐易盈」爲《荀子》之說，《荀子・解蔽》有言：

《詩》云：「采采卷耳，不盈頃筐。嗟我懷人，寘彼周行。」頃筐易滿也，卷耳易得也，然而不可以貳周行。故曰：心枝則無知，傾則不精，貳則疑惑。以贊稽之，萬物可兼知也。身盡其故則美，類不可兩也，故知擇一而壹焉。〔註74〕

〈解蔽〉引此詩主要截取首章而作出「不可以貳周行」的結語，強調「專一」的重要，與〈卷耳〉本義無關。至於「求賢審官」、「知臣下之勤勞」爲《大序》之說，「憂思」爲《毛傳》之說。《毛傳》於〈卷耳〉首章下云：

〔註72〕《詩經通論》卷1〈周南・卷耳〉，頁19〜20。此處姚際恆引《左傳》「王及公、侯、伯、子、男、采、衛、大夫」之文有誤漏，《左傳》原文作「王及公、侯、伯、子、男、甸、采、衛、大夫」。見《春秋左傳正義》卷32，頁566。
〔註73〕《詩本義》卷1〈卷耳・論曰〉，頁3〜4。
〔註74〕《荀子集釋・解蔽》，頁488。

憂者之興也。采采，事采之也。卷耳，苓耳也。頃筐，畚屬，易盈

之器也。〔註75〕

「而不盈者，以其心之憂思在於求賢而不在於采卷耳」與「君能以醻酰酌罰

使臣，與之飲樂，則我不傷痛」，則爲《鄭箋》之說。〔註76〕由歐陽修的評論

看來，似乎對毛、鄭多所指謫，對《大序》只點到爲止。事實上，誠如姚際

恆所論，扭曲〈卷耳〉詩義，而將〈卷耳〉釋爲「后妃求賢審官、知臣下勤

勞以至於深憂」，主要出自《大序》之說。關於毛、鄭的解釋，《毛傳》言簡，

著墨不多，《鄭箋》則是順應《大序》，申言其說。

《大序》說〈周南・桃夭〉一詩，姚際恆亦視爲承《小序》之說以至於

失理的例子。姚際恆云：

《小序》謂「后妃之所致。」……此迂而不通之論也。《大序》復謂

「不妒忌，則男女以正，昏姻以時，國無鰥民。」按，孟子言「大

王好色，內無怨女，外無曠夫」，此雖諷諫之言，于理猶近；若后妃

不妒忌于宮中，與「國無鰥民」何涉？豈不可笑之甚哉！〔註77〕

在姚際恆看來，《小序》以「后妃」通解〈周南〉已是不通之說，《大序》進

一步提出「國無鰥民」之論，與「后妃不妒忌」更談不上任何關聯；可見由

《小序》而《大序》，說法愈顯牽強。姚際恆認爲，若由無據說《詩》的情形

而論，《大序》的不佳表現往往因承自《小序》，加以不求辨別所致。

又如〈齊・甫田〉一詩，《詩序》云：

〈甫田〉，大夫刺襄公也。無禮義而求大功，不脩德而求諸侯，志大

心勞，所以求者非其道也。

姚際恆論云：

此詩未詳。《小序》謂「刺襄公」，無據。《大序》謂「無禮義而求大

功，不修德而求諸侯」云云，《集傳》且謂「戒時人厭小而務大，忽

近而圖遠」云云，大抵皆影響之論。〔註78〕

據姚際恆分析，由於《小序》說〈甫田〉已屬無據漫談，順應者如《大序》、

《詩集傳》所說自然幾近無的放矢之論。

〔註75〕《毛詩正義》卷1，頁33。

〔註76〕《毛詩正義》卷2，頁33。

〔註77〕《詩經通論》卷1〈周南・桃夭〉，頁23～24。

〔註78〕《詩經通論》卷6〈齊・甫田〉，頁120。

就《小序》、《大序》說《詩》的成績而論，姚際恆認爲，《大序》常繼續《小序》誤說，過之而無不及，這是承襲《小序》之說所難避免的結果。然而，難道《大序》說《詩》便絕無勝過《小序》之處？答案亦不盡然。如〈周南‧汝墳〉、〈邶‧凱風〉，姚際恆便認爲《大序》之說勝過《小序》，其云：

> 《小序》謂「道化行」，全鶻突，何篇不可用之！按，此詩有二說：
> 《大序》以爲婦人作，則「君子」指其夫也，「父母」指夫之父母也。
> 《僞說》爲商人苦紂之虐，歸心文王，作是詩，則「君子」、「父母」皆指文王也。二說皆若可通。(〈汝墳〉)
>
> 《小序》謂「美孝子」，此孝子自作也，豈他人作乎！《大序》謂「母不能安其室家」，是也。(〈凱風〉) 〔註79〕

不過整體地說，《大序》承繼大部分《小序》誤說仍爲其說詩的負面表現之一。

2. 據《禮記》爲說

姚際恆反對以三《禮》說《詩》，他發現，《大序》有據《禮記》說《詩》的情形，這是《大序》解說謬誤的另一項原因。如《大序》說〈鄘‧桑中〉云：

> 衛之公室淫亂，男女相奔，至於世族在位相竊妻妾，期於幽遠，政散民流而不可止。

姚際恆認爲其中「政散民流而不可止」乃出自〈樂記〉之誤說，其云：

> (《大序》) 其曰：「政散民流而不可止」，亦本〈樂記〉語。按，〈樂記〉云：「鄭、衛之音，亂世之音也，比于慢矣。桑間、濮上之音，亡國之音也，其政散，其民流，誣上、行私而不可止也。」「桑間」，亦即指此詩。「濮上」，用《史記》衛靈公至濮水，聞琴聲，師曠謂紂亡國之音事，故以爲「亡國之音」。其實此詩在宣、惠之世，國未嘗亡也，故曰「其政散」云云。〈樂記〉之文紐合二者爲一處，本屬亂拈，不可爲據。今《大序》又用〈樂記〉，尤不可據。〔註80〕

此言討論重點爲〈樂記〉的一段文字。姚際恆指出，〈樂記〉所謂「桑間」即指〈桑中〉，「濮上」則是《史記‧樂書》中衛靈公、晉平公於濮水上所聞師曠演奏之樂，當時師曠稱之爲「亡國之音」、「靡靡之樂」。然而，〈桑中〉與「濮上之音」並非同時之作，〈桑中〉在前，不當與「濮上之音」一概稱之爲

〔註79〕《詩經通論》卷1〈周南‧汝墳〉，頁28～29；卷3〈邶‧凱風〉，頁56。
〔註80〕《詩經通論》卷4〈鄘‧桑中〉，頁73。

亡國之音，可見〈樂記〉之說不確實。《大序》據〈樂記〉之文解釋〈桑中〉，自然是錯誤的。

　　姚際恆此處評《大序》之言存在兩個問題：一、〈樂記〉、《史記》關於這段記載的信偽問題；二、《史記》中關於「濮上之音」一段的出處問題。首先，姑且不論〈樂記〉與《史記》孰先孰後，或兩者所記有更本初的來源，由姚際恆所言看來，他認為《史記‧樂書》記錄在前，〈樂記〉乃本〈樂書〉為說。然而，就「桑間、濮上之音，亡國之音也」這段文字而言，〈樂記〉與《史記》的記載除了文字上有些微差異，兩者幾乎如出一轍。因此，若《史記》可信，則〈樂記〉同樣可信；若〈樂記〉與《史記》均不可信，依姚際恆以《史記》在前的認知，則誤說當出自《史記》。如此，亂拈與紐合〈桑中〉與「濮上之音」者始自《史記》，不該獨責〈樂記〉。再者，關於「濮上之音」的記載，最早應見於《韓非子‧十過》，文中藉晉平公好靡靡之樂、亡國之音，說明為政者不務政事而好音之禍，〔註81〕《史記》之文當由〈十過〉而來〔註82〕。其實，《詩序》、《禮記‧樂記》、《史記‧樂書》三者在論音樂產生的根源，以及外物對音樂性質的必然影響上有著相同的觀念，這是所謂「治世之音」、「亂世之音」、「亡國之音」的思想基礎，〔註83〕它們也同樣視「桑間」、「濮上之音」為亡國之音的代表。只不過，姚際恆認為《詩序》與〈樂記〉是不可從的，但是《史記》卻是可信的，〔註84〕因此在論〈桑中〉時便出現上述這種難以自圓的情形。

　　〈周頌‧清廟〉一詩，《詩序》云：

　　　　〈清廟〉，祀文王也。周公既成洛邑，朝諸侯，率以祀文王焉。

姚際恆評《大序》云：

　　　　《大序》謂「周公既作洛邑，朝諸侯，率以祀文王焉。」謬也。按，
　　　　〈洛誥〉曰：「則禋于文王、武王」，又曰：「文王騂牛一，武王騂牛
　　　　一」，是洛邑既成，兼祀文、武，此詩專祀文王，豈可通乎！至謂「朝

〔註81〕〈十過〉於此章下有言：「故曰：不務聽治，而好五音不已，則窮身之事也。」（《韓非子釋評》，頁379）

〔註82〕瀧川龜太郎《史記會注考證》於〈樂書〉中「衛靈公至晉於濮水之上聞樂」一段下註云：「以上節錄《韓非‧十過篇》、《論衡‧紀妖篇》。」（頁447）

〔註83〕《禮記注流》卷37〈樂記〉有言：「凡音者，生人心者也。情動於中，故形於聲，聲成文謂之音。是故治世之音安以樂，其政和；亂世之音怨以怒，其政乖；亡國之音哀以思，其民困：聲音之道與政通矣。」（頁663）

〔註84〕姚際恆曾論及《詩序》與《史記》的可信程度，云：「安可信《詩序》而疑《史記》耶！」（《詩經通論》卷4〈鄘‧柏舟〉，頁70～71）

諸侯，率以祀文王」，此本〈明堂位〉之邪説，謂周公踐天子位、朝

諸侯也，尤為誣妄。〔註85〕

在此姚際恆以〈洛誥〉之言反駁《大序》，並指出《大序》是受了〈明堂位〉
的不當影響。基本上，姚際恆同意〈清廟〉為祀文王的作品，不過他並不贊
同此詩作於周公定都洛邑之時，也不認為周公有「朝諸侯」的事實。

依《尚書・洛誥》的記載云：

召公既相宅，周公往營成周，使來告卜，作〈洛誥〉。〔註86〕

如此則〈洛誥〉之作乃為既成洛邑，將歸政成王，而告以居洛之義。文中凡
稱「先王」，多文王、武王並舉，諸如：

公稱，丕顯德，以予小子揚文武烈，奉答天命，和恆四方民，居師。

迪將其後，監我士師工，誕保文武受民，亂為四輔。

周公拜手稽首曰：「王命予來承保乃文祖受命民，越乃光烈武王弘朕

恭。」〔註87〕

由〈洛誥〉文字看來，當時祭祀亦文王、武王並祀，因此《大序》以「周公
既作洛邑」為〈清廟〉的創作時世恐有問題。至於「周公朝諸侯」之説，《禮
記・明堂位》有言：

昔殷紂亂天下，脯鬼侯以饗諸侯，是以周公相武王以伐紂，武王崩，

成王幼弱，周公踐天子之位，以治天下六年，朝諸侯於明堂，制禮

作樂，頒度量而天下大服。〔註88〕

姚際恆認為這是《大序》説法的來源。然而，依〈明堂位〉之言，周公「踐
天子位」、「朝諸侯」，則是天子而非攝政。姚際恆認為這是對周公的誣罔之辭，
《大序》從其説，連帶造成對〈清廟〉的誤解。

3. 誤襲史傳之説

姚際恆談到，《大序》常襲用史傳記載而作出錯誤的解釋，如襲《左傳》、
《公羊傳》、《穀梁傳》、《國語》等説。其中錯誤產生的原因，是基於《大序》
對於史載的誤判。如〈衞・碩人〉，《詩序》云：

〔註85〕《詩經通論》卷 16〈周頌・清廟〉，頁 323。《尚書・洛誥》有言：「予不敢宿，
則禋于文王、武王。」「戊辰，王在新邑烝祭、歲。文王騂牛一，武王騂牛一。」
（《尚書正義》卷 15〈洛誥〉，頁 230～231）

〔註86〕《尚書正義》卷 15〈洛誥〉，頁 224。

〔註87〕《尚書正義》卷 15〈洛誥〉，頁 228～229。

〔註88〕《禮記注疏》卷 31〈明堂位〉，頁 567。

〈碩人〉，閔莊姜也。莊公惑於嬖妾，使驕上僭。莊姜賢而不答，終
以無子，國人閔而憂之。

姚際恆不滿《大序》「終以無子，國人閔而憂之」的說法，他認爲「莊姜無子」
事在此詩之後，非詩義所有意涵，《大序》是因爲誤植《左傳》之文才作此解。
姚際恆云：

《左傳》云：「初衛莊公娶于齊東宮得臣之妹，曰莊姜，美而無子，
衛人所爲賦〈碩人〉也。」亦但謂〈碩人〉之詩爲莊姜詠。其云「無
子」，亦據後事爲説，不可執泥。《小序》蓋執泥《左傳》耳。《大序》
謂「終以無子」，尤襲《傳》顯然。〔註89〕

由《左傳》文字看來，無法確定其意是否以「美而無子」爲〈碩人〉詩義，
但由〈碩人〉詩文分析，「美」意可見，卻不見「無子」之意。姚際恆之所以
批評《大序》襲《左傳》之文而不加細察，主要是針對這點而發。

面對《序》說〈碩人〉，崔述與姚際恆看法接近，崔述云：

原《序》所以爲是説者，無他，皆由誤解《春秋傳》文，謂莊姜無
子由於莊公之不答，是以〈碩人序〉云：「莊姜賢而不答，終以無子。」
然有子無子豈盡在答與不答哉！漢薄氏，宋李妃皆以一夕之幸而有
子；趙飛燕、合德專寵嫉妒而卒無子。今世夫婦相愛，不忍畜妾而
無子者何限！乃以莊姜無子遂懸坐莊公以不答之罪，可謂漢庭鍛鍊
之獄矣。莊公之失惟寵州吁一事耳，然此特由溺愛而無遠慮，與齊
僖公之寵無知正同，初不料其後日有弑奪之禍也。果縱妾使上僭，
果不答莊姜而使之失位，則亦何難廢桓公而立州吁。然則莊公初未
嘗有大昏惑之事也，不過説《詩》者強以加之，以蘄其説之相符耳。
且使莊姜果賢，莊公即不見答，猶當委婉措詞，怨而不怒，庶不失
詩人忠厚之旨。〔註90〕

在此崔述一再爲莊公辯護，分別引史爲例和從道德角度申言，論述《大序》「賢
而不答」一句無法成立。基本上，崔述也認爲《大序》誤讀《左傳》之文，
進而襲以說解〈碩人〉，才會作出謬解。

〔註89〕《詩經通論》卷4〈衛·碩人〉，頁84。據《左傳》隱公3年記載：「衛莊公
娶于齊東宮得臣之妹，曰莊姜，美而無子，衛人所爲賦〈碩人〉。」（《春秋左
傳正義》卷3，頁53）
〔註90〕《讀風偶識》卷2〈論邶、鄘、衛風〉，頁20。

〈鄘‧桑中〉一詩，《詩序》云：

> 〈桑中〉，刺奔也。衞之公室淫亂，男女相奔，至於世族在位相竊妻妾，期於幽遠，政散民流而不可止。

姚際恆評《大序》之說云：

> 《大序》謂「男女相奔，至于世族在位相竊妻妾，期于幽遠，政散民流而不可止。」按，《左傳》成二年，巫臣盡室以行，申叔跪遇之曰：「夫子有三軍之懼而又有〈桑中〉之喜，宜將竊妻以逃者也。」《大序》本之爲說。《傳》所言「桑中」固是此詩，然《傳》因巫臣之事而引此詩，豈可反據巫臣之事以說此詩，大是可笑。〔註91〕

對於《大序》「竊妻、妾，期于幽遠」之說，姚際恆指出本襲自《左傳》。《左傳》成公2年記載：

> 及共王即位，將爲陽橋之役，使屈巫聘于齊，且告師期，巫臣盡室以行。申叔跪從其父將適於郢，遇之，曰：「異哉！夫子有三軍之懼而又有〈桑中〉之喜，宜將竊妻以逃者也。」及鄭使介反幣，而以夏姬行。〔註92〕

由記載看來，申叔跪是以「三軍之懼」與「〈桑中〉之喜」心情的對比，諷刺巫臣「竊妻以逃」的行爲。結合「三軍之懼」與「〈桑中〉之喜」的「因」，所以有「竊妻以逃」的「果」，並非單憑「〈桑中〉之喜」便足以造成「竊妻以逃」的結果，故而〈桑中〉未必是「竊妻妾，期于幽遠」之詩。姚際恆指出，《大序》襲用《左傳》之文卻不深究其意，因此才會發出這類可笑的謬說。

類似的情形還可見於《大序》解〈大雅‧洞酌〉一詩，《詩序》云：

> 〈洞酌〉，召康公戒成王也。言皇天親有德，饗有道也。

姚際恆評《大序》云：

> 《大序》謂「皇天親有德，饗有道也。」依倣《左》隱三年「周、鄭交質」中語，益鄙淺。〔註93〕

《詩經通論》中並未就〈洞酌〉詩義多作申言，不過很顯然的姚際恆不滿《大序》之說，他認爲《大序》所言乃模仿《左傳》文字而來。《左傳》隱公3年記載：

〔註91〕 《詩經通論》卷4〈鄘‧桑中〉，頁73。
〔註92〕 《春秋左傳正義》卷25，頁428。
〔註93〕 《詩經通論》卷14〈大雅‧洞酌〉，頁290。

鄭武公、莊公爲平王卿士，王貳于虢，鄭伯怨王。王曰：「無之！」
故周、鄭交質，王子狐爲質於鄭，鄭公子忽爲質於周。王崩，周人
將畀虢公政，四月，鄭祭足帥師取溫之麥，秋，又取成周之禾，周、
鄭交惡。君子曰：「信不由中，質無益也。明恕而行，要之以禮，雖
無有質，誰能間之？苟有明信，澗谿沼沚之毛，蘋蘩薀藻之菜，筐
筥錡釜之器，潢汙行潦之水，可薦於鬼神，可羞於王公。而況君子
結二國之信，行之以禮，又焉用質？〈風〉有〈采蘩〉、〈采蘋〉，〈雅〉
有〈行葦〉、〈泂酌〉，昭忠信也。」〔註94〕

文中提及「行潦」〔註95〕、「〈雅〉有〈行葦〉、〈泂酌〉」，顯示出與〈泂酌〉
一詩的關聯。比照字面，這段文字與《大序》之辭並無直接關係，推論姚際
恆之意，可能認爲《大序》承自上文「君子曰」一段，故將〈泂酌〉往道德
方向申論。從申言道德這方面來看，《左傳》之「信不由中，質無益也」、「明
恕而行，要之以禮」、「苟有明信……潢汙行潦之水，可薦於鬼神，可羞於王
公」、「〈雅〉有〈行葦〉、〈泂酌〉，昭忠信也」等語，與《大序》所謂「皇天
親有德，饗有道」論調一致。然而，以理說《詩》向來是姚際恆不以爲然的，
這或許是他批評《大序》仿《左傳》文而「益鄙淺」的原因之一。

　　依姚際恆認定，《大序》成書《左傳》之後。〈曹・候人〉一詩，《詩序》云：

〈候人〉，刺近小人也。共公遠君子而好近小人焉。

姚際恆發現，《大序》「共公遠君子而好近小人」之說源自《左傳》僖公 28 年
的傳文。《左傳》僖公 28 年記載晉文公伐曹之事云：

三月丙午，入曹，數之，以其不用僖負羈而乘軒者三百人也；且曰：
「獻狀，令無入僖負羈之官而免其族報施也。」魏犨、顛頡怒曰：「勞
之不圖報，於何有？」爇僖負羈氏。魏犨傷於胸，公欲殺之而愛其
材，使問且視之，病將殺之。魏犨束胸見使者曰：「以君之靈，不有
寧也。」距躍三百，曲踊三百，乃舍之，殺顛頡以殉于師，立舟之
僑以爲戎右。宋人使門尹般如晉師告急，公曰：「宋人告急，舍之則
絕。告楚不許，我欲戰矣，齊秦未可，若之何？」先軫曰：「使宋舍

〔註94〕　《春秋左傳正義》卷 3，頁 51～52。
〔註95〕　〈大雅・泂酌〉：「泂酌彼行潦，挹彼注茲，可以饋饎。豈弟君子，民之父母。
　　　　　泂酌彼行潦，挹彼注茲，可以濯罍。豈弟君子，民之攸歸。泂酌彼行潦，挹
　　　　　彼注茲，可以濯溉。豈弟君子，民之攸墍。」

我而賂齊秦，藉之告楚，我執曹君，而分曹衛之田以賜宋人，楚愛
曹衛，必不許也。喜賂怒頑，能無戰乎！」公說，執曹伯，分曹衛
之田以畀宋人。〔註96〕

孔穎達認為這段文字與〈候人〉有密切關聯，並且申言《大序》之說云：

僖十八年《左傳》稱晉文公入曹，數之，以其不用僖負羈而乘軒者
三百人也，且曰「獻狀。」杜預云：「軒，大夫之車也。言其無德而
取位者多，故責其功狀。」彼正當共公之時，與此三百文同，故傳
因言乘軒以為共公近小人之狀。〔註97〕

姚際恆卻認為由此正可見《大序》取《左傳》之說，其評《大序》云：

《大序》謂「共公遠君子而好近小人。」按，《左傳》僖二十八年春，
晉文公伐曹。三月，入曹，數之，以其不用僖負羈而乘軒者三百人
也。遂執曹伯襄以畀宋人，即共公也。《序》不言《傳》文者，示其
為在《傳》之前也；然曰「共公」，則用《傳》明矣。〔註98〕

姚際恆除了指出《大序》襲用《左傳》，並進一步分析作《序》者的心理。結
論是：《大序》用《左傳》記載卻不加交代說明，彷彿己說在前，其用心乃刻
意顛倒與《左傳》間的成書先後順序。由此可見，《大序》不僅襲用《左傳》
之說而導致錯誤頻頻，作者心態也十分可議。

　　姚際恆談到，《大序》另據《公羊傳》、《穀梁傳》說《詩》，這部分頗有
問題。〈齊·猗嗟〉一詩，《詩序》云：

〈猗嗟〉，刺魯莊公也。齊人傷魯莊公有威儀技藝，然而不能以禮防
閑其母，失子之道，人以為齊侯之子焉。

姚際恆指出，《大序》此說出自《公羊傳》、《穀梁傳》，而此二書記載此事的
觀點並不恰當。姚際恆云：

《大序》曰：「人以莊公為齊侯之子焉」，蓋本《公》、《穀》二傳為
說。《春秋》「子同生」，《穀梁》曰：「疑，故志之。」《公羊》曰：「夫
人譖于齊侯，『公曰："同非吾子，齊侯之子也！"』」按，此事曖
昧，《序》據以說詩，謬。〔註99〕

〔註96〕《春秋左傳正義》卷 16，頁 270～271。
〔註97〕〈曹·候人〉「彼其之子，三百赤芾」，孔穎達謂「僖十八年」為誤，應為「僖
公二十八年」。（《毛詩正義》卷 7，頁 270）
〔註98〕《詩經通論》卷 7〈曹·候人〉，頁 155。
〔註99〕《詩經通論》卷 6〈齊·猗嗟〉，頁 123。

《春秋》桓公 6 年下有言：

> 九月丁卯，子同生。

杜預《註》云：

> 桓公子，莊公也。〔註100〕

《左傳》的記載也大致相同。《左傳》桓公 6 年記載：

> 九月丁卯，子同生，以大子之禮舉之，接以大牢，卜士負之，士妻
> 食之，公與文姜宗婦命之。〔註101〕

《春秋》、《左傳》的記載十分正常，但是據《公羊傳》、《穀梁傳》記錄，莊公卻有著不尋常的身世。姚際恆十分不苟同這種曖昧之說，因此對於《大序》據以說解〈猗嗟〉，姚際恆認爲是謬誤不當的。

4. 襲《毛傳》之說

在姚際恆的認知裡，《詩序》成書在《毛傳》之後，這樣的論點表現在他論〈周南·芣苢〉。〈周南·芣苢〉一詩，《詩序》云：

> 〈芣苢〉，后妃之美也。和平則婦人樂有子矣。

姚際恆評《大序》云：

> 《大序》謂「和平則婦人樂有子矣。」《毛傳》謂「芣苢，車前，宜
> 懷妊焉。」按，車前，通利之藥，謂治產難或有之，非能宜子也。
> 故毛謂之「宜懷妊」，《大序》因謂之「樂有子」，尤謬矣。〔註102〕

姚際恆認爲，車前（芣苢）的藥性爲通利，或許可治難產，但並非宜子之藥。《大序》之所以有「樂有子」之說，主要是受了《毛傳》「宜懷妊」的誤導。姚際恆引述《毛傳》語下註云：

> 《大序》謂「婦人樂有子」者，本竊《毛傳》「宜懷妊」之說。蓋毛
> 公，文帝時人；衛宏，東漢人也。〔註103〕

姚際恆不認同《毛傳》對「芣苢」的解釋，《大序》若襲取《毛傳》之說，自然更等而下之。

在此說明一點，關於「車前」藥性，《本草備要》云：

〔註100〕《春秋左傳正義》卷 6，頁 109。
〔註101〕《春秋左傳正義》卷 6，頁 112。
〔註102〕《詩經通論》卷 1〈周南·芣苢〉，頁 26。《毛傳》云：「芣苢，馬舄；馬舄，車前也，宜懷妊焉。」（《毛詩正義》卷 1，頁 41）
〔註103〕《詩經通論》卷 1〈周南·芣苢〉，頁 26。

甘寒涼血，去熱止吐衄，消瘕瘀，明目通淋。子甘寒，清肺肝風
熱，滲膀胱濕熱，利小便而不走氣，與茯苓同功。強陰益精，令
人有子。治濕痹，五淋暑濕下痢，目赤障翳，催生下胎。酒蒸搗
餅焙研。〔註104〕

根據此說，姚際恆稱車前為「通利之藥」，可「治產難」，並沒有錯。不過，《本
草備要》同時提到車前可「強陰益精，令人有子」，那麼，《毛傳》稱其「宜
懷妊」也非妄說。若然，則《大序》「樂有子」的講法未必襲自《毛傳》，也
未必一定不能成立。

（二）說義不通

姚際恆分析，《大序》頗多迂腐不通之說，狀況比《小序》嚴重。最明顯
的情形出現在二〈南〉，如〈周南‧關雎〉，《詩序》云：

〈關雎〉，后妃之德也。是以〈關雎〉樂得淑女以配君子，憂在進賢，
不淫其色。哀窈窕，思賢才，而無傷善之心焉，是〈關雎〉之義也。

姚際恆批評《大序》云：

《小序》謂「后妃之德」，《大序》曰：「樂得淑女以配君子，憂在進
賢，不淫其色。哀窈窕，思賢才，而無傷善之心焉。」因「德」字衍
為此說，則是以為后妃自詠，以淑女指妾媵。其不可通者四：雎鳩，
雌雄和鳴，有夫婦之象，故托以起興。今以妾媵為與君和鳴，不可通
一也。「淑女」、「君子」，的的妙對，今以妾媵與君對，不可通二也。
「逑」，「仇」同，反之為「匹」。今以妾媵匹君，不可通三也。〈棠棣〉
篇曰：「妻子好合，如鼓瑟琴。」今云「琴瑟友」，正是夫婦之義。若
以妾媵為與君琴瑟友，則僭亂；以后妃為與妾媵琴瑟友，未聞后與妾
媵可以琴瑟喻者也。不可通四也。夫婦人不妒則亦已矣，豈有以己之
坤位甘遜他人而後謂之不妒乎？此迂而不近情理之論也。〔註105〕

歸納《大序》之意，乃以〈關雎〉為后妃所作，詩中「淑女」指妾媵，「君子」
指文王。姚際恆就詩義中「淑女」、「君子」之對等性、而現實上「妾媵」、「文
王」之不對等性，反駁《大序》此說。在姚際恆看來，「文王」與「妾媵」間

〔註104〕《本草備要》卷2〈草部〉，頁31。耿萱云：「芣苢，車前草科，今名車前草，
　　　　嫩葉可食，種子入藥。」（《詩經中的經濟植物》之〈丙、蔬菜類〉，頁33）
　　　　耿萱將芣苢歸入蔬菜類，芣苢子視為藥材。
〔註105〕《詩經通論》卷1〈周南‧關雎〉，頁14。

的關係，不可能是詩中所敘「淑女」與「君子」之情事，可知《大序》的解釋與事實並不相符。至於《大序》說《詩》最違反情理之處，則是賦予「后妃」以不合人性的包容度。

　　《大序》「后妃不妒忌」之說，尚見於其論〈周南・桃夭〉，《詩序》云：

　　　　〈桃夭〉，后妃之所致也。不妒忌，則男女以正，婚姻以時，國無鰥民也。

對此姚際恆深表不滿，其云：

　　　　《大序》復謂「不妒忌，則男女以正，昏姻以時，國無鰥民。」按，孟子言「大王好色，內無怨女，外無曠夫」，此雖謫諫之言，于理猶近；若后妃不妒忌于宮中，與「國無鰥民」何涉？豈不可笑之甚哉！

　　〔註106〕

誠然，「后妃不妒忌」與「國無鰥民」不僅各自為義，兩者間也不存在因果關係，《大序》勉強比合，確實很難自圓其說。

　　《大序》說〈王・大車〉也有類似情形，《詩序》云：

　　　　〈大車〉刺周大夫也。禮義陵遲，男女淫奔，故陳古以刺今大夫不能聽男女之訟焉。

姚際恆評《大序》云：

　　　　《大序》謂「男女淫奔，故陳古以刺今大夫不能聽男女之訟焉」，頗為迂折。且夫婦有別，豈「異室」之謂乎？古大夫何為使夫婦異室也？〔註107〕

姚際恆指出，如果此詩為「陳古刺今」之詩，詩中之古代夫婦何以言「穀則異室」？「陳古」既難以成立，「刺今」之說也隨之空懸。

　　《大序》有一段關於〈周南〉、〈召南〉的總論，云：

　　　　然則〈關雎〉、〈麟趾〉之化，王者之風，故繫之周公。南，言化自北而南也。〈鵲巢〉、〈騶虞〉，諸侯之風也，先王之所以教，故繫之召公。〈周南〉、〈召南〉，正始之道，王化之基。

姚際恆批評此說云：

　　　　既以二〈南〉繫之二公，遂以其詩皆為文王之詩；見〈關雎〉、〈葛

〔註106〕《詩經通論》卷1〈周南・桃夭〉，頁24。
〔註107〕《詩經通論》卷5〈王・大車〉，頁98。關於「異室」，〈王・大車〉三章有言：「穀則異室，死則同穴。謂予不信，有如皦日。」

> 覃〉爲婦人，《詩序》以他詩亦皆爲婦人。文王一人，何以在〈周南〉
> 則以爲王者，在〈召南〉則以爲諸侯？太姒一人，何以在〈周南〉
> 則爲后妃，在〈召南〉則以爲夫人？皆不可通也。〔註108〕

如依《大序》之說，不論〈周南〉或〈召南〉都創作於文王之時，如此則所
謂「王者」與「諸侯」的區分其實是不合理的。尤以《大序》解〈麟之趾〉
云：

> 〈關雎〉之化行，則天下無犯非禮，雖衰世之公子，皆信厚如麟趾
> 之時也。

姚際恆論云：

> 《大序》謂「衰世之公子皆信厚如麟趾之時。」其云：「麟趾之時」，
> 歐陽氏、蘇氏、程氏皆譏其不通矣。即其謂「衰世之公子」，「衰世」
> 二字亦難通。意謂古者治世當有麟應；商、周之際爲衰世，文王公
> 族亦如麟應。然則謂治世有麟應者，指何世乎？可謂誕甚。衰世又
> 何不以麟應而以人應乎？夫人重于獸，不將衰世反優于治世乎？何
> 以解也？〔註109〕

此段論述的重點在於「衰世」與「麟應」的關聯。在古人的觀念裡，麟爲異
獸，不常出，古人以爲祥瑞的象徵，也視之對當時爲「治世」的肯定。姚際
恆由《大序》之語推論，若「治世有麟應，衰世有人（文王公族）應」，則衰
世的表象顯然勝過治世，常理上難以成立。在姚際恆的認定中，「人」的價值
自然勝過「麟」，「麟應」本不如「人應」，由此可見他以人爲本的理性精神。

〈衛·木瓜〉一詩，《詩序》云：

> 〈木瓜〉，美齊桓公也。衛國有狄人之敗，出處于漕，齊桓公救而封
> 之，遺之車馬器服焉。衛人思之，欲厚報之而作是詩也。

姚際恆舉出四點以反駁《大序》之說，其云：

> 《大序》謂「齊桓救而封之，遺以車馬器服焉，衛人思欲厚報之而
> 作是詩。」按，此說不合者有四：衛被狄難，本未嘗滅，而桓公亦
> 不過爲之城楚丘及贈以車馬、器服而已；乃以爲美桓公之救而封之，
> 一也。以是爲衛君作與？衛文乘齊五子之亂而伐其喪，實爲背德，
> 則必不作此詩。以爲衛人作與？衛人，民也，何以力能報齊乎？二

〔註108〕《詩經通論》卷1〈周南·關雎〉，頁13。
〔註109〕《詩經通論》卷1〈周南·麟之趾〉，頁30。

也。既曰桓公救而封之，則爲再造之恩；乃僅以果實喻其所投之甚

微，豈可謂之美桓公乎！三也。衛人始終毫末未報齊，而遽自儗以

重寶爲報，徒以空言妄自矜詡，又不應若是喪心，四也。〔註110〕

由事實層面來看，齊對衛並無救亡之恩，衛對齊也沒有回報之事。從作者方
面來看，若此詩衛君所作，以衛君背德的行爲，不應有「欲厚報之」的想法；
若以爲人民所作，則欠缺「欲厚報之」的能耐。從詩文取喻的意義來看，「木
瓜」、「木桃」、「木李」難以構成「厚報」的聯想。結合這三方面的原因，姚
際恆具體地說明《大序》的不合理性，批評可謂全面而細微。

（三）附會臆說

對於《大序》許多漫無根據、甚至荒謬可笑的解說，姚際恆一一加以指
謫。這部分問題的關鍵有時是在於名物的解釋上，如《大序》說〈周南・螽
斯〉、〈召南・鵲巢〉、〈召南・羔羊〉等詩云：

> 言若螽斯不妒忌，則子孫眾多也。（〈螽斯〉）

> 國君積行累功以致爵位，夫人起家而居有之，德如鳲鳩，乃可以配
> 焉。（〈鵲巢〉）

> 召南之國化文王之政，在位皆節儉正直，德如羔羊也。（〈羔羊〉）

在《大序》的解釋中，螽斯有「不妒忌」之德，鳲鳩有「起家居有」之德，
羔羊有「節儉正直」之德。對於此類說辭，姚際恆云：

> 《大序》謂「言若螽斯不妒忌，則子孫眾多。」以螽斯爲不妒忌，
> 附會無理，前人已駁之。（〈螽斯〉）

> 「鵲巢鳩居」，自《傳》、《序》以來，無不附會爲說，失風人之旨。《大
> 序》曰：「德如鳲鳩，乃可以配。」鄭氏因以爲「均壹之德」。嗟乎！
> 一鳩耳，有何德？而且以知其爲均壹哉？此附會一也。（〈鵲巢〉）

> 《大序》謂「節儉正直，德如羔羊。」其謂「德如羔羊」，謬不待辨；
> 即所謂「節儉正直」，詩中于何見耶？大夫羔裘，乃當時之制，何得
> 謂之節儉？此詩固贊美大夫，然無一字及其賢，又何以獨知其正直
> 乎？（〈羔羊〉）〔註111〕

〔註110〕《詩經通論》卷4〈衛・木瓜〉，頁91。

〔註111〕《詩經通論》卷1〈周南・螽斯〉，頁22～23；卷2〈召南・鵲巢〉，頁33；
卷2〈召南・羔羊〉，頁39～40。

姚際恆認爲，《大序》所樂於發揚的鳥獸蟲魚之「德」，在現實面並不存在。
生物固然有一定的生存與行爲模式，不過若硬將之與道德品行牽扯一處，不
僅是一種附會的說法，也是姚際恆素來反對的作法。

　　對於《大序》所判定之某詩爲某人所作，姚際恆認爲大多出自個人臆測，
缺少事實依據。如《詩序》說〈豳・七月〉、〈魯頌・駉〉云：

　　　　〈七月〉，陳王業也。周公遭變，故陳后稷、先公風化之所由，致王
　　　　業之艱難也。

　　　　〈駉〉，頌僖公也。僖公能遵伯禽之法，儉以足用，寬以愛民，務農
　　　　重穀，牧于坰野。魯人尊之，於是季孫行父請命于周，而史克作是頌。

對於《大序》以周公、史克爲〈七月〉、〈駉〉的作者，姚際恆論云：

　　　　《大序》謂「周公遭變，故陳后稷、先公風化之所由」，皆非也。〈豳
　　　　風〉與周公何與？以下有周公詩及爲公詠之詩，遂以爲周公作，此
　　　　揣摹附會之說也。周公去公劉之世已遠，豈能代寫其人民風俗至于
　　　　如是之詳且悉耶？篇中無言后稷事，《大序》及之，尤無謂。(〈七
　　　　月〉)

　　　　若《大序》謂「季孫行父請命于周，而史克作頌。」更無稽。(〈駉〉)
　　　　〔註112〕

姚際恆認爲，從詩義本身來看，無法確切解讀出〈七月〉與〈駉〉的作者爲
何人；從史實的角度來看，周公、史克亦無創作〈七月〉、〈駉〉二詩的可能。
一切只能說是出自《大序》的任意附會。

　　姚際恆還發現，《大序》有藉詩名而論詩的情形。如《大序》說〈大雅・
常武〉云：

　　　　有常德以立武事，因以爲戒然。

姚際恆評云：

　　　　按，此尤屬影響之論。詩起句無「常武」字，必因其「赫赫、明明」
　　　　皆爲雙字，故不可用，名爲〈常武〉耳。「武」字是已，「常」字，
　　　　作者之意則不可知。《大序》因謂「有常德以立武事，因以爲戒然。」
　　　　按，詩中極誇美王之武功，無戒其黷武意。毛、鄭亦無戒王之說，
　　　　然則作《序》者其爲腐儒之見明矣。〔註113〕

────────────

〔註112〕《詩經通論》卷8〈豳・七月〉，頁160；卷18〈魯頌・駉〉，頁354。
〔註113〕《詩經通論》卷15〈大雅・常武〉，頁318。

《詩經》中各詩名幾乎摘自該詩首句，〈常武〉因首句爲「赫赫明明」而另名爲「常武」，這點大致可以推知。然而，問題在於，「常」、「武」二字與詩義有何種程度的關聯。詩中「王奮厥武，如震如怒」，或許可作爲「武」字的來源；至於「常」字，《大序》以「常德」解釋，姚際恆認爲欠缺依據。其次，《大序》「因以爲戒然」的說法，在詩文中也見不到這層義涵，應該視爲臆辭。

　　姚際恆談到，《大序》憑藉臆測、隨意附會等諸如此類的情形尚可見於說解〈王・君子陽陽〉、〈曹・蜉蝣〉、〈衛・竹竿〉等詩。以上三詩，《詩序》云：

> 〈君子陽陽〉，閔周也。君子遭亂，相招爲祿仕，全身遠害而已。

> 〈蜉蝣〉，刺奢也。昭公國小而迫，無法以自守，好奢而任小人，將無所依焉。

> 〈竹竿〉，衛女思歸也。適異國而不見答，思而能以禮者也。

姚際恆評《大序》之說云：

> 《大序》謂「君子遭亂，相招爲祿仕。」此據「招」之一字爲說，臆測也。（〈君子陽陽〉）

> 《大序》謂「刺昭公」，第以下篇刺共公，此在共公前也。或謂刺共公，或謂刺曹羈，皆臆測。（〈蜉蝣〉）

> 《小序》謂「衛女思歸」，是。《大序》增以「不見答」，臆説也。（〈竹竿〉）〔註114〕

由這些地方可以顯示出姚際恆評論《大序》之審愼嚴格，除非詩中有確實證據，否則絕不輕易苟從《大序》，一律指爲臆測之說。

（四）違反經旨

　　在姚際恆的觀念裡，由詩文論辭義，由辭義得詩旨，最終目的爲通經旨，此可謂一貫的詮釋方向。姚際恆發現，《大序》說《詩》不僅無法做到闡揚經旨，甚且有違反教化的言論出現。如《詩序》說〈小雅・菀柳〉云：

> 〈菀柳〉，刺幽王也。暴虐無親而刑罰不中，諸侯皆不欲朝，言王者之不可朝事也。

姚際恆批評《大序》之說云：

〔註114〕《詩經通論》卷5〈王・君子陽陽〉，頁94；卷7〈曹・蜉蝣〉，頁155；卷4〈衛・竹竿〉，頁86。

《大序》謂「諸侯皆不欲朝」,《集傳》從之,非也。君雖不淑,臣
節宜敦,不朝豈可訓耶![註115]

君王不善,作詩加以諷刺,基本上符合教化目的,因此《小序》所說不致有
違道德。若如《大序》所稱,因君王之過臣子即「不欲朝」,則違背為人臣屬
所應有忠諫之道;如此〈菀柳〉的教化意義不僅失落,甚至有反教化的傾向,
這是姚際恆絕不能苟同的。《大序》的表現違反說《詩》原則,並且對《詩》
教作了負面示範,無法達到正確說《詩》的目標。

相同的問題出現在《大序》說〈小雅・車舝〉,《大序》云:

褒姒嫉妒無道,並進讒巧敗國,德澤不加於民,周人思得賢女以配
君子,故作是詩也。

姚際恆引鄒忠徹之言云:

鄒肇敏曰:「思得變女以間其寵,則是張儀傾鄭袖、陳平紿閼氏之計
耳。以嬖易嬖,其何能淑?且賦〈白華〉者安在,豈真以不賢見黜?
詩不諷王復故后而諷以別選新昏,無論豔妻驕扇,寵不再移,其為
倍義而傷教亦已甚矣。」閱此可以擊節。[註116]

這段文字背後的道德觀為:君王待妻應該專一。勸諫君王另覓新寵以取代褒
姒,即便對象是賢德女子,亦為「倍義傷教」的作法;臣下提出這項建議,
同樣是「倍義傷教」的行為。《大序》作出如此解釋,是否有根據已經不是重
要的考量,更根本的問題是嚴重背離《詩經》的道德本質。

有一部分的問題獨與《大序》有關,即「變風」、「變雅」之說。《大序》
有一段敘述云:

至于王道衰,禮義廢,政教失,國異政,家殊俗,而變風、變雅作
矣。國史明乎得失之迹,傷人倫之廢,哀刑政之苛,吟詠情性,以
風其上,達於事變,而懷其舊俗者也。故變風,發乎情,止乎禮義;
發乎情,民之性也,止乎禮義,先王之澤也。

依其說,「變」是「正」的相反詞。變風、變雅產生的時代背景為衰世,所以
稱為「變」,乃因為世變或事變。變風、變雅的作者為國史,內容或為懷古,
或為傷今之不古,目的在於諷諭上位者。變風、變雅根源於人情,本質與目
的是道德的。

[註115] 《詩經通論》卷12〈小雅・菀柳〉,頁248。
[註116] 《詩經通論》卷12〈小雅・車舝〉,頁241。

引發姚際恆興趣者是「變風、變雅事實上存在與否」這個問題，姚際恆云：

> 《大序》曰：「王道衰，禮樂廢，政教失，國異政，家殊俗，而變風、變雅作矣。」說者遂以二〈南〉爲正風，十三國爲變風。此謬也。詩無正、變。孔子曰：「詩三百，一言以蔽之，曰：『思無邪』。」變則必邪，今皆無邪，何變之有？……故謂〈風〉、〈雅〉有正、變者，此自後人之説。〔註117〕

姚際恆論述前提爲：既謂「變」，則爲「有邪」，根本上違反「《詩》無邪」原則。何況，正、變之説並非《詩經》原有，而由《詩序》提出，自然啓人疑竇。

其實，此處姚際恆與《大序》爭執不下的，只是一個觀點問題，與實際上詩義解釋並無直接關聯。姚際恆同意《詩經》不乏刺王諷上之作，如〈株林〉爲「刺陳靈公淫夏姬之詩」，〈正月〉、〈小旻〉、〈小宛〉等爲「刺幽王」之詩。〔註118〕姚際恆反對的是「正變」這種觀念，以及不必要的區分，他不認同的是將諷刺的作品另闢一類，歸入變風、變雅。坦白説，基本上這些觀念的差異不致對詩義的實際詮釋構成太大影響。

四、結　語

《詩序》對後世的影響是無可置疑的，即使姚際恆對《詩序》多方批評，也必須承認這點。如〈召南・羔羊〉，《詩序》云：

> 〈羔羊〉，鵲巢之功致也。召南之國化文王之政，在位皆節儉正直，德如羔羊也。

姚際恆以此詩爲例，以見《序》説對於後世説《詩》者影響之深。其云：

> 《小序》謂「〈鵲巢〉之功致」，甚迂，難解。《大序》謂「節儉正直，德如羔羊。」其謂「德如羔羊」，謬不待辨；即所謂「節儉正直」，詩中于何見耶？大夫羔裘，乃當時之制，何得謂之節儉？此詩固贊美大夫，然無一字及其賢，又何以獨知其正直乎？蘇氏駁「德如羔羊」之非，而以爲羔裘婦人所爲實功，仍附合「〈鵲巢〉之功致」意。

〔註117〕《詩經通論》卷1〈總論國風〉，頁12。
〔註118〕《詩經通論》卷7〈陳・株林〉，頁149；卷10〈小雅・正月〉，頁206；卷10〈小雅・小旻〉，頁212；卷10〈小雅・小宛〉，頁213。

> 《集傳》不用《序》他說,而仍曰:「節儉正直」,可見後人之不能
> 擺脫《詩序》如此。〔註119〕

《詩序》對〈羔羊〉的解釋原本即有許多瑕疵,然而蘇轍、朱熹非以羽翼《序》說為志的學者,仍無法完全脫離《詩序》建立的思想內容,由此可見,《詩序》對後世的影響有時超過後人自覺。關於這個現象,姚際恆察覺到,但頗感疑惑。他在論〈衛·碩人〉時云:

> 解此詩者皆狃于《序》說,必于每章之下補閔莊姜而咎莊公不見答
> 之意,徒費紛紛斡旋,絕不切合,而末章結束處尤相霄壤,不知何
> 苦為此!〔註120〕

在姚際恆看來,〈碩人〉全詩只有稱美之意,並沒有「閔莊姜」或「咎莊公」的意涵,何以學者們要遵循《詩序》的方向解讀此詩,令他莫名所以。鑑於這種欠缺理由支持卻仍接受《序》說的情況,益可顯現《詩序》絕對的影響力。

各家解詩受《詩序》影響的情形,可見於〈小雅·庭燎〉、〈小雅·魚藻〉等詩。《詩序》云:

> 〈庭燎〉,美宣王也,因以箴之。

> 〈魚藻〉,刺幽王也。言萬物失其性,王居鎬京,將不能以自樂,故
> 君子思古之武王焉。

姚際恆論此二詩時云:

> 《小序》謂「美宣王,因以箴之」,作兩義說。其「箴之」之意未明
> 言,詩中亦無見也。朱鬱儀因謂「此姜后脫簪、珥之時所詠」,李明
> 德因謂「刺不早朝」,皆規撫《小序》「箴之」之說取義,並非。程
> 伊川、嚴坦叔因謂「規宣王過勤」,又足哂矣。(〈庭燎〉)

> 《小序》謂「刺幽王」,非。阿《序》者大抵習為曲說,不悉辨也。
> (〈魚藻〉)〔註121〕

從另一個角度來說,眾人曲從《序》說,也是促成《詩經通論》問世的動力之一。眾說辨不勝辨,因此姚際恆由根源處──《詩序》加以論辨。

《小序》尤為《詩經通論》之必然批評對象,姚際恆云:

〔註119〕《詩經通論》卷2〈召南·羔羊〉,頁40。
〔註120〕《詩經通論》卷4〈衛·碩人〉,頁85。
〔註121〕《詩經通論》卷10〈小雅·庭燎〉,頁194;卷12〈小雅·魚藻〉,頁244。

愚著于《小序》必辨論其是非；《大序》頗爲蛇足，不多置辨。
〔註122〕

依姚際恆之見，《小序》的價值與影響都超過《大序》，符合作爲必然批評對象的資格，這也是《詩經通論》評論《小序》的部分要超過《大序》的原因。因此，從《詩經通論》中大、小《序》被提及與批評的次數來看，以《小序》爲多，但這並不足以代表姚際恆較不滿《小序》之說。因爲，若從《詩》說錯誤的程度與比率來看，除去《詩經通論》中置《大序》不論的詩篇外，《大序》所說罕有是處，由此才實際顯現出姚際恆心目中給予大、小《序》的評價。

面對《詩序》之說，姚際恆建議後世讀《詩》者不須加以遵信，其云：

> 後之解《詩》者，不信《序》說，則不用可也。（〈猗嗟〉）

> 《詩序》庸謬者多，而其謬之大及顯露弊竇者，無過〈大雅・抑〉詩、〈周頌・潛〉詩兩篇，並詳本文下。〈抑〉詩前後諸詩，皆爲刺厲王，又以《國語》有武公作〈懿戒〉以自儆之說，故不敢置舍，于是兩存之曰「刺厲王」，又曰「亦以自警」，其首鼠兩端，周章無主，可見矣。〈潛〉詩則全襲〈月令〉，故知其爲漢人。夫既爲漢人，則其言《三百篇》時事定無可信矣，觀此兩篇，猶必尊信其說，可乎！（〈詩經論旨〉）〔註123〕

此處以〈抑〉、〈潛〉爲例，凸顯《詩序》之不可信。姚際恆反對尊《序》的原因，一則因爲《詩序》爲漢代的創作，一則由於《詩序》本身內容上的謬誤。

姚際恆論〈抑〉時舉出《詩序》的三項謬誤之處，並作結論云：

> 如是，則《序》說尚可用乎？否乎？……予謂必去其《序》之失而後此詩之意明。〔註124〕

此語歸結出《詩序》之不可用，必須去之而後詩義才明朗的論斷，由此可見姚際恆的抵扞態度。在這種態度之下，對於《詩經》本無卻存在於《詩序》的「笙詩」，姚際恆的作法是予以刪除，其云：

> 六笙詩本不在《三百篇》中，係作《序》者所妄入；既無其詩，第

〔註122〕《詩經通論》卷前〈詩經論旨〉，頁3。
〔註123〕《詩經通論》卷6〈齊・猗嗟〉，頁123；卷前〈詩經論旨〉，頁2。
〔註124〕《詩經通論》卷15〈大雅・抑〉，頁303～304。

存其篇名于《詩》中。今愚概從刪去。……自序《詩》者又出《儀禮》之後,見《儀禮》此文,認以爲《三百篇》中所遺者,于是妄以六篇之名入于《詩》中……既不見笙詩之辭,第據其名妄解其義,以示《序》存而《詩》亡。于〈南陔〉、〈白華〉皆言「孝子」,因前後諸詩爲忠,故以孝廁其間;用意甚稚。夫諸詩既爲朝廟所用,言臣之忠,可也,何由及于家庭之孝子乎?于〈華黍〉爲宜黍、稷,此不必言矣;于〈由庚〉、〈崇丘〉、〈由儀〉則難揣摹其義,第泛言萬物得所之意,以合乎國家治平景象而已。其彷彿杜撰,昭然可見。〔註125〕

這段文字裡分析六笙詩的產生過程,並且推論《詩序》採錄六笙詩的用心,其實是要塑造「《詩序》是完整的,而《詩經》本身是有殘缺的」的印象,因而有《詩經》本作 311 篇之說。《詩經通論》中將六笙詩刪去,用意除了回復《詩經》應有的內容與範圍,同時表現出推翻《詩序》在《詩》說傳統中地位之企圖。

姚際恆雖然反對遵《序》,但是基本態度仍屬平和理性,並未全盤抹煞《詩序》的存在價值。他曾經於《詩經通論》卷前〈詩經論旨〉合論《詩序》與朱熹《詩集傳》云:

苟取二書而深思熟審焉,其互有得失,自可見矣。

夫兩書角立,互有得失,則可並存;今如此,則《詩序》固當存,《集傳》直可廢也。〔註126〕

姚際恆認爲,《詩序》與《詩集傳》互有得失,而《詩序》的存在價值勝過《詩集傳》。就《詩序》對於各詩的獨立解釋來看,其中不無可取。然而,透過多方批評,姚際恆所欲表達的是──《詩序》只該視爲眾《詩》說之一,雖可作爲解《詩》的參考,但卻不是唯一或最好的說法。姚際恆將《詩序》置於眾家《詩》說之中,等同於取消《詩序》在說《詩》傳統上的獨特地位。

〔註125〕《詩經通論》卷 12 末〈附論《儀禮》六笙詩〉,頁 258～259。
〔註126〕《詩經通論》卷前〈詩經論旨〉,頁 3;卷前〈詩經論旨〉,頁 4。

第六章 《詩經通論》對《詩集傳》的批評

　　姚際恆對於前人《詩》說提出諸多評議，其中尤以朱熹《詩集傳》遭受到最大且最多質疑。姚際恆說過，《詩集傳》幾可廢置不顧〔註1〕。但是誠如姚際恆所言：

　　　　《集傳》則今世宗之，奉爲繩尺也。〔註2〕

《詩集傳》在《詩》學的發展上實具有重要的影響力。因此，基於一種學術的道德感、使命感，姚際恆自覺必須加以大力批判，其云：

　　　　《集傳》主淫詩之外，其謬戾處更自不少。〔註3〕

此處指出，《詩集傳》的「淫詩說」爲其《詩》說之嚴重謬誤。至於其他不在少數的問題，若事關《詩》義，姚際恆亦一一糾舉。其中有關於《詩》說傳統方面，如《詩集傳》與《詩序》間的關聯；有屬於詮釋原則方面，如《詩集傳》的以三《禮》說《詩》、以理說《詩》；有涉及詩義詮釋方面，如淫詩說等等。上述種種問題，促使姚際恆對《詩集傳》提出嚴厲的批評，這同時構成《詩經通論》創作的重要動機。

一、《詩集傳》與《詩序》的關聯

　　姚際恆指出，朱熹標舉「反《詩序》」的口號，實際上卻是《詩序》的最

〔註1〕　姚際恆論《詩序》與《詩集傳》之價值時云：「夫兩書角立，互有得失，則可
　　　　並存；今如此，則《詩序》固當存，《集傳》直可廢也。」（《詩經通論》卷前
　　　　〈詩經論旨〉，頁4）
〔註2〕　《詩經通論·自序》，頁2。
〔註3〕　《詩經通論》卷前〈詩經論旨〉，頁4。

忠實支持者。姚際恆云：

> 況其（朱《傳》）從《序》者十之五，又有外示不從而陰合之者，又
> 有意實不然之而終不能出其範圍者，十之二三。故愚謂遵《序》者
> 莫若《集傳》，蓋深刺其隱也。且其所從者偏取其非，而所違者偏遺
> 其是，更不可解。〔註4〕

此段談到，朱熹之說絕大部分受《詩序》直接影響，而且朱熹採信的是《詩
序》錯誤之說，排除的是《詩序》正解。言下之意，《詩序》與《詩集傳》說
解相同者即是錯誤而不可信的，二書說法不同者則《詩序》可信，《詩集傳》
不可信；這是姚際恆對於《詩集傳》整體的觀感。文中「十之五」、「十之二
三」只是概說，不必執實，但這表現出姚際恆對於《詩序》與《詩集傳》間
關聯的肯定，因此才有「遵《序》莫若《集傳》」的結論。

（一）循《序》誤說

姚際恆指出，即便《詩序》所言有誤，《詩集傳》仍舊深信不疑，申明《序》
說，這些情形普遍表現在《詩集傳》對於詩旨、篇次、時世等方面的探討上。

1. 詩旨方面

關於詩旨的探究，有就整部《詩經》而論經旨者，有就部分而論〈風〉、
〈雅〉之旨者，有就一詩而論詩旨者。姚際恆固然不同意朱熹對於《詩》之
經旨的見解，《詩集傳》有關〈風〉、〈雅〉或一詩詩旨的說解，姚際恆也認為
往往可見《詩序》對《詩集傳》的不良影響。

〈周南〉、〈召南〉之旨是一個辯論重點。姚際恆認為，《詩序》說解二〈南〉
最大的問題在於將〈周南〉解釋為「王者之風」，〈召南〉解釋為「諸侯之風」。
《詩集傳》繼承其說，衍生更多錯誤與矛盾。朱熹論〈周南〉、〈召南〉時云：

> 周國本在禹貢雍州境內岐山之陽，后稷十三世孫古公亶甫始居其
> 地。傳子王季歷，至孫文王昌，辟國寖廣，於是徙都于豐，而分岐
> 周故地以為周公旦、召公奭之采邑，且使周公為政於國中，而召公
> 宣布於諸侯。於是德化大成於內，而南方諸侯之國、江沱汝漢之間，
> 莫不從化。蓋三分天下而有其二焉。至子武王發，又遷于鎬，遂克
> 商而有天下。武王崩，子成王誦立，周公相之，制作禮樂，乃采文
> 王之世風化所及民俗之詩，被之筦弦，以為房中之樂。而又推之以

〔註4〕《詩經通論》卷前〈詩經論旨〉，頁4。

及於鄉黨邦國，所以著明先王風俗之盛，而使天下後世之修身齊家
治國平天下者，皆得以取法焉。〔註5〕

朱熹稱，就地域而論，岐周故地分屬周公、召公的封地，但是周公所採〈周
南〉、〈召南〉諸詩表現的共同意旨，純粹爲文王德化，均可作爲後世取法。
朱熹云：

惟周南、召南親被文王之化以成德，而人皆有以得其性情之正，故
其發於言者，樂而不過於淫，哀而不及於傷，是以二篇獨爲風詩之
正經。〔註6〕

朱熹認爲，二〈南〉在《詩經》中有特殊地位，詩歌采擷自周、召封邑，采
詩者爲周公，詩歌呈現的是文王德化，眞正符合「樂而不淫、哀而不傷」的
精神。朱熹並同意《詩序》：「〈關雎〉、〈麟趾〉之化，王者之風，故繫之周公。
南，言化自北而南也。〈鵲巢〉、〈騶虞〉之德，諸侯之風也。先王之所以教也，
故繫之召公」之說，認爲「斯言得之矣」。姚際恆抨擊此說云：

《大序》曰：「〈關雎〉、〈麟趾〉之化，王者之風，故繫之周公。〈鵲
巢〉、〈騶虞〉，諸侯之風，先王之所以教，故繫之召公。」既以二〈南〉
繫之二公，遂以其詩皆爲文王之詩；見〈關雎〉、〈葛覃〉爲婦人，《詩
序》以他詩亦皆爲婦人。文王一人，何以在〈周南〉則以爲王者，
在〈召南〉則以爲諸侯？太姒一人，何以在〈周南〉則以爲后妃，
在〈召南〉則以爲夫人？皆不可通。《集傳》最惡《小序》，而於此
等大端處皆不能出其藩籬，而又何惡而辨之之爲！故愚謂遵《序》
者莫若《集傳》也〔註7〕。

姚際恆反對《詩序》、《詩集傳》相承之說，他認爲既然同視〈周南〉、〈召南〉
爲文王之詩，便不該有王者與諸侯、后妃與夫人的不同解說。

事實上，此處《詩序》論述重點與《詩集傳》略有差距。《詩序》明言〈周
南〉爲王者之風，〈召南〉爲諸侯之風，旨在說明詩歌的來源問題；朱熹強調
二〈南〉呈現的均爲文王德化，旨在探討詩歌內容所呈顯的精神。姚際恆云：

〈周南〉、〈召南〉，周家王業所本，以文王時當其中，上之爲太王、
王季，下之爲武王，皆該其內。……周、召皆雍州岐山下地名，武

〔註5〕《詩集傳》卷1，頁1。
〔註6〕《詩集傳·序》，頁2。
〔註7〕《詩經通論》卷1〈周南·關雎〉，頁13。

王得天下以後，封旦與奭爲采邑，故謂之周公、召公。此詩當日言
周、召，只屬採詩地名，不屬周公、召公也。……文王爲諸侯，安
得輒封公之采地！……文王之世未封周、召，則釋二〈南〉之詩者
不必切合於二公亦明矣。〔註8〕

基本上，姚際恆認爲二〈南〉爲「周之風」、「召之風」，產生在周公、召公
之前，而且可以上溯至太王、王季時期，不盡爲表現文王德化。對於《詩序》、
朱熹《詩集傳》之說，姚際恆斥爲無據，並且批評朱熹犯了反《序》又遵《序》
的矛盾，正凸顯出其對於《詩序》不能明辨的錯誤以及不能割捨的情結。

關於論一詩之旨方面，從《詩集傳》對〈周南‧麟之趾〉、〈大雅‧常武〉
的說解上，可見其對《詩序》的信守程度。不論《詩序》或《詩集傳》之說，
都受到姚際恆猛烈的抨擊。如《詩序》論〈麟之趾〉云：

〈麟之趾〉，〈關雎〉之應也。〈關雎〉之化行，則天下無犯非禮，雖
衰世之公子，皆信厚如麟趾之時也。

朱熹大致認同《序》說，其《詩序辨說》云：

「之時」二字可刪。〔註9〕

朱熹建議將「之時」二字刪掉，使得末句成爲「皆信厚如麟趾也」，文意較通
順。《詩集傳》申言〈麟之趾〉詩旨云：

文王、后妃德修於身，而子孫宗族皆化於善，故詩人以麟之趾興
公之子。言麟性仁厚，故其趾亦仁厚。文王、后妃仁厚，故其子
亦仁厚。然言之不足，故又嗟歎之，言是乃麟也，何必麕身牛尾
而馬蹄，然後爲王者之瑞哉！……《序》以爲「〈關雎〉之應」，
得之。〔註10〕

朱熹認爲〈麟之趾〉的表現方式爲「興」，即以麟趾的仁厚，興起公子的仁厚；
麟趾的仁厚源自麟的天性，公子的仁厚則源自於文王、后妃德化。朱熹總論
〈周南〉時談到：

若〈麟之趾〉，則又王者之瑞，有非人力所致而自至者，故以是終焉，
而《序》者以爲〈關雎〉之應也。夫其所以至此，后妃之德，固不
爲無所助矣；然妻道無成，則亦豈得而專哉！今言詩者，或乃專美

〔註8〕　《詩經通論》卷總論〈周南〉，頁 12～13。
〔註9〕　《詩序辨說》，頁 6。
〔註10〕　《詩集傳》卷1〈周南‧麟之趾〉，頁 7。

后妃而不本於文王，其亦誤矣。〔註11〕

朱熹指出，麟是王者瑞應，有明王則自至，並非人力所致。因此，他雖然同意《詩序》將〈麟之趾〉與〈關雎〉的意旨均解釋爲闡揚「后妃之德」，但卻強調這一切當歸本於文王德化，故而「文王德化」才是詩旨的關鍵。

對於朱熹的說法，姚際恆提出最嚴厲的批評，云：

> 《集傳》解此詩最多謬誤。云：「麟性仁厚，故其趾亦仁厚；文王、后妃仁厚，故其子亦仁厚。」其謬有五：詩本以麟喻公子、公姓、公族，非喻文王、后妃，謬一。不以麟喻公子等，而以趾喻公子等，謬二。一麟喻文王，又喻后妃，詩從無此比例，謬三。趾與麟非二物，子與父母一而二矣，安得以麟與父母，趾與子分配？謬四。此以趾之仁厚喻子之仁厚，于「定」則云「未聞」，又云「或曰不以牴也」，于「角」則云「有肉」，何以皆無如仁厚之確解乎？謬五。……且既以麟比文王、后妃，又以麟爲王者之瑞，麟既爲王者之瑞，文王亦王者，何以麟不出而呈瑞乎？既以麟比文王、后妃，趾比公子，則人即麟矣，古王者之瑞又何以不生人而止生麟乎？是盛世反不若衰世也。此皆徇《序》之過，故迷亂至此。予謂遵《序》莫若《集傳》，洵不誣也。〔註12〕

此處明言，《詩集傳》對〈麟之趾〉喻意的說解混亂不清，犯有五項謬誤，致使本詩詩意全然不符「比喻」這種表現方式應有的意義結構。其次，朱熹既然視麟爲王者之瑞，何以文王時麟不出而衰世公子時卻有此瑞應？姚際恆甚且反對「瑞應」之說，反問：何以王者瑞應不藉人而只藉麟來象徵？姚際恆的結論是，朱熹之所以解釋此詩迷亂不通，全是受《詩序》的不當影響，曲爲之說。可見在詩義的解釋上，《詩序》與《詩集傳》有著承續的關係。

姚際恆的批評論及兩方面的問題：一、〈麟之趾〉的表現方法；二、麟爲王者瑞應的觀念。首先，就〈麟之趾〉的表現方法來看，朱熹認爲是「興」，以麟與趾的仁厚連接文王、后妃與公子的仁厚，在「仁厚」這個意思上構成意義的過渡，因此也無所謂喻意、或者喻體與喻依相應與否的問題。然而，姚際恆認爲此詩的表現方式爲「比而賦」，根本上與朱熹的認知有異，自然不會達成共識。若一味以比喻的概念去批評朱熹的解釋，未免錯失問題重心。

〔註11〕《詩集傳》卷1總論〈周南〉，頁8。
〔註12〕《詩經通論》卷1〈周南・麟之趾〉，頁31。

其次，關於麟爲王者之瑞的觀念，並非《詩序》或《詩集傳》所創。《春秋》魯哀公14年記載：

> 春，西狩獲麟。〔註13〕

《公羊傳》云：

> 麟者，仁獸也。有王者則至，無王者則不至。〔註14〕

《說文》亦云：

> 麒，麒麟，仁獸也。馬身、牛尾、肉角。〔註15〕

以仁爲麟之性，並視爲王者瑞應的說法，其實由來既久。朱熹採納此說，除了受到《詩序》的影響外，更重要的是證成自己的理念。朱熹云：

> 惟〈周南〉、〈召南〉親被文王之化以成德，而人皆有以得其性情之正，故其發於言者，樂而不過於淫，哀而不及於傷，是以二篇獨爲〈風〉詩之正經。……本之二〈南〉以求其端，參之列國以盡其變，正之於〈雅〉以大其規，和之於〈頌〉以要其止，此學《詩》之大旨也。〔註16〕

朱熹認爲，二〈南〉是讀《詩》的基礎，在《詩經》中有特殊地位。

此處有一問題：若定要從「麟爲王者瑞應」的角度來解讀，〈麟之趾〉似乎當爲盛世之作，而非衰世之詩。崔述云：

> 此篇極言仁厚之德浹於子姓，非極盛之世不能，安得反謂之衰！……惟《朱傳》稱「麟性仁厚，故其趾亦仁厚」，其言深得詩人之旨；但未必在文王時耳。〔註17〕

崔述雖然大致同意朱熹之說，不過，關於此詩創作時間的問題，崔述卻與姚際恆看法相同，認爲無法證明〈麟之趾〉定爲文王時作品。誠然，比起朱熹以瑞應爲說，並歸本於文王德化的解釋，姚際恆的說法顯得直接平易。姚際恆云：

> 此詩只以麟比王之子孫族人。蓋麟爲神獸，世不常出，王之子孫亦

〔註13〕《春秋左傳正義》卷59，頁1030。《左傳》哀公14年記載：「魯哀公十四年春，西狩於大野，叔孫氏之車子鉏商獲麟，以爲不祥，以賜虞人。仲尼觀之曰：『麟也』，然後取之。」（《春秋左傳正義》卷59，頁1031）

〔註14〕《春秋公羊傳注疏》卷28，頁355～356。

〔註15〕《說文》10篇上〈鹿部〉，頁470。《說文》10篇上〈鹿部〉釋「麟」又云：「麟，大牡鹿也。」麒與麟似乎又有所別；然而，一般概念中並未將麒麟視爲二類。

〔註16〕《詩集傳・序》，頁2。

〔註17〕《讀風偶識》卷1〈論麟趾〉，頁23。

各非常人，所以興比而歎美之耳。〔註18〕

此處不僅反省著《詩序》與《詩集傳》的論點，由層層詰問中，也凸顯出姚際恆之懷疑與理性思辨的精神。

釋〈大雅·常武〉，《詩序》云：

〈常武〉，召穆公美宣王也。有常德以立武事，因以爲戒然。

《詩集傳》云：

宣王自將以伐淮北之夷，而命卿士之謂南仲爲大祖兼大師而字皇父者，整治其從行之六軍，修其戎事，以除淮夷之亂，而惠此南方之國，詩人作此以美之。必言南仲大祖者，稱其世功以美大之也。〔註19〕

朱熹同意此詩爲「美宣王」之作，並詳加申言詩意。朱熹此說遭到姚際恆措辭激烈的批評，認爲其與《詩序》同爲腐儒之見。姚際恆云：

按，詩中極誇美王之武功，無戒其黷武意。毛、鄭亦無戒王之說，然則作《序》者其爲腐儒之見明矣。《集傳》于末章云：「言王道甚大，而遠方懷之，非獨兵威然也。《序》所謂『因以爲戒』者是也。」又其言曰：「詩中無『常武』字，召穆公特名其篇。蓋有二義：有常德以立武則可，以武爲常則不可；此所以有美而有戒也。」故予謂佞《序》者莫若朱也。蓋喜其同爲腐儒之見耳。〔註20〕

此處爭論點有二：一、作者問題；二、詩中是否有戒惕之意；這兩者都與詩旨有直接關聯。就作者而言，姚際恆不贊成此詩爲召穆公作，而認爲作者不可考，只能泛稱爲「詩人」。其次，關於詩中是否有戒意，姚際恆採否定的說法，認爲詩中只有稱美之意，絲毫不見戒警的意涵。在這兩個議題上，姚際恆譏諷《詩集傳》繼承《詩序》之說，不辨事實，曲解以佞《序》，與《詩序》一概爲「腐儒」。

事實上，《詩集傳》並未明言〈常武〉作者，只泛稱「詩人作此以美之」，姚際恆說〈常武〉作者云：

此宣王自將以伐徐夷，命皇父統六軍以平之，詩人美之，作此詩。

〔註21〕

〔註18〕《詩經通論》卷1〈周南·麟之趾〉，頁30。
〔註19〕《詩集傳》卷18〈大雅·常武〉，頁218。
〔註20〕《詩經通論》卷15〈大雅·常武〉，頁317。
〔註21〕《詩經通論》卷15〈大雅·常武〉，頁318。

關於這部分，朱、姚二人看法並無歧異，此處姚際恆所引文字恐有誤。至於〈常武〉意旨為稱美、警戒或兼而有之，誠如姚際恆所言，詩中「既敬既戒，惠此南國」、「戒我師旅，率彼淮浦，省此徐土」，乃警戒六軍的敘述，並非「戒王」之意，全詩明顯易見的是對天子王業的歌頌，並無《詩序》、《詩集傳》所謂「因以為戒」的涵意。姚際恆批評朱熹承襲《詩序》誤說，這點是可以成立的。

關於《詩集傳》說解詩旨盲從《詩序》的這個議題，姚際恆指出，由對〈菀柳〉、〈猗嗟〉、〈揚之水〉等詩的解釋，可見朱熹誤隨《大序》之說所造成的錯誤尤為嚴重。〈小雅・菀柳〉，《詩序》云：

> 〈菀柳〉，刺幽王也。暴虐無親，而刑罰不中，諸侯皆不欲朝，言王者之不可朝事也。

《詩集傳》的解說一致，云：

> 王者暴虐，諸侯不朝，而作此詩。〔註22〕

對於《詩序》、《詩集傳》之說，姚際恆只同意前半部分，姚際恆云：

> 大概是王待諸侯不以禮，諸侯相與憂危之詩。……「邁」，舊皆訓行，無可議。《集傳》訓「過」，曰「求之過其分」，曲解以合《大序》「不欲朝」之意，故遵《序》者莫若《集傳》也。〔註23〕

他指出，〈菀柳〉表現的是「諸侯相與憂危」，並無「諸侯不欲朝」的含意。《詩集傳》之所以提出這層解釋，主要因為受到《大序》不當影響，故而無視乎詩文原本意涵，曲解詩中文字，以期契合《大序》「諸侯不欲朝」的說法。

其次，〈齊・猗嗟〉一詩之義，《詩序》云：

> 〈猗嗟〉，刺魯莊公也。齊人傷魯莊公有威儀技藝，然而不能以禮防閑其母，失子之道，人以為齊侯之子焉。

朱熹大致贊同此說，但對「人以為齊侯之子焉」一句有異議。朱熹云：

> 按，春秋桓公二年，夫人姜氏至自齊。六年九月，子同生，即莊公也。十八年，桓公乃與夫人如齊，則莊公誠非齊侯之子也。〔註24〕

基本上，《詩集傳》對〈猗嗟〉詩旨的理解與《詩序》的方向一致。姚際恆評云：

> 《小序》謂「刺莊公」，是。何玄子曰：「《春秋》莊四年冬，『公及

〔註22〕《詩集傳》卷14〈小雅・菀柳〉，頁167。
〔註23〕《詩經通論》卷12〈小雅・菀柳〉，頁248。
〔註24〕《詩集傳》卷5〈齊・猗嗟〉，頁62。

齊人狩于禚』，此詩疑即狩禚事，蓋公朝齊而因狩也。古諸侯相朝則有賓射，故所言者皆賓射之禮。又詩曰：『展我甥兮』，自是莊公初至齊而人驟見之之語。」此說似有理。……《大序》曰：「人以莊公爲齊侯之子焉」，蓋本《公》、《穀》二傳爲說。……按，此事曖昧，《序》據以說詩，謬。……然詩人未必果有此意也。後之解《詩》者，不信《序》說，則不用可也。《集傳》既用《序》說，又爲之辨証，尤可笑。〔註25〕

關於〈猗嗟〉詩旨，姚際恆贊同《小序》「刺莊公」之說，並認爲何楷所謂「狩禚」較符合此詩辭義。至於《大序》根據《公羊傳》、《穀梁傳》的可疑記載爲說，則是錯誤且不可採信的。朱熹依循《大序》的解讀方向，雖然結論有所出入，但在姚際恆看來，朱熹的問題在於選擇《大序》之說作爲錯誤的解讀起點，因此結論也無須多議。何況，《詩序》所言未必符合詩人原意，後人不加採信是合理的。省視姚際恆面對《詩序》的態度，其實並不視之爲說《詩》依據。當朱熹採用《詩序》謬說，又以諸多筆墨爲《序》申言時，便遭姚際恆斥之爲盲目遵《序》的表現。

再者，〈唐・揚之水〉一詩，《詩序》云：

> 〈揚之水〉，刺晉昭公也。昭公分國以封沃，沃盛強，昭公微弱，國人將叛而歸沃也焉。

朱熹亦云：

> 晉昭侯封其叔父成師于曲沃，是爲桓叔。其後沃盛強而晉微弱，國人將叛而歸之，故作是詩。言水緩弱而石巉巖，以比晉衰而沃盛，故欲以諸侯之服從桓叔于曲沃，且自喜其見君子而無不樂也。〔註26〕

嚴粲反對「國人將叛而歸沃」之說，其《詩緝》云：

> 將叛者潘公之徒而已，國人拳拳於昭公，無叛也也。後《序》言過矣。異時潘父弒昭公，迎桓叔，晉人發兵攻桓叔，桓叔敗還，歸曲沃，皆可以見國人之心矣。亦唐風之厚也。〔註27〕

姚際恆認同嚴粲此說，並指出朱熹的說解乃誤從《詩序》。姚際恆云：

> 《大序》謂「昭公分國以封沃，沃盛強，昭公微弱，國人將叛而歸

〔註25〕《詩經通論》卷6〈齊・猗嗟〉，頁 122～123。
〔註26〕《詩集傳》卷6〈唐・揚之水〉，頁 69。
〔註27〕《詩緝》卷 11，頁 9。

沃。」嚴氏曰……嚴氏此詩得詩之正意。《集傳》誤從《序》,故予
謂遵《序》者莫若《集傳》也。〔註28〕

關於〈揚之水〉詩義,《詩序》以爲「國人將叛而歸沃」。嚴粲《詩緝》的解釋
相反,以爲此詩正可見國人並無叛心;姚際恆認爲嚴粲所說才合乎詩旨。由於
《詩集傳》的解釋與《詩序》一致,姚際恆認爲這是誤承《詩序》的一證。

2. 篇次方面

關乎「《詩經》的篇次是否爲原貌」的這個議題上,朱熹與姚際恆有不同
的看法。兩人爭議的重點不在《詩經》本身,而是對《左傳》一段記載持有
不同的理解。《左傳》宣公 12 年記載:

> 楚子曰:「非爾所知也。夫文止戈爲武,武王克商,作頌曰:『載戢
> 干戈,載櫜弓矢。我求懿德,肆于時夏,允王保之。』又作〈武〉,
> 其卒章曰:『耆定爾功。』其三曰:『鋪時繹思,我徂維求定。』其
> 六曰:『綏萬邦,屢豐年。』」〔註29〕

文中分別引錄《周頌》中〈時邁〉、〈武〉、〈賚〉、〈桓〉等詩文〔註30〕。依朱
熹對此段文字的理解,現存《詩經》中〈武〉、〈賚〉、〈桓〉三詩原本分屬〈大
武〉(即〈武〉)的一、三、六章,後各獨立成篇。朱熹云:

> 《春秋傳》以此爲〈大武〉之首章也。(〈武〉)

> 《春秋傳》以此爲〈大武〉之三章。(〈賚〉)

> 《春秋傳》以此爲〈大武〉之六章,則今之篇次,蓋已失其舊矣。(〈桓〉)

〔註31〕

依朱熹之見,《詩經》篇次有錯亂,已非舊觀。姚際恆對此說發出嚴厲批評云:

> 《小序》謂「講武、類、禡」,純乎杜撰。又云:「桓,武志也。」
> 亦泛混。似亦因楚子以此篇爲〈武〉之六章而云。《集傳》謂此頌武
> 王之功,固亦闕疑,然又曰:「《春秋傳》以此爲〈大武〉之六章,
> 今之篇次蓋已失其舊矣。」嗟乎!何其無學識至于此也!《左傳·

〔註28〕《詩經通論》卷 6〈唐·揚之水〉,頁 131。
〔註29〕《春秋左傳正義》卷 23,頁 397~398。楚子此言主要在於闡論武德的觀念。
〔註30〕文中所引文字與《詩經》略有差異,惟意義無別。《詩經·周頌·賚》云:「文
王既勤止,我應受之。敷時繹思,我徂維求定,時周之命。於繹思!」〈周頌·
桓〉云:「綏萬邦,屢豐年。天命匪懈,桓桓武王,保有厥士,于以四方。克
定厥家,於昭于天,皇以間之。」
〔註31〕《詩集傳》卷 19,頁 232、頁 236、頁 236。

杜註》竟未曾閱，乃據楚樂章之篇次，反疑《詩》之失舊乎！……
楚子在魯宣公時，孔子去宣公僅百一二十年，其間初無若秦火者，
何以〈大武〉一篇僅存三章，而失其一、二、四、五四章乎？若然，
孔子僅從闕失之餘掇拾其殘編斷簡而已，其何以明《詩》教于天下
乎？可不察而妄談矣。又曰：「又篇內已有武王之諡，則其謂武王時
作者亦誤矣。」且既以此為誤，何以獨言其前說乎？況乎以不誤為
誤也。又曰：「《序》以為『講武、類、禡』之詩，豈後世取其義而
用之于其事也歟？」仍依戀于《序》而不忍置，故愚謂佞《序》者
莫若朱也。〔註32〕

姚際恆指稱，關於篇次問題，《杜註》已有說明，《杜註》云：

此三六之數，與今《詩・頌》篇次不同，蓋楚樂歌之次第。〔註33〕

杜預在此並未作進一步評論，只是談到楚地樂歌的篇次與《詩經》的篇次並
不相同。朱熹則認定《左傳》所載才是《大武》的原始篇次，現存《詩經》
中的篇次並非舊貌，而是經過某種程度調整後的結果。姚際恆指出，朱熹作
出這種過度的評斷，除了因為漠視《杜註》，學識太低之外，主要是過分依傍
《詩序》，無法獨立思辨，以致於對《詩經》產生懷疑。姚際恆無法認同《詩
經》在形式上有缺失或曾遭受更動的說法，因為這直接關係到《詩》教的問
題。一旦如朱熹之言，認定《詩經》篇次有錯失，並非原貌或全貌，等於懷
疑《詩經》的完整性，勢必動搖《詩經》的地位。何況，《左傳》明白記載「耆
定爾功」為〈武〉之「卒章」，無論「卒章」作末章或末句解，均非朱熹所謂
之「首章」，故朱熹之言恐難成立。

3. 時世方面

時世方面的爭論，主要環繞著〈周南〉與〈召南〉而發。姚際恆反對朱
熹一律將二〈南〉解釋為文王之詩，並且認定朱熹受了《詩序》的不當影響。
姚際恆在幾處提出這樣的論調，如論〈召南・鵲巢〉、〈召南・甘棠〉時云：

《小序》謂「夫人之德」，旨意且無論，其謂「夫人」者，本于〈關
雎・序〉，以〈周南〉為「王者之風」，〈召南〉為「諸侯之風」，故
于〈周南〉言「后妃」，〈召南〉言「夫人」，以是為分別，此解二〈南〉
之最不通者也。……《集傳》于〈召南〉諸篇，皆謂「南國諸侯被

〔註32〕《詩經通論》卷17〈周頌・桓〉，頁350～351。
〔註33〕《春秋左傳正義》卷23，頁398。

文王之化」，凜遵《序》說，寸尺不移，其何能闢《序》而尚欲去之
哉！（〈鵲巢〉）

《集傳》云：「召伯循行南國，以布文王之德。」此泥《序》，必謂二
〈南〉爲文王詩也。故曰遵《序》者莫若《集傳》。（〈甘棠〉）〔註34〕

姚際恆認爲，相形之下，朱熹說解〈周南〉、〈召南〉詩旨的問題，尚不及對
於二〈南〉創作時世的誤判來得事關重大。在這樣一個錯誤的前提下，自然
會導向誤謬的結論。

此處姚際恆對朱熹稍有誤解，其實，朱熹未曾認定〈周南〉、〈召南〉的
內容與文王有直接關聯。朱熹總論〈召南〉時云：

其詞雖無及於文王者，然文王明德新民之功，至是而其所施者溥矣，
抑所謂其民皡皡而不知爲之者與！〔註35〕

朱熹談到，〈召南〉文詞上並無與文王直接相關之處，理論上不排除是文王之
後作品的可能，但是詩文呈顯的精神與特質，正是文王德化所致。然而，姚
際恆云：

〈周南〉、〈召南〉，周家王業所本，以文王時當其中，上之爲太王、
王季，下之爲武王，皆該其內。〔註36〕

姚際恆認爲，二〈南〉的創作時世除了文王、武王之外，還可上溯至太王、
王季時期。以太王、王季時期詩歌來頌揚後來之文王德化，邏輯上無法說得
通，因此，在姚際恆看來，朱熹「二〈南〉爲文王德化」之說難以成立。誠
然，除非有明確依據，否則輕易論定詩歌的創作時世，本容易流於武斷。就
這點而論，姚際恆的態度相對來說是較爲客觀的。

（二）欲與《序》異而實同

對某些詩篇的解釋上，《詩集傳》與《詩序》的說解有著差距。姚際恆認
爲，朱熹雖然試圖擺脫《詩序》的影響，但最終仍舊不能超脫《序》說。如
〈邶・匏有苦葉〉，《詩序》云：

〈匏有苦葉〉，刺衛宣公也。公與夫人並爲淫亂。

朱熹並未明言此詩與衛宣公有關，只云：

此刺淫亂之詩。言匏未可用，而渡處方深，行者當量其深淺而後可

〔註34〕《詩經通論》卷2〈召南・鵲巢〉，頁32；卷2〈召南・甘棠〉，頁38。
〔註35〕《詩集傳》卷1，頁14。
〔註36〕《詩經通論》卷1總論〈周南〉，頁12。

渡。以比男女之際，亦當量度禮義而行也。〔註37〕

姚際恆論《詩序》與《詩集傳》之說，云：

> 《小序》謂「刺衛宣公」，《大序》謂「公與夫人並爲淫亂」，其說可
> 從。……《集傳》但以爲刺淫亂之詩，欲與《序》異，不知即《序》
> 旨耳。〔註38〕

此段談到，《詩序》的解釋可以採納，而朱熹亦主張此詩爲刺淫亂之詩，基本上與《詩序》意見相近，那麼，《詩集傳》的說法應該也可以成立。然而，姚際恆指稱，朱熹「欲與《序》異」，即刻意地表現出與《詩序》不同，但是結果「不知即《序》旨耳」，意謂朱熹未意識到己說與《詩序》方向一致。

從語氣上看來，姚際恆似乎對朱熹頗有微辭。事實上，在對〈匏有苦葉〉的解讀上，《詩序》、朱熹《詩集傳》、姚際恆《詩經通論》採取的方向一致，均視之爲刺淫亂之詩。差異在於，《詩序》將此詩所譏刺之對象實指衛宣公，《詩集傳》未言所刺對象，泛指此詩爲刺淫亂之詩。《詩序》所言詩義明確具體，《詩集傳》所言籠統寬泛。就詩義可能的涵括範圍而論，《詩序》狹而《詩集傳》寬，兩者差距不可謂小。姚際恆論朱熹「欲與《序》異，不知即《序》旨耳」，論斷稍嫌粗糙。

〈周頌·潛〉一詩，《詩序》云：

> 〈潛〉，季冬薦魚，春獻鮪也。

此說與《禮記·月令》一致〔註39〕。姚際恆認爲，〈月令〉爲秦時作品〔註40〕，不可用以解前世詩歌。《詩序》已誤，朱熹又蹈覆轍。朱熹解〈潛〉云：

> 〈月令〉：季冬「命漁師始漁，天子親往，乃嘗魚，先薦寢廟。」季
> 春「薦鮪于寢廟。」此其樂歌也。〔註41〕

〔註37〕《詩集傳》卷2〈邶·匏有苦葉〉，頁20。

〔註38〕《詩經通論》卷3〈邶·匏有苦葉〉，頁58。

〔註39〕〈月令〉：「命舟牧覆舟，五覆五反。乃告舟備具於天子焉，天子始乘舟。薦鮪于寢廟，乃爲麥祈實。」（禮記注疏，卷15，頁302～303）「是月也，命漁師始漁，天子親往，乃嘗魚，先薦寢廟。」（卷17，頁347）姚際恆云：「〈潛〉，《詩序》曰：『季冬薦魚，春薦鮪。』〈月令〉于季春、季冬言『薦鮪』、『薦魚』，與之合。」（《禮記通論輯本（上）·月令》，頁276；原杭世駿《續禮記集說》卷26，頁25）

〔註40〕《詩經通論》卷17〈周頌·潛〉云：「（《詩序》）以秦〈月令〉釋周詩，謬一。」（頁340）

〔註41〕《詩集傳》卷19〈周頌·潛〉，頁230。

姚際恆批評朱熹此說襲自《詩序》，其云：

> 《集傳》直錄〈月令〉之文以釋詩，謬；竊取《序》意，若示與《序》別者，尤陋。〔註42〕

對於《詩集傳》的解釋，姚際恆視為取自《詩序》卻又刻意表示不同之鄙陋說辭，比《詩序》更遜一籌。

（三）不明《詩序》作於二人

在姚際恆的認知中，《詩序》分小、大，作者也不同。朱熹並不作上述區分，因此受到姚際恆的批評。如〈小雅·常棣〉，《詩序》云：

> 〈常棣〉，燕兄弟也。閔管、蔡之失道，故作〈常棣〉焉。

朱熹說〈常棣〉云：

> 此燕兄弟之樂歌。〔註43〕

同詩二章下又云：

> 此詩蓋周公既誅管、蔡而作。〔註44〕

姚際恆評朱熹之說，云：

> 《集傳》于首章謂「此燕兄弟之樂歌」，于次章謂「此詩蓋周公既誅管、蔡而作」，分兩義說，甚失註《詩》之體；蓋于首章切合《小序》，于次章切合《大序》也。不知大、小《序》出于兩人，故屬兩義；今一人之作豈可如此！當併合而云：「此周公既誅管、蔡而作，後因以為燕兄弟之樂歌」，如此乃明耳。予故謂遵《序》者莫若《集傳》，不誣也。〔註45〕

在姚際恆看來，「燕兄弟」為一義，「閔管、蔡之失道」另為一義，可證大、小《序》解釋不一，作者不一。朱熹企圖兼納兩種不同意義，將〈常棣〉詩義分作二處、二說，彷彿此詩有二義，犯了以下兩項錯誤：一、不明大、小《序》作於二人；二、不合註《詩》體例；這都是務求遵《序》而產生的弊病。姚際恆則認為，此詩之詩旨為「周公既誅管蔡而作」，至於「燕兄弟之樂歌」，則為後世使用此詩時所採取的意義。

平心而論，就說解〈常棣〉的內容看來，《詩集傳》與《詩經通論》間並

〔註42〕《詩經通論》卷 17〈周頌·潛〉，頁 340。
〔註43〕《詩集傳》卷 9〈小雅·常棣〉，頁 102。
〔註44〕《詩集傳》卷 9〈小雅·常棣〉，頁 102。
〔註45〕《詩經通論》卷 9〈小雅·常棣〉，頁 177。

無太大歧異，以後者較有條理。至於姚際恆所謂的「註《詩》之體」，指的是說《詩》的體例，代表說《詩》者解讀的觀點與說解的邏輯。說解某詩時，若同時存在兩種不同解釋，便違反了這種觀點或邏輯。姚際恆將《詩集傳》中並存的兩種意義分別隸屬詩人創作本意與後來使用意義，自認消弭了《詩集傳》的問題，然而，這之間存在一個重要的觀念差距。事實上，朱熹未曾認為〈常棣〉有二義，《詩集傳》論〈常棣〉云：

> 此燕兄弟之樂歌。故言棣之華，則其鄂然而外見者，豈不韡韡乎？
> 凡今之人，則豈有如兄弟者乎？〔註46〕

同詩二章下云：

> 此詩蓋周公既誅管蔡而作，故此章以下，專以死喪急難鬥鬩之事為言。其志切，其情哀，乃處兄弟之變，如孟子所謂其兄關弓而射之則己垂涕而道之者。《序》以為閔管蔡之失道者得之，而又以為文武之詩則誤矣。大抵舊說詩之時世，皆不足信。舉其自相矛盾者，以見其端，後不能悉辯也。〔註47〕

依朱熹解釋，〈常棣〉的意義結構在一、二章間有明顯的區隔，因此姚際恆批評朱熹「分二義說」並非不能成立。不過，《詩集傳》說《詩》體例是在該詩首章下論詩旨，故朱熹是以「燕兄弟之樂歌」為〈常棣〉詩旨。至於「周公既誅管、蔡而作」，乃朱熹論述此詩創作緣起，針對的是《詩序》說〈常棣〉時世的錯誤。畢竟，「周公既誅管蔡而作」只能視為創作動機的說明，不能看作對〈常棣〉詩旨的詮釋。姚際恆不排斥一詩可能有後來衍生的意義或用途，卻認定作者的創作原意才是詩旨，朱熹的看法卻不盡如此。此處朱、姚爭論的癥結不在於〈常棣〉詩旨，而是二人對於詩旨的定義存有差距，亦即關鍵為：詩旨究竟該定位在作品層面抑或作者層面？此二者可為一，也可為二。比較朱、姚對〈常棣〉詩旨的解釋，大約可見朱熹著重於作品本義層面，而姚際恆側重作者原意層面。

　　整體而言，姚際恆認為《詩序》頗多誤謬，尤其《大序》有許多過度不切的論述，本不足作為說《詩》必要的參考或依據。然而，《詩集傳》不僅不加析別糾正，反而隨之申言，繼承《詩序》誤說，形成「遵《序》」的一種表徵，顯示出學識尤在《詩序》之下。當然，後人也可為《詩集傳》辯護——

〔註46〕《詩集傳》卷9〈小雅・常棣〉，頁102。
〔註47〕《詩集傳》卷9〈小雅・常棣〉，頁102。

即便誤承《詩序》錯解，畢竟錯誤來自《詩序》，至多只能說朱熹的判斷力有問題。不過，此節重點倒不在於錯誤的來源，而是姚際恆由此推論出朱熹說《詩》的識見不足，在根本上懷疑《詩集傳》的存在價值。

其次，姚際恆指出，雖然《詩集傳》對某些詩歌的解讀與《詩序》略有出入，但是，這不過是企圖超越《序》說而刻意表現得不同的徒然努力，根本上與《詩序》無別。對於這種無謂的作法，姚際恆深感不屑，相形之下，《詩集傳》的價值反不及《詩序》。

再者，姚際恆認為朱熹對《詩序》認識不清，不明白《小序》、《大序》不僅作者不同，見解亦有高下。朱熹說《詩》為求兼容大、小《序》，時見前後說矛盾的情形，這也成為朱熹盲從《詩序》的證明。

由姚際恆對《詩集傳》的評論可以發現，他主要是透過《詩序》與《詩集傳》的對比，顯示出《詩集傳》之於《詩序》的承繼現象。在姚際恆看來，這種《詩》說的承繼欠缺創造性與判斷力，見解過低，認識不清，淪於盲從，在根本上否定《詩集傳》說《詩》的成就。不過，客觀來說，姚際恆對於《詩集傳》也不無誤解，這主要肇因於朱、姚二人說《詩》觀點、作法不同。

二、「以三《禮》說《詩》」與「以理說《詩》」

在詮釋《詩經》所採取的角度上，朱熹時而以三《禮》說《詩》，或以理說《詩》，姚際恆認為這兩點都是不可取的，因為如此便破壞了《詩經》純粹的性質，遠離詩歌的原貌。

（一）以三《禮》說《詩》

據三《禮》說《詩》並非始於朱熹《詩集傳》，《鄭箋》已有這種明顯的傾向。姚際恆曾明白地否定鄭玄在《詩》學與禮學上的成績，並且指出以三《禮》說《詩》絕不可行。〔註48〕對於朱熹三《禮》說《詩》，姚際恆自然不能默許。

1. 據《周禮》說《詩》

關於《詩集傳》據《周禮》說解詩文的情形，姚際恆認為可由〈周南·桃

〔註48〕《詩經通論》卷前〈詩經論旨〉有言：「人謂鄭康成長于禮，《詩》非所長，多以三《禮》釋《詩》，故不得詩之意。予謂康成《詩》固非長，禮亦何長之有！茍使真長于禮，必不以禮釋《詩》矣。」（頁4～5）

夭〉、〈周頌·時邁〉二詩來看。〈桃夭〉:「桃之夭夭,灼灼其華」句,朱熹釋云:

> 周禮,仲春,令會男女。然則桃之有華,正婚姻之時也。〔註49〕

朱熹的解釋由《周禮·媒氏》而來。〈媒氏〉有言:

> 仲春之月,令會男女;於是時也,奔者不禁。〔註50〕

對於朱熹據〈月令〉解〈桃夭〉,姚際恆評云:

> 《集傳》曰:「詩人因所見以起興,而歎其女子之賢,而知其必有以
> 宜其室家也。」全屬虛衍,竟不成語。其尤謬者,附會《周禮》「仲
> 春,令會男女」,曰:「桃之有華」正昏姻之時」,絕類婦稚語,且不
> 但「其實」、「其葉」又屬夏時,說不去,竟似目不睹下文者……況
> 《周禮》僞書,尤不可據。〔註51〕

姚際恆反對朱熹據〈媒氏〉說解此詩,因爲即使「桃華」時節與「仲春之令」
在時間上似乎巧合,但是〈桃夭〉二、三章中的「有蕡其實」、「其葉蓁蓁」
卻非「仲春」景象的敘述,可見以〈媒氏〉「仲春之令」爲說無法通貫解釋〈桃
夭〉全詩。何況,在姚際恆看來,《周禮》是僞書,根本不足爲據。對於《詩
集傳》作此說,姚際恆認爲這是附會《周禮》所致。

〈時邁〉一詩,朱熹解其詩旨、創作時代及作者云:

> 周制,十有二年,王巡守殷國,柴望祭告,諸侯畢朝。此巡守而朝
> 會祭告之樂歌也。
>
> 《春秋傳》曰:「昔武王克商,作頌曰:『載戢干戈。』」而《外傳》
> 又以爲周文王之頌,則此詩乃武王之世、周公所作也。〔註52〕

朱熹認定〈時邁〉創作於武王時,作者爲周公,此詩即爲武王巡守而朝會祭
告時的樂歌。姚際恆對於〈時邁〉作者、詩旨的看法與朱熹相近,不過,他
認爲朱熹的論據有誤,其云:

> 此武王克商後,告祭柴望、朝會之樂歌,周公所作也。宣十二年《左
> 傳》曰:「昔武王克商,作頌曰:『載戢干戈』」,故知爲武王克商後
> 作。《國語》稱周文公之頌曰:「載戢干戈」,故知周公作。此武王初
> 定天下,始作巡守。《集傳》舉《周禮》「周制,十有二年,王巡守

〔註49〕　《詩集傳》卷1〈周南·桃夭〉,頁5。
〔註50〕　《周禮注疏》卷14〈媒氏〉,頁217。
〔註51〕　《詩經通論》卷1〈周南·桃夭〉,頁24。
〔註52〕　《詩集傳》卷19〈周頌·時邁〉首章、詩末總論,頁226。

殷國。」無論《周禮》僞書不足據,即曰《周禮》據稱周公所定,

然則武王時已有之乎?亦爲閒文矣。〔註53〕

首先,姚際恆斷言《周禮》是僞書,不足爲據;其次,他對《周禮》的成書年代頗存疑問。〔註54〕因此,朱熹引《周禮》說解〈時邁〉,在姚際恆看來實在是既荒謬且多餘。

此處朱、姚二人的爭議,不在於〈時邁〉本身,而是說《詩》論證的選擇。姚際恆所欲強調的是,朱熹在《左傳》、《國語》、《周禮》的資料間不知揀別,由此可以看出姚際恆對於資料來源的考據十分謹慎。

2. 據《儀禮》說《詩》

《詩集傳》引《儀禮》說《詩》有〈小雅‧鹿鳴〉、〈小雅‧魚麗〉、〈小雅‧楚茨〉幾例。《詩集傳》論〈鹿鳴〉云:

《序》以此爲燕群臣嘉賓之詩,而〈燕禮〉亦云「工歌〈鹿鳴〉、〈四牡〉、〈皇皇者華〉」,即謂此也。〈鄉飲酒〉用樂亦然。而〈學記〉言「大學始教,宵雅肄三」,亦謂此三詩。然則又爲上下通用之樂矣。豈本爲燕群臣嘉賓而作,其後乃推而用之鄉人也歟?〔註55〕

朱熹引《儀禮》中〈燕禮〉、〈鄉飲酒禮〉記載,作爲〈鹿鳴〉乃「燕群臣嘉賓」樂歌的輔證,並推論〈鹿鳴〉可能原本即爲燕群臣嘉賓所作。對於這項推論,朱熹並不十分確定,只是提出一個疑問。不過,由於朱熹的語氣傾向於肯定,因此遭到姚際恆的批評云:

不知〈燕禮〉、〈鄉飲酒禮〉作於《詩》後,正謂凡燕賓取此詩而歌之,非此詩之爲燕賓客而作也。〈彤弓篇〉之「嘉賓」,豈亦兼凡賓而言乎!《序》界于兩歧,實贅,然猶可也;《集傳》則專謂燕賓客而作,益非矣。總之,說《詩》不可據《禮》,《集傳》每蹈此病。(〈鹿鳴〉)〔註56〕

姚際恆指出,〈燕禮〉、〈鄉飲酒禮〉成書於《詩經》之後,因此〈鹿鳴〉之作爲燕賓客樂歌是後世的使用義,非原始創作本義。對於朱熹倒果爲因的說法,姚際恆認爲這主要是據《儀禮》說《詩》所致的錯亂。

〔註53〕《詩經通論》卷16〈周頌‧時邁〉,頁329～330。

〔註54〕姚際恆認爲《周禮》成書於西漢末年。見《古今僞書考‧經類‧周禮》,頁41。

〔註55〕《詩集傳》卷9〈小雅‧鹿鳴〉末總論,頁100。引〈燕禮〉、〈鄉飲酒禮〉文見《儀禮注疏》卷15,頁172;卷9,頁92。

〔註56〕《詩經通論》卷9〈小雅‧鹿鳴〉,頁173。

朱熹說〈魚麗〉與〈鹿鳴〉情形相彷，朱熹云：

> 此燕饗通用之樂歌。……《儀禮‧鄉飲酒》及〈燕禮〉，前樂既畢，
> 皆閒歌〈魚麗〉，笙〈由庚〉，歌〈南有嘉魚〉，笙〈崇丘〉，歌〈南
> 山有臺〉，笙〈由儀〉。閒，代也。言一歌一吹也。然則此六者，蓋
> 一時之詩，而皆爲燕饗賓客上下通用之樂。〔註57〕

朱熹認爲，上述六詩創作時間相同，用途一致，都是燕饗時通用的樂歌。姚
際恆不贊成以《儀禮》的記載來理解〈魚麗〉，其云：

> 《集傳》謂「燕饗通用之樂歌」，謬。彼見〈燕禮〉、〈鄉飲酒禮〉皆
> 用之，故云。然豈作者預立其程，使上下通用乎！〔註58〕

在姚際恆看來，〈魚麗〉等詩的創作目的不可能是供〈燕禮〉、〈鄉飲酒禮〉兩
處通用，一定是〈燕禮〉、〈鄉飲酒禮〉借用既有之〈魚麗〉等詩爲樂歌。關
於這項結論，姚際恆是根據情理以及對於《詩經》、《儀禮》成書先後判斷得
來。

　　〈小雅‧楚茨〉一詩，《詩集傳》多處引《儀禮‧少牢饋食》記載解釋。
朱熹說〈楚茨〉云：

> 此詩述公卿有田祿者力於農事，以奉其宗廟之祭。〔註59〕

姚際恆評云：

> 彼第以《儀禮‧少牢饋食》例之，謂其爲公卿，不知鼓鐘送尸，《儀
> 禮》所無；祝稱「萬壽無疆」，〈天保篇〉亦云：「君曰卜爾，萬壽無
> 疆」，此豈臣子所可當乎！〔註60〕

基本上，姚際恆不認爲〈楚茨〉所述爲公卿祭宗廟之事，對於朱熹比合〈楚
茨〉與〈少牢饋食〉的作法，他認爲並非當義。朱、姚爭論的關鍵尤在〈楚
茨〉「孝孫徂位，工祝致告。神具醉止，皇尸載起。鼓鐘送尸，神保聿歸」幾

〔註57〕　《詩集傳》卷9〈小雅‧魚麗〉，頁109～110。引〈鄉飲酒禮〉、〈燕禮〉文見
　　　　　《儀禮注疏》卷15，頁173；卷9，頁93。

〔註58〕　《詩經通論》卷9〈小雅‧魚麗〉，頁184。同樣的批評也出現於姚際恆論〈南
　　　　　有嘉魚〉、〈南山有臺〉二詩。姚際恆說〈南有嘉魚〉云：「與前篇（〈魚麗〉）
　　　　　同意。」（《詩經通論》卷9〈小雅‧南有嘉魚〉，頁184）說〈南山有臺〉云：
　　　　　「《集傳》謂『燕饗通用之樂』，辨見〈魚麗〉。」（《詩經通論》卷9〈小雅‧
　　　　　南山有臺〉，頁185）

〔註59〕　《詩集傳》卷13〈小雅‧楚茨〉，頁153。

〔註60〕　《詩經通論》卷11〈小雅‧楚茨〉，頁230。姚際恆認爲〈楚茨〉爲「此農事
　　　　　既成，王者嘗、烝以祭宗廟之詩。」

句，朱熹云：

> 徂位，祭事既畢，主人往阼階下西面之位也。致告，祝傳尸意，告
> 利於主人，言孝子之利養成畢也。於是神醉而尸起，送尸而神歸矣。
> 曰皇尸者，尊稱之也。鼓鐘者，尸出入奏〈肆夏〉也。鬼神無形，
> 言其醉而歸者，誠敬之至，如是之也。〔註61〕

朱熹之說承自《儀禮》。《儀禮·少牢饋食》有言：

> 主人出，立於阼階上，西面；祝出，立于西階上，東面。祝告曰：「利
> 成。」祝入尸謖，主人降立于阼階，東西面。祝先尸從，遂出于廟
> 門。〔註62〕

誠如前姚際恆所言，「鼓鐘送尸」非〈少牢饋食〉之說。朱熹的錯誤不僅在於
引述無關詩義的《儀禮》爲據，所引資料也與《儀禮》原本內容有出入。

3. 據《禮記》說《詩》

《詩集傳》據《禮記》說《詩》的情形出現在〈小雅·甫田〉。〈甫田〉
詩二章「以我齊明」句，朱熹云：

> 齊，與粢同。〈曲禮〉曰：「稷曰明粢。」，此言「齊明」，便文以協
> 韻耳。〔註63〕

朱熹認爲詩中「齊明」是由〈曲禮〉的「明粢」倒文而來，「齊明」就是「明
齊」，也就是「明粢」。姚際恆抨擊此說云：

> 按，〈曲禮〉後世之書，不可執以解《詩》。安知〈曲禮〉不以《詩》
> 之「齊明」爲「明粢」，而謂《詩》以〈曲禮〉之「明齊」爲「齊明」，
> 便文以協韻乎！〔註64〕

基本上，由於姚際恆認定〈曲禮〉成書年代晚於《詩經》，因此〈甫田〉中的
「齊明」不可能由〈曲禮〉「明粢」而來，這是他堅持不可據《禮記》說《詩》
的原因。如果定要說「齊明」與「明粢」意義相同，唯一的可能是〈曲禮〉「明
粢」承自〈甫田〉「齊明」。姚際恆即是用這個推論來反駁朱熹之說。

姚際恆認爲三《禮》成書在《詩經》之後，因此若以三《禮》爲本去解

〔註61〕 《詩集傳》卷13〈小雅·楚茨〉，頁154。
〔註62〕 《儀禮注疏》卷48〈少牢饋食〉，頁574。
〔註63〕 《詩集傳》卷13〈小雅·甫田〉，頁156。《禮記注疏》卷5〈曲禮〉言「祭宗
廟之禮」：「凡祭宗廟之禮……黍曰薌合，梁曰薌萁，稷曰明粢，稻曰嘉蔬。」
（頁98）
〔註64〕 《詩經通論》卷12〈小雅·甫田〉，頁234。

讀《詩經》，詮釋方向上根本顛倒。何況，三《禮》本身有許多問題，如果定要從這個角度解《詩》，只是凸顯出個人立場不夠客觀，無法獨立思辨。畢竟說《詩》應以《詩經》爲本、爲主，如果反以三《禮》爲主，便違背說《詩》的根本方向與原則。從姚際恆對於《詩集傳》的評論看來，姚際恆對於三《禮》資料考覈的確相當審慎，而他對於說《詩》方向與原則的堅持，由此亦可窺見。

（二）以理說《詩》

〈齊・甫田〉首章有言：

> 無田甫田，維莠驕驕。無思遠人，勞心忉忉。

朱熹釋此章云：

> 以戒時人厭小而務大，忽近而圖遠，將徒勞而無功也。〔註65〕

姚際恆批評此說偏離詩義，其云：

> 《集傳》說理，于《詩》尤遠。〔註66〕

在姚際恆的認知裡，「理」與《詩經》的本質有極大差距，由「理」的角度不可能對詩義有正確的掌握，這是《詩集傳》的重大缺失之一。對於《詩集傳》引〈大學〉、〈中庸〉義理、甚且佛理以說解詩義，姚際恆不免要斥爲謬誤妄論。

1. 引〈大學〉說《詩》

《詩集傳》引〈大學〉說《詩》有〈衞・淇奧〉、〈小雅・緜蠻〉二例。〈淇奧〉首章云：

> 瞻彼淇奧，綠竹猗猗。有匪君子，如切如磋，如琢如磨。瑟兮僩兮，
> 赫兮咺兮；有匪君子，終不可諼兮。

朱熹釋〈淇奧〉此章之義云：

> 治骨角者，既切以刀斧，而復磋以鑢錫。治玉石者，既琢以槌鑿，
> 而復磨以沙石。言其德之修飭，有進而無已也。……人美武公之德，
> 而以綠竹始生之美盛，興其學問自修之進益也。〔註67〕

以下全錄〈大學〉之文說明此章之義〔註68〕。對於朱熹引〈大學〉說《詩》，

〔註65〕《詩集傳》卷5〈齊・甫田〉，頁61。
〔註66〕《詩經通論》卷6〈齊・甫田〉，頁120。
〔註67〕《詩集傳》卷3〈衞・淇奧〉，頁34～35。朱熹以〈淇奧〉爲衞人稱美武公之詩。
〔註68〕〈大學〉從道德修養的角度說解此章，云：「『如切如磋』者，道學也；『如琢

姚際恆批評云：

> 「切、磋、琢、磨」四字，大抵皆治玉、石、骨諸物之名，本不必
> 分。而《爾雅》分之曰：「骨謂之切，象謂之磋，玉謂之琢，石謂之
> 磨」，亦自有義。《集傳》則以「切、磋」屬骨、角，「琢、磨」屬玉、
> 石，又以「切、磋」與「琢、磨」各分先後，並不可解，又全引〈大
> 學〉之文以釋此詩。按，〈大學〉釋「切磋」爲「道學」，「琢磨」爲
> 「自修」，「瑟僩」爲「恂慄」，「赫咺」爲「威儀」，此古文斷章取義，
> 全不可據。豈有「切、磋、琢、磨」四字平列，而知其分「學」與
> 「修」之理！又「瑟、僩、赫、咺」別爲贊儀容之辭，與上義不連，
> 亦不得爲平釋爲四事也。〈大學〉非解《詩》，今以其爲解《詩》而
> 用以解詩，豈不謬哉！〔註69〕

姚際恆指出，〈大學〉引《詩》的性質與作法乃斷章取義，摘取《詩經》文字
而另抒己義，非爲解詩而發，不可作爲說《詩》的依據。朱熹引錄〈大學〉
之言當作〈淇奧〉詩義，實屬荒謬。雖然〈大學〉引用〈淇奧〉詩文，不過
姚際恆認爲〈大學〉本非解《詩》之作，不須擔負解釋詩文的任務；朱熹《詩
集傳》乃專爲解《詩》而作，情況與〈大學〉不同，要求自然也不一樣。

又如〈小雅·緜蠻〉首章有言：

> 緜蠻黃鳥，止于丘阿。道之云遠，我勞如何。飲之食之，教之誨之，
> 命彼後車，謂之載之。

朱熹認爲這是一首託鳥言自比的作品，其云：

> 此微賤勞苦而思有所託者，爲鳥言以自比也。蓋曰緜蠻之黃鳥，自
> 言止于丘阿而不能前，蓋道遠而勞甚矣。當是時也，有能飲之食之、
> 教之誨之，又命後車以載之者乎？〔註70〕

朱熹視〈緜蠻〉爲「比」詩，全詩以鳥的口吻敘述，作者是以鳥的勞苦來比
喻自己的辛勞。姚際恆認爲朱熹的說法是因爲誤讀〈大學〉而來，〈大學〉
云：

> 《詩》云：「緡蠻黃鳥，止于丘隅。」子曰：「於止，知其所止。可

> 如磨』者，自修也；『瑟兮僩兮』者，恂慄也；『赫兮喧兮』者，威儀也；『有
> 斐君子，終不可諠兮』者，盛德至善，民之不能忘也。」（《禮記注疏》卷60
> 〈大學〉，頁983）

〔註69〕 《詩經通論》卷4〈衛·淇奧〉，頁81。
〔註70〕 《詩集傳》卷15〈小雅·緜蠻〉，頁172。

以人而不如鳥乎？」〔註71〕

姚際恆云：

> 《集傳》謂「此微賤勞苦而思有所托者，爲鳥言以自比也。」謂禽
> 鳥亦有教誨及後車之事，豈真誤讀〈大學〉「可以人而不如鳥乎」，
> 而以此詩爲鳥言耶？可嘆也！〔註72〕

基本上，朱熹與姚際恆對於此詩表現方式的理解不同，朱熹認爲是「比」，
姚際恆以爲是「興」。在姚際恆的理解中，「緜蠻黃鳥，止于丘阿」只是用以
興起下文，「道之云遠，我勞如何」中的「我」指的是爲王求賢的大夫〔註73〕，
並非黃鳥，如此才能接續下文飲、食、教、誨及「後車載之」的意思。姚際
恆並且談到，朱熹提出全詩爲鳥言的說解，主要受了〈大學〉「可以人而不
如鳥」一語的誤導。由於朱熹誤讀〈大學〉，因此責任在於朱熹而非〈大學〉。

應加說明的是，此處姚際恆的論稍嫌主觀。畢竟，就〈大學〉與《詩集
傳》所言而論，兩者間並看不出明顯的承襲關係。何況，〈大學〉其實未曾對
此詩之義提出任何進一步說明，因此似乎不宜輕言朱熹說解〈緜蠻〉是受到
〈大學〉影響，這是姚際恆輕忽之處。

2. 引〈中庸〉說《詩》

姚際恆指出，《詩集傳》據〈中庸〉說《詩》可見〈大雅·皇矣〉、〈大雅·
文王〉二例。〈皇矣〉七章云：

> 帝謂文王，予懷明德，不大聲以色，不長夏以革。不識不知，順帝
> 之則。

〈中庸〉曾引此說明「化民」的理念，〈中庸〉云：

> 《詩》云：「予懷明德，不大聲以色。」子曰：「聲色之於以化民，
> 末也；《詩》曰：『德輶如毛』，毛猶有倫。『上天之載，無聲無臭。』
> 至矣！」〔註74〕

此處引〈皇矣〉旨在說明化民以聲色爲末務，以無形無跡爲至境。朱熹《詩
集傳》釋此章詩云：

〔註71〕《禮記注疏》卷60〈大學〉，頁984。事實上，〈大學〉此處純粹引錄〈緜蠻〉
首二句（文字略有出入），並未釋義。

〔註72〕《詩經通論》卷12〈小雅·緜蠻〉，頁254。

〔註73〕姚際恆說〈緜蠻〉詩旨云：「此疑王命大夫求賢，大夫爲詠此詩。」

〔註74〕《禮記注疏》卷53〈中庸〉，頁900～903。〈中庸〉此處引錄詩文出於〈大雅·
皇矣〉、〈大雅·烝民〉、〈大雅·文王〉。

言上帝眷念文王，而言其德之深微，不暴著其形迹，又能不作聰明，
以循天理。〔註75〕

姚際恆以爲朱熹此說本自〈中庸〉，其云：

《集傳》解「不大」句，謂「德之深微，不暴著其形迹」，全本〈中
庸〉說理，不知〈中庸〉斷章取義，豈可從乎！〔註76〕

姚際恆談到，〈中庸〉引《詩》方式乃斷章取義，與原詩無關，不可據以說解
詩文。那麼，錯誤並不在〈中庸〉，而是朱熹未曾認清〈中庸〉引《詩》的特
質。

由姚際恆論〈大雅‧文王〉可以看出他對〈中庸〉所說義理未必認同。〈文
王〉二章「亹亹文王」句，朱熹云：

文王非有所勉也，純亦不已，而人見其若有所勉耳。〔註77〕

姚際恆認爲此處朱熹襲用〈中庸〉「不勉而中」的錯誤說法。〈中庸〉有言：

誠者，天之道也；誠之者，人之道也。誠者，不勉而中，不思而得，
從容中道，聖人也。誠之者，擇善而固執之者也。〔註78〕

姚際恆並不贊同這類聖人「不勉而中，不思而得」的思想，其云：

聖人豈無勉功？〈中庸〉云：「不勉而中」，非是。《集傳》乃爲此幹
旋之說，豈信〈中庸〉，不信周公乎？〔註79〕

他認爲此詩爲周公所作。關於「亹」字，《爾雅》、《毛傳》均訓作「勉」。周
公既云「亹亹文王」，則是「勉勉文王」之意，很明顯的是「勉」而非「不勉」，
因此他反對「文王不勉」的相反論斷。在姚際恆看來，〈中庸〉的說法固然錯
誤，朱熹信〈中庸〉而不信詩文，尤是一大弊病。

3. 引佛理說《詩》

姚際恆指出，朱熹不僅援〈大學〉、〈中庸〉之理說《詩》，甚且引用佛理
說《詩》。〈大雅‧皇矣〉五章有言：

帝謂文王，無然畔援，無然歆羨，誕先登于岸。密人不恭，敢距大

〔註75〕《詩集傳》卷 16〈大雅‧皇矣〉，頁 186。
〔註76〕《詩經通論》卷 13〈大雅‧皇矣〉，頁 273。姚際恆釋〈皇矣〉「予懷明德」
云：「帝謂予懷文王之明德，其整旅過旅之時，不大其聲音與色相也，不長其
侈大與變革也。」視之爲治軍整旅時所揭示的原則。
〔註77〕《詩集傳》卷 16〈大雅‧文王〉，頁 175。
〔註78〕《禮記注疏》卷 53〈中庸〉，頁 894。
〔註79〕《詩經通論》卷 13〈大雅‧文王〉，頁 262。

邦，侵阮徂共。

文中「岸」字，朱熹釋云：

> 岸，道之極至處也。〔註80〕

對於朱熹將「岸」作抽象解讀，姚際恆深感不滿，云：

> 「岸」，鄭氏謂「獄」，固非；《集傳》說作「道」，無論解《詩》
> 不可說入理障，且下「密人不恭」如何接得去？又以道爲岸，「彼
> 岸」，釋氏之教也。解《詩》不可入吾儒之理，況可入釋氏之理耶？
> 〔註81〕

姚際恆認爲，朱熹對「岸」的解釋除與上下文義不符外，更離奇的是採取佛理的角度詮釋。以義理說《詩》已然偏離詩義，何況以佛學思想解《詩》，恐怕離詩義愈遠。

在姚際恆看來，朱熹以理說《詩》最明顯誤謬的例子莫過於解釋〈鶴鳴〉。朱熹云：

> 此詩之作，不可知其所由，然必陳善納誨之詞也。蓋鶴鳴于九皋，
> 而聲聞于野，言誠之不可揜也。魚潛在淵，而或在于渚，言理之無
> 定在也。園有樹檀，而其下維蘀，言愛當知其惡也。他山之石，而
> 可以爲錯，言憎當知其善也。由是四者引而伸之，觸類而長之，天
> 下之理庶幾乎！〔註82〕

朱熹認爲，此詩雖不知爲何而作，不過可以肯定其目的必爲「陳善納誨」。由此可見，基本上他將〈鶴鳴〉解釋爲「論道說理」之詩，並且認爲這種義理可以引申而涵括天下所有道理。朱熹又引錄程子之言，云：

> 程子曰：「玉之溫潤，天下之至美也。石之粗厲，天下之至惡也。然
> 兩玉相磨，不可以成器；以石磨之，然後玉之爲器得以成焉。猶君
> 子之與小人處也，橫逆侵加，然後脩省畏避，動心忍性，增益預防，
> 而義理生焉，道德成焉。吾聞諸邵子云。」〔註83〕

此處所論的主要是君子成德之道。姚際恆批評此說云：

> 解此篇最紕繆者，莫過《集傳》。……蓋其意以第一比合〈中庸〉「鬼

〔註80〕《詩集傳》卷16〈大雅・皇矣〉，頁185。
〔註81〕《詩經通論》卷13〈大雅・皇矣〉，頁273。姚際恆云：「『誕先登于岸』，謂
先據高以制下也。」將「岸」實解爲高地，意較直接。
〔註82〕《詩集傳》卷10〈小雅・鶴鳴〉，頁121。
〔註83〕《詩集傳》卷10〈小雅・鶴鳴〉，頁121。

神之爲德」章,第二比合《論語》「仰之彌高」章,後二比合〈大學〉
「修身、齊家」章。以《詩》爲言理之書,切合〈大〉、〈中〉、《論
語》,立論腐氣不堪,此説《詩》之魔也。(〈鶴鳴〉)〔註84〕

姚際恆指出,朱熹說解〈鶴鳴〉的思想背景來自於〈中庸〉、《論語》、〈大學〉。
〈中庸〉論「誠」有言:

子曰:「鬼神之爲德,其盛矣乎!視之而弗見,聽之而弗聞,體物而
不可遺;使天下之人,齊明盛服,以承祭祀,洋洋乎!如在其上,
如在其左右。詩曰:『神之格思,不可度思,矧可射思。』夫微之顯,
誠之不可揜,如此夫!」〔註85〕

姚際恆認爲這是朱熹「誠之不可揜」說法的來源。《論語·子罕》論孔子之道,
云:

顏淵喟然歎曰:「仰之彌高,鑽之彌堅。瞻之在前,忽焉在後。夫子
循循然善誘人,博我以文,約我以禮,欲罷不能。既竭吾才,如有
所立,卓爾,雖欲從之,末由也已。」〔註86〕

其中「瞻之在前,忽焉在後」乃形容孔子之道的莫測高深,姚際恆認爲這是
朱熹「理之無定在」說法的出處。〈大學〉論「修身齊家」有言云:

好而知其惡,惡而知其美者,天下鮮矣。〔註87〕

此處論及,人情易造成主觀意識,從而顯示出「好而知其惡,惡而知其美」
的難得。姚際恆認爲這是朱熹「愛當知其惡」、「憎當知其善」說法的來處。
姚際恆進而指出,這種對詩義作過度道德義理發揮的作法,只會使詩義蒙上
一股腐味,絕非正解。

此處有一點須辨明,誠然,〈中庸〉、〈大學〉之言與朱熹說法有雷同處,
可以視爲《詩集傳》引〈大學〉、〈中庸〉說《詩》之例。然而,《論語》「仰
之彌高」一章與朱熹所謂「理之無定在」未必有直接的義理關聯。姚際恆認
定《詩集傳》據《論語》說〈鶴鳴〉,這點尚待商榷。

〈小雅·角弓〉四章有言:

民之無良,相怨一方。

〔註84〕《詩經通論》卷 10〈小雅·鶴鳴〉,頁 195。
〔註85〕《禮記注疏》卷 52〈中庸〉,頁 884。
〔註86〕《論語注疏》卷 9,頁 79。
〔註87〕《禮記注疏》卷 60〈大學〉,頁 986。

朱熹解此二句云：

> 相怨者各據其一方耳。若以責人之心責己，愛己之心愛人，使彼己
> 之間交見而無蔽，則豈有相怨者哉！〔註88〕

所謂「以責人之心責己，愛己之心愛人」之語，本非詩文所有，而是朱熹藉以自申義理之辭。姚際恆很不認同這種藉詩說教的作法，評云：

> 說《詩》入理障。（〈角弓〉）〔註89〕

由此確實可以看到朱熹說詩已經偏離了作品辭義的合理範圍，或許這是作為一位理學家難以跳脫的積習。然而，讀《詩》若將注意力置於額外意義的開發，對於詩義反而失去應有的掌握，這便落入姚際恆所謂的「理障」。《詩集傳》時而有自申義理的情形，也許可成為另一項特色；但就說《詩》的任務而言，卻不能視作正面的表現。

三、淫詩說

朱熹《詩集傳》提出「淫詩」之說，在後世造成極大反應，引起後人紛紜聚訟。其中批評最力、並從思想及解讀上全面反省淫詩說者，當推姚際恆《詩經通論》。客觀來看，朱熹與姚際恆都抱持著「以《詩》為教」的《詩》觀，著重於闡發《詩經》的實用功能，兩人的觀點在形式上本有著近似性，然而內容上卻有顯著差異。

以「淫詩」的問題而言，朱、姚最主要的爭議點在於對「思無邪」、「鄭詩淫」的看法迥異，導致解讀結果的南轅北轍。以下將先檢討朱熹「淫詩」的觀念及實際篇目，進而分析姚際恆提出的批評與解讀，以便釐清相關問題。

（一）朱熹「淫詩說」的基本觀念

《詩序》已有「男女相奔」之辭出現，如其說〈鄘·桑中〉云：

> 〈桑中〉，刺奔也。衛之公室淫亂，男女相奔，至于世族在位相竊妻
> 妾，期於幽遠，政散民流而不可止。

不過《詩序》認為〈桑中〉詩旨為刺奔，並不視為淫詩。朱熹則明白揭示《詩經》存有淫詩，並對淫詩提出整體說明，成為他《詩》說特色之一。

〔註88〕《詩集傳》卷14〈小雅·角弓〉，頁166。
〔註89〕《詩經通論》卷12〈小雅·角弓〉，頁247。姚際恆解〈角弓〉此章云：「『民之無良，相怨一方』，『一方』字不必泥。『民』，通貴、賤而言，即不令之兄弟也；以疏遠之故，相怨于一處而已。」

1.「淫詩」的思想基礎

關於心、性、情等概念，朱熹以理學爲說，其云：

> 惻隱、羞惡、辭讓、是非，情也。仁義禮智，性也。心，統性情者也。端，緒也。因其情之發，而性之本然可得而見，猶有物在中而緒見於外也。

> 喜怒哀樂，情也，其未發則性也。無所偏倚，故謂之中，發而皆中節，情之正也。〔註90〕

朱熹認爲，心統攝性情，性爲心之體，情爲心之用，二者相須而成。關於朱熹之「性」，牟宗三先生云：

> 性即是理，所以理裏面就沒有心的活動成分。道體也是如此。所以朱夫子所了解的性體、道體，以現代的詞語說，是「只存有而不活動」，也就是所謂「只是理」。〔註91〕

「性」的特質爲靜，朱熹所謂「未發則性也」，牟宗三所謂「只存有而不活動」。「情」的特質爲動，朱熹所謂「情之發」，能夠感物而動。人心所產生而升起的許多情感，不管是道德性的惻隱、羞惡、辭讓、是非之情，或是情緒上的喜怒哀樂，都屬於情，這是詩歌的根源。朱熹指出，由情而生情思，進而形諸言語、音聲、歌謠，這是一貫且自然的發展過程。詩歌的本質，就是人心能感物而動、進而思形諸歌詠的「情」。情若能發而皆中節，亦無所謂不善。然而，人有氣稟的問題，朱熹云：

> 然就人之所稟而言，又有昏明清濁之異。……氣質之稟，不能無淺深厚薄之別。〔註92〕

人的氣質有清濁、昏明、深淺、厚薄，因此人情感物而動，自然與外物之相應者互相誘發，使得表現在音聲歌詠上有著邪正是非的差異。一聲一詩是邪是正，關鍵在於「氣稟」與「外物」的呼應。個人氣稟是內在因素，外物是外在因素。由此看來，朱熹也不否認環境對於作者、作品有著相當程度的影響。

鄭衛淫聲、淫詩的形成，朱熹認爲這是地理環境與人民氣稟所共同導致的結果。朱熹引張子之言，云：

〔註90〕 《孟子集註》卷2「人皆有不忍人之心」章句，頁47；《中庸章句》第1章，頁2。
〔註91〕 《中國哲學十九講》之〈宋明儒學概述〉，頁399。
〔註92〕 《朱子語類輯略》卷1，頁24。

> 張子曰，衛國地濱大河，其地土薄，故其人氣輕浮；其地平下，故
> 其人質柔弱；其地肥饒，不費耕耨，故其人心怠惰。其人情性如此，
> 則其聲音亦淫靡。故聞其樂，使人懈慢而有邪僻之心也。鄭詩放此。
> 〔註93〕

鄭衛的地理環境誘發了當地人民輕浮、柔弱、怠惰的氣質，這種負面的氣質充分反映在音樂與詩歌上，自然創作出的便是靡靡之音、淫亂之詩。就時間來說，地理環境的因素似乎是先在的；但就本質上考量，人民氣稟才是造成鄭衛淫風、淫聲與淫詩的根本因素。因此，鄭衛淫聲、淫詩乃同一條件下產生之不同的「果」。孔子說「鄭聲淫」，為此理論提供了一項具體證明，使得「鄭詩淫」這項說法的成立更為有據；這是朱熹「淫詩」說的思想基礎。朱熹云：

> 衛猶為男悅女之詞，而鄭皆為女惑男之語。衛人猶多刺譏懲創之意，
> 而鄭人幾於蕩然無復羞愧悔悟之萌。是則鄭聲之淫，有甚於衛矣。
> 故夫子論為邦，獨以鄭聲為戒而不及衛，蓋舉重而言，固自有次第
> 也。〔註94〕

《朱子語類》亦云：

> 衛詩尚可，猶是男子戲婦人，鄭詩則不然，多是婦人戲男子；所以
> 聖人尤惡鄭聲也。
> 鄭聲淫，所以鄭詩多是淫佚之辭，〈狡童〉、〈將仲子〉之類是也。
> 〔註95〕

此處說明了鄭、衛淫聲、淫詩程度上的差別，以及孔子何以獨言「鄭聲淫」的原因。朱熹「淫詩說」的成立，除了背後有一貫的理學思想背景外，孔子「鄭聲淫」一語是重要的佐證。

2.「淫詩」的定義

「淫詩」與「男女之詞」不同。朱熹云：

> 凡《詩》之所謂〈風〉者，多出於里巷歌謠之作，所謂男女相與詠
> 歌，各言其情者也。惟〈周南〉、〈召南〉親被文王之化以成德，而
> 人皆有以得其性情之正，故其發於言者，樂而不過於淫，哀而不及
> 於傷，是以二篇獨為《詩》之正經。自〈邶〉以下，則其國之治亂

〔註93〕《詩集傳》卷3末綜論〈衛風〉，頁41。
〔註94〕《詩集傳》卷4，頁56～57。
〔註95〕《朱子語類》卷80〈詩一〉，頁2068；《朱子語類》卷80〈詩一〉，頁2072。

不同，人之賢否亦異，其所感而發者，有邪正是非之不齊，而所謂

先王之風者，於此焉變矣。〔註96〕

此言指出，〈國風〉本多各言其情的男女詠歌之詩，淫詩也在其中；不過，二
〈南〉得「性情之正」，而〈邶風〉以下則有正有邪，有是有非。由此可知，
「淫」、「邪」是相對於「性情之正」而言，「淫詩」是相對於「正經」而言。
〈國風〉中二〈南〉以外的男女之詩，有些是「邪」、「非」的淫詩，有些則
是正詩。意即：凡淫詩必爲邪亂的男女之詩，但男女之詩不必然爲淫詩，它
也可能是得性情之正的「正經」。朱熹云：

男女者，三綱之本，萬事之先也。正風之所以爲正者，舉其正者以

勸之也；變風之所以爲變者，舉其不正者以戒之也。〔註97〕

變風由於凸顯了「邪非」的男女之詩（淫詩），故稱之爲「變」，由此可以理
解何以變風多淫詩。但若誤以爲變風中男女之詩皆爲淫詩，便錯解了朱熹之
意。雖然，「男女之詩」與「淫奔之詩」在內容及形式上確實有相似性，然而，
「男女期會」是一種事實描述，「男女淫奔」卻是道德的批判，在意念上有明
顯的差距。因此，研究朱熹「淫詩」，應以《詩集傳》或《詩序辨說》指稱該
詩爲淫詩者爲探討範圍。

關於淫詩的作者與詩義，朱熹云：

李茂欽問：「先生曾與東萊辨論淫奔之詩，東萊謂詩人所作，先生謂
淫奔者之言；至今未曉其說。」曰：「若是詩人所作譏刺淫奔，則婺
州人如有淫奔，東萊何不作一詩刺之？……若人家有隱僻事，便作
詩訐其短譏刺，此乃今之輕薄子好作謔詞嘲鄉里之類，爲一鄉所疾
害者，詩人溫醇，必不如此。」〔註98〕

朱熹深信，詩人溫醇的品格必不屑作淫詩以嘲弄淫奔者，所以淫詩當爲淫奔
者自作；此乃就作詩者方面的考量。淫奔者既作淫辭，自然不至於自我譏刺。
朱熹云：

〈桑中〉之詩，放蕩留連，止是淫者相戲之辭；豈有刺人之惡而反
自陷於流蕩之中？〔註99〕

〔註96〕《詩集傳・序》，頁 2。
〔註97〕《詩集傳》卷 7 綜論〈陳風〉，頁 85。
〔註98〕《朱子語類》卷 80〈詩一〉，頁 2092。
〔註99〕《朱子語類》卷 80〈詩一〉，頁 2075。

淫詩之義是放蕩留連的言情之作，若要藉此表達譏刺的意義，根本違反邏輯；此乃就詩義方面的考量。

　　關於淫詩的表現內容，以〈齊・東方之日〉為例，朱熹云：

> 此男女淫奔者所自作，非有刺也。其曰君臣失道者，尤無所謂。
> 〔註100〕

淫詩純粹是淫奔男女所作淫辭，詩義上完全沒有譏刺意涵，硬要牽涉到政治，是違反詩義的作法。在此朱熹與《詩序》抱持截然不同的看法。

　　在朱熹的觀念裡，《詩經》中有一類與「淫詩」有關的作品，稱為「刺淫之詩」。朱熹論〈鄘・桑中〉時談到「刺詩」的特色，云：

> 夫詩之為刺，固有不加一辭而意自見者，〈清人〉、〈猗嗟〉之屬是已。
> 然嘗試翫之，則其賦之之人猶在所賦之外，而詞意之間猶有賓主之
> 分也。〔註101〕

朱熹指出，刺詩的作者在「所賦之外」，也就是作為一個批評者而存在，詞意上以譏刺為主意；刺淫之詩也不例外。由之可見，不論在作詩者或詩義方面，「淫詩」與「刺淫之詩」皆有顯著差異，這可作為區隔這兩類作品的原則。朱熹對《詩經》中淫詩、刺淫之詩提出區分與說明，在形式上較《詩序》一例以美刺說《詩》有更深一層解析。

　　至於「男女之詞」、「正經」、「淫詩」三者在性質上如何明確界義，朱熹未直言，只說到淫詩的特質，云：

> 今但去讀看，便自有那輕薄底意思在了，如韓愈說數句其聲浮且淫
> 之類，這正是如此。〔註102〕

「輕薄意思」、「其聲浮且淫」，屬於閱讀時主觀的體會，很難建立絕對客觀的標準，故後人研究朱熹所謂之「淫詩」便不免有歧見。

3.「淫詩」與「思無邪」

　　不可避免的，「淫詩說」必須面對「思無邪」的問題。《朱子語類》有言：

> 只是「思無邪」一句好，不是一部《詩》皆思無邪。〔註103〕

此處指出，《詩經》中個別作品所言有善有惡，自然不會無邪。何謂「思無邪」？

〔註100〕《詩序辨說》之〈齊・東方之日〉，頁21。此針對《詩序》而言，《詩序》云：「〈東方之日〉，刺衰也。君臣失道，男女淫奔，不能以禮化也。」
〔註101〕《詩序辨說》之〈鄘・桑中〉，頁13。
〔註102〕《朱子語類》卷80〈詩一〉，頁2068。
〔註103〕《朱子語類》卷80〈詩一〉，頁2065。

朱熹釋云：

> 凡詩之言，善者可以感發人之善心，惡者可以懲創人之逸志，其用
> 歸於使人得其情性之正而已。〔註104〕

在朱熹的觀念裡，「思無邪」非就《詩》義內容而論，而是指集合整部《詩經》而對讀者所激發之道德感發作用。《詩經》的價值即為使讀者能見賢思齊，見不賢自省，最終「得情性之正」。因此，「思無邪」並非空懸的理想或口號，而是確實有著實踐的工夫意義。

《詩經》所以能夠發揮這種效用，與孔子有莫大關係，朱熹云：

> 孔子生於其時，既不得位，無以行勸懲黜陟之政，於是特舉其籍而
> 討論之，去其重複，止其紛亂。而其善之不足以為法，惡之不足以
> 為戒者，則亦刊而去之，以從簡約，示久遠，使夫學者即是而有以
> 考其得失，善者師之而惡者改焉。是以其政雖不足以行於一時，而
> 其教實被於萬世，是則《詩》之所以為教然也。〔註105〕

朱熹相信孔子對《詩經》作過整理工作，以實行《詩》教。孔子將自己在政治上無法實踐的理想，轉移到文化學術上，《詩經》因而擔負起千秋萬世的道德教化的重責大任。

「思無邪」保障了《詩經》的教化功能，同時也是孔子曉諭後人的讀《詩》宗旨。朱熹因而認為「思無邪」係針對讀《詩》者方面而言，其云：

> 又問「思無邪」之義。曰：此只是《三百篇》可蔽以《詩》中此言，
> 所謂無邪者，讀《詩》之大體，善者可以勸，而惡者可以戒。……
> 所謂「《詩》可以興」者，使人興起有所感想，有所懲創；「可以觀」
> 者，見一時之習俗如此，所以聖人存之不盡刪去，便盡見當時風俗
> 嫩惡。〔註106〕

此段指出，「思無邪」是讀《詩》大體，指導讀者達到勸善戒惡的終極目標。《詩》中所言固然有正有邪，不過，正者對讀者有正面影響，邪者則可作為反面教材，這是聖人寄託其中的教化理想。在朱熹的觀念裡，淫詩屬於《詩經》中惡、邪的代表，也是讀者當引以戒警的部分。朱熹論〈鄘‧桑中〉時云：

> 夫子所謂思無邪者，又何謂邪？……夫子之言正為其有邪正美惡之

〔註104〕《論語集注‧上論》卷1〈為政〉，頁7～8。
〔註105〕《詩集傳‧序》，頁1。
〔註106〕《朱子語類》卷80〈詩一〉，頁2090。

雜，故特言此以明其皆可以懲惡勸善，而使人得其性情之正耳，非以

〈桑中〉之類亦以無邪之思作之也。……夫子之於鄭衞，蓋深絕其聲

於樂以爲法，而嚴立其詞於詩以爲戒。如聖人固不語亂，而《春秋》

所記無非亂臣賊子之事。蓋不如是，無以見當時風俗事變之實，而垂

監戒於後世，故不得已而存之，所謂道並行而不相悖者也。今不察此，

乃欲爲之諱其鄭衞桑濮之實，而文之以雅樂之名；又欲從而奏之宗廟

之中，朝廷之上，則未知其將以薦之何等之鬼神，用之何等之賓客？

而於聖人爲邦之法，又豈不爲陽守而陰叛之耶？其亦誤矣。〔註107〕

朱熹強調，「思無邪」關乎孔子與讀者之間，非就作品或作者層面而論。如果
定要以「思無邪」來解釋作品意義，無疑的《詩》教的功能將削減一半，《詩
經》將僅存「勸善」的積極作用，而喪失了「懲惡」的消極意義。如此不但
減低了《詩》教的意義，更辜負孔子聖訓。

（二）《詩集傳》「淫詩」篇目

關於朱熹「淫詩」篇目，由於隨人判定標準不同，說法頗見出入。如馬
端臨以爲有 24 篇〔註108〕，何定生以爲有 27 篇〔註109〕，趙制陽以爲有 28 篇
〔註110〕，程元敏、文鈴蘭以爲有 30 篇〔註111〕。馬端臨所定 24 篇可作爲探討
《詩集傳》淫詩的基礎，而程元敏、文鈴蘭所定 30 篇有較進一步分析，因此
以下便以此二說爲檢討對象，釐定朱熹淫詩的篇目。

1. 馬端臨淫詩 24 篇之說

據馬端臨分析朱熹淫詩云：

今以文公《詩傳》考之，其指以爲男女淫泆奔誘而自作詩以敘其事

者，凡二十有四。如：〈桑中〉、〈東門之墠〉、〈溱洧〉、〈東方之日〉、

〈東門之池〉、〈東門之楊〉、〈月出〉，則《序》以爲刺淫而文公以爲

淫者所自作也。如〈靜女〉、〈木瓜〉、〈采葛〉、〈丘中有麻〉、〈將仲

〔註107〕《詩序辨說》之〈鄘・桑中〉，頁 13。

〔註108〕《百部叢書集成》之《詩序》末附馬端臨〈詩序論〉，見《文獻通考》卷 178
〈經籍五〉。

〔註109〕《詩經今論》卷 3，頁 225。

〔註110〕趙制陽云：「在《集傳》中，被朱子定爲淫男的詩四篇，淫女的詩十二篇，淫
男兼淫女的十二篇。」（《詩經名著評介》，頁 141）

〔註111〕《王柏之詩經學》中〈王柏議刪國風之篇數及篇名〉之「朱子淫詩篇名表」，
頁 82～85；《姚際恒詩經通論之研究》，頁 184～185。

子〉、〈遵大路〉、〈有女同車〉、〈山有扶蘇〉、〈蘀兮〉、〈狡童〉、〈褰裳〉、〈丰〉、〈風雨〉、〈子衿〉、〈揚之水〉、〈出其東門〉、〈野有蔓草〉，

則《序》本別指它事而文公亦以爲淫者所自作也。〔註112〕

此處馬端臨列出朱熹「淫詩」共24首，然而，考察《詩集傳》、《詩序辨說》的解釋，其實朱熹並不視〈齊·出其東門〉爲淫詩。朱熹云：

> 人見淫奔之女而作此詩。以爲此女雖美且眾，而非我思之所存，不如己之室家，雖貧且陋，而聊可自樂也。是時淫風大行，而其間乃有如此之人，亦可謂能自好而不爲習俗所移矣。(〈詩集傳〉)

> 此乃惡淫奔者之詞，《序》誤。(〈詩序辨說〉) 〔註113〕

朱熹認爲，〈出其東門〉表彰的是自好而不受淫風影響的「如此之人」，而「淫奔之女」只是對照的背景，並非詩義主要內容。依此說，〈出其東門〉不但不可列爲淫詩，反當說是厭惡淫奔之詩。《朱子語類》云：

> 鄭詩雖淫亂，〈出其東門〉一詩卻如此好。

> 〈出其東門〉卻是箇識道理底人做。〔註114〕

朱熹指出，〈出其東門〉是〈鄭風〉中難得好詩，作者也是明理之人，因此完全不符淫詩特質。由〈出其東門〉與〈鄭風〉淫詩之對比，可知朱熹對淫詩給予負面評價。

其次，對於〈陳·月出〉與〈鄭·野有蔓草〉，朱熹並未指爲淫詩，只稱作「男女之詞」。朱熹說〈月出〉云：

> 此亦男女相悅而相念之辭。(〈詩集傳〉)

> 此不得爲刺詩。(〈詩序辨說〉) 〔註115〕

朱熹說〈鄭·野有蔓草〉云：

> 男女相遇於野田草露之間，故賦其所在以起興。(〈詩集傳〉)

> 東萊呂氏曰：「君之澤不下流，迺講師見零露之語從而附益之。」

> (〈詩序辨說〉) 〔註116〕

〔註112〕〈詩序論〉，頁2。

〔註113〕《詩集傳》卷4〈齊·出其東門〉，頁55；《詩序辨說·齊·出其東門》，頁21。〈齊·出其東門〉，《詩序》云：「閔亂也。」

〔註114〕《朱子語類》卷80〈詩一〉，頁2086；《朱子語類》卷80〈詩一〉，頁2068。

〔註115〕《詩集傳》卷7〈陳·月出〉，頁83；《詩序辨說·陳·月出》，頁27。

〔註116〕《詩集傳》卷4〈鄭·野有蔓草〉，頁56；《詩序辨說·鄭·野有蔓草》，頁21。

可見〈月出〉、〈野有蔓草〉不該在朱熹淫詩之列。若將寫男女相遇、相悅之詩亦歸爲朱熹淫詩，則〈陳風〉之〈東門之枌〉、〈防有鵲巢〉、〈澤陂〉也該併入〔註117〕，淫詩篇數便不僅是馬端臨所謂 24 篇之數。客觀來看，馬端所列 24 篇淫詩中應排除〈出其東門〉、〈野有蔓草〉、〈月出〉，而存 21 篇。

2. 程元敏、文鈴蘭淫詩 30 篇之說

程元敏、文鈴蘭以爲朱熹淫詩凡 30 篇，較上述 21 篇多列入〈衞‧氓〉、〈衞‧有狐〉、〈王‧大車〉、〈鄭‧叔于田〉、〈鄭‧野有蔓草〉、〈陳‧東門之枌〉、〈陳‧防有鵲巢〉、〈陳‧澤陂〉、〈陳‧月出〉9 篇。〔註118〕然而，在前一小節探討馬端臨說法時曾談到，〈野有蔓草〉、〈東門之枌〉、〈防有鵲巢〉、〈澤陂〉、〈月出〉5 篇，朱熹只稱其爲「男女之詞」，並未指明爲淫詩。爲免於作出過度的判斷，此 5 篇應當自朱熹淫詩中排除。

關於〈有狐〉、〈叔于田〉二詩，朱熹說〈有狐〉詩義云：

> 國亂民散，喪其妃耦，有寡婦見鰥夫而欲嫁之，故託言有狐獨行，而憂其無裳也。（〈詩集傳〉）

> 夫婦之禮，雖不可不謹於其始，然民有細微貧弱者，或困於凶荒，必待禮而後昏。則男女之失時者，多無室家之養，聖人傷之，寧邦典之，或違而不忍失其婚嫁之時也，故有荒政多昏之禮，所以使之相依以爲生而又以育人民也。（〈詩序辨說〉）〔註119〕

乍見《詩集傳》解釋，不免產生〈有狐〉是否淫詩的疑問。經參照《詩序辨說》引長樂劉氏之說，則可明瞭朱熹認爲〈有狐〉表現的是國亂政荒時男女婚嫁的社會問題，絕非淫詩。由之可見，即使朱熹明指詩義提及男女事宜，亦不代表

〔註117〕〈陳‧東門之枌〉一詩，《詩集傳》云：「此男女聚會歌舞，而賦其事以相樂也。」（卷7，頁 81）《詩序辨說》云：「同上（〈宛丘〉）。陳國小無事實，幽公但以謚惡，故得游蕩無度之詩，未敢信也）。」（頁 27）〈陳‧防有鵲巢〉一詩，《詩集傳》云：「此男女之有私而憂或閒之之詞。」（卷7，頁 83）《詩序辨說》云：「此非刺其君之詩。」（頁 27）〈陳‧澤陂〉一詩，《詩集傳》云：「此詩大旨與〈月出〉相類。」（卷7，頁 84）《詩序辨說》無說。

〔註118〕程元敏認爲朱熹淫詩共 30 篇，並與王柏所刪詩 31 篇列表對照（《王柏的詩經學》，頁 82～85）。文鈴蘭根據蔣勵材所定 30 篇淫詩，並與姚際恆《詩經通論》的說解作對照，製定「《詩經通論》釋淫詩篇章分類表」（《姚際恆詩經通論之研究》，頁 184～185）。林慶彰論朱熹淫詩亦與程元敏、文鈴蘭 30 篇的看法一致（《姚際恆研究論集‧姚際恆對朱子詩集傳的批評》，頁 650～655）。

〔註119〕《詩集傳》卷3〈衞‧有狐〉，頁 40～41；《詩序辨說‧衞‧有狐》，頁 16。

朱熹便認定此詩爲淫詩,還需作進一步確定。至於〈叔于田〉詩義,朱熹云:

> 段不義而得眾,國人愛之,故作此詩。……或疑此亦民間男女相說
> 之詞也。(〈詩集傳〉)

> 國人之心貳於叔,而歌其田狩適野之事。……此詩恐其民間男女相
> 說之詞耳。(〈詩序辨說〉)〔註120〕

事實上,朱熹對〈叔于田〉存有疑問,無法肯定是否男女相悅之詩;何況,
即使爲男女相悅之詩,亦不等同淫詩。

客觀地說,程元敏、文鈴蘭所定 30 篇淫詩中,〈有狐〉與淫詩或男女之
詞均無涉,〈叔于田〉、〈野有蔓草〉、〈東門之枌〉、〈防有鵲巢〉、〈澤陂〉、〈月
出〉6 篇僅屬「男女之詞」,應予保留。

較有爭議的是〈衞‧氓〉與〈王‧大車〉兩首。朱熹說〈氓〉云:

> 此淫婦爲人所棄,而自敘其事以道其悔恨之意也。〔註121〕

〈氓〉是否淫詩似乎成疑。〈氓〉爲「淫婦」所作,內容爲「自敘其事」,大
致符合朱熹淫詩定義。不過,據朱熹解釋,此詩一、二章爲「自敘其事」,三
至六章乃「道其悔恨之意」。如朱熹說〈氓〉三章、五章云:

> 士猶可說,而女不可說者,婦人被棄之後,深自愧悔之辭。主言婦
> 人無外事,唯以貞信爲節,一失其正,則餘無可觀爾。

> 蓋淫奔從人,不爲兄弟所齒,故其見棄而歸,亦不爲兄弟恤,理固
> 有必然者,亦何所歸咎哉!但自痛悼而已。〔註122〕

由之可見,在朱熹的理解中,〈氓〉雖爲淫婦述其淫奔前事,但是詩義畢竟側
重於道一己愧悔心情,實與淫詩之純言男女放蕩情事有別,故不宜視爲淫詩。
至於〈王‧大車〉,朱熹云:

> 淫奔者相命之辭也。……周衰,大夫猶有能以刑政治其私邑者,故
> 淫奔者畏而歌之如此。(〈詩集傳〉)

> 非刺大夫之詩,乃畏大夫之詩。(〈詩序辨說〉)〔註123〕

依朱熹解釋,〈大車〉作者雖畏大夫而「不敢奔」,然而詩中所言確實爲淫奔

〔註120〕《詩集傳》卷 4〈鄭‧叔于田〉,頁 48;《詩序辨說‧鄭‧叔于田》,頁 18。
〔註121〕《詩集傳》卷 3〈衞‧氓〉,頁 37。《詩序辨說》針對《序》說論駁,未申言
　　　　此詩詩義。
〔註122〕《詩集傳》卷 3〈衞‧氓〉,頁 37、頁 38。
〔註123〕《詩集傳》卷 4〈王‧大車〉,頁 46;《詩序辨說‧王‧大車》,頁 17。

男女之心情與約誓，故〈大車〉應屬淫詩之列。〔註124〕

　　總歸而言，對照朱熹《詩集傳》與《詩序辨說》解釋，朱熹之淫詩應由馬端臨提出之 24 篇，去除〈齊・出其東門〉、〈鄭・野有蔓草〉、〈陳・月出〉3 篇，再加上程元敏、文鈴蘭等提出的〈王・大車〉1 篇，計 22 篇。

　　3. 朱熹 22 篇淫詩

　　茲將朱熹 22 篇淫詩臚列於下：

　　〈邶〉：〈靜女〉

　　〈鄘〉：〈桑中〉

　　〈衛〉：〈木瓜〉

　　〈王〉：〈采葛〉、〈大車〉、〈丘中有麻〉

　　〈鄭〉：〈將仲子〉、〈遵大路〉、〈有女同車〉、〈山有扶蘇〉、〈蘀兮〉、〈狡
　　　　　童〉、〈褰裳〉、〈丰〉、〈東門之墠〉、〈風雨〉、〈子衿〉、〈揚之水〉、
　　　　　〈溱洧〉

　　〈齊〉：〈東方之日〉

　　〈陳〉：〈東門之池〉、〈東門之楊〉

淫詩中以〈鄭風〉13 首居冠，信半數以上；其餘各〈風〉淫詩均在 3 首以下。

　　朱熹曾綜論〈鄭風〉云：

　　　鄭衛之樂，皆爲淫聲。然以《詩》考之，衛詩三十有九，而淫奔之

　　　詩才四之一；鄭詩二十有一，而淫奔之詩已不翅七之五。〔註125〕

依此言所謂之比例換算，〈鄭風〉淫詩應在 15 首上下，與上列 13 首數目相近；然〈衛風〉（含〈邶風〉、〈鄘風〉）則應在 10 首左右，很明顯數目不符。因此，朱熹此段評論旨於強調「〈鄭風〉淫詩比例之高」的概念，至其所謂「四之一」、「七之五」只是泛論，不宜坐實。

　　朱熹堅信淫詩乃淫者自作，其中有描述淫者約會情形的「淫奔之詩」，如〈靜女〉、〈丰〉、〈東門之池〉，朱熹云：

〔註124〕朱熹說〈王・大車〉首章「畏子不敢」及三章云：「子，大夫也。不敢，不敢
　　　　奔也。民之欲相奔者，畏其大夫，自以終身不得如其志也。故曰：『生不得相
　　　　奔以同室，庶幾死得合葬以同穴而已。』謂予不信，有如皦日，約誓之辭也。」
　　　　（《詩集傳》卷 4，頁 46～47）

〔註125〕《詩集傳》卷 4，頁 56。《詩集傳》論邶、鄘、衛云：「邶、鄘地既入衛，其
　　　　詩皆爲衛事，而猶繫其故國之名，則不可曉。」（卷 2，頁 15）此處所謂「衛
　　　　詩三十有九」，乃合指邶詩 19 篇、鄘詩 10 篇、衛詩 10 篇而言。

此淫奔期會之詩也。（〈靜女〉）

此淫奔之詩。（〈丰〉）

此淫奔之詩。（〈東門之池〉）〔註126〕

亦有記載男女淫者話語的「淫者之詞」，如〈將仲子〉、〈狡童〉、〈揚之水〉，朱熹云：

此淫奔者之辭。（〈將仲子〉）

此亦淫女見絕而戲其人之詞。（〈狡童〉）

淫者相謂，言揚之水則不流束楚矣，終鮮兄弟，則維予與女矣。
豈可以它人離間之言而疑之哉？彼人之言特誑女耳。（〈揚之水〉）
〔註127〕

這類詩歌均屬淫者自道，作者即詩中淫者，詩義即敘述淫者放浪言行。朱熹這方面的見解，具體地表現在實際的解讀活動中。

4. 刺淫之詩

在朱熹的觀念裡，「淫詩」與「刺淫之詩」是不同的兩類作品。朱熹指出，《詩經》中刺淫之詩有〈牆有茨〉、〈鶉之奔奔〉、〈蝃蝀〉、〈出其東門〉等 4 篇，其云：

舊說以為宣公卒，惠公幼，其庶兄頑烝於宣姜，故詩人作此詩以刺
之。言其閨中之事皆醜惡而不可言。理或然也。（〈牆有茨〉）

衛人刺宣姜與頑非匹耦而相從也。（〈鶉之奔奔〉）

此刺淫奔之詩。（〈蝃蝀〉）

此乃惡淫奔者之詞。（〈出其東門〉）〔註128〕

這類詩歌作者必是淫奔者以外的他人，詩義上明顯可以解讀出譏刺的意味，這是它與「淫詩」的明顯差異。

同樣以男女為表現素材的詩歌中，朱熹區分了言情的「男女之詞」、得情性之正的「正詩」、淫亂的「淫詩」，以及富含譏諷的「刺淫之詩」，就詩義研

〔註126〕《詩集傳》卷 2〈邶·靜女〉，頁 26。《詩序辨說·鄭·丰》，頁 20，〈陳·東門之池〉，頁 27。

〔註127〕《詩集傳》卷 4〈鄭·將仲子〉，頁 48；〈鄭·狡童〉，頁 53；〈鄭·揚之水〉，頁 55。

〔註128〕《詩集傳》卷 3〈鄘·牆有茨〉，頁 29；〈鄘·鶉之奔奔〉，頁 30；〈鄘·蝃蝀〉，頁 32；《詩序辨說·鄭·出其東門》，頁 21。

究方面而論，朱熹的確作了深入而細微的分析。

（三）姚際恆對「淫詩」觀念的批評

姚際恆認為，朱熹淫詩說最大的關鍵問題有二：一、錯解「鄭聲淫」之意；二、違背「思無邪」的宗旨。影響所及，淫者、淫詩之說便紛紛而起。

1. 錯解「鄭聲淫」之意

姚際恆指出，《詩集傳》最大的誤謬是提出了淫詩之說。歸根究柢，實導因於朱熹誤解《論語》「鄭聲淫」的含意。姚際恆云：

> 特以陋儒誤讀《魯論》「放鄭聲」一語，于是堅執成見，曲解經文，謂之「淫詩」，且謂之「女惑男」；直是失其本心，于以犯大不韙，為名教罪人。此千載以下人人所共惡者，予更何贅焉！

> 《集傳》紕繆不少，其大者尤在誤讀夫子「鄭聲淫」一語，妄以鄭詩為淫，且及于衛，且及于他國。是使《三百篇》為訓淫之書，吾夫子為導淫之人，此舉世之所切齒而歎恨者。予謂若止目為淫詩，亦已耳；其流之弊，必將併《詩》而廢之。〔註129〕

姚際恆認為，朱熹由「鄭聲淫」而推論「鄭詩淫」，進而以「淫詩」說《詩》，曲解《詩》義，污蔑《詩經》為勸淫之書，孔子為倡淫之人，違反儒家基本教義。遺毒最深的，還是嚴重動搖《詩經》作為經典的地位。

依姚際恆的說法，似乎認為朱熹錯在「鄭聲淫」與「鄭詩淫」之間劃上等號。姚際恆云：

> 夫子曰「鄭聲淫」，聲者，音調之謂；詩者，篇章之謂，迥不相同。世多發明之，意夫人知之矣。〔註130〕

此處聲明「鄭聲」與「鄭詩」的不同。姚際恆《禮記通論·樂記》論「鄭衛之音，亂世之音也，比于慢矣。桑間濮上之音，亡國之音也，其政散，其民流，誣上行私而不可止也」一段文字時云：

> 鄭聲淫，鄭詩不淫，說者以鄭詩為淫，誤！因此文併謂衛詩為淫，尤誤！〔註131〕

姚際恆的看法其實是許多人對這個問題的理解方向，如方玉潤云：

〔註129〕《詩經通論》卷5末綜論〈鄭風〉，頁113；《詩經通論·自序》，頁2。
〔註130〕《詩經通論》卷前〈詩經論旨〉，頁3～4。
〔註131〕《禮記通論輯本（下）·樂記》，頁117～118；原杭世駿《續禮記集說》卷68，頁14。

宋儒不察，但讀「鄭聲淫」一語，遂不理會「放」字，凡屬鄭詩，
悉斥爲淫。〔註132〕

文鈴蘭亦云：

朱熹誤讀「鄭聲淫」一語，認錯聲淫則詩淫，姚氏反駁淫是從音樂
歌調上講的，並不是指内容，鄭聲與〈鄭風〉之間不能加上等號。
〔註133〕

這類論點頗值得商榷。

林慶彰提出一客觀中立之說，其云：

孔子並未明言鄭聲即鄭詩，所以孔子所說的「鄭聲淫」是否即等於
「鄭詩淫」，因沒有其他佐證的材料，以致留給後人太多想像的空
間，這是後來淫詩說所以興起的一個重要原因。〔註134〕

事實上，在朱熹的觀念裡，「鄭聲」與「鄭詩」本爲二物，兩者間也並非因果
關係。朱熹註《論語‧衞靈》「鄭聲淫」云：

鄭聲，鄭國之音。……張子曰，鄭聲佞人能使人喪其所守。〔註135〕

可見朱熹十分清楚「鄭聲」指的是鄭國的音樂；若說朱熹混淆「鄭聲」與「鄭
詩」的區分，恐非確言。正確的說，在朱熹的觀念中，「鄭聲」與「鄭詩」是
同一種根源的兩種產物，之所以有「淫」的成分，則是承自於氣稟的特質所
致。朱熹自有一套淫詩產生的理論，孔子「鄭聲淫」一語是重要的間接證據。
然而，即使撇開這個證據不論，純就理論上而言，朱熹依然能導出「鄭詩淫」
的結論，22 篇淫詩就是直接具證。

2. 違背「思無邪」宗旨

在姚際恆的概念裡，「淫詩」與「思無邪」根本不能並存，其云：

且春秋諸大夫燕享，賦詩贈答，多《集傳》所目爲淫詩者，受者善
之，不聞不樂，豈其甘居于淫佚也？季札觀樂，于鄭、衞皆曰「美
哉」，無一淫字。此皆足證，人亦盡知。然予謂第莫若證以夫子之言
曰：「《詩》三百，一言以蔽之，曰『思無邪』。」如謂淫詩，則思之
邪甚矣。曷爲以此一言以蔽之耶？蓋其時間有淫風，詩人舉其事與

〔註132〕《詩經原始》卷 5 末綜論〈鄭風〉，頁 501。
〔註133〕《姚際恒詩經通論之研究》，頁 194。
〔註134〕《姚際恆研究論集》中〈姚際恆對朱子詩集傳的批評〉，頁 649。
〔註135〕《論語集注‧下論》卷 8〈衞靈〉，頁 108。

> 其言以爲刺，此正「思無邪」之確證。何也？淫者，邪也；惡而刺
>
> 之，思無邪矣。今尚以爲淫詩，得無大背聖人之訓乎？〔註136〕

春秋賦詩、季札觀樂固可視爲淫詩的反證，但是姚際恆認爲最能駁倒淫詩說的還是孔子「思無邪」一語。淫詩是「邪」，詩既「思無邪」，自然不可能是淫詩。姚際恆並不否認當時或有淫風流行，然而，他相信以此爲寫作題材而保留在《詩經》裡的作品，必是針對淫風加以譏刺的刺淫之詩，如此方符合「無邪」的原則，才能實現孔子《詩》教的宗旨，《詩經》從而取得保留的價值。

姚際恆談到寫作《詩經通論》的動機，云：

> 《集傳》主淫詩之外，其謬戾處更自不少。愚于其所關義理之大者，
>
> 必加指出；其餘則從略焉。總以其書爲世所共習，寧可獲罪前人，
>
> 不欲遺誤後人；此素志也，天地鬼神庶鑒之耳！〔註137〕

他對於朱熹之說的種種批評，並非以反駁爲目的，而是基於作爲傳經者的一種使命感，試圖化解發揚《詩》教所可能面臨的危機。平心而論，在「鄭聲淫」及「思無邪」的論辯上，朱、姚二人觀點互異，各持己見，姚際恆未能全面推翻朱熹之說。不過，姚際恆作出一個很重要的論斷：淫詩說將使得「《三百篇》爲訓淫之書」〔註138〕。此處點出淫詩說最大的問題，即：「思無邪」是《詩》教得以完成之最重要的支撐與保障，然而，就讀者方面而言，人之氣稟有清濁昏明，《詩》亦有正淫，如何確保對每一位讀者都必能達到「惡者戒」的目的，而不是接受淫詩的直接感染，反造成「勸淫」的下場？或許這才是淫詩說潛藏的最大危機。

（四）姚際恆對《詩集傳》「淫詩」的批評與解讀

朱熹指爲淫詩的 22 篇作品中，〈陳風〉中有〈東門之池〉、〈東門之楊〉2 篇，然而姚際恆云：

> 陳詩十篇，《集傳》以爲淫詩者六，既誤解鄭聲淫，豈陳聲亦淫耶？
>
> 〔註139〕

由於誤將〈東門之枌〉、〈防有鵲巢〉、〈月出〉、〈澤陂〉等朱熹所謂「男女之

〔註136〕《詩經通論》卷前〈詩經論旨〉，頁4。

〔註137〕《詩經通論》卷前〈詩經論旨〉，頁4。

〔註138〕《詩經通論・自序》，頁2。

〔註139〕《詩經通論》卷7〈陳・澤陂〉，頁150。

詞」視同淫詩，姚際恆才得出「《集傳》以爲淫詩者六」的結論。由此可見，姚際恆除了對朱熹淫詩觀念的理解不夠確切外，恐怕對朱熹淫詩數目的掌握也有問題。爲避免不必要糾扯，以下分析姚際恆對於《詩集傳》淫詩的評論，及其個人的解讀，將以朱熹 22 篇淫詩爲範圍。

1. 姚際恆對《詩集傳》淫詩的批評

朱熹 22 篇淫詩中，姚際恆認爲〈陳・東門之楊〉的詩義不詳，予以保留。〔註140〕另外，關於〈邶・靜女〉、〈鄭・狡童〉、〈鄭・風雨〉、〈鄭・子衿〉、〈鄭・揚之水〉、〈鄭・溱洧〉、〈齊・東方之日〉、〈陳・東門之池〉等 8 篇的詩義，姚際恆並未對《詩集傳》之說提出相關評述。因此，欲瞭解姚際恆對朱熹淫詩的實際批評，須由其餘 13 篇詩歌進行解析。

對於朱熹將〈桑中〉等 13 篇作品解釋爲淫詩，姚際恆提出許多非難。首先，姚際恆認爲朱熹犯了說解矛盾的錯誤，如朱熹解釋〈鄭・遵大路〉之義云：

> 淫婦爲人所棄，故於其去也，擊其袪而留之曰：「子無惡我而不留，故舊不可以遽絕也。」……亦男女相說之詞也。〔註141〕

姚際恆提出非議，云：

> 《集傳》謂「淫婦爲人所棄」，夫夫既棄之，何爲猶送至大路，使婦執其袪與手乎？……又曰：「亦男女相悅之辭也」。……然則男女相悅，又非棄婦矣。〔註142〕

他指出，朱熹對〈遵大路〉所作的「淫婦爲人所棄」與「男女相說之詞」的詮釋，根本上是對立的。如是「棄婦」，便非「男女相說」；如「男女相說」，便非「棄婦」。朱熹卻說「亦男女相說之詞」，彷彿「棄婦」與「男女相說」是兩種可以並存的說法，未免矛盾。

姚際恆又談到，朱熹將〈衛・木瓜〉、〈王・采葛〉、〈王・丘中有麻〉、〈鄭・有女同車〉、〈鄭・山有扶蘇〉視爲淫詩，實有證據不足，輕易論斷之嫌。關於〈木瓜〉、〈采葛〉2 詩，姚際恆云：

> 《集傳》反之，謂「男女相贈答之辭」；然以爲朋友相贈答亦奚不可，何必定是男女耶？（〈木瓜〉）

〔註140〕姚際恆釋〈陳・東門之楊〉云：「此詩未詳。」（《詩經通論》卷 7，頁 147）
〔註141〕《詩集傳》卷 4〈鄭・遵大路〉，頁 51。
〔註142〕《詩經通論》卷 5〈鄭・遵大路〉，頁 104。

《集傳》謂「淫奔」，尤可恨。即謂婦人思夫，亦奚不可，何必淫奔？
（〈采葛〉）〔註143〕

朱熹在缺乏直接證據的情況下，逕指〈木瓜〉、〈采葛〉爲淫詩，欠缺說服力。姚際恆並提出其他方向的解讀，如「朋友贈答」、「婦人思夫」等。相形之下，凸顯出淫詩說未必是唯一的解釋。

再者，姚際恆認爲朱熹解〈丘中有麻〉採取部分《詩序》之說，加以己意，說辭迂折不通。姚際恆云：

《毛傳》以「留」爲姓，以「子嗟」、「子國」爲名；「子嗟」爲子，「子國」爲父，「之子」又爲子。《集傳》則不從其姓，從其名，「之子」謂并指二人。皆迂折，武斷無理。〔註144〕

至於《詩集傳》解〈有女同車〉、〈山有扶蘇〉2詩，姚際恆指稱其說更是虛妄而缺乏實據。姚際恆云：

若《集傳》謂「淫詩」，更不足辨。（〈有女同車〉）

《集傳》以《序》之不足服人也，于是起而全叛之，以爲淫詩，則更妄矣。（〈山有扶蘇〉）〔註145〕

姚際恆認爲這些都是朱熹淫詩說證據不足，輕易論斷的例子。

又如〈鄭・遵大路〉一詩，姚際恆亦指稱朱熹引證不當。姚際恆云：

（朱熹）又曰：「宋玉賦有『遵大路，攬子袪』之句」……且宋玉引用《詩》辭，豈可據以解《詩》乎？〔註146〕

此處論述的重點爲：宋玉〈登徒子好色賦〉引錄〈遵大路〉詩句，朱熹又引用〈登徒子好色賦〉語義以解釋〈遵大路〉詩義。即使宋玉對〈遵大路〉的理解是正確的，朱熹這種循環論證的作法也是無效的。此處姚際恆指出了朱熹解詩方法上的缺失。

姚際恆認爲，朱熹說解〈鄘・桑中〉、〈鄭・丰〉有許多於情、於理不合

〔註143〕《詩經誦論》卷4〈衛・木瓜〉，頁91；卷5〈王・采葛〉，頁98。
〔註144〕《詩經通論》卷5〈王・丘中有麻〉，頁99。
〔註145〕《詩經通論》卷5〈鄭・有女同車〉，頁106；卷5〈鄭・山有扶蘇〉，頁106。
〔註146〕《詩經通論》卷5〈鄭，遵大路〉，頁104。宋玉〈登徒子好色賦〉：「因稱詩曰：『遵大路兮攬子袪，贈以芳華辭甚妙。』」李善注：「〈大路〉，《詩》篇名也。遵，循也。路，道也。謂道路逢子之美，願攬子之袪，與俱歸也。稱此詩者，此本鄭詩，故稱以感動。」（《昭明文選》卷19，頁269）依李善所注，則宋玉引詩之意與朱熹所解「男女相說之詞」之意實爲一致。

之處，其云：

> 夫既有三人，必歷三地，豈此一人者于一時而歷三地，要三人乎？
> 大不可通。（〈桑中〉）

> 何玄子曰：「朱子謂『婦人與男子失配，既乃悔之而作』，則是奔也。
> 豈有奔其人而乃具禮服以待車馬者乎？且堂上非所私之地，既稱
> 伯，又稱叔，何所私之眾哉？」（〈丰〉）〔註147〕

以〈桑中〉而言，若視為淫奔之詩，在人物與場景上均難自圓其說，姚際恆因謂「大不可通」。姚際恆又引何楷之言，說明若以〈丰〉詩為淫詩，勢必「伯兮」、「叔兮」的解釋無法條貫，也會產生類似問題。

又如〈王・大車〉一詩，《詩集傳》云：

> 民之欲相奔者，畏其大夫，自以終身不得如其志也。故曰：生不得
> 相奔以同室，庶幾死得合葬以同穴而已。〔註148〕

姚際恆認為此說實難成立，其云：

> 《集傳》謂「周衰，大夫猶能以刑政治其私邑者，故淫奔者畏而歌
> 之」，然于「同穴」之言不可通。淫奔苟合之人，死後何人為之同穴
> 哉？此目睫之論也。〔註149〕

姚際恆指出，淫奔者死後不會得到「同穴」的待遇，「淫奔而又能同穴」是完全不可能的情形，因而認為朱熹之言為空談。

應加說明的是，此處姚際恆所論有失公允。朱熹稱「欲相奔者」、「生不得相奔」，可見只有淫奔意圖，並無淫奔事實；「庶幾死得合葬」只在訴說內心渴望，總不宜因為無法成真便限制當事者不得作此想。事實上，如果姚際恆定要說朱熹說辭有不合情理的成分，那麼，不合情理的應是欲淫奔者「同穴」的奢想。

姚際恆還引春秋時賦詩的例子，說明淫詩說違反常理，其云：

> 又或者仍惑於《集傳》，以為淫詩。按，《左氏》，鄭六卿餞韓宣子而
> 子太叔賦之，豈敢本國之淫詩贈大國之卿哉！必不然矣。〔註150〕

這裡談到，如果是淫詩，豈可作為外交上贈答的辭令？即使賦詩斷章取義，

〔註147〕《詩經通論》卷4〈桑中〉，頁74；卷5〈丰〉，頁109。
〔註148〕《詩集傳》卷4〈王・大車〉，頁46。
〔註149〕《詩經通論》卷5〈王・大車〉，頁98。
〔註150〕《詩經通論》卷5〈鄭・褰裳〉，頁109。

也不致選擇屬性淫亂的詩歌來表情達意。

此處姚際恆所引賦詩一事見於《左傳》昭公 16 年記載：

> 夏四月，鄭六卿餞宣子於郊，宣子曰：「二三君子請皆賦，起亦以知鄭志。」子齹賦〈野有蔓草〉，宣子曰：「孺子善哉！吾有望矣。」子產賦鄭之〈羔裘〉，宣子曰：「起不堪也。」子大叔賦〈褰裳〉，宣子曰：「起在此，敢勤子至於他人乎？」子大叔拜。宣子曰：「善哉！子之言是，不有是事，其能終乎？」子游賦〈風雨〉，子旗賦〈有女同車〉，子柳賦〈蘀兮〉，宣子喜曰：「鄭其庶乎！二三君子以君命貺起，賦不出鄭志，皆昵燕好也。二三君子數世之主也，可以無懼矣。」
> 〔註 151〕

鄭六卿所賦 6 詩皆出於〈鄭風〉，後 4 篇在朱熹淫詩之列。楊向時指出，子大叔賦〈褰裳〉義取「子不我思，豈無他人」，子游賦〈風雨〉義取「既見君子，云胡不夷」，子旗賦〈有女同車〉義取「洵美且都」，子柳賦〈蘀兮〉義取「倡予和女」，〔註 152〕這是賦詩斷章取義的常見情形。然而，斷章所取之「義」，究竟和詩義間存在怎樣的關聯，所容許引申的最大範圍為何，實在難以遽定。淫詩的文句是否絕對不可借以表他意，也未必然。因此，就《左傳》賦詩一事論〈褰裳〉是否淫詩，姚際恆之說固然順理，朱熹之論亦未必無理。

在姚際恆的認知中，朱熹淫詩說最可恨處，主要仍在於嚴重違反善良風氣。〈王·丘中有麻〉、〈鄭·蘀兮〉2 詩，姚際恆云：

> 且《集傳》謂「婦人望其所與私者」，一婦人望二男子來，不知如何行淫法？言之大污齒。（〈丘中有麻〉）

> 《集傳》謂「淫詩」，尤可恨。何玄子曰：「女雖善淫，不應呼叔兮，又呼伯兮，殆非人理」，言之污人齒頰矣。（〈蘀兮〉）〔註 153〕

坦白說，就這部分而論，姚際恆很難動搖朱熹之說。畢竟，內容淫亂才會被稱作淫詩，「言之污齒」恰足以構成淫詩的條件。因此，即使姚際恆義憤填膺的指責朱熹說詩違反道德風俗，卻也只是系統外的批評，無法真正駁倒朱說。相反的，有時姚際恆又認為，某些遭朱熹誤判為淫詩的作品，原因是朱熹對作者存著過度的道德期待，並非詩歌本身的問題。如朱熹以〈鄭·東門之墠〉

〔註 151〕《春秋左傳正義》卷 47，頁 828。
〔註 152〕《左傳賦詩引詩考》之〈因享宴而賦詩〉，頁 53～55。
〔註 153〕《詩經通論》卷 5〈王·丘中有麻〉，頁 99；卷 5〈鄭·蘀兮〉，頁 107。

爲淫奔者所作,姚際恆反駁云:

> 女子貞矣,然則男子雖萌其心而遂止,亦不得爲淫矣。〔註154〕

此詩「其室則邇,其人甚遠」二句,朱熹云:

> 室邇人遠者,思之而未得見之之詞也。〔註155〕

就此詩的敘述來看,男女並未相見。姚際恆認爲,詩中女子固然貞潔,男子亦只是「萌其心而遂止」。就事實面論,男女並沒有淫奔的行爲,不可稱爲淫者。

論〈將仲子〉時,姚際恆很難得的提出了似乎與朱熹謀合的論調,其云:

> 予謂就詩論詩,以意逆志,無論其爲鄭事也,淫詩也,其合者吾從之而已。今按以此詩言鄭事多不合,以爲淫詩則合,吾安能不從之,而故爲強解以不合此詩之旨耶!……此雖屬淫,然女子爲此婉轉之以謝男子,而以父母、諸兄及人言爲可畏,大有廉恥,又豈得爲淫者哉!〔註156〕

文鈴蘭引錄此段文字,認爲此乃姚際恆認同朱熹淫詩說的唯一情形。文鈴蘭云:

> 〈鄭風·將仲子〉篇是姚氏唯一跟從《朱傳》,直接稱淫的詩篇。……而姚氏以爲「以此詩言鄭事多不合」,因而從《朱傳》定爲淫詩。
>
> 〔註157〕

事實上,朱熹與姚際恆在見解上明顯不同。姚際恆認同此詩爲男女之詞,彷彿與朱熹一致;另一方面,姚際恆卻無法接受朱熹以此爲淫詩的過當判斷。由此恰好可見朱熹與姚際恆在關於「作品性質是否屬淫」的評斷上,存在著截然的差異。其實,淫、正該如何界義,本即難定。朱熹由當事者心理、意念上評斷,自然較姚際恆由行爲表現上去評論要嚴苛得多;這也是姚際恆批評朱熹好對詩人、詩義作過度道德批判的原因。

2. 姚際恆對《詩集傳》淫詩的解讀

姚際恆對朱熹淫詩說的批判是全面的,不僅指出朱說誤謬之處,同時也提出個人解釋。在姚際恆的解讀下,除了論〈鄭·褰裳〉、〈鄭·風雨〉、〈鄭·

〔註154〕《詩經通論》卷5〈鄭·東門之墠〉,頁110。
〔註155〕《詩集傳》卷4〈鄭·東門之墠〉,頁54。
〔註156〕《詩經通論》卷5〈鄭·將仲子〉,頁101。
〔註157〕《姚際恒詩經通論之研究》之〈詩經通論反淫詩說之論據〉,頁191。

揚之水〉、〈陳·東門之楊〉等詩未明言詩義外，其餘淫詩都有了不同的意涵。

對於〈邶·靜女〉、〈鄘·桑中〉、〈鄭·溱洧〉、〈齊·東方之日〉等詩，姚際恆抱持著與朱熹相反的看法，一律視爲「刺淫」之作，其云：

> 《小序》謂「刺時」是，此刺淫之詩也。（〈靜女〉）
>
> 《小序》謂「刺奔」，是。（〈桑中〉）
>
> 《序》謂淫詩，此刺淫詩也。篇中「士」、「女」字甚多，非士與女所自作明矣。（〈溱洧〉）
>
> 此刺淫之詩。（〈東方之日〉）〔註158〕

《詩經》絕無淫詩，這是姚際恆的基本信念。詩義若關乎男女，選擇之一是視作刺淫之詩。姚際恆云：

> 歷觀〈鄭風〉諸詩，其類淫詩者，惟〈將仲子〉及此篇（〈溱洧〉）而已。〈將仲子〉爲女謝男之詩，此篇則刺淫者也，皆非淫詩。若以其　論，〈召南〉之〈野有死麕〉、〈邶風〉之〈靜女〉、〈鄘風〉之〈桑中〉、〈齊風〉之〈東方之日〉，亦孰非鄰于淫者，何獨咎鄭也？蓋貞淫間雜，採詩者皆所不廢，第以出諸諷刺之口，其要旨歸于「思無邪」而已。〔註159〕

他認爲，就文字表面意義來看，某些詩篇的確有近於淫詩的成分；之所以不可稱爲「淫」，乃因判斷一詩爲貞、淫、刺淫，須歸本於《詩經》宗旨——「思無邪」。因此，如〈靜女〉這類作品，與淫詩「迹」近，卻出自「諷刺之口」，詩旨便絕非勸淫而是刺淫了。

趙制陽對姚際恆「刺淫」之說頗不以爲然，其云：

> 他將朱子認爲的一些淫詩，都說成是「詩人舉其事與其言以爲刺」
>
> 的，亦即都要說成是「刺淫」的詩，這就不見得很適當了。〔註160〕

趙制陽談到姚際恆將朱熹「淫詩」都說成「刺淫之詩」，其實不盡然。「刺淫」只是其中一種講法，而〈魏·十畝之間〉、〈陳·宛丘〉、〈陳·株林〉三詩，朱熹並不視爲淫詩，姚際恆一樣解釋爲刺淫之詩。由之可見，朱熹「淫詩」與姚際恆「刺淫之詩」在範圍上有部分交集，但並非完全重疊。

〔註158〕《詩經通論》卷3〈邶·靜女〉，頁67；卷4〈鄘·桑中〉，頁74；卷5〈鄭·溱洧〉，頁113；卷6〈齊·東方之日〉，頁118。

〔註159〕《詩經通論》卷5末綜論〈鄭風〉，頁113。

〔註160〕《詩經名著評介》，頁155。

〈衛·木瓜〉、〈王·采葛〉、〈鄭·遵大路〉、〈鄭·子衿〉4詩,姚際恆將詩中的情感性質解釋為友誼,詩文也成了朋友故舊之詞。姚際恆云:

> 《集傳》反之,謂「男女相贈答之辭」,然以為朋友相贈答亦奚不可?(〈木瓜〉)

> 當作懷友之詩可也。(〈采葛〉)

> 此只是故舊于道左言情,相和好之辭;今不可考,不得強以事實之。(〈遵大路〉)

> 此疑亦思友之詩。(〈子衿〉)〔註161〕

坦白說,如果詩文只在訴說一種含蓄的思慕之情,究竟看作男女之詩或朋友之詩,本即難以遽斷。

〈王·大車〉、〈鄭·丰〉2詩,姚際恆認為詩中呈現的是家人親愛之情,其云:

> 《僞傳》、《說》皆以為周人從軍,訊其室家之詩。(〈大車〉)

> 此女子于歸自詠之詩。(〈丰〉)〔註162〕

姚際恆認為,〈大車〉是有關室家之詩。以〈丰〉而言,雖為女子之詞,但所言是夫妻之情,合乎禮教倫常,也與男女淫奔大不相同。

〈王·丘中有麻〉、〈鄭·有女同車〉、〈陳·東門之池〉3篇,姚際恆以為是稱頌賢者之詩,其云:

> 《小序》謂「思賢」,可從。(〈丘中有麻〉)

> 是必當時齊國有長女美而賢,故詩人多以「孟姜」稱之耳。(〈有女同車〉)

> 玩「可以」、「可與」字法,疑即上篇(〈衡門〉)之意(賢者隱居甘貧而無求于外)。(〈東門之池〉)〔註163〕

賢者不限男女,總歸在德行上有過人之處,值得尊敬愛戴。姚際恆認為,思賢心情的急切與思念情人的情緒相近,是以詩人往往託言男女,實則意在求賢。

〈鄭·蘀兮〉、〈鄭·狡童〉、〈鄭·山有扶蘇〉3篇,姚際恆認為與政治有

〔註161〕《詩經通論》卷4〈衛·木瓜〉,頁91;卷5〈王·采葛〉,頁98;卷5〈鄭·遵大路〉,頁104;卷5〈鄭·子衿〉,頁111。

〔註162〕《詩經通論》卷5〈王·大車〉,頁98;卷5〈鄭·丰〉,頁109。

〔註163〕《詩經通論》卷5〈王·丘中有麻〉,頁99;卷5〈鄭·有女同車〉,頁106;卷7〈陳·東門之池〉,頁146。

關，其云：

> 愚按，或謂賢者憂國亂被伐，而望救于他國，亦可。（〈蘀兮〉）

> 此篇與上篇（〈蘀兮〉）皆有深于憂時之意，大抵在鄭之亂朝；其所指何人何事，不可知矣。（〈狡童〉）

> 《大序》意以若不類忽辭昏事，因云「所美非美」，則「用人」亦可通之，故後人多作「用人」解。（〈山有扶蘇〉）〔註164〕

他認為〈蘀兮〉、〈狡童〉皆有憂時之意，應是亂世之作。〈山有扶蘇〉未必有憂意，但是諷刺政府所用非人，顯見關懷國事之情。

至於〈鄭・東門之墠〉、〈鄭・將仲子〉2篇，姚際恆雖不否認其為男女之詞，卻也不視之為淫詩。姚際恆云：

> 此詩自《序》、《傳》以來，無不目為淫詩者，吾以為貞詩亦奚不可？男子欲求此女，此女貞潔自守，不肯苟從，故男子有「室邇人遠」之嘆。下章「不我即」者，所以寫其人遠也。（〈東門之墠〉）

> 此雖屬淫，然女子為此婉轉之辭以謝男子，而以父母、諸兄及人言為可畏，大有廉恥，又豈得為淫者哉？（〈將仲子〉）〔註165〕

他指出，創作〈東門之墠〉的男子並非淫者，女子尤其堅持操守，因而稱之為「貞詩」，此與「淫詩」是兩種極端的評價。〈將仲子〉雖是所有詩篇中最跡近淫詩者，不過，姚際恆認為詩中女子婉謝男子追求，乃廉恥心的高度表現。〈將仲子〉詩旨即在凸顯這種可敬情操，故絕非淫詩。

姚際恆堅守「《詩經》並無淫詩」的原則，對朱熹淫詩重作解釋，引用頗多他人之說，當然也不乏個人新穎見解。由姚際恆之說可以看出，在詩中人物方面，他傾向於朝男女以外的人際關係思考；在詩義方面，則往家庭、朋友、社會、國家的方向解讀；因而所得結論與淫詩全然無涉。即使詩關男女，姚際恆認為若非刺淫之詩，即是貞詩，評價上恰巧站在淫詩的對立面。

朱熹淫詩說在後世引起很大的迴響，最積極支持此說為王柏，《詩疑》云：

> 自朱子黜《小序》，始求之於詩，而直指之曰：「此為淫奔之詩。」予嘗反覆玩味，信其為斷斷不可易之論。〔註166〕

〔註164〕《詩經通論》卷5〈鄭・蘀兮〉，頁107；卷5〈鄭・狡童〉，頁108；卷5〈鄭・山有扶蘇〉，頁106。

〔註165〕《詩經通論》卷5〈鄭・東門之墠〉，頁110；卷5〈鄭・將仲子〉，頁101。

〔註166〕《詩疑》卷1〈總說〉，頁32。

王柏進而主張刪去淫詩 32 首〔註167〕，王柏云：

> 愚嘗疑今日三百五篇者，豈果爲聖人之三百五篇乎？秦法嚴密，
> 《詩》無獨全之理。竊意夫子已刪去之詩容有存於閭巷浮薄者之
> 口。蓋雅奧難識，淫俚易傳。漢儒病其亡逸，妄取而攙雜，以足
> 三百篇之數，愚不能保其無也。不然，則不奈聖人「放鄭聲」之
> 一語終不可磨滅，且又復言其所以放之之意，曰「鄭聲淫」，又曰
> 「惡鄭聲之亂雅樂也」。愚是以敢謂淫奔之詩，聖人之所必削，決
> 不存於雅樂也審矣。妄以意刺淫亂，如〈新臺〉、〈牆有茨〉之類
> 凡十篇，猶可以存之懲創人之逸志；若男女自相悅之詞，如〈桑
> 中〉、〈溱洧〉之類，悉削之以遵聖人之至戒，無可疑者。所去者
> 亦不過三十有二篇，使不得滓穢〈雅〉、〈頌〉，殽亂二〈南〉，初
> 不害其爲全經也。〔註168〕

王柏推論，孔子既稱「鄭聲淫」、「放鄭聲」，自然也當「放淫詩」。《詩經》之
所以有「淫詩」存在，乃是漢儒不知檢別，隨意竄入所造成的結果。所以，
必須刪去淫詩，才能符合孔子「鄭聲淫」、「放鄭聲」之意。由此可知，「鄭聲
淫」與「放鄭聲」二語對《詩疑》而言十分重要，爲王柏刪《詩》的思想基
礎。〔註169〕他並且肯定，刪去淫詩在形式上對《詩經》無損，在內容上對《詩
經》有益。王柏這種壯士斷腕的作法，無非出於衛道的心態，這是既要貫徹
《詩》教，又欲尊奉朱熹淫詩說之不得已作法。

〔註167〕 王柏《詩疑》卷 1〈總說〉，頁 28～32，

〔註168〕 《詩疑》卷 1〈總說〉，頁 27～28。王柏此處稱刪去淫詩「三十有二篇」，然
隨後所列淫詩篇目僅 31 篇，數目並不相符。

〔註169〕 程元敏統計王柏所刪詩，接著指出，「鄭聲淫」、「放鄭聲」與《詩疑》立場無
必然關係，其云：「王柏解〈王風〉與〈衛風〉同：淫詩占百分之二十；不淫
者均爲八篇。〈陳風〉十篇：淫者七，占百分之七十，比〈鄭風〉二十一，『說
婦人者十二』之比例爲重；而不淫者〈鄭〉得九，比〈陳〉之三固多，與〈王〉、
〈衛〉亦相埒。足徵即無《論語》『鄭聲淫』云云，王柏亦須刪《詩》。」（《王
柏之詩經學》第二章〈王柏詩經學之影響及其批評‧中〉，頁 165）程元敏由
數字統計，說明王柏所刪〈陳風〉比例多於〈鄭風〉，可見其不因「鄭聲淫」
而獨刪〈鄭風〉，亦及於〈陳〉、〈王〉、〈衛〉等，以證「鄭聲淫」與刪《詩》
之舉無絕對關聯。按，程元敏此說欠當。王柏實際所刪詩或許源自《詩集傳》
所釋爲「淫詩」者，然而其刪《詩》的前提與思想基礎，卻建立在「鄭聲淫」、
「放鄭聲」之上。結合孔子之語與《詩集傳》解釋，才促成王柏刪《詩》。否
則，單憑朱熹「淫詩」說，尚不足構成刪《詩》足夠的動機。事實上，對於
王柏刪《詩》，「鄭聲淫」、「放鄭聲」有莫大的鼓舞力量。

　　王柏此舉雖然輕易排除了淫詩的問題，卻也損害《詩經》的完整性，因此受到姚際恆嚴厲指責。姚際恆云：

> 予謂若止目爲淫詩，其流之弊，必將併詩而廢之。王柏之言曰⋯⋯
> 嗟乎！以遵《集傳》之故而至于廢經，《集傳》本以釋經而使人至于
> 廢經，其始念亦不及此，爲禍之烈何致若是！〔註170〕

面對「廢經」的危機，姚際恆頗有憂患感。爲求維護《詩經》形式的完整性與詩義的道德性，必須從根源上解決淫詩問題，這是《詩經通論》一項重要課題。

　　朱熹與姚際恆同是《詩》教的奉行者，同樣以孔子爲《詩》教的最重要保障，卻由於歷史任務與觀點的不同，得出迥異的結論。朱熹重視讀《詩》者方面，建立了「詩樂源自人性」的理論，以「思無邪」鞏固《詩經》揚善抑惡的作用；而淫詩的存在，發揮著「懲惡」的功能，如此才能全面完成《詩》教的理想。姚際恆則強調詩義方面，以「思無邪」保障了由「辭義」而「詩旨」一貫的道德內涵，絕不容許淫亂成分存在；是以唯有摒棄淫詩之說，才能回復詩義的純粹，確保《詩》教的必然性。

　　趙沛霖總評姚際恆對朱熹的批評云：

> 姚氏所說的《集傳》之失，其中不少正是其長。姚氏混淆是非，
> 造成了新的混亂，後雖有方玉潤等學者出而澄清，但始終難於徹
> 底。姚氏對於朱熹的批評，雖不無是處，但從總體上看卻是消極
> 的因素偏多。他的過激源出於傳統觀點的影響，在本質上是保守
> 的。〔註171〕

依此看來，姚際恆對《詩集傳》的批評似乎沒有什麼積極意義。然而，平心而論，趙沛霖所謂的「傳統觀點」、「保守本質」，恰好是《詩經通論》說《詩》立場的特色。姚際恆反省朱熹淫詩說可能的缺失，並且企圖解決淫詩說所造成的歷史爭議；前者屬於《詩經》本身的問題，後者屬於《詩》學史的問題。在這兩方面都可以看到姚際恆努力的成績。

四、結　語

　　綜觀《詩經通論》可以清楚發現，面對《詩集傳》對詩義的解釋，小至

〔註170〕《詩經通論・自序》，頁2～3。
〔註171〕《詩經研究的反思》，頁365。

一字一詞,大至一章一詩,姚際恆的措辭已接近憤慨的程度。如〈邶‧綠衣〉,姚際恆批評《詩集傳》解「女」無理,云:

> 「女」字泛指治絲之人,或謂指君子,或謂指妾,或謂莊姜自指,皆味如嚼蠟矣。《集傳》曰:「綠方爲絲而女又治之,以比妾方少艾而女又嬖之。」不惟執泥牽纏,絕無文理,且亦安知此妾爲少艾,又安知莊姜之亦非少艾也?可笑也!〔註172〕

論〈豳‧七月〉時,姚際恆評《詩集傳》解「斯螽」不當,云:

> 《集傳》曰:「斯螽、莎雞、蟋蟀,一物隨時變化而異其名。」按,陸璣云:「斯螽,蝗類,長而青,或謂之蚱蜢。莎雞,色青褐,六月作聲如紡絲,故又名絡緯。」今人呼「紡績娘」。若夫蟋蟀,則人人識之。幾曾見三物爲一物之變化乎?且〈月令〉六月「蟋蟀居壁」,《詩》言「六月莎雞振羽」,二物同在六月,經傳有明文,何云變化乎?依其言,則必如《詩》五月之斯螽,六月變爲莎雞,七月變爲蟋蟀,整整一月一變乃可。世有此格物之學否?〔註173〕

論〈小雅‧白駒〉時,姚際恆評《詩集傳》不識詩人用辭,云:

> 「爾公爾侯」二句……若《集傳》謂「猶言『橫來,大者王,小者侯』也。」以漢高語釋《詩》,大是笑資。宜乎其不識詩人辭意,凡以己語所釋自多不類也。〔註174〕

論〈小雅‧伐木〉時,姚際恆評《詩集傳》說解迂拙,云:

> 「寧適不來,微我弗顧」,謂「寧得不來乎,無乃不我肯顧也?」「微我有咎」,謂「無乃以我有咎也?」自反之意,較前益深。《集傳》云:「謂寧使彼適有故而不來,而無使我恩意之有不至也」,迂拙之甚。〔註175〕

〔註172〕《詩經通論》卷3〈邶‧綠衣〉,頁51。朱熹說〈綠衣〉三章云:「比也。女,指其君子而言也。」(《詩集傳》卷2〈邶‧綠衣〉,頁16)

〔註173〕《詩經通論》卷8〈豳‧七月〉,頁162。此處姚際恆略有誤解。朱熹云:「斯螽、莎雞、蟋蟀,一物隨時變化而異其名。」意謂這三者同爲一物,只是隨時節變化而改異名稱;姚際恆卻將朱熹所謂「一物隨時變化」解釋爲「三物爲一物之變化」,由「時間」之變化轉爲「物」之變化,與朱熹原意不同。

〔註174〕《詩經通論》卷10〈小雅‧白駒〉,頁197。

〔註175〕《詩經通論》卷9〈小雅‧伐木〉,頁179。《詩集傳》卷9〈小雅‧伐木〉二章下云:「言具酒食以樂朋友如此,寧使彼適有故而不來,而無使我恩意之不

論〈小雅・常棣〉時，姚際恆評《詩集傳》不解文義，云：

> 《集傳》謂「尸哀聚於原野之間」，令人可畏復可笑也。且「死喪」、「原隰」之下各有「兄弟」字，豈可為蒙上之詞，又不達文義矣。〔註176〕

論〈鄘・載馳〉時，姚際恆評《詩集傳》說解可笑，云：

> 凡詩人之言，婉者直之，直者婉之，全不可執泥。《集傳》以其直言馳驅至衛，遂謂許穆夫人真至衛，「未至，而許之大夫有奔走跋涉而來者；夫人知其必將以不可歸之義來告，故心以為憂。」如此說《詩》，真可發笑！〔註177〕

論〈秦・蒹葭〉時，姚際恆評《詩集傳》不知文理、詩旨，亦不知詩之妙意，云：

> 上曰：「在水」，下曰：「宛在水」，愚之以為賢人隱居水濱，亦以此知之也。《集傳》曰：「上下求之而皆不可得。」詩明先曰：「道阻且長」，後曰：「宛在」，乃以為皆不可得，何耶？如此粗淺文理，尚不之知，遑言其他！既昧詩旨，且使人不見詩之妙，可歎哉！〔註178〕

論〈大雅・下武〉時，姚際恆評《詩集傳》說解幼稚不通，云：

> 《集傳》曰：「或疑此詩有『成王』字，當為康王以後之詩；然考尋文義」云云。按，此等不通稚論直當遠屏，不必載之篇簡。乃有鯫生者拾其所吐棄，方奉為至寶，又不足嗤已。〔註179〕

這類例子在《詩經通論》裡俯撿即是。

　　誠然，姚際恆的語氣十分激切，使用詞語傾向情緒化，往往不自覺地流於一種漫罵，很容易予人立場不夠客觀的印象。有些學者或者認為姚際恆有意貶抑《詩集傳》，如何定生云：

> 姚氏對于《集傳》是笑罵無不極至的，有時簡直是在鬧意氣。……
> 我們就說姚氏的作《詩經通論》，是專為罵《集傳》，也無不可。……

至也。」（頁104）姚際恆引此段文字多一「有」字。

〔註176〕《詩經通論》卷9〈小雅・常棣〉，頁177。《詩集傳》卷9〈小雅・常棣〉二章下云：「言死喪之禍，它人所畏惡・惟兄弟為相恤耳。至於積尸哀聚於原野之間，亦惟兄弟為相求也。」（頁102）

〔註177〕《詩經通論》卷4〈鄘・載馳〉，頁79。

〔註178〕《詩經通論》卷7〈秦・蒹葭〉，頁141。

〔註179〕《詩經通論》卷13〈大雅・下武〉，頁276。

他是想打倒《集傳》的，他的話是如此偏激！〔註180〕

確實，推翻《詩集傳》的存在價值是促使姚際恆寫作《詩經通論》的動機之一。然而，《詩經通論》的創作，更根本的是源自一分接續《詩》教傳統的使命感，背後有一股強大的文化意識為動力。如果只從表象觀察論定姚際恆的言辭偏激，立場偏頗，未免錯忽《詩經通論》的真正意義，對姚際恆有失公平。

事實上，姚際恆對《詩集傳》並不是一味的批評，在《詩序》與《詩集傳》的解說之間，也可見取後者而棄前者的情形。如論〈衛‧考槃〉、〈王‧葛藟〉二詩，姚際恆云：

此詩人贊賢者隱居自矢，不求世用之詩。《小序》謂「刺莊公」，無謂；《集傳》不從，是。（〈考槃〉）

《序》必謂「刺平王棄其九族」，甚無據。且如鄭氏謂平王以他人之父為父，固覺突然。嚴氏為之解曰：「言王終遠我兄弟者，謂父是他人之父乎？不然，胡為不顧我也？」于「亦」字亦不協。不若依《集傳》作「民去其鄉里，家族流離失所」解，較可。（〈葛藟〉）〔註181〕

當姚際恆認同朱熹之說時，語氣也隨之轉為平和。

又如論〈唐‧有杕之杜〉、〈豳‧九罭〉二詩，姚際恆云：

《集傳》謂「此人好賢而不足以致之」，是。（〈有杕之杜〉）

解此詩者，最多執滯。于「九罭」或以為小網，于「袞衣、繡裳」以為迎歸之服，于「遵渚」、「遵陸」或以為鴻不直在渚、陸，或以為鴻當在渚不當在陸，于「女」子或以為東人指西人，或以為西人指東人；皆非。《集傳》只取大意，得之。（〈九罭〉）〔註182〕

可見也不是不顧事實，一概排斥《詩集傳》之說。姚際恆的言辭雖難免情緒，但是基本態度是客觀的。不過，終歸而言，在他的認知裡，《詩集傳》說《詩》的整體表現，其「失」遠超過「得」。姚際恆說過：「《集傳》直可廢。」〔註183〕

〔註180〕何定生〈關于詩經通論〉，見《古史辨》第3冊，頁419～424。

〔註181〕《詩經通論》卷4〈衛‧考槃〉，頁82；卷5〈王‧葛藟〉，頁97。

〔註182〕《詩經通論》卷6〈唐‧有杕之杜〉，頁135；卷8〈豳‧九罭〉，頁170～171。
《詩集傳》卷8〈豳‧九罭〉首章、二章下云：「此亦周公居東之時，東人喜得見之，而言九罭之網，則有鱒魴之魚矣；我覯之子，則見其袞衣繡裳之服矣。」「東人聞成王將迎周公，又自相謂而言，鴻飛則遵渚矣，公歸豈無所乎？今特於女信處而已。」（頁97）

〔註183〕《詩經通論》卷前〈詩經論旨〉，頁4。

這並非情緒性的口號，或者學術上的意氣之爭，而是姚際恆全面反省《詩集傳》
《詩》說後的綜合評價，同時代表著《詩經通論》擺落傳注影響所跨出重要的
第一步。

第七章　結　論

　　《詩經通論》完成之後，並未立即獲得世人的認識與重視。清代說《詩》者方玉潤《詩經原始》對此書付以頗多關注，其餘較少論及。時至今日，專文討論此書者不在少數，評價亦與日俱升。由於研究者益多，研究角度各異，往往得出的結論亦有出入。然而，不論從何角度研究姚際恆與《詩經通論》，都必須對其所具價值與歷史地位提出說明，才能凸顯《詩經通論》在長遠的說《詩》傳統中所擔任的任務與角色。

一、《詩經通論》的價值

　　學者一般論《詩經通論》的價值，多半肯定其「獨立說《詩》」與「以文學說《詩》」兩方面的表現。如周貽徽推崇姚際恆《詩經通論》開啓了治《詩》的懷疑風氣，其云：

　　　　若姚氏者，眞善疑者也。夫姚氏善疑古人，安知後人不又以所疑疑
　　　　姚氏？然姚氏之疑自諸家啓之，析其疑而姚氏之心一快；人之讀是
　　　　書者亦爲之一快。後人有善疑者，倘復自姚氏啓之，析其疑而後人
　　　　之心一快；而姚氏亦可以無憾也。夫姚氏豈以排擊爲能哉！天下之
　　　　理無窮，人心之靈不蔽，亦惟其是焉已耳，亦存乎人之好學深思已
　　　　耳。若姚氏者，眞善說《詩》者也。〔註1〕

周貽徽認爲，姚際恆是眞正能夠發揮懷疑精神的說《詩》者，並且開創一種風氣。梁啓超亦稱姚際恆爲清初「最勇於疑古」者，其云：

〔註1〕　《詩經通論》周貽徽〈序〉，頁6。

清初最勇於疑古的人應推姚立方（際恆），他著有《尚書通論》辨僞
古文，有《禮經通論》辨《周禮》和《禮記》的一部分，有《詩經
通論》辨《毛序》。〔註2〕

誠然，姚際恆治經考據徵實的態度與勇於懷疑的精神，普遍地呈現於所著《九
經通論》。顧頡剛對姚際恆這方面的成就十分推崇，其評《詩經通論》云：

姚氏涵泳經文，屏除漢、宋宗派之成見，惟是是歸，可謂超絕古今
者矣。〔註3〕

嚴格地說，雖然《詩經通論》在內容上尚未對顧頡剛造成直接影響，但是卻
提供了觀點上的啓發，這些觀點與《古史辨》的主旨不謀而合。〔註4〕然而，
姚際恆的立場終究是儒家的、經學的，他疑經、疑傳注的目的並不在於破壞，
而是回復儒家經典純正的面目。這與顧頡剛等人以諸經爲史料，目的在於「重
建古史」有著根本的差異。

姚際恆講求實證的治學態度普遍地表現在對於各學術領域的研究。有人
稱姚際恆以此見重當時學術界，云：

據閻若璩《尚書古文疏證》與張穆《閻潛邱先生年譜》所載，閻若
璩對於僞《古文尚書》的考證，多引證姚際恆《尚書通論》的見解，
《禮記通論》也多散入杭世駿的《續禮記集說》各篇。毛奇齡《西
河詩話》中盛稱其經學根柢的深厚。可見在清初，姚際恆即以博淹
通敏與大膽疑古爲學術界所見重。〔註5〕

其實，姚際恆在清初學術界稱不上活躍，世人對其人其書的認識，常常是透
過往來論學之閻若璩、毛奇齡等人提及得知。由《九經通論》今唯《詩經通
論》、《儀禮通論》爲全本，可以明瞭姚際恆著作在當時不受重視的程度。顧
頡剛論《詩經通論》不受時人重視的原因云：

〔註2〕 《中國近三百年學術史》之〈十四·清代學者整理舊學之總成績二〉，頁355。

〔註3〕 《顧頡剛讀書筆記》第7卷（上）〈湯山小記（七）〉，頁4946。

〔註4〕 姚際恆《詩經通論》卷5〈鄭·有女同車〉論「彼美孟姜」一句時云：「是必
當時齊國有長女美而賢，故詩人多以『孟姜』稱之耳。」（頁106）此說旨在
「孟姜」爲「長女」通稱。顧頡剛由此得到靈感，進而研究「杞梁之妻」、「孟
姜女」故事（《孟姜女故事研究集》，頁72～73）。此處可以看出，姚際恆之說
與顧頡剛對「孟姜女」的探究，研究方向本不相同，只不過姚際恆提出「孟
姜」的觀點，引起顧頡剛的好奇心，而另行從事「孟姜女」的研究工作。

〔註5〕 《姚際恆著作集》第1冊《詩經通論》之〈出版者說明〉，頁3。此〈出版者
說明〉爲民國47年北京中華書局排印顧頡剛校點本前所附，未署作者名。

遭時不造，漢學勃興，回復於信古之途，其書爲儒者所排擯，若存
若亡，不見錄於諸家。〔註6〕

似乎認爲原因與時代學術風尚有關。

　　姚際恆的著作中，《詩經通論》之外，以《庸言錄》末附之《古今僞書考》
較引人注意。梁啓超談到，受到《古今僞書考》影響之故，使人對列名其中
的古籍不敢輕信。梁啓超云：

立方這部書，體例頗凌雜（重要的書和不重要的書夾在一起），篇帙
亦太簡單，未能盡其辭，所斷亦不必盡當；但他所認爲有問題的書，
我們總有點不敢輕信罷了。〔註7〕

由之可見，姚際恆爲學徵實的態度以及勇於指謫前說的批判精神，獲得許多
人的認同與稱許，《詩經通論》確實呈現出這方面的特色。至於對於《詩序》、
《詩集傳》的不輕信與責難，除了有著破除權威的意義外，同時反映著擺脫
傳注影響的決心。《詩經通論》與《詩序》、《詩集傳》同樣立足儒家教化的《詩》
學立場，姚際恆卻能在傳統說《詩》體系裡，開發新的詮釋成果，在《詩》
義說解上有一定貢獻。更重要的是，姚際恆透過個人詮釋原則與詮釋方法的
配合運用，探求詩人原旨，以印證「思無邪」的《詩》旨，這方面的努力尤
富創新意義。

　　《詩經通論》以圈評探討詩義也是眾人樂道的一點。顧頡剛云：

其以文學說《詩》，置經文於平易近人之境，尤爲直探詩人之深情，
開創批評之新徑。〔註8〕

稱姚際恆以文學說《詩》始於此；言下之意，似乎認爲以此說《詩》能符合
詩人原意。此說不完全對，也不完全錯。若說姚際恆除了以經學的方法詮釋
《詩經》外，也用圈評的手段鑒賞詩歌，這是可以成立的；但若說他將《詩
經》視爲一部純文學著作，以文學研究的方式詮釋《詩經》，便非確解。胡念
貽認爲《詩經通論》的特點在於不將《詩經》視爲經書，其云：

這部書還有一個特點，作者和當時一般經學家不同，他能把《詩經》
當作一部文學作品來研究。在這部書裏，可以看到許多評語，這些

〔註6〕　《姚際恆研究論集》（中）顧頡剛〈詩經通論序〉，頁372。
〔註7〕　《中國近三百年學術史》之〈十四・清代學者整理舊學之總成績二〉，頁355
　　　　～357。
〔註8〕　《姚際恆研究論集》（中）顧頡剛〈詩經通論序〉，頁372。

評語往往有些精彩之處。作者是要求跳出經學家的圈子，欣賞《詩經》的藝術，不把「詩經」純粹當作一部「經」書來研究，這是他和以前及同時的一些經學家不同之處。這也是他取得成就的一個原因，因為他往往能從文學欣賞的角度指摘昔人穿鑿之妄。〔註9〕

如果只因《詩經通論》中有關於《詩經》藝術技巧的賞析，即論斷姚際恆「不把《詩經》純粹當作一部經書來研究」，未免稍嫌輕率。事實上，姚際恆並不視《詩經》為一部純文學作品，也不曾偏離經學家立場。在姚際恆的心目中，《詩經》不止是一部經書，甚至稱為聖人手定之「聖經」，在儒家經典中有獨特且重要地位。

程俊英除了稱《詩經通論》以文學說《詩》外，還認為此書以詩歌主題為探討對象，其云：

從反對《毛詩》的來說，姚際恆的《詩經通論》是很重要的一部著作。姚際恆是把《詩經》當作文學作品來研究的，他的評論著重于對詩篇主題的探討而不是文字的訓詁。〔註10〕

他認為姚際恆說《詩》重在詩歌主題分析，這種說法與姚際恆原意有出入。姚際恆雖然對《詩經》的主題作初步研究，如寫美人、羽獵等等，但這並不是《詩經通論》主要探討的對象。姚際恆說《詩》重在推求詩旨，而詩旨的屬性並不是純文學的。

滕志賢則強調姚際恆與傳統經學家說《詩》有不同表現，其云：

宋學的這種思辨精神，在姚際恆《詩經通論》和方玉潤《詩經原始》中得到光大發揚。他們最可貴之處是能置《詩經》于平易近人之境，開創了說《詩》新風氣。……《詩經通論》、《詩經原始》除了討論篇旨、串解章意、訓釋字義外，還評述每一首詩的藝術表現手法，這是這一派說《詩》的又一特色，表明其倚重文學，與經學家說《詩》旨趣相異。它們對詩歌「筆陣開闔變化」，「字句研鍊之法」的推求點評，精湛老到，頗見功力，這對指導讀者鑑賞借鑑《詩經》的藝術技巧有很大幫助。〔註11〕

〔註9〕 《關於文學遺產的批評繼承問題》之〈詩經通論簡評〉，頁279。
〔註10〕 《詩經漫話》，頁217。
〔註11〕 《詩經引論》之〈清代詩經研究對漢學、宋學全方位的繼承與發展〉，頁198～199。

此處提出兩點意見，一、姚際恆、方玉潤繼承宋學的思辨精神；二、《詩經通論》、《詩經原始》開創了以藝術技巧說《詩》的風氣，不同於經學家的作法。此說待商榷。首先，基本上姚際恆和方玉潤雖然不是漢學家，但也不屬宋學一派；〔註 12〕何況，「思辨精神」未必是宋學家獨有的表現。其次，《詩經通論》對詩歌進行藝術技巧的分析，正爲了達到經學的目的；可以稱其與傳統經學家說《詩》方法、途徑有別，但若說與經學家說《詩》旨趣相異，似乎扭曲《詩經通論》的根本立場與目的。滕志賢有一句重要的話，他指出，《詩經通論》涉及「鑑賞借鑑《詩經》的藝術技巧」的問題，但是事實上，這不妨礙姚際恆作爲一個經學家的立場。在姚際恆看來，以經學詮釋《詩經》與借圈評鑒賞《詩經》並無衝突。

李家樹認爲，《詩經通論》、《詩經原始》甚且不屬於《詩》教體系，其云：

二人從文學角度來研究《詩經》的好處，是能夠擺脫以《詩》說教的影響，成功地探究了詩的原義。〔註 13〕

李家樹將姚際恆與方玉潤並論，以二人標誌著清代對傳統《詩經》學的反動。精確地說，姚、方二人著作呈現的是對傳統傳注的批判，而非對《詩》教的質疑或動搖。其實，以《詩》爲教乃姚際恆說《詩》貫徹的主張，不論在自身觀念與實際表現上，姚際恆均不曾脫離《詩》教傳統。

文鈴蘭總論《詩經通論》的成就云：

姚氏對於詩篇文藝方面的論述，可以說是他的三種論《詩》態度的綜合反映，也是在《詩經通論》中最值得稱許的部分。〔註 14〕

文中所謂「三種論《詩》態度」是指：崇尚明辨眞僞、不受漢宋約束、反對以理說《詩》。〔註 15〕依文鈴蘭所言，以文藝性的論述爲《詩經通論》最值得稱許成就，則此書價值恐怕有限。而此書原本之經學性格、解經特色，以及在說《詩》傳統上的特殊地位，也隨之闇而不睹。

抱持著「《詩經通論》其實價值不高」看法的學者也不乏其人。何定生云：

〔註 12〕 以方玉潤爲例，其《詩經原始》卷 4 論〈衛・淇奧〉一詩云：「此詩道學極矣。試問篇中有半點塵腐氣否？使宋人爲此，又不知作何妝點，乃能成篇。世之墨守宋學者，胡不取此而熟誦之？」（頁 385）是以如稱方玉潤爲宋學家或學近宋學，恐爲其所不許。

〔註 13〕 《詩經的歷史公案》，頁 167。

〔註 14〕 《姚際恒詩經通論之研究》，頁 245。

〔註 15〕 《姚際恒詩經通論之研究》，頁 87。

　　雖然，姚氏也實在只有這樣一種可貴的精神，在事實上，他並不能
　　比朱晦菴更高明。……他罵《集傳》「佞《序》」。這的確，《集傳》
　　儘有許多地方從《序》說的。《集傳》明從《序》，姚氏是明駁它；
　　暗合《序》，姚氏是暗譏它。這是《集傳》的不徹底。但，姚氏自己
　　就仍也不徹底，也有時用《序》。〔註16〕

此段指稱姚際恆只表現出一種批判精神，說《詩》成就其實不如朱熹《詩集
傳》，原因在於《詩經通論》不能徹底掃除《序》說。何定生的這種說法源於
「《詩序》必須完全揚棄」的成見，因此視《詩經通論》認同部分《序》說為
一項缺憾。趙沛霖從姚際恆之思想特質方面提出批評，云：

　　姚氏對於封建《詩》教雖有一定的批判（如對《詩序》說詩的某些
　　否定），但這種批判很不徹底。他的思想未能擺脫傳統觀點的影響，
　　以致有時不惜歪曲詩義，宣揚「聖人之訓」和封建倫理道德。……
　　對前人說《詩》論著懷有某些偏見，時有過激之詞。姚氏自詡屏棄
　　門戶之見，超脫《序》與《集傳》之爭，但在實際上為主觀傾向所
　　左右，對前人的態度有失公允。……姚氏對於朱熹的批評，雖不無
　　是處，但從總體上看卻是消極因素偏多。他的過激源出於傳統觀點
　　的影響，在本質上是在保守的。〔註17〕

何定生認為姚際恆說《詩》的表現不徹底，依然採納部分《序》說；趙沛霖
則稱姚際恆對傳統的批判不徹底，根本觀點傾向主觀保守。何定生與趙沛霖
都認為必須摒棄《詩》教傳統才顯現出存在價值，否則仍是保守落伍的；這
類觀點可以再作討論。

　　北京中華書局出版《詩經通論》前原附〈出版者說明〉亦稱：

　　但姚際恆終究是一個封建時代的讀書人，他不得不受到封建禮教思
　　想和傳襲的傳、疏學說所局限。對於一些天真活潑的男女戀歌，他

〔註16〕《古史辨》第3冊〈關于詩經通論〉，頁419～424。何定生認為姚際恆說《詩》
　　　　具有一種可貴的研究精神，其云：「姚是各派混戰中的超然的一派。他自己披
　　　　荊斬棘，去敲《詩經》的門。《詩經》的被埋久了，大家又都在傳統裏翻筋斗，
　　　　所以姚氏的這種精神，的確是難能而可貴。……然則姚氏的可貴的精神──
　　　　像上文所提過的──在那裏呢？我說，就是在他的嚴刻的不輕易相信。」
〔註17〕趙沛霖曾指出姚際恆解詩有三項缺失：一、借批朱熹「淫詩」之說，為聖人
　　　　之言和漢學辯護。二、不顧詩歌內容，宣揚封建倫理道德。三、對前人說《詩》
　　　　論著懷有某些偏見，時有過激之詞。（《詩經研究反思》，頁364～365）事實上，
　　　　趙沛霖在此對姚際恆的評論，亦不乏主觀偏頗之處。

都認爲是「刺淫之詩」。……對於一些男女相思之情的作品，姚氏同
毛、鄭一樣，硬加上君臣或朋友思念等等的封建教條，將正面的描
寫說成反面的諷刺。可見他雖然可以攻《詩序》，攻朱熹，而對於封
建社會的基本倫理系統是不能打破的。……其他像〈綠衣〉、〈日月〉、
〈七月〉、〈魚麗〉等篇，姚氏駁斥《集傳》，雖有是處，實近枝節，
態度不無偏激，使人感到好像專爲攻朱而作的。這都是《詩經通論》
一書的疵病。〔註18〕

由此可見，評論《詩經通論》的學者中有一類係以「封建思想」形容姚際恆
的觀念，因此否定《詩經通論》的價值。這種觀念失之主觀，有一定盲點。
依其說，則《詩經通論》的實質成就與姚際恆的自我期許間頗有差距，姚際
恆說《詩》的表現不過與其所批評的對象在伯仲之間，《詩經通論》只堪稱爲
一部立志雖高卻成績平平的著作。由此可知，若純由《詩經通論》說《詩》
的表象逕行評價，不探討其與說《詩》傳統的承啓關聯，以及姚際恆之經學
立場、詮釋原則與方法，往往便會對《詩經通論》作出「雖有創新之企圖然
結果仍不免囿於舊說」之類的遺憾結論。在這種論調之下，自然無從發現此
書價值，遑論給予全書一合理的評價與定位。

關於《詩經通論》的價值，可由其建立之觀點與實際詮釋兩方面評論。
首先，在觀點的建立方面，姚際恆提出了以史實、人情、詩人人格與文風作
爲詮釋的原則，關係著歷史、心理、語言等主、客觀因素，考量可謂周全。
姚際恆並對《詩經》進行「作品之意」（辭義）、「作者之意」（詩旨）、「編《詩》
者之意」（經旨）的意義區分，使詩義呈現明顯層次，對於詩歌可能意義之
探討，論析深入。至於反對以三《禮》說《詩》、以理說《詩》，對於《詩經》
本質的釐清有一定作用。以上種種，均顯示出姚際恆新穎的見解。其次，在
實際的詮釋方面，不論《詩經通論》中採取前人之說的部分（約佔全書60%），
或者提出新解的部分（約佔全書 40%），事實上都出自於詮釋原則與詮釋方
法的充分結合，以及獨立反省後所得，這是此書具體的研究成果。相形之下，
圈評只是一種說《詩》時錦上添花的作法。後人評論《詩經通論》，若是過
分注重圈評鑑賞的部分，而輕忽其對詩歌的詮釋，恐怕不是一個恰當或公允
的觀點。

〔註18〕《姚際恒著作集》第 1 冊《詩經通論》，頁 4～5。

二、《詩經通論》的歷史地位

顧頡剛〈詩經通論序〉曾云：

> 其《詩經通論》十八卷，實承晦庵之規模而更進者，其詆之也即所
> 以繼之也。〔註19〕

這種「其詆之也即所以繼之也」的思考邏輯，確實在某些情況下反映出學術的承繼真象。學術的傳承，除了遵循前說之外，也可以反省的方式延續；不論何者，都代表著後人對前人研究的繼續開展。遵循前人之說者，與前說屬於研究成果的承襲關係，所牽涉的問題較直接；反省前人之說者，並不沿襲前人的研究成果，而與前說呈現一種學術發展之辯證的歷史關係，往往關涉著學術史上的重要課題。以《詩經通論》而言，《詩序》與《詩集傳》是它主要的批評對象，在《詩》學發展上，《詩序》、《詩集傳》、《詩經通論》有著一定的關聯。《詩經通論》之後，方玉潤《詩經原始》批評《詩經通論》最多，則《詩經通論》與《詩經原始》亦有相當聯繫。

（一）《詩經通論》與《詩序》、《詩集傳》

《詩序》由政治教化角度說《詩》，《詩集傳》從道德性情角度說《詩》，同為《詩》說權威之作。事實上，《詩序》與《詩集傳》說《詩》有本質的差異，分別建立不同的體系，但是姚際恆卻說「遵《序》莫若《集傳》」，認為《詩集傳》承續大部分《序》說。且不論《詩序》、《詩集傳》、《詩經通論》三者間《詩》說的相似程度，就各自的歷史地位而言，《詩序》開啓說《詩》的傳統；《詩集傳》置《詩序》不論，開展說《詩》的新局面；《詩經通論》反省《詩序》、《詩集傳》之說，開拓另一個說《詩》的空間。

李家樹曾談論《詩序》與《詩經通論》的關係，云：

> 《詩經通論》是現存《詩經》著作中第一部真正全面攻擊《毛詩序》
> 的書，它在我國「詩經學」史上的地位實在不容抹煞。〔註20〕

《詩經通論》對於《詩序》的批評是顯而易見的，提出的許多評論也較朱熹《詩序辨說》更為細密，對《詩序》的權威地位有進一步的破壞。然而，若論「第一部真正全面攻擊《毛詩序》」，似乎仍應推朱熹《詩序辨說》。客觀來說，《詩經通論》超越了《詩序辨說》的研究成績，對於《詩序》進行更深刻

〔註19〕《姚際恒著作集》第 1 冊《詩經通論》前顧頡剛〈詩經通論序〉，頁 9。
〔註20〕《詩經的歷史公案》之〈六、清代傳統詩經學的反動〉，頁 150。

廣泛的批判，並且是第一部對《詩集傳》從事全面批評的著作。如果《詩序》面臨之最大挑戰來自《詩集傳》、《詩序辨說》，最全面的挑戰來自《詩經通論》，那麼，《詩集傳》面臨之最大且全面的挑戰便來自《詩經通論》。自南宋至清初，可謂《詩集傳》表現其具體影響期間；自清末至現今，則是《詩經通論》展現其重要性的時期。由《詩序》而《詩集傳》而《詩經通論》，可以看出詮釋角度的變化、觀點的轉移，標示著各階段說《詩》的走向。

　　方玉潤綜論《詩序》、《詩集傳》、《詩經通論》三者關係，云：

　　迨秦火既烈而偽《序》始出，託名子夏，又曰孔子唐以前尚無異議，宋以後始有疑者歐陽氏、鄭氏駁之於前，朱晦翁辯之於後，而其學遂微。然而朱雖駁，朱亦未能出《序》範圍也；唯誤讀「鄭聲淫」一語，遂謂鄭詩皆淫而盡反之，大肆其說以玷范經，則其失又有甚於《序》之偽託，附會而無當者。於是說《詩》門戶紛然爭起，以為《傳》固常獲咎風人也，不如反而遵《序》；故前之宗朱以攻《序》者，今盡背朱而從《序》。輾轉相循，何時能已，窮經之士，莫所適從，以致明季偽《子貢詩傳》復乘間而出乎其際，則詩旨因之愈亂，是皆《集傳》、《辯說》有以啓之也。嗚乎！以夫子雅言無邪之旨，自漢迄今，未有達詁，徒懸疑案於兩間，而無一人焉起而正之，不大可痛而可惜哉！愚少時讀《詩》至此，未嘗不掩卷三嘆，徒致憾尼山正樂時也。最後得姚氏際恆《通論》一書讀之，亦既繁徵遠引，辯論於《序》、《傳》二者之間，頗有領悟，十得有二三矣：而剖抉未精，立論未允，識微力淺，義少辯多，亦不足以鍼肓而起廢。乃不揣固陋，反覆涵泳，參論其間，務求得古人作詩本意而止，不顧《序》，不顧《傳》，亦不顧《論》，唯其是者從而非者正，名之曰《原始》，蓋欲原詩人始意也。雖不知其於人本意何如，而循文按義，則古人作詩大旨，要亦不外乎是。〔註21〕

方玉潤敘述了自漢至清《詩》學發展大勢，同意《詩序》與《詩集傳》為漢、宋說《詩》代表，並對朱熹提出較多指責，其觀點與說法大致與姚際恆相同。〔註22〕方玉潤談到，由於《詩經通論》的論述，使他對《詩序》與《詩集傳》間的問題有所領悟。雖然他對《詩經通論》仍多有不滿，然而該書對《詩經

〔註21〕《詩經原始・自序》，頁5～7。
〔註22〕姚際恆之說見《詩經通論》之〈自序〉、〈詩經論旨〉。

原始》的問世卻發生一定啓發作用。方玉潤申言自己說《詩》的態度是「不顧《序》，不顧《傳》，亦不顧《論》」，不過他也談到：

> 自來說《詩》，唐以前悉遵《古序》，宋以後獨宗《朱傳》，近日又將
> 反而趨《序》；均失道也，故姚氏起而論之，其排《傳》也尤甚於排
> 《序》，而其所論又未能盡與古合。是以編中所論，只以三家爲重，
> 三家定而群喙息。其或眾說有互相發明，足以起予者，亦旁及之。

〔註23〕

《詩經原始》以《詩序》、詩集傳、《詩經通論》爲批判的主要對象。由「編中所論只以三家爲重」，足見方玉潤對這三部著作的重視。「三家定而群喙息」一語，可知此三書在方玉潤心目中的價值。此三書之於《詩經原始》的意義，正如《詩序》、《詩集傳》之於姚際恆《詩經通論》的意義。如此，《詩經通論》與《詩經原始》自然有一定的關聯。

（二）《詩經通論》與《詩經原始》

不少研究清代《詩》學的學者都將《詩經通論》、《讀風偶識》、《詩經原始》三者相提並論。如梁啓超云：

> 清學正統派，打著「尊漢」、「好古」的旗號，所以多數著名學者，
> 大率群守《毛序》。然而舉叛旗的人也不少，最凶的便是姚立方，著
> 有《詩經通論》；次則崔東壁（述），著有《讀風偶識》；次則方鴻濛
> （玉潤），著有《詩經原始》，這三部書並不爲清代學者所重，近來
> 纔漸漸有人鼓吹起來。據我們看，《詩序》問題早晚總須出於革命
> 的解決；這三部書的價值，只怕會一天比一天漲高罷！《詩經通論》
> 我未得見，僅從《詩經原始》上看見片段的徵引，可謂精悍無倫。

〔註24〕

梁啓超認爲此三書的共同點是反《詩序》，不同於當時研究風尚。

又如胡適云：

> 清朝講學的人都是崇拜漢學，反對宋學的，他們對於考據訓詁是有等
> 別的研究，但是沒什麼特殊的見解。他們以爲宋學是不及漢學的，因
> 爲漢在一千七、八百年以前，宋只在七、八百年以前，殊不知漢人的
> 思想比宋人的確要迂腐的多呢！但是那個時候研究《詩經》的人，確

〔註23〕《詩經原始》卷首上〈凡例〉，頁 23～24。
〔註24〕《中國近三百年學術史》之〈十三清代學者整理舊學之總成績一〉，頁 260。

－250－

實出了幾個比漢、宋都要高明的，如著《詩經通論》的姚際恆，著《讀
風偶識》的崔述，著《詩經原始》的方玉潤，他們都大膽地推翻漢、
宋的腐舊的見解，研究《詩經》裡面的字句和內容。照這樣看起來，
二千年來《詩經》的研究實是一代比一代進步。〔註25〕

胡適強調的是姚際恆、崔述、方玉潤之不循漢、宋舊說。

夏傳才稱姚、崔、方三人為超然於各派之外的「獨立思考」派，其云：

超出各派鬥爭的潮流，不帶宗派門戶偏見，能夠獨立思考，自由研
究，探求《詩經》各篇本義，並且有顯著成績的學者，有姚際恆、
崔述、方玉潤。

姚際恆、崔述、方玉潤三家著作，不為當時的潮流所左右，不為傳
統傳疏所束縛，以求實的精神尋繹文義，對各家注疏逐一辨析。他
們大膽懷疑，窮委竟原，謹嚴自寸，又自由立論，從而打破前人一
些謬誤的成說，探求了一部分詩篇的本義。開拓了《詩經》研究的
一種新的學風。〔註26〕

此處綜論姚、崔、方三人及其著作，認為他們有共同的研究特色，但未明言
《詩經通論》、《讀風偶識》、《詩經原始》之間有何直接關聯。

鄭振鐸談到《詩經通論》、《讀風偶識》、《詩經原始》在說《詩》傳統上
的表現，云：

姚際恆作《詩經通論》、崔述作《讀風偶識》、方玉潤作《詩經原始》，
脫去三家及毛公、鄭玄之舊說，頗表同情於朱熹，一以己意說
《詩》。……雖然姚際恆、崔述、方玉潤的幾部書，能夠自抒見解，
不為傳襲的傳疏學說所範圍，然而究竟還有所蔽。《詩經》的本來面
目，在他們那裏也還不容易找得到。〔註27〕

此處以為姚、崔、方三人對朱熹頗表認同，這點實有疑問。僅就姚際恆而言，
其《詩經通論》即以《詩集傳》為最主要抨擊對象，並駁斥朱熹大部分《詩》
說，實在很難稱得上「頗表同情於朱熹」。

程俊英談到《詩經通論》、《讀風偶識》、《詩經原始》與清代考據學的關
係，云：

〔註25〕〈談談詩經〉，見《詩經研究論集（二）》，頁5。
〔註26〕《詩經研究史概要》之〈清代詩經研究概說〉，頁228、頁232～233。
〔註27〕〈讀毛詩序〉，見《詩經研究論集（二）》，頁410～411。

清代考據學興起，大家都競相研究古文，揭起漢學的旗幟，以排斥
宋學的空疏，是舊傳統的復興，不過較漢學來得更嚴密，更細致。
這以陳啟源《毛詩稽古編》、胡承珙《毛詩后箋》、陳奐《詩毛氏傳
疏》、馬瑞辰《毛詩傳箋通釋》為代表。同時也有樹起反毛旗幟的，
如魏源《詩古微》、姚際恆《詩經通論》、方玉潤《詩經原始》、崔述
《讀風偶識》等。〔註28〕

程俊英以「反《毛傳》」為姚、方、崔三人的共同表現。就姚際恆而論，其實
並未主張「反《毛傳》」，甚至還曾說過《毛傳》的訓詁有一定價值，不可輕
棄。〔註29〕不過，程俊英指出姚際恆受到考據學風的影響，這有一定的道理。

何定生談到《詩經通論》對《讀風偶識》、《詩經原始》的影響，云：

姚氏是各派混戰中的超然的一派。他想自己披荊斬棘，去敲《詩經》
的門。《詩經》的被埋久了，大家又都在傳統裏翻筋斗，所以姚氏的
這種精神，的確是難能而可貴。後來的崔述同方玉潤，會有那樣有
價值的新著作，我們可以說，是繼姚氏的風氣。〔註30〕

主張《讀風偶識》、《詩經原始》繼承了《詩經通論》的研究風氣。

由之可見，似乎許多研究者都認為《詩經通論》、《讀風偶識》、《詩經原
始》三書有某種關聯；然而關聯為何，則見仁見智。客觀來看，《詩經通論》
與《詩經原始》確實有十分密切的關聯。至於《詩經通論》與崔述《讀風偶
識》間的關聯，尚待確定。就《讀風偶識》呈現的內容看來，書中未提及《詩
經通論》，若說《詩經通論》與《讀風偶識》有直接聯繫，恐怕難以成立。如
果由於二書年代接近，觀點或論述近似故歸成一類，以方便研究，這是可以
允許的；然而，若即認定此二書有直接承繼關係，這種論斷恐欠妥當。

關於《詩經通論》與《詩經原始》間的關聯，可以由幾個方面探討。首
先，從反對以三《禮》說《詩》、以理說《詩》而論，姚際恆論〈小雅‧鼓鐘〉
云：

大抵制禮作樂之說出于《三百篇》後，不可據以解《三百篇》也。
〔註31〕

〔註28〕 《詩經漫話》，頁216。此處程俊英所舉諸書時代先後略有混亂。
〔註29〕 《詩經通論》卷前〈詩經論旨〉有言：「《毛傳》依《爾雅》作《詩詁訓》，不
論詩旨，此最近古。其中雖不無舛誤，然自為《三百篇》不可少之書。」（頁4）
〔註30〕 〈關于詩經通論〉，見《詩經研究論集（二）》，頁541。
〔註31〕 《詩經通論》卷11〈小雅‧鼓鐘〉，頁228。

方玉潤論〈小雅・鼓鐘〉亦云：

> 大抵議禮作樂之說出于《三百篇》後，不可據以解《三百篇》也。

〔註32〕

很明顯是借用姚際恆之語。又如姚際恆稱《周禮》爲僞書，方玉潤亦云：

> 《周禮》僞書，本不足信。（〈七月〉）〔註33〕

在反對以理說《詩》的方面，姚際恆云：

> 說《詩》入理障，宋人之大病也。（〈角弓〉）
>
> 〈大學〉非解《詩》，今以其爲解《詩》而用以解《詩》，豈不謬哉！
> （〈淇奧〉）〔註34〕

方玉潤亦云：

> 宋人談《詩》入魔，不知隔卻幾重障霧也耶！（總論〈大雅〉）
>
> 何必牽引〈大學〉以釋〈風〉詩，致使詞爲理障，旨被塵蒙，不得
> 溫柔敦厚旨，而何以識諷刺義耶！（總論〈周南〉）〔註35〕

基本上與姚際恆說法相同。

其次，關於《詩集傳》淫詩說的問題，姚際恆總論〈鄭風〉時云：

> 歷觀〈鄭風〉諸詩，其類淫詩者，惟〈將仲子〉及此篇（〈溱洧〉）而
> 已。〈將仲子〉爲女謝男之詩，此篇則刺淫者也，皆非淫詩。若以其
> 跡論，〈召南〉之〈野有死麕〉、〈邶風〉之〈靜女〉、〈鄘風〉之〈桑
> 中〉、〈齊風〉之〈東方之日〉，亦孰非鄰于淫者，何獨咎鄭也？蓋貞
> 淫間雜，採詩者皆所不廢，第以出諸諷刺之口，其要旨歸于「思無邪」
> 而已。……特以陋儒誤讀《魯論》「放鄭聲」一語，于是堅執成見，
> 曲解經文，謂之「淫詩」，且謂「女惑男」，直是失其本心，于以犯大
> 不韙，爲名教罪人，此千載以下人人所共惡者，予更何贅焉！〔註36〕

方玉潤總論〈鄭風〉亦云：

> 〈鄭風〉古目爲淫，今觀之，大抵皆君臣朋友師弟夫婦互相思慕之
> 詞，其類淫詩者，僅〈將仲子〉及〈溱洧〉二篇而已。然〈將仲子〉
> 乃寓言，非眞情也；即使其眞，亦貞女謝男之詞；〈溱洧〉則刺淫，

〔註32〕《詩經原始》卷11〈小雅・鼓鐘〉，頁928。
〔註33〕《詩經原始》卷8〈豳・七月〉，頁669。
〔註34〕《詩經通論》卷12〈小雅・角弓〉，頁247；卷4〈衛・淇奧〉，頁81。
〔註35〕《詩經原始》卷13前總論〈大雅〉，頁1022；卷1末總論〈周南〉，頁206。
〔註36〕《詩經通論》卷5末總論〈鄭風〉，頁113～114。

非淫者所自作，何謂爲淫耶？然則聖言非歟？竊意〈鄭風〉實淫，但經刪定，淫者汰而美者存，故鄭多美詩，非復昔日之鄭矣。其〈溱洧〉一篇尚存不刪者，以其爲鄭實錄，存之篇末，用爲戒耳，此所謂「放鄭聲」也。宋儒不察，但讀「鄭聲淫」一語，遂不理會放字，凡屬鄭詩，悉斥爲淫，舉凡一切君臣朋友師弟夫婦互相思慕之詞，無不以〈桑中〉、〈濮上〉之例例之。遂使一時忠臣賢士義夫烈婦，悉含冤負屈於數千百載上，而無人昭雪之者，此豈一時一人之憾？愚故特爲標出，寧使得罪後儒，不敢冤誣前聖。世之有志風雅者，當能諒予一苦衷也。〔註37〕

方玉潤另於論〈衞・木瓜〉、〈鄭・溱洧〉時云：

《集傳》於詩詞稍涉男女，即以爲淫奔之詩，說《詩》如此，未免有傷忠厚，恐非詩人意也。夫《詩》中固有淫奔者，然非實見其所以然，不可概指爲淫奔。（〈木瓜〉）

聖人存之，一以見淫詞所自始，一以見淫俗有難終，殆將以爲萬世戒。

不然，「鄭聲淫」爲聖王所必放，而又何存乎！（〈溱洧〉）〔註38〕

此處方玉潤的說法基本上與姚際恆一致。

其三，關於總評各代說《詩》成績，姚際恆云：

漢人失之固，宋人失之妄，明人失之鑿。（〈詩經論旨〉）〔註39〕

方玉潤同樣表示云：

《詩》遇漢儒而一厄，遇宋儒又一厄，遇明儒又一大厄，不知何時始能撥雲霧而見青天也。（〈旱麓〉）〔註40〕

兩人對漢、宋、明說《詩》集體表現持一致的評論。

其四，姚際恆以《詩經》爲後世文體始祖，方玉潤也表認同。方玉潤論〈鄭・大叔于田〉、〈鄭・溱洧〉、〈小雅・大東〉云：

至其詞氣之工，則姚氏所謂描摹工豔鋪張，亦復淋漓盡致，便爲〈長揚〉、〈羽獵〉之祖，庶幾能識作者苦心云。（〈大叔于田〉）

在《三百篇》中別爲一種開後世冶遊豔詩之祖。（〈溱洧〉）

〔註37〕 《詩經原始》卷5末，頁500。
〔註38〕 《詩經原始》卷4〈衞・木瓜〉，頁416；卷5〈鄭・溱洧〉，頁500。
〔註39〕 《詩經通論》卷前〈詩經論旨〉，頁7。
〔註40〕 《詩經原始》卷13〈大雅・旱麓〉，頁1046。

後世李白歌行，杜甫長篇，悉脫胎於此，均足以卓立千古，《三百》
所以爲詩家鼻祖也。（〈大東〉）〔註41〕

由這些地方都可見《詩經通論》與《詩經原始》在觀點及言論上的直接關聯。

當然，方玉潤也並非毫無發明，許多時候，他在《詩經通論》的基礎上，
增益個人見解，甚至提出批評。如論說《詩》方法，姚際恆主張應「涵泳篇
章，尋繹文義」，由「知辭義」而「明詩旨」而「通經旨」，並認爲「圈評」
也是「明詩旨」之一途。〔註42〕對此方玉潤《詩經原始》云：

> 讀《詩》當涵泳全文，得其通章大意，乃可上窺古人義旨所在；未
> 有篇法不明而能得其要領者。……庶使學者得以一氣讀下，先覽全
> 篇局勢，次觀筆陣開闔變化，後乃細求字句研鍊之法，因而精探古
> 人作詩大旨，則讀者之心思與作者之心思自能默會貫通，不煩言而
> 自解耳。（〈凡例〉）

> 古經何待圈評？月峰、竟陵久已貽譏於世。然而奇文共欣賞，書生
> 結習，固所難免，即古人精神，亦非借此不能出也。故不惜竭盡心
> 力，悉爲標出，既加眉評，復著旁批，更用圈點，以清眉目。豈飾
> 觀乎？亦用以振讀者之精神，使與古人之精神合而爲一焉耳。（〈凡
> 例〉）〔註43〕

方玉潤大致認同姚際恆所標舉的讀《詩》、說《詩》之法。不過，由文中敘述
看來，他似乎更注重詩歌章法與語言的賞析，企圖由此接通詩人精神心思，
探求詩人作詩義旨，此即「原始」之意。

朱守亮論及《詩經通論》、《詩經原始》使用圈評欣賞詩歌的作法，其云：

> 此派多以意逆志，直探旨趣以欣賞詩。姚際恆之《詩經通論》，既斥
> 《毛詩序》之譌，尤攻朱《集傳》之短。去訓詁直探詩旨，亦有旁
> 著圈點以作欣賞評論者。……方玉潤之《詩經原始》，舍《序》、《傳》、
> 以意逆志。不惟議論多宗姚際恆，其旁批圈點，亦效《詩經通論》
> 而爲之。〔註44〕

〔註41〕《詩經原始》卷5〈鄭・大叔于田〉，頁459；卷5〈鄭・溱洧〉，頁500；卷
　　　　11〈小雅・大東〉，頁911。

〔註42〕《詩經通論・自序》，頁3；〈詩經論旨〉，頁8。

〔註43〕《詩經原始》卷首上〈凡例〉，頁21；卷首上〈凡例〉，頁23。

〔註44〕朱守亮將姚際恆、崔述、方玉潤三人歸爲清代《詩經》學之「自立門戶，不
　　　　囿漢、宋者」。見朱守亮《詩經評釋・緒論》，頁30。

正由於方玉潤對於詩人精神心思與詩歌語言章法的重視，其在評論作品之藝術表現手法方面，往往有獨到的詮釋。如論〈周南・芣苢〉，方玉潤云：

> 夫佳詩不必盡皆徵實，自鳴天籟，一片好音，尤足令人低回無限；若實而按之，興會索然矣。讀者試平心靜氣，涵泳此詩，恍聽田家婦女三三五五於平原繡野，風和日麗中，群歌互答，餘音裊裊，若遠若近，忽斷忽續，不知其情之何以移，而神之可以曠，則此詩可不必細繹而自得其妙焉。唐人竹枝、櫂歌等詞類，多以方言入韻語，自覺其愈俗愈雅，愈無故實，而愈可以咏歌。即漢樂府〈江南曲〉一首，「魚戲蓮葉」數語，初讀之亦毫無意義，然不害其為千古絕唱，情真景真故也。知乎此則可與論是詩之旨矣。……今世南方婦女登山採茶，結伴謳歌，猶有此遺風云。〔註45〕

這段文字常被引為描繪詩歌之藝術形象的代表。又如方玉潤說〈周南・漢廣〉云：

> 終篇忽疊咏江漢，覺煙水茫茫，浩渺無際，廣不可泳，長更無方；唯有徘徊瞻望，長歌浩歎而已，故取之以況游女不可求之意也。可即以之比文王德廣洋洋也，亦無不可。總之，詩人之詩，言外別有會心，不可以迹相求。然則太史取之，抑又何哉？蓋〈國風〉多里巷詞，況此山謳，猶能以禮自持，則尤見周家德化所及，凡有血氣，莫不發情止義，所以為貴也。〔註46〕

此段論〈漢廣〉意境，頗令人心生同感。

田漢雲相當欣賞方玉潤，認為其能作細緻之藝術分析，並且勝過姚際恆。田漢雲云：

> 歷來的經學家解釋《詩經》，幾乎無例外地重思想內容評析而輕藝術技巧分析。大體言之，于賦比興之外罕有發明。古代的文學批評著作于《詩經》的藝術成就也是虛事揄揚多而實際分析少。清人姚際恆作《詩經通論》對此較為留意，但仍未脫除傳注家舊習。《詩經原始》的一大特色恰恰在于注重古詩的藝術分析。〔註47〕

方玉潤作《詩經原始》的目的不在從事詩歌藝術分析，然而由於在這方面表

〔註45〕《詩經原始》卷1〈周南・芣苢〉，頁191～193。
〔註46〕《詩經原始》卷1〈周南・漢廣〉，頁196～197。
〔註47〕《中國近代經學史》之〈考據與經世的貫通〉，頁308。

現突出，往往令人忽視了此書原本的經學目的。基本上，方玉潤與姚際恆一致，說《詩》最終還是回歸到《詩》教的目的。方玉潤論讀《詩》之道云：

> 且夫古人爲學，務重實行，不事虛聲。如誦二〈南〉，則識其爲風化所由始，而其倫行之正焉；誦列國知其爲風俗所由變，而察其治亂之幾焉；誦二〈雅〉、三〈頌〉則知其爲宗廟朝廷之樂，而深體其政治得失與夫人物賢否，以及功德隆替焉。其他文詞工拙，訓詁詳略，在所弗論。故作者之名不必問，而編纂之人無由詢，日唯事謳吟，以心傳而口授。涵濡乎六義之旨，又復證以身心性命之微而已矣。
> 〔註48〕

這仍是傳統儒家教化的《詩》教觀的說法。

方玉潤對姚際恆提出不少評議，有褒有貶，其總論姚際恆說《詩》成就云：

> 自來說《詩》諸儒，攻《序》者必宗朱，攻朱者必從《序》，非不知其兩有所失也，蓋不能獨抒己見，即不得不借人以爲依歸耳。姚氏起而兩排之，可謂膽識俱優。獨惜其所見未眞，往往發其端而不能竟其委，迨思意窮盡，無可說時，則又故爲高論以欺世，而文其短。是其於詩人本義，固未有所發明，亦由於胸中智慧有餘而義理不足故也。然在當時則固豪傑士矣。若篇中所云「以遵《集傳》故而至於廢經」，則眞庸妄流，豈可同日並語哉！〔註49〕

方玉潤肯定的姚際恆「不尊《序》、不尊朱」的膽識，堪稱一時豪傑，但又批評姚際恆「所見未眞」、「故爲高論以欺世」、「智慧有餘而義理不足」。可見方玉潤贊同姚際恆說《詩》的立場與原則，但對於《詩經通論》的具體研究成果則評價不高。方玉潤論〈大雅‧韓奕〉、〈周南‧關雎〉時評姚際恆之說云：

> 姚氏際恆，近世善說《詩》者，於此詩亦僅曰……則其識不又出矮人下數等哉！（〈韓奕〉）

> 是欲駁正前說而仍不能脫前人窠臼，故備錄之，以見古今說《詩》之難得「通論」也如此。（〈關雎〉）〔註50〕

整體而言，他認爲姚際恆說《詩》發心甚高但表現差強人意。不過，話說回

〔註48〕 《詩經原始‧自序》，頁 4～5。
〔註49〕 《詩經原始》卷首下〈詩旨〉，頁 158～159。
〔註50〕 《詩經原始》卷 15〈大雅‧韓奕〉，頁 1194；卷 1〈周南‧關雎〉，頁 169。

來,《詩經通論》給予方玉潤最大的影響,原不在詩義解釋方面,而在於說《詩》立場、原則及方法上的啟發。平心而論,種種說《詩》觀念與方法的啟發,相較於對《詩經》所作的內容解釋,前者是更先決且重要的。

本書多次談到,在姚際恆的心目中,《詩經》是神聖不可犯的。不論從哪個角度看,305 篇詩歌絕對是不朽偉作,這是源自於對「經典」的尊敬與崇信。方玉潤自然也極為推崇《詩經》的價值,但是在他的觀感裡,《詩經》並非不可批評的。其論〈秦·晨風〉云:

> 詩既不露其旨,人固難以意測,與其妄逞臆說,不如闕疑存參。且其詩無甚精義,置焉可也。〔註51〕

方玉潤指出,〈晨風〉內容「無甚精義」,建議「置焉可也」,如此則是將《詩經》視為可反省對象,並且認為其中確實有乏善可陳之作。方玉潤此說有極重要的意義。一直以來,說《詩》者不論尊《序》、尊《詩集傳》,或者兩皆不採,始終不曾懷疑《詩經》之作為儒家經典的地位與價值,305 篇作品也一直被視為不二傑作。然而,方玉潤明指〈晨風〉「置焉可也」,等於批判《詩經》的傳統地位,懷疑 305 篇作品的存在價值,在觀念上又向前跨出一步,提出另一種新的思維方向。

其實,早在朱熹時便對《詩經》作品的價值提出質疑。《朱子語類》有言:

> 孔子取《詩》只取大意。《三百篇》也有會做底,有不會做底。如〈君子偕老〉:「子之不淑,云如之何!」此是顯然譏刺他。到第二章已下,又全然放寬,豈不是亂道!〔註52〕

此處已指出《詩經》作品的品質優劣不同。不過,《詩集傳》論〈鄘·君子偕老〉時引呂祖謙之語,云:

> 首章之末云:「子之不淑,云如之何」,責之也。二章之末云:「胡然而天也,胡然而帝也」,問之也。三章之本云:「展如之人兮,邦之媛也」,惜之也。辭益婉而意益深矣。〔註53〕

此處並不以為此詩語意有前後不接之病。是以朱熹《詩》說仍應以《詩集傳》的論述為主;《朱子語類》可作為參考,但不宜遽定為朱熹否定〈君子偕老〉價值的證據。由此例可見,朱熹說《詩》終究回歸到尊經的態度。

〔註51〕《詩經原始》卷 7〈秦·晨風〉,頁 608。
〔註52〕《朱子語類》卷 80〈詩一〉,頁 2065。
〔註53〕《詩集傳》卷 3〈鄘·君子偕老〉,頁 30。

李家樹論清代《詩》學研究時談到《詩經通論》的重要性，以及此書對方玉潤的影響，其云：

> 在歷代「詩經學」給毛鄭舊説和朱熹《詩集傳》勢力籠罩之下，《詩經通論》揭示的研究觀點和方法可説是非常新穎的，爲後世《詩經》的研究開闢了一條近途徑。同治年間的方玉潤受了這部書的很大影響，所寫的《詩經原始》繼承並發揮了姚氏的研究成果，同樣企圖打破傳統，要做《詩經》舊學的革新派。……他們這種創新精神，無非是想跳出舊學範疇，把以往加諸《詩經》上面的層層雲霧一一撥開。《詩經》的面目埋沒久了，經生又都在傳統裏翻筋斗，所以，《詩經通論》和《詩經原始》，對清代傳統「詩經學」來説，根本就是一種反動，引起的迴響是既廣泛而又深遠的。〔註54〕

從辨別前説，擺脫傳統的角度論《詩經通論》的貢獻，的確可以看出此書部分的歷史意義。事實上，《詩經通論》特殊之處，乃是在傳統的《詩》教觀下，建立自己的詮釋原則與方法，並且經由對《詩序》、《詩集傳》的批評，進而擺脫一切傳注，試圖回溯詩人創作情境，詮釋詩人創作原旨，以闡發《詩經》的教化意義，爲《詩》教的推行絜下堅實根基。姚際恆的觀念及作法，對後來的《詩經原始》有一定的啓發。由《詩經原始》以《詩序》、《詩集傳》、《詩經通論》三家之説論衡詩義的作法，可見《詩經通論》在方玉潤心目中的地位。雖然，《詩經通論》不曾發揮過如同《詩序》、《詩集傳》那樣具體的影響力，然而，在《詩》學發展上，《詩經通論》確實有著不可忽視的歷史地位。

梁啓超論清代學術大勢云：

> 綜觀二百餘年之學史，其影響及於全思想界者，一言蔽之，曰：「以復古爲解放」。第一步，復宋之古，對於王學而得解放；第二步，復漢唐之古，對於程朱而得解放；第三步，復西漢之古，對於許鄭而得解放；第四步，復先秦之古，對於一切傳注而得解放。〔註55〕

梁啓超還談到，清代學術呈現一種由明學而宋學、而六朝三唐學、而東漢學、而西漢學之「理趣」，其云：

> 由此觀之，本朝二百年之學術，實取前此二千年之學術，倒影而繅

〔註54〕《詩經的歷史公案》之〈清代傳統詩經學的反動〉，頁126。
〔註55〕《清代學術概論》，頁13。

演之。……宋學極盛數百年，故受以漢學，漢學極盛數百年，故受以先秦。〔註56〕

這種自明末至清「復古」的學術趨勢，胡適稱之爲「漢學運動」，即「反而求之六經」〔註57〕；余英時稱之爲「回向原典」〔註58〕；林慶彰則稱之爲「回歸原典」〔註59〕。這種學術趨勢落實在經學家身上，即成爲各家治經共同的目的。只不過，各家基於立場與原則的差異，漢學家以考據「復古」，宋學家以義理「復古」，而姚際恆《詩經通論》以回溯詩人創作情境「復」《詩經》之「古」。「復古」、「回歸」經典的大前提下，在《詩》學的領域裡，《詩經通論》提供了另一個新的研究方向，確立了個人獨特的解經立場，實有特殊的歷史地位。

關於鄭玄以三《禮》解《詩》，車行健云：

鄭玄的「以經解經」，背後其實就涵含了「六經一體觀」，正是在六經一體觀的基礎上，以經解經才得以進行。〔註60〕

黃宗羲〈萬子充宗墓誌銘〉談到萬斯大也提出近似的觀點，其云：

以爲非通諸經不能通一經，非悟傳註之失則不能通經，非以經釋經則亦無由悟傳註之失。何謂「通諸經以通一經」？經文錯互，有此略而彼詳者，有此同彼異者，因詳以求其略，因異以求其同，學者當所致思者也。〔註61〕

「非通諸經不能通一經」的理由，主要著眼於理解的循環——由個別理解以達到整體理解，由整體理解再確切完成個別理解，這種說法本有一定的眞理。

對於所謂「六經一體」之說，姚際恆並不贊成，他反而主張對經書應該作獨立研究，故以三《禮》說《詩》、以理說《詩》、以三《傳》說《春秋》等等，都在拒絕之列。姚際恆云：

孤行一經，實自予始，質諸聖人，諒可無罪；世即有訾我者，亦弗

〔註56〕 《中國學術思想變遷之大勢》之〈近世之學術〉，頁100～102。
〔註57〕 〈崔述年譜〉，頁36。收錄於《胡適選集》。
〔註58〕 《中國近代思想史上的胡適》之〈中國哲學大綱與史學革命〉，頁79。
〔註59〕 林慶彰論及明末清初學術思想演變的內在因素時云：「清初的群經辨僞學，就在學者一切是非以孔門爲正的口號中展開。這是解釋明末興起的經書研究，何以從辨僞入手的根本原因。」（《清初的群經辨僞學》第2章，頁50）林慶彰所說的「內在因素」、「根本原因」即其所稱之「回歸原典運動」。
〔註60〕 《禮儀、讖緯與經義——鄭玄經學思想及其解經方法》，頁157。
〔註61〕 《經學五書》末附黃宗羲〈萬子充宗墓誌銘〉，頁2。

恤也。〔註62〕

如果鄭玄的經學觀爲「六經一體」，那麼，姚際恆所謂的「孤行一經」，則是六經各自獨立，堪稱「六經獨立」的經學觀。

今日來看，姚際恆「孤行一經」的研究方式，雖然較難以掌握六經集體意識，但是對於維繫經書的個別特質，卻有獨到之見，而《詩經通論》就是具體實踐此研究方法的成果。姚際恆提出新的經學觀點，並且付諸實行，在經學發展史上必然有重要的席位。總歸而論，不論在觀念或實踐上，《詩經通論》都富有獨特面貌，向後人展示著嶄新的思維方向。

〔註62〕《春秋通論‧序》，頁294。

引用書目

本書目分爲姚際恆著作、古代典籍、近代論著、論文四類，各類書籍依時代、作者姓氏筆劃排序。參考資料繁多，不在以下之列。

一、姚際恆著作

1. 姚際恆，《春秋通論》，上海：上海古籍出版社，1995 年。
2. 姚際恆，《詩經通論》，上海：上海古籍出版社，1995 年。
3. 姚際恆，《儀禮通論》（一）、（二），上海：上海古籍出版社，1995 年。
4. 姚際恆著，林慶彰點校，《好古堂書目》（《姚際恒著作集》第 6 冊），臺北：中央研究院文哲所，1994 年。
5. 姚際恆著，張曉生點校，《春秋通論》（《姚際恒著作集》第 4 冊），臺北：中央研究院文哲所，1994 年。
6. 姚際恆著，張曉生輯點，《尚書通論輯本》（《姚際恒著作集》第 2 冊），臺北：中央研究院文哲所，1994 年。
7. 姚際恆著，童小鈴彙集，《古今僞書考》（《姚際恒著作集》第 5 冊），臺北：中央研究院文哲所，1994 年。
8. 姚際恆著，陳祖武點校，《儀禮通論》，北京：中國社會科學出版社，1998 年。
9. 姚際恆著，簡啓楨輯點，《禮記通論輯本》（上）（《姚際恒著作集》第 2 冊），臺北：中央研究院文哲所，1994 年。
10. 姚際恆著，簡啓楨輯點，《禮記通論輯本》（下）（《姚際恒著作集》第 3 冊），臺北：中央研究院文哲所，1994 年。
11. 姚際恆著，顧頡剛點校，《詩經通論》，臺北：廣文書局，1988 年。
12. 姚際恆著，顧頡剛點校，《詩經通論》（《姚際恒著作集》第 1 冊），臺北：中央研究院文哲所，1994 年。

二、古代典籍

1. （周）左丘明，《國語》（《四部備要》本），臺北：里仁書局，1980 年。
2. （周）老子著，（魏）王弼注，《老子道德經》，新竹：永康出版社，1973 年。
3. （周）老子著，（明）憨山註，《老子道德經》，臺北：新文豐出版公司，1993 年。
4. （周）荀況著，李滌生注，《荀子集釋》，臺北：臺灣學生書局，1986 年。
5. （周）莊周著，（清）王先謙集解，《莊子集解》，新竹：永康出版社，1973 年。
6. （周）莊周著，（清）郭慶藩輯，《莊子集釋》，臺北：萬卷樓圖書公司，1993 年。
7. （周）韓非著，朱守亮釋評，《韓非子釋評》，臺北：五南圖書出版公司，1992 年。
8. （漢）毛公傳，（漢）鄭玄箋，（唐）孔穎達等正義，《毛詩正義》（《十三經注疏》本），臺北：藝文印書館，1989 年。
9. （漢）孔安國傳，（唐）孔穎達等正義，《尚書正義》（《十三經注疏》本），臺北：藝文印書館，1989 年。
10. （漢）司馬遷著，瀧川龜太郎考證，《史記會注考證》，臺北：洪氏出版社，1982 年。
11. （漢）何休注，（唐）徐彥疏，《春秋公羊傳注疏》（《十三經注疏》本），臺北：藝文印書館，1989 年。
12. （漢）班固等著，《漢書》（楊家駱主編，《中國學術類編·新校本漢書并附篇二種》），臺北：鼎文書局，1991 年。
13. （漢）許慎著，（清）段玉裁注，《說文解字》，臺北：漢京文化事業有限公司，1983 年。
14. （漢）趙岐注，（宋）孫奭疏，《孟子注疏》（《十三經注疏》本），臺北：藝文印書館，1989 年。
15. （漢）鄭玄注，（唐）孔穎達等正義，《禮記正義》（《十三經注疏》本），臺北：藝文印書館，1989 年。
16. （漢）鄭玄注，（唐）賈公彥疏，《周禮注疏》（《十三經注疏》本），臺北：藝文印書館，1989 年。
17. （漢）鄭玄注，（唐）賈公彥疏，《儀禮注疏》（《十三經注疏》本），臺北：藝文印書館，1989 年。
18. （魏）何晏等注，（宋）邢昺疏，《論語注疏》（《十三經注疏》本），臺北：藝文印書館，1989 年。

19. （晉）杜預注，（唐）孔穎達等正義，《春秋左傳正義》（《十三經注疏》本），臺北：藝文印書館，1989 年。

20. （晉）范甯注，（唐）楊士勛疏，《春秋穀梁傳注疏》（《十三經注疏》本），臺北：藝文印書館，1989 年。

21. （晉）郭璞注，（宋）邢昺疏，《爾雅注疏》（《十三經注疏》本），臺北：藝文印書館，1989 年。

22. （梁）劉勰著，周振甫注，《文心雕龍注釋》，臺北：里仁書局，1984 年。

23. （梁）蕭統編，（唐）李善注：《文選》，臺北：華正書局，1984 年。

24. （唐）成伯璵，《毛詩指說》，臺北：大通書局有限公司，1972 年。

25. （宋）王柏，《詩疑》，臺北：開明書店，1969 年。

26. （宋）朱熹，《四書集注》，臺北：世界書局股份有限公司，1983 年。

27. （宋）朱熹，《詩序辨說》，臺北：藝文印書館，1967 年。

28. （宋）朱熹，《詩集傳》（8 卷本），臺北：大孚書局有限公司，1979 年。

29. （宋）朱熹，《詩集傳》（20 卷本），香港：香港中華書局，1987 年。

30. （宋）朱熹著，張伯行輯訂，《朱子語類輯略》，臺北：臺灣商務印書館，1969 年。

31. （宋）朱熹著，黎靖德編，《朱子語類》，臺北：文津出版社，1986 年。

32. （宋）胡仔，《苕溪漁隱叢話》，臺北：木鐸出版社，1982 年。

33. （宋）歐陽修，《詩本義》，臺北：臺灣商務印書館，1971 年。

34. （宋）歐陽修，《詩本義》，臺北：大通書局有限公司，1972 年。

35. （宋）嚴粲，《詩緝》，臺北：廣文書局，1989 年。

36. （元）馬端臨，《文獻通考》，臺北：臺灣商務印書館，1983 年

37. （明）鍾惺著，李先耕、崔重慶標點，《隱秀軒集》，上海：上海古籍出版社。

38. （清）方玉潤，《詩經原始》，臺北：藝文印書館，1981 年。

39. （清）方東樹，《漢學商兌》，臺北：廣文書局，1977 年。

40. （清）永瑢、（清）紀昀等纂修，《四庫全書總目》，臺北：臺灣商務印書館，1983 年。

41. （清）皮錫瑞，《經學通論》，臺北：臺灣商務印書館，1989 年。

42. （清）皮錫瑞著，周予同注，《經學歷史》，臺北：漢京文化事業有限公司，1983 年。

43. （清）朱彝尊，《經義考》（《四庫全書》本），臺北：臺灣商務印書館，1983 年。

44. （清）汪昂：《增補本草備要》，臺南：利大出版社，1983 年。

45. （清）江藩，《經解入門》，臺北：廣文書局，1977 年。

46. （清）江藩著‧周予同選註：《漢學師承記》，臺北：華正書局，1982 年。

47. （清）江藩，《宋學淵源記》（周駿富輯：《清代傳記叢刊‧學林類》第 2 冊），臺北：明文書局股份有限公司）

48. （清）徐世昌纂，周駿富編，《清儒學案小傳》（《清代傳記叢刊‧學林類》第 5 冊），臺北：明文書局）

49. （清）崔述，《讀風偶識》，臺北：學海出版社，1979 年。

50. （清）惠周惕，《詩說》（《皇清經解》本），臺北：漢京文化事業有限公司，1980 年。

51. （清）萬斯大著，（清）黃宗羲點定，《經學五書》，臺北：廣文書局，1977 年。

52. （清）閻若璩，《尚書古文疏證》（《皇清經解續編》本），臺北：漢京文化事業有限公司，1979 年。

53. （清）戴震‧《戴震集》，上海：上海古籍出版社，1980 年。

54. （清）顧炎武著，（清）黃汝成集釋，《日知錄集釋》，臺北：臺灣商務印書館，1978 年。

三、近代論著

1. 王邦雄，《儒道之間》，臺北：漢光文化事業有限公司，1986 年。

2. 王愷，《公安與竟陵》，南京：江蘇古籍出版社，1996 年。

3. 王國維著，徐調孚校注，《人間詞話》（通行本），臺北：漢京文化事業有限公司，1980 年。

4. 王國維著，滕咸惠校注，《人間詞話》（原稿），臺北：里仁書局，1994 年。

5. 田漢雲，《中國近代經學史》，西安：三秦出版社，1996 年。

6. 甘鵬雲，《經學源流攷》，臺北：維新書局，1983 年。

7. 朱守亮，《詩經評釋》，臺北：臺灣學生書局，1984 年。

8. 牟宗三，《中國哲學十九講》，臺北：臺灣學生書局，1983 年。

9. 李威熊，《中國經學發展史論》（上冊），臺北：文史哲出版社，1988 年。

10. 李家樹，《詩經的歷史公案》，臺北：大安出版社，1990 年。

11. 余英時，《中國上代思想史上的胡適》，臺北：聯經出版社，1984 年。

12. 余英時，《論戴震與章學誠》，臺北：華世出版社，1977 年。

13. 岑溢成，《大學義理疏解》，臺北：鵝湖出版社，1991 年。

14. 岑溢成，《詩補傳與戴震解經方法》，臺北：文津出版社，1992 年。

15. 周予同，《群經概論》，高雄：復文圖書出版社，1989 年。

16. 林慶彰，《清初的群經辨偽學》，臺北：文津出版社，1990 年。

17. 林慶彰，《詩經研究論集》，臺北：臺灣學生書局，1987 年。

18. 林慶彰、蔣秋華編，《姚際恆研究論集》（上）（中）（下），臺北：中央研究院文哲所，1996 年。

19. 胡念貽，《關於文學遺產的批評繼承問題》，長沙：岳麓書社，1980 年。

20. 胡適，《胡適選集》，臺北：文星書店，1966 年。

21. 耿煊，《詩經中的經濟植物》，臺北：臺灣商務印書館，1996 年。

22. 馬宗霍，《中國經學史》，臺北：臺灣商務印書館，1992 年。

23. 袁震宇、劉明今著，王運熙、顧易生主編，《明代文學批評史》（《中國文學批評通史》5），上海：上海古籍出版社，1996 年。

24. 梁啟超，《中國近三百年學術史》，臺北：里仁書局，1995 年。

25. 梁啟超，《中國學術思想變遷之大勢》，臺北：華中書局，1981 年。

26. 梁啟超，《清代學術概論》，臺北：臺灣商務印書館，1994 年。

27. 夏傳才，《詩經研究史概要》，臺北：萬卷樓圖書公司，1993 年。

28. 夏傳才，《詩經語言藝術》，臺北：雲龍出版社，1990 年。

29. 程元敏，《王柏之詩經學》，臺北：嘉新水泥公司文化基金會，1968 年。

30. 程俊英，《詩經漫話》，上海：上海文藝出版社，1983 年。

31. 曾祖蔭，《中國古代文藝美學範疇》，臺北：文津出版社，1987 年。

32. 莊雅州，《經學入門》，臺北：臺灣書店，1997 年。

33. 楊向時，《左傳賦詩引詩考》，臺北：中華叢書編審委員會，1972 年。

34. 聞一多著，朱自清、郭沫若、吳晗、葉聖陶編輯，《神話與詩》（《聞一多全集》1），臺北：里仁書局，1993 年。

35. 滕志賢，《詩經引論》，南京：江蘇教育出版社，1996 年。

36. 趙制陽，《詩經名著評介》，臺北：臺灣學生書局，1983 年。

37. 趙沛霖，《詩經研究反思》，天津：天津教育出版社，1989 年。

38. 郭紹虞，《中國文學批評史》，臺北：文史哲出版社，1990 年。

39. 錢鍾書，《管錐編》，臺北：書林出版有限公司，1990 年。

40. 陳書彔，《明代詩文的演變》，南京：江蘇教育出版社，1996 年。

41. 鮑國順，《戴震研究》，臺北：國立編譯館，1997 年。

42. 錢穆，《中國近三百年學術史》（《錢賓四先生全集》16、17），臺北：聯經出版社，1994 年。

43. 羅根澤，《中國文學批評史》，臺北：學海出版社，1990 年。

44. 顧頡剛等著,《古史辨》,臺北:藍燈文化事業有限公司,1987 年。

45. 顧頡剛,《孟姜女故事研究集》,臺北:漢京文化事業有限公司,1985 年。

46. 顧頡剛,《顧頡剛讀書筆記》,臺北:聯經出版社,1990 年。

四、論 文(專書論文、單篇論文)

1. 文鈴蘭,《姚際恒詩經通論之研究》,政治大學中國文學研究所博士論文,1994 年。

2. 車行健,《禮儀、讖緯與經義——鄭玄經學思想及其解經方法》,輔仁大學中國文學研究所博士論文,1996 年。

3. 簡啓楨,《姚際恒及其詩經通論研究》,講師升等論文,1992 年。

4. 李景瑜,〈姚際恒詩經通論之研究〉,《臺中商專學報》26 期(1994 年 3 月),頁 306～365。